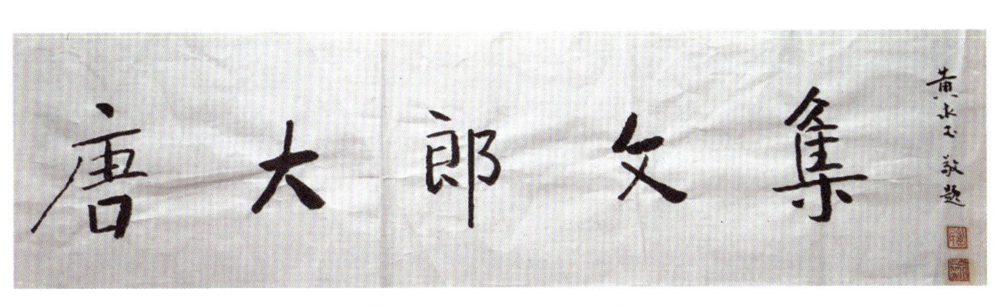

黄永玉题写文集书名

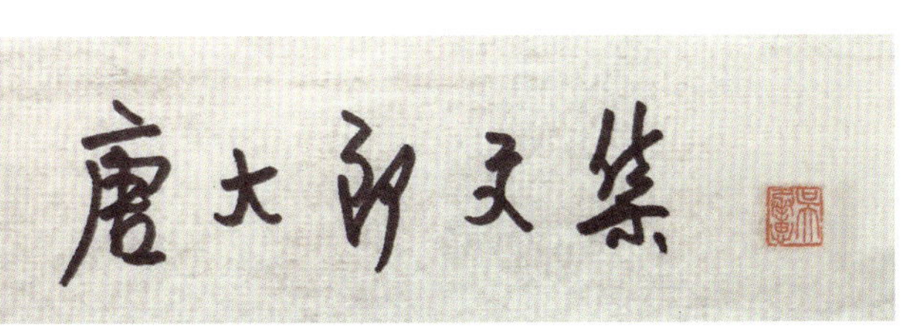

吴承惠题写文集书名

黄永玉绘画《戊戌中秋读大郎忆樊川诗文》

20世纪40年代卡尔登大戏院办公室内的唐大郎

左起：周剑云、冒小姐、金素琴、王熙春、唐大郎、伯绥、舒湮，合影于20世纪40年代初

辛笛以游拙政园诗见示，读之怃然。不能自已！为报律句

唐大郎留下的私印，现由唐密保存

丁聪画唐大郎（扮演黄天霸造型），刊1947年4月24日《沪报》

唐人短札

公墓

·劉郎·

尊前有人談女人之閱男十多者，稱之爲「萬國公墓，」竊以爲此四字甚縞籍，特「萬國」二字，宜用之於彼華洋兼蓄者，試舉其例，銀星中之嚴二姐，舞人中之喬四娘，與夫當年之張斐君老二皆是也。八仙橋畔之十里紅，窺人「隻眠」，奚止千夫？海上冶遊者，無不謚稱其人，諡其人爲「上海公墓，」殆無不當，惜公墓之中，無足當「永安」之選者，蓋「葬」身其中，非有糾紛，即身體上招致疾苦，故永安僅適用於自已之夫人，特夫人爲「私家攻道，」非「公墓」耳。

唐大郎（刘郎）《唐人短札•公墓》，刊1945年4月14日《光化日报》第1号

高唐散記

序與跋

·高唐·

去年，「傳奇增訂本」出版，張愛玲送我一本，新近我翻出來又看了一遍，作者在封面的背頁，給我寫上了下面這幾行字：「讀到的唐先生的詩文，如同元宵節，將花燈影裏一瞥卽逝的許多亂世人評頭品足。於世故中能够有那樣的天眞；過眼繁華，却有那樣深厚的意境，我雖然懂得很少，看見了也知道尊敬與珍貴。您自已也許倒不呢——有些稿子沒留下眞是可惜，因爲在我看來已經是傳統的一部份。」我忽然想着，張小姐這幾句話可以用爲「唐詩三百首」的短跋，同時請桑弧寫一篇序文，他們在電影上，一個是編劇，一個是導演，在這本詩冊上，再讓他們做一次搭檔。

我決定採納許多人的意見，把打油詩搜集進去，自已非常歡喜十幾年來寫的「舞場竹枝詞」，譬如描寫一個舞女的家庭狀況，有一首是：「大兄開店賣洋裝，更有二兄寫字忙。娘自淸安諸弟讀；郞來正好作東床。」在竹枝詞裏，這是正宗的一首，又譬如鄭明明的母親死了，我慰問她有：「顧節珍珠三滴淚，須知此是好迷湯」的兩句，吾儕吃得恰如其分。近來我一有空閒時間，就從事於搜羅，這工作卽將完事，將來封面的設計，和編排上的好看，都要麻煩之方兄了。

唐大郎（高唐）《高唐散记•序与跋》版面，刊1947年12月2日《铁报》

大晶報

民國十八年三月三號　星期日

東方社放空氣的稿子

（東豐）

■……一而再……再而三……■

東方社爲日人所創辦之電信社、其所發電稿等、類多爲日帝國主義張目者、上次曾發一製造空氣之遷都稿、北平日報刊而檢舉之、上海市黨部卽加以注意、本報第八十二期、曾載此事、此次膠東變亂、張宗昌利用時機、欲圖死灰復燃、外間已盛傳有日人在內參與、上海輿論界、相戒對於採稿上加以審愼、前日東方社果發一電、稱張逆方面、已擬就名單、預備成事後實行、舉段祺瑞爲總統、梁士詒或潘復爲總揆、此外財政外交亦都內定、稿至各報、各報卽未綏發、故至今猶未見登、僅新聞報於通信稿中、略有隱約一二詞耳、

理想中之一張小報

（大郎）（投稿）

我理想中有一張小報、這張報、要去請唐駝寫報眉、要去請張丹斧做第一篇、要去請馬星馳畫插畫、要去請黃梅生張超俞逸芳做劇評、（以坤角的消息和照片爲尤要）、又要去請劉恨我來紀他玩窯子裏娘兒們的豔蹟、最好借用幾句古人的七言詩來做陪襯、使得這篇文字、越見其風流雋妙、喂、你們瞧罷、一張報上薈萃了這幾位名家的大作、不但是高深古雅、而且滿紙溫馨、每期少不得要銷他十二萬份、而造福於生靈者、又豈可限量呢？、讀者們、你們也贊成我這張理想中的小報嗎、假使有贊成的、那末快些跟我來唱一種口號—希望大郎理想中之小報實現！末了我轉要向讀者介紹、並且聲明我爲什麼一定要請劉恨我在他的文字裏、須加上一二句古人的詩句呢、袁子才的詩、我一向視之漠然的、自從去年…日期是記不得了、申報自由談上、登過一段劉恨我做的香豔文字、被他提出了袁子才兩句警句之後、使我對於袁子才、不但頭都磕得下、簡直要滿地打滚、……劉恨我在他那文字裏、劈頭就說『子才詩云、春蠶到死絲方盡、蠟炬成灰淚始乾、』（這篇稿子、我十分愛他、覺得婉妙極了、所以文中牽涉了我的幾位朋友、我情願先行道歉、我愛大郎、我愛此稿、不忍不發『夢雲註』）

湖上美人詞

（大郎）

浪春不記路迢迢。湖上將軍樂未消。豔說宋家三姊妹。妹兒夫壻及時驕。

登輿齊步上山行。世路何如山路平。輸與美人回首笑。將軍身重妾身輕。

（句若易丹翁、必畫三個圈圈、）

世間寶髻幾人留。顧盼料應笑未休。莫負湖光片刻去。勝於臨鏡照梳頭。

盈盈一笑拜神前。明令無妨一旦蠲。漫禱江山先自禱。于飛長此樂綿綿。

秋肖陽花巴（小）

居、此爲傭婦而爲太太者、自是不悅日與老板吵鬧、老板不能耐、與寡媳

趙東昇雕、不……

徐碧雲的頑意兒、說他不好、似乎覺得過分、但是說他好、實在有些不願

唐大郎《理想中之一张小报》报影，刊1929年3月3日《大晶报》

唐大郎文集

高唐散记(二)

张　伟　祝淳翔　编

上海大学出版社

图书在版编目(CIP)数据

高唐散记. 二/张伟,祝淳翔编. —上海:上海大学出版社,
2020.8
(唐大郎文集;第2卷)
ISBN 978-7-5671-3890-2

Ⅰ.①高… Ⅱ.①张… ②祝… Ⅲ.①散文集—中国
—现代 Ⅳ.①I266

中国版本图书馆CIP数据核字(2020)第101328号

责任编辑 黄晓彦
封面设计 缪炎栩

唐大郎文集
高唐散记(二)
张 伟 祝淳翔 编
上海大学出版社出版发行
(上海市上大路99号 邮政编码200444)
(http://www.shupress.cn 发行热线021-66135112)
出版人:戴骏豪
*
江阴金马印刷有限公司印刷 各地新华书店经销
开本890mm×1240mm 1/32 插页8 印张11.75 字数322千
2020年8月第1版 2020年8月第1次印刷
ISBN 978-7-5671-3890-2/I·593 定价:78.00元

小朋友记事

黄永玉

大郎兄要出全集了。很开心,特别开心。

我称大郎为兄,他似乎老了一点;称他为叔,又似乎小了一点。在上海,我有很多"兄"都是如此,一直到最后一个黄裳兄为止,算是个比我稍许大点的人。都不在了。

人生在世,我是比较喜欢上海的,在那里受益得多,打了良好的见识基础。也是我认识新世界的开始,得益这些老兄们的启发和开导。

再过四五年我也一百岁了。这简直像开玩笑!一个人怎么就轻轻率率地一百岁了?

认识大郎兄是乐平兄的介绍。够不上当他的"老朋友"。到今天屈指一算,七十多年,算是个"小朋友"吧!

当年看他的诗和诗后头写的短文章,只觉得有趣,不懂得社会历史价值的分量,更谈不上诗作格律严谨的讲究。最近读到一位先生回忆他的文章,其中提起我和吴祖光写诗不懂格律,说要好好批评我们的话。

我轻视格律是个事实。我只愿做个忠心耿耿的欣赏者,是个不愿做奴隶的人(们);我又不蠢;我忙的事多得很,懒得记那些套套。想不到的是他批评我还连带着吴祖光。在我心里吴祖光是懂得诗规的,居然胆敢说他不懂,看样子是真不懂了。我从来对吴祖光的诗是欣赏的,这么一来套句某个外国名人的话:"愚蠢的人有更愚蠢的人去尊敬他。"我就是那个更愚蠢的人。

听人说大郎兄以前在上海当过银行员,数钞票比赛得了第一。

我问他能不能给我传授一点数钞票的本事！

他冷着脸回答我：

“侬有几化钞票好数？”

是的，我一个月就那么一小叠，犯不上学。

批黑画的年月，居然能收到一封大郎兄问候平安的信。我当夜画了张红梅寄给他。

以后在他的诗集里看到。他把那张画挂在蚊帐子里头欣赏。真是英明到没顶的程度。

“文革”后我每到上海总有机会去看看他，或一起去找这看那。听他从容谈吐现代人事就是一种特殊的益智教育。

最后见的一面是在苏州。我已经忘记那次去苏州干什么的。住在旅馆却一直待在龚之方老兄家，写写画画；突然，大郎兄驾到。随同的还有两位千金，加上两位千金的男朋友。

两位千金和男朋友好像没有进门见面，大郎夫妇也走得匆忙，只交代说：“夜里向！夜里向见！”

之方兄送走他们之后回来说：

“两口子分工，一人盯一对，怕他们越轨。各游各的苏州。嗳嗨：有热闹好看哉！”

“要不要跟哪个饭店打打招呼，先订个座再说，免得临时着急。”我说：“也算是难得今晚上让我做东的见面机会。”

“讲勿定嘅，唐大郎这一家子的事体，我经历多了！”之方兄说。

旋开收音机，正播着周云瑞的《霍金定私悼》，之方问怎么也喜欢评弹？有人敲门。门开，大郎一人匆忙进来：

“见到他们吗？”

“谁呀？”我不晓得出了什么事。

“我那两个和刘惠明她们三个！”大郎说。

“你不是跟他们一起的吗？”我问。之方兄一声不吭坐在窗前凳子上斜眼看着大郎。

“走着，走着！跑脱哉！”大郎坐下瞪眼生气。龚大嫂倒的杯热茶也不喝。

“儿女都长大了,犯得上侬老两口子盯啥子梢嘛?永玉还准备请侬一家晚饭咧!”

大郎没回答,又开门走了。

第二天一大早我上龚家,之方兄说:

“没再来,大概回上海了!”

之方兄反而跟我去找一个年轻画家上拙政园。

大郎兄千挑万挑挑了个重头日子出生:

“九·一八”

逝世于七月,幸而不是七月七日。

2019年6月13日于北京

给即将出版的《唐大郎文集》写的几句话

方汉奇

唐大郎字云旌，是老报人中的翘楚。曾经被文坛巨擘夏衍誉为“勤奋劳动的正直的爱国的知识分子”。他发表在报上的旧体诗词，曾被周总理誉为“有良心，有才华的爱国主义诗篇”。他才思敏捷，博闻强记，笔意纵横，情辞丰腴。每有新作，或记人，或议事，或抒情，或月旦人物，都引人入胜，令人神往。有“江南才子”“江南第一枝笔”之誉。我上个世纪50年代初曾在上海工作过一段时期，适值他主持的《亦报》创刊，曾经是他的忠实读者。近闻他的毕生佳作，已由张伟、祝淳翔两兄汇集出版，使他的鸿篇佳构得以传之久远，使后世的文学和新闻工作者得到参考和借鉴，善莫大焉，功莫大焉。

2019年6月11日于北京

序

陈子善

唐大郎这个名字，我最初是从黄裳先生那里得知的。20 世纪 80 年代初的某一天，到黄宅拜访，闲聊中谈及聂绀弩先生的《散宜生诗》，黄先生告我，上海有位唐大郎，旧诗也写得很有特色，虽然风格与聂老不同。后来读到了唐大郎逝世后出版的旧诗集《闲居集》（香港广宇出版社 1983 年版）和黄先生写的《诗人——读〈闲居集〉》，读到了魏绍昌、李君维诸位前辈回忆唐大郎的文字，对唐大郎其人其诗才有了进一步的了解。再后来研究张爱玲，又发现唐大郎对张爱玲文学才华的推崇不在傅雷、柯灵等新文学名家之下。张爱玲中短篇小说集《传奇》增订本的问世是唐大郎等促成的，而张爱玲第一部长篇小说《十八春》也正是唐大郎所催生的。于是我对唐大郎产生了更大的兴趣。

十分可惜的是，唐大郎去世太早。他生前没有出过书，殁后也只在香港出了一本薄薄的《闲居集》。将近四十年来默默无闻，几乎被人遗忘了。这当然是很不正常的，是上海现代文学史研究的一个重大缺失，也是研究海派文化不得不面对的一个严重问题。所幸这个莫大的遗憾终于在近几年里逐渐得到了弥补。而今，继《唐大郎诗文选》（上海巴金故居 2018 年印制）和《唐大郎纪念集》（中华书局 2019 年版）之后，12 卷本 400 万字的《唐大郎文集》即将由上海大学出版社推出。这不仅是唐大郎研究的一件大事，是上海现代文学史研究的一件大事，也是海派文化研究不容忽视的一个可喜成果。

1908 年出生于上海嘉定的唐大郎，原名唐云旌，从事文字工作后有大郎、唐大郎、云裳、淋漓、大唐、晚唐、高唐、某甲、云郎、大夫、唐子、唐僧、刘郎、云哥、定依阁主等众多笔名，令人眼花缭乱，其中以高唐、刘郎、定依阁主等最为著名。唐大郎家学渊源，又天资聪颖，博闻强记。他原在银行界服务，因喜舞文弄墨，约在20世纪20年代末弃金（银行是金饭碗）从文，不久后入职上海《东方早报》，逐渐成长为一名文思泉涌、倚马可待的海上小报报人。当时正是新文学在上海勃兴之时，在最初一段时间里，唐大郎与新文学界的关系并不密切，40年代初以后才有很大改变。但他的小报文字多姿多彩，有以文言出之，也有以白话或文白相间的文字出之，更有独具一格的旧体打油诗，以信息及时多样、语言诙谐生动而赢得上海广大市民读者的青睐，一跃而为上海小报文坛的翘楚和中坚。至40年代更达炉火纯青之境，收获了"小报状元""江南才子"和"江南第一枝笔"等多种美誉。

所谓小报，指的是与《申报》《时事新报》等大报在篇幅和内容上均有所不同的小型报纸。20世纪20年代以后，各种小报在上海滩如雨后春笋般涌现，是上海市民阶层阅读消遣的主要精神食粮；后来新文学界也进军小报，新文学作家也主编小报副刊，使小报呈现更加丰富多彩的面貌。完全可以这样说，小报是上海都市文化的一个重要标志，海派的一个独特的文化现象。近年来对上海小报的研究越来越活跃，就是明证。

唐大郎就是上海小报作者和编者的代表。他的文字追求并不是写小说和评论，而是写五百字左右有时甚至只有两三百字的散文专栏和打油诗专栏。从20年代末至40年代，唐大郎先后为上海《大晶报》《东方日报》《铁报》《社会日报》《金钢钻》《世界晨报》《小说日报》《海报》《力报》《大上海报》《七日谈》《沪报》《罗宾汉》等众多小报和1945年以后开始盛行的"方型报"《海风》等撰稿。他在这些报上长期开设《高唐散记》《定依阁随笔》《唐诗三百首》等专栏，往往一天写好几个专栏，均脍炙人口，久盛不衰。他自己曾多次说过："我好像天生似的，不能写洋洋几千字的稿件，近来一稿无成，五百字已算最多的了。"（《定依阁随笔·肝胆之交》，载1943年5月14日《海报》）唐大郎的写作史有力地表明，他选择了一条最适合发挥自己特长、最能得心应手的创作之路。

当然，由于篇幅极为有限，唐大郎的小报文字一篇只能写一个片断、一个场景、一段对话、一件小事……但唐大郎独有慧心，不管写什么，哪怕是都市里常见的舞厅、书场、影院、饭馆、咖啡厅，他也都写得与众不同，别有趣味。在唐大郎的专栏文字中，谈文谈艺、文人轶事、艺坛趣闻、影剧动态、友朋行踪……，无不一一形诸笔端，谐趣横生。如果要研究20世纪20年代至40年代上海的都市文化生活，唐大郎的专栏文字实在是一份不可多得的生动的教材。又当然，如果认为唐大郎只是醉心风花雪月，则又是皮相之见了，唐大郎的专栏文字中，同样不乏正义感和家国情怀。在全面抗战时，面对上海八百壮士可歌可泣的抗日事迹，唐大郎就在诗中写下了"隔岸万人悲节烈，一回抚剑一泛澜"的动人诗句。

归根结底，唐大郎的专栏文字和打油诗是在写人，写他所结识的海上三教九流的形形色色。唐大郎为人热情豪爽，交游广阔，特别是从旧文学界到新文学界，从影剧界到书画界，他广交朋友，梅兰芳、周信芳、俞振飞、言慧珠、金素琴、平襟亚、张季鸾、张慧剑、沈禹钟、郑逸梅、陈蝶衣、陈定山、陈灵犀、姚苏凤、欧阳予倩、洪深、田汉、李健吾、曹聚仁、易君左、王尘无、柯灵、曹禺、吴祖光、秦瘦鸥、张爱玲、苏青、潘柳黛、周鍊霞、胡梯维、黄佐临、费穆、桑弧、李萍倩、丁悚丁聪父子、张光宇正宇兄弟、冒舒湮、申石伽、张乐平、陈小翠、陆小曼……这份长长的名单多么可观，多么骄人，多么难得。唐大郎不但与他们都有所交往，而且把他们都写入了他的专栏文字或打油诗。这是这20年里上海著名文化人的日常生活的真实记录，这些人物的所思所感、所言所行，他们的音容笑貌、喜怒哀乐，幸有唐大郎的生花妙笔得以留存，哪怕只有一鳞半爪，也是在别处难以见到的。唐大郎为我们后人打开了新的研究空间。

至于唐大郎的众多打油诗，更早有定评，被行家誉为一绝。"刘郎诗的重要特色就在于在旧体诗的内容与形式上都做了创新的努力，而且确实获得了某种成功。"唐大郎善于把新名词入诗，把译名入诗，把上海话入诗，简直做到了出神入化的地步。论者甚至认为对唐大郎的打油诗也应以“诗史”视之(以上均引自黄裳《诗人——读〈闲居集〉》)。这是相当高的评价,也深得我心。

本雅明有“都市漫游者”的说法,以之移用到唐大郎身上,再合适不过。唐大郎长期生活在上海,一直在上海这个现代化大都市里“漫游”,他的小报专栏文字和打油诗,使他理所当然地成为上海都市文化生活的深入观察者、忠实记录者和有力表现者。唐大郎这些文字也理所当然地成为海派文化和江南文化历史记载中的宝贵遗产,值得我们珍视和研读。

张伟和祝淳翔两位是有心人,这些年来一直紧密合作,致力于唐大郎诗文的发掘和研究,这部12卷的《唐大郎文集》即是他们最新的整理结晶,堪称功德无量。今年恰逢唐大郎逝世40周年,文集的问世,也是对他的最好的纪念。作为读者,我要向他们深表感谢,同时也期待《唐大郎文集》的出版能给我们带来对这位可爱的报人、散文家和诗人的全新的认知,使更多的读者和研究者来阅读、认识和研究唐大郎,以更全面地探讨小报文字在都市文化研究里应有的位置和所起的作用。

2020年6月14日于海上梅川书舍

编选说明

本卷收入唐大郎刊于抗战胜利复刊后的《铁报》上的《高唐散记》专栏文章，共计600余篇。刊发时间为1945年12月至1949年6月，可以将之视为《社会日报》上的同名专栏的延续。这一批专栏文章总体质量较高，编者几乎不作删芟，基本上存留全貌。其中有个别篇什，其实是诗歌及诗注，因作者本人将之归入本专栏，故一仍其旧。

目　　录

高唐散记(1945.12—1946.12)

高唐散记（1947.1—1947.12）

高唐散记(1948.1—1948.9)

高唐散记(1948.10—1949.6)

高唐散记(1945.12—1946.12)

舞 海 趣 事

王文兰以一代淫娃,蜚声于海上欢场,尝数数作嫁,而数数不获全终始。于半月以前,投新仙林舞厅,而生涯犹盛。嫟之者泰半为夷国健儿,小半为内地归来之客,夙震幺丁二四之名,作猎奇式之参观来也。王装束特艳,作态至媚,在国人视之,以为放浪逾份矣。然在夷国健儿中,或者有适够销魂之美。于是我人在舞池间,见文兰偎颊纵腰,频起为腻舞者,皆碧眼虬髯之客。四座人睹状,咸笑曰:“至尊宝乃统吃一师一旅之花旗××矣。”

当汪兆铭未死之日,陈公博为“上海市长”,入夜偶止于劳尔东路一号之俱乐部中,王文兰应召至,陈语王曰:“若以至尊宝闻名,然与我无肌肤亲,宁无名实相副之憾,以我为‘上海领袖’,若吃上海人,而吃不到我,乌足称雄哉?”王无以对,日后以陈语语人,犹引为“殊宠”焉。

(《铁报》1945 年 12 月 10 日,署名:高唐)

丽 都 度 岁 记

民国三十四年除夕七时三十分,入丽都舞厅,以元旦一时三十分离去,坐于此中者,正六小时,因作《丽都度岁记》。

进门太早,据天门头第一排坐,故可以游骋全场。舞池五分之三,亦排座位。据圣诞夜来此者言,八时已客满,是夜逾九时始无插足地。

同行四人,皆男子。过午夜,始唤舞女三人。丽都舞女,初鲜妙选,是三人者，已称佼佼，然俱中人姿耳。

六小时看人躧步，而吾目奇疲。顾济济一堂，平日之熟人甚鲜。见人美与严斐，又晤乡友张乃高君，及自北都归来之杜爱梅并其女侣外，余皆相顾不相识矣。

严冬而女人作袒臂之裳者，在过去三年，可谓绝无，今夜则见三四人。一人最丽，短袖而长裾。舞时，乃有翩翩之致。丝绒旗袍不足十件，丝棉旗袍则不可胜计。女人"皮子"之桂，于今为烈。入欢乐场中，亦不容见裔皇典丽之装，是岂国困民穷所致？然问眼底之交错裙屐，又畴非寻穷开心来哉？

有两男子，着礼服，以不习见此，疑此为某处之薙发大师，其实寿头也。

闻邻桌一人，告其同伴，谓有商人邓仲和，携妻妾三人，莅此作乐。又言：邓后房专宠，数列金钗，携来此者，四之一耳。为之艳羡不已，自顾身边，又不禁惭恧。因未识邓君，否则商量借一个来，谅无推辞。

赵曼丽以老去风华，犹就业于丽都，频频起舞，衣裳极别致，为毛织品。分两色，长袖至腋，为秋香色；自项以下，皆玄色。下摆缘以花边，古艳至悦人目。

夜正午，舞池作度岁节目。奏国歌，全体肃立。然起舞者亦多。有人指为不谙礼节。其实作此言者，根本词费而已。

（《铁报》1946年1月3日，署名：高唐）

新　　装

愚昨日文中，记赵曼丽所着之旗袍式样，盖为最近时行者也。粗视其状，略似往年所行之旗袍马甲，实则有异。旗袍马甲，袖及肩而止，此则镶接于腋下，而旗袍马甲，往往无线条之美，此则无损峰峦起伏之胜。所以为不同也。愚初见李曼丽着此衣，美之。时座上有支夫人者，告愚曰：发明此式样者之本意，在利用废物。以女人之旧日旗袍，质料皆精，然皆裁短袖，已不复适用于今日；则取旧衣二，一裁为袖，一仍为身，合而制之，成此新装。荀配色匀雅，一袍御体，固有风致嫣然之美。赵与李皆讲究新装，故所御弥可观也。

（《铁报》1946年1月4日，署名：高唐）

坐台子滋味

在舞场中喊舞女坐台子，舞女之生意稍忙者，坐一只音乐，至多两只音乐已为舞女大班锡殊宠与舞客矣。若生意极忙者，往往坐半只音乐，舞女所喊之清茶尚未端来，而已坐到别只台子上去矣。跳舞场之情形如此，而尚有人沉湎于此中，乐不知疲者，是舞客之祖坟上，必大坏风水焉！尝与凌生过"新仙林"，震叶妹妹名，生招之来，坐不满一分钟，已去。生大懊丧，语愚曰："若使我立刻入人堆中，寻得出方才那叶妹妹来，我是王八！"盖片刻之顷，舞客对坐台子之舞女面目尚不及辨清，遑论接謦欬矣。凌生又曰："是钞票若掷于道上，亦能睹群童攫攘之乐，若投之火，亦能引一只煤球炉子；今委弃此间，乃渺无所得。"愚则以为与其阿桂姐上来，久坐不去者，无如看红舞女之席不暇暖也。

跳舞最痛苦之事，莫过于大班掗台子，掗一个阿桂姐来，十三点，不知轻重，语言无味，望她早些下去，她无生意，不走。此时为舞客者心境如何？诸君当不难想像。愚以此语慰凌生，而凌生犹不能透一口气。乌呼！其人迂矣！

（《铁报》1946年1月5日，署名：高唐）

戏院里碰着吸烟人

最近一连两夜，去看了两次话剧。头一夜在辣斐看《夜店》，第二夜看丽华的《离离草》。两家院子里，都到处看见张着"禁止吸烟"的布告。我们同行中，惟有天厂先生和我香烟瘾挺大，坐两三小时，不抽一枝烟，实在有点不大好受。在辣斐里，没有看见有人来检查，在丽华里，却有警士前来，干涉座客吸烟的。当时有几个看客，因为手执一卷烟，被警士请到外面去;吸烟的人倒不说什么,座上有若干并不抽烟的客人,却起了莫大反感,动了肝火。先则与警士冲突,继而被警士喊出去,大概要到局里弯一弯。于是满院子的人,有了纷纷的议论。我这里想世故一点,不再把那些议论记录在下面,因为实在难听。

跳舞场不许吸烟,现在依旧吸烟。混堂里不准扦脚,现在依然扦脚。平心而论,戏院里吸烟,何尝妨碍大体,勉强为之,成效未必没有;不过这哪里是德政?只有使百姓伤足脑筋,想不出这是个什么奥妙的政绩。

(《铁报》1946 年 1 月 9 日,署名:高唐)

携俞萍看《四进士》

信芳之《四进士》,愚所观殆近百遍,迄未餍也。舞人俞萍女士,夙嗜皮黄,青衣与老生并习,尝评骘伶工。愚问之曰:“江南伶范如麒麟童者,子意云何?”则曰:“做工好,唱则不见佳。”嗟夫!此“京朝烈士”,断断于谭腔余调之言,而出之蛾眉之口,愚不乐闻也!复问其观信芳之剧多乎?曰:“《青风亭》佳也,《董小宛》《文素臣》亦佳也。”问其曾看《四进士》否?曰:“未之先见。”然则乌足以谈麒艺者?因挈之观信芳《四进士》,是为一月七日夜场。自“双塔寺”起,有“谋杀”“哭灵”诸场,而及于“柳林”,然后乃睹信芳之千秋绝唱。信芳之戏,弥老弥遒,嗓尤高爽,先后之摇板皆拔高,不使气力,而力重千钧。因知哑嗓儿雄健益胜往时,真足以慰海内麒迷也。公堂对白,接得紧,赵松樵毕竟贤才,使台下乃不失望。春甫往矣,愚常以信芳不获顾读为虑,得松樵为佐,滋可喜也。万氏以田菊林饰演,颇活色生香,第风趣不及王兰芳。于以见兰芳之殁,谁谓非信芳之损失哉?

剧终,又问俞萍,“三公堂”摇板之苍凉情绪亦以为好听耶?俞萍似渺无所知。愚惘然若失,女人之修养不够,折其欣赏能力耶,抑女人之真不足以言性灵耶?宜问梯维,宜问培林。

(《铁报》1946 年 1 月 10 日,署名:高唐)

严　刑

无线电中,有人播"观音戏",节目为杜刚烈士就义惨状。至杜在敌宪兵队受刑时,以皮鞭挞其体,杜作唔唔声,而犹呼口号曰:"这是我们祖国的光荣!"闻者曰:是殆不可能也。愚曰:是有例可言也。三十三年夏,善琨被囚于贝当路敌宪兵队一室中,傍晚,见一人由两日寇扶掖之来,门辟,遽推其人仆地上,善琨大骇。其人良久不言,善琨疑其已死,审其貌,则老友毛子佩也。益惊惶欲绝,亟呼子佩。子佩渐醒,忽奋起大呼曰:"贼杀我者,我之荣也!"言已又仆。旋善琨出狱,每述所见,而壮子佩之烈。后子佩亦言,寇刑殆已遍尝,苟受刑者,一心为国,志在成仁,亦无所觉其痛苦。每当受极刑时,闭双目,私念曰:愿于今日死。于是额汗涔涔下,随即晕,晕则虽斧钺加身,亦不为动。呜呼,是真烈已!

(《铁报》1946 年 1 月 11 日,署名:高唐)

"他 妈 的"

累两夕入水手舞场,是为吾友所经营之高士满。高士满自延致盟军后,中国红舞女皆望望引去。于是莺嗔燕叱者,十之六七为白俄,十之三为华妇人,皆嚣健者也。此中尤物,胡佩之译其名为"他妈的"。丰肌秀靥,仪态良佳。碧眼儿问鼎者至众,顾鼎不可问。有人予以钱,纳其应取者,过丰则勿纳。有人予以黄金,谢曰:"是身外物,儿视之敝屣也。"复有人予以钻环,则又曰:"熠熠于我眼前奚为者?儿丰衣足食,而仪容表表,得此固无足以彰我美也。"客叹其廉,问曰:"然则卿何所悦?"曰:"我欲得一良俦,能以专爱与我,特若辈非其伦,徒工炫其富耳!"凡此诸言,皆克仁为愚述之,又曰:"他妈的"既不容问鼎,有时经我前,我用力拍其臂,"他妈的"娇鸣,其声爽脆,听之亦神夺,从知颠倒于"他妈的"者,不仅为虬髯碧眼之夫,即黄帝儿孙,亦未尝不为歆动矣，真有他妈的也！

（《铁报》1946 年 1 月 13 日，署名：高唐）

贺毓庆新婚

周毓庆先生英年博学，其人复风趣无伦。往者，口头习用之怪名词极多，如指洋钿为“勃罗”，指人为“肉”，指爱好为“温功”，于是朋友之称毓庆者，用“勃罗”而不名。抗战以后，毓庆走巴中，顷始归来，同人为之洗尘。后一日，毓庆邀宴于其寓楼。嫂夫人姓易字鸰，为君佐先生之女公子，甫于上年九月结缡于陪都，清华静婉，风致嫣然；而吾老友者，则狂放不殊往昔。自言“勃罗辞汇”中之名词，层出不穷。譬如“行头”，似上海人之“台型”，或“面子”。如“扭功”，则犹昔日“温功”之意。又如指第一为“甲组”，指老为“醺醺”，猝听其言，令人有莫名其妙之妙。

周易新婚，君佐夫妇，题催妆诗于鸳鸯谱中。其后袁光楣、宋训论诸人皆有题咏。是夜，索句于一方及愚，一方报以律句云：“昔作乘风客，今联折桂缘。小乔真宛淑，公瑾是英贤。举案偏怜婿，栖梁不羡仙。芜词聊寄祝，汤饼卜来年。”愚不工酬应之章，终以真文元三韵浑押，亦得二十八字，则不知所云矣。

> “勃罗”翻得“行头”新，张“肉”应堪着意“温”。始信“扭功”称“甲组”，祝他亲爱到“醺醺”。

（《铁报》1946 年 1 月 14 日，署名：高唐）

死不足惜

若干月后，政府将厉行禁毒，贩毒者毙，食毒者勒戒，戒而复食者，亦毙。三四月来，沪上富人而有恶嗜者，皆纷纷自动戒毒，于是“盖世维雄”补剂，畅销于时，价益腾贵，使措大为之咋舌焉。

据医生言：戒烟者以富人为多，而平民戒烟院，初无人问津，盖若辈耽于鸩毒，视国法蔑如也。吾友困黑籍者甚多，每相值，愚必致意曰，必当戒烟，非然，在法不可逃。

应者曰：视之可也，俟不可逃再言之，愚不敢复续，而中心愤懑。他日吾友果置于法，我将无所恤，视彼倒死街头之白面老枪，不必输其一念之仁，如同一例耳！

（《铁报》1946年1月15日，署名：高唐）

雪园晤言慧珠

胜利以后，北平梨园界中，最轰动的事件，是言慧珠的突然自杀。上海报纸上，登得非常详情。

忽然她到了上海。上海人大都没有晓得这个消息，前两天的晚上，记者在雪园吃饭，仆欧来告诉我，说有一位孙先生请我下楼谈谈。到了楼下的一间里坐着三个人，是老友孙兰亭、马治中，还有一位就是言慧珠。她也是熟人，我们握手叙过契阔以后，我问她你干吗要自杀，年纪轻轻，怎么也活得不耐烦起来？她说："我有千言万语，一时也无从说起。近来生着病，精神萎靡得不能支持，过一天我要同你详细谈一谈，希望你把我的话，介绍在报纸上，好让上海人知道关于我的一些真相。"

丢开大事不谈，问问她最近的事，知道她这一次来，除了家里人晓得之外，北平的朋友大都没有告诉他们。乘飞机到了上海，也没有拜望过熟人。因为病不能兴，想住医院，而一时找不到适当病房，暂时住在亲戚家里。今天因为孙先生替我洗尘，却不过盛情，所以支持到这里，坐一坐就想走的。

她说话里，带着许多文艺气味，也谈到政治与文化。她虽然精神不好，音调依然那末清脆，不像以往看见的那样浓装，反而觉得婉媚可喜。据孙兰亭先生说：梅兰芳博士对于这一位门徒，并没有存着歧视之心（如某报所述者），还愿意出全力来栽培她，因为言慧珠的确其材可造。

（《铁报》1946年1月19日，署名：高唐）

胡萍与金萍

前身为女歌手，而终蜕变为舞人者，在新仙林得二人，则金萍与胡萍也。胡在女歌手时期，号兰苹，肇锡嘉名，实为卢一方君。兰苹本姓何，名海杰，曾受教育，性嗜歌唱，遂为女歌手。初没没无所遇，及乐凤麟录之为义女，文艺中人遂争誉其人，兰苹之名，辄洋溢海堧矣。后不知如何，忽被舞衫，乐亦未尝预闻也。上月，乐坐于新仙林，舞女大班来白，谓有胡萍者，端雅擅言笑，宜为公之伴。乐颔首，命招胡萍，不图来者即一年前盈盈下拜之娇女也，彼此之为势乃大僵，事后，乐大詈当年玉成其事者，为好事之徒焉。金萍来自歌场，而后献身于麦克风前，终复不甘寂寞，而作舞人，瘦骨珊珊，其全身若不盈握。尝与某文士龃龉，某加之以暴，于是视文士为暴徒，一夕共饭，忽告愚曰："我初见唐君，惶惧几欲避去。"愚悟其意，而未尝诘其故，知其于前事犹悻悻不能自已也。

（《铁报》1946 年 3 月 2 日，署名：云郎）

贴面孔

愚跳舞不喜贴面孔，与陌生舞女固然不贴，与极熟之舞女亦不贴，理由倒不在贴面孔之形状态猥亵，愚则嫌贴面孔之气派为不大。四十岁老奴矣，作小儿女态，成何体统哉？

然有人固以贴面孔为乐境者，舞客如此，舞女亦如此。舞客与陌生舞女跳，第一只舞，便要贴面孔，舞女或悦或不悦，不悦者，攲其颅以避之，而舞客强焉，于是造成之局面甚不雅。舞女之好贴面孔者，举一个例如李曼丽。去年夏，愚邀曼丽同饭，饭后舞于大都会，曼丽与天衣舞一舞而颊相偎矣。天衣为愚直言，谓是曼丽来就者。愚深谅之，曰："曼丽终无用心，特有贴面孔之癖耳。"

愚于跳舞初不感兴趣，有时与心悦之舞女舞，两颊相距甚近，女人之鬓上青丝，拂我颐，有时着耳，则颐与耳皆作微痒，此境甚美，而为乐亦较之贴面孔为轻松也。

(《铁报》1946年3月3日，署名：云郎)

马 妹 妹

迩在丽都唤马妹妹侍坐，妹妹不擅艳色，而容止之美，足以爽人心目。去今两年，愚访艳欢场，仅遘一俞萍，然论统体清莹，则俞犹不逮妹妹也。

马扬历舞场，为时良久，中间曾一度退藏，至昨岁始东山再起，已届风信年矣。妹妹言，似曾识唐生，愚亦以妹妹甚面善，因谈往事，始各恍然。讵今五六年前，丽都有汪氏姊妹，姊无殊色，妹硕长而饶佳致，愚良悦其人，屡往买舞，时座于汪妹妹邻者，即马妹妹也。愚因生感慨，谓妹妹曰："舞国人才，至今日真有寥落之哀，今之所可以诱人赏爱者，莫非旧侣。"妹妹亦曰："唐生之言良是，无论为舞客，兴后继无人之叹，即如我辈。亦视后起诸儿，都不顺眼，……"嗟夫！思古幽情，绕缭于灯红酒绿之场，妹妹真慧人也。

(《铁报》1946年3月4日，署名：云郎)

风 雨 之 夜

雨甚，亘数日不已。一夕者，为雀戏于闻铃阁，座上有俞萍，至昧爽始局散，雨尚淋漓，天未明也，因呼车，送俞萍归去。车抵巷外，为巷中人乘间坐去，乃不得车。时风雨弥虐，因持雨盖，问俞曰：若能从我徒步可乎？曰可。时卖浆之叟，已引车入市，路上人踪不绝，绕戈登路入新闸路，街灯遂灭，昏黑不可辨途程。俞萍大骇，颤声曰：若此奈何，愚亦疑或有人踵我者，必无幸矣。则相扶前行，雨阵益密，二人之衣皆润，抵麦特赫斯脱路，乃得飞车，始相视大乐，及我返时，曙色始挂窗前焉。

俞萍既退隐家居，有时从我游，其人俊爽，不恒为儿女态，愚良悦之，又以常时不习磨夜，以吾邀，勉力支持，未尝怨怼，愚复德之。此夕之事，愚殊内疚，既归，颇不自宁其心意，顾一念“好似晚来香雨里，戴簦亲送绮罗人”之诗境之美，又不觉从脑海心田中，透一重甜蜜也。

(《铁报》1946 年 3 月 6 日，署名：高唐)

女朋友的消息

金素琴自渝飞来，抵沪之日，为废历正月初一。年初四，一晤之于敏莉家中。年初九，愚为敏莉祝二十五岁初度，饭于锦江，亦兼为素琴洗尘，此后遂未见，音问亦隔绝至今矣。至前日始闻素琴已临褥，育一雌，母女皆平安，惟以觅屋不易，仍居于梯维家中。及其分娩，迁居医院，吾文与读者相见之日，彼呱呱者，堕地已逾三期矣。

顾兰君又归沪上，李英亦于新岁南来，二人影形相随，从知外间所传李顾已中道仳离者，非信史也。按兰君与所天割席，实起于李英羁滞沽上，兰君则独处春江，万口争传，若为事实，报间有所载，兰君亦不之辩。惟与兰君相习者，每晤兰君，时闻其道李英长，李英短，虽各处一隅，而关念甚至，固知二人犹笃爱关雎耳。

(《铁报》1946 年 3 月 7 日，署名：高唐)

舞女大班之演辞

一夜大雨，止于维也纳。愚久不到此，舞女大班，几全部陌生面孔，亦想见此项人才之怒茁不已。一人目御叆叇，则识愚，称愚为某先生，愚顾之，则不相认也。欲为愚荐一人，其人似辩才无碍，立愚前，雄论滔滔，若江河之决，似听演辞，亦似听电车上叫卖除垢药水者之口头宣传。其言曰：“我为先生介绍一人，为此间之优秀分子，温文而能体贴，可以使先生调剂精神，可以使先生忘其疲倦，何况舞艺甚佳。先生而健舞者，请频频舞，使跳出一身汗来回去安眠，必能酣然入梦。先生为舞场常客，他人来坐，十分钟即转台，我使其侍先生坐，倍其时间……”语至此，止之曰：“汝言犹未极尽夸张，以后还当加：先生若此一台，可以消痰止咳，可以健脑补肾；若常常来坐，则消灾纳福，益寿延年，是则更足以使人向往矣。”

（《铁报》1946年3月11日，署名：高唐）

观影后记

有人看《莱茵河的守卫》，而啜泣不已。愚情怀抑塞，近岁不想看诱人眼泪之作，忆当年观《肉体之道》，而放声一哭，及后屡看信芳演《青风亭》，亦呜咽泣，至不成声。愚神经脆弱，易受感动，或谓是天性，或谓是病态，亦不暇诘其究竟也。

愚于舶来影片，自承欣赏能力不够，最大原因，为不谙英语，故不恒看。半载以来，西片生涯，盛极一时，而愚看《莱茵河的守卫》，犹第一次也。片复以华文说明，故能瞭瞭于故事之进展，然说明极多，看说明则不及看戏，忙煞双眸，亦为苦事。戏之后半部，渐入酸境，场中有抽咽声，而愚独无泪，但觉有物千钧，镇压心头而已。

片非五彩，愚甚失望，我妇每观影归来，言西洋电影彩色之美，视前益精进。我难得看戏，看又看着黑白片，情事又苍凉若此，原欲觅所以娱吾耳目者，所得乃为万斛辛酸，真悔此一行矣。

（《铁报》1946年3月14日，署名：高唐）

毕竟读书种子

白玉薇南来，隶天蟾，天蟾原拟以玉薇替郑冰如者，顾后来忽更变计划，使冰如仍蝉联，而加一玉薇，使阵容之坚，盖似钢似铁也。顾两者皆王也，势不能并立，于是“公事”上之纠纷，乃不可避免。玉薇之寄爷老凤先至，尤为娇女不平，老凤曰：玉薇来，天蟾仅予包银六十万，皇后在前一月，聘言慧珠登台，耗七百万金，相间过巨，天蟾已贱视我娇女矣。况玉薇既至，郑冰如留而勿去，"码子"必有参差，是又天蟾之欺罔玉薇矣！一日，老凤乃出马，与天蟾主持人，舌剑唇枪，必欲求事理之公。是时玉薇从至，颇感老寄爷爱护之周，惟曰："戏码参差，在所必竞，惟包银则彼方所予，我乐受之，是不能争，争则为梨园行所腾笑，要亦悖乎情理。"玉薇侃侃谈，闻者皆直其言，老凤亦自笑曰："娇女毕竟读书种子，乃不斤斤于阿堵物，老夫不第好事，亦迂旧可怜矣！"

(《铁报》1946 年 3 月 16 日，署名：高唐)

刘氏谈马妹妹

愚于《定依阁随笔》中，誉马妹妹为仪度清华。夫人刘，读吾文竟，问曰："若近来跳马妹妹邪？"愚曰："曾一遇其人，其人婉亮殊可人意。"刘氏曰："固旧识也。"距今年十年前，吾夫人盈盈十六七，母早世，父亦物故，以无人垂拂，披舞衫，入维也纳，时维也纳在今之大华路旁，夫人幼，不暇知家计艰难，有生意做做，无生意吃汤团归去，亦不以此而资微虑也。马亦雏年，与夫人之坐处相接，夫人落落寡言笑，马更温静，虽日日见而未尝相契。五年以后，刘氏来归，又一年，马亦退休，至昨岁重来，是已舞丛夙将，亦似白头宫人，可以话开天遗事矣。

马妹妹嫁后光阴，刘氏亦知之良谂，谓其质如兰，其命如纸。语至此，感喟万端，既又曰："若悦其人，固知老眼无花，然而……"愚止之曰："何言然而，女人之力誉我楮墨者，我从不作问鼎之想，以敏莉为证，卿必无疑。"刘氏大笑，曰："我安疑者？如汝荒伧，如彼娴雅，我特疑汝欲问鼎而不可得耳。"愚亦大笑，曰："夫人诚练达人情，其见解乃超于侪辈，奚况尔我情深，我何心肝，乃欲图叛夫人者？夫妻宜求直谅，夫人今日，真能直谅大郎矣。"妇人易侮，几句迷汤，刘氏之芥蒂尽销，愚此夜遂亦得酣眠。

(《铁报》1946 年 3 月 18 日，署名：高唐)

黄薇音或将被舞衫

黄薇音玉貌清妍，在女歌手中，各方面之修养，亦高于侪辈，顾以家计艰难，鬻歌所入，悉供膏火，以弱腕而匡扶大局，薇音之憔悴可知矣。迩尝就愚谈，谓十丈歌尘，不足措一家温饱，若弃此勿为，被舞衫，为货腰生涯者，唐君视之将若何？愚一时不能答，今日舞市，固非凌替，特要事在人为，薇音落落不与世合，故不易求腾踔于欢场。因为建议，不如歌唱兼伴舞，亦能广其收入。薇音不可，谓其事至不伦类，既舞女矣，何必歌手？第惧为舞女亦不足全我一家，徒资人讪讽，是故彷徨歧路耳。愚习闻舞场中人言，一月得舞票五十万，所业已称中上，第五十万金折算所得能有几何？舞女而求私积，必出之"经营"，"经营"自有技巧，而黄薇音恂恂不能办，纵为舞女，虑亦未必可观耳！

（《铁报》1946 年 3 月 20 日，署名：高唐）

怨　女　会

潘柳黛近自新闸路迁居于麦特赫司脱路，进宅之后，招友好集其新居，一夜所款皆女人，计有丁芝、田心、谈瑛、苏青、张宛青，及周錬霞，其中錬霞尚能笃爱关雎，此外并主人皆怨女矣。据田心自言，近方谋与藁砧脱辐，苏青则闺房之内，时生勃谿，谈瑛更天末伊人，相思如渴，若潘，若丁，若张者，皆与所天背道久矣。酒既酣，说话渐放浪，驯至不可收拾，事后有人稍稍泄其事于外，而不肯言其详。总之，几个男人所不敢谈者，以上人物，无不谈之。试举一例，房间之墙壁上，皆漆花，有人问柳黛曰：这是什么图案？则答曰：这儿都是葡萄架。座中人哗然。苏青曰：然则汝为武大老人矣。众又问曰：孰为西门庆邪？然此犹不足穷其艳腻，真穷其艳腻者不可实吾文，我亦不敢舒之腕底。我近来牙齿奇痛，无论左颊与右颊，胥经不起潘小姐之纤纤一掌焉。

（《铁报》1946 年 3 月 22 日，署名：高唐）

阿凯第夜坐

累两夜至阿凯第,异国人甚众,幸无酗酒情事,故可坐也。其地茶价甚廉,一夜以六人往,仅耗八千金,此为四个月前百乐门之茶值,四个月后,仅于阿凯第见之,真使人疑置身于承平之世矣。惟言跳舞,则阿凯第并不理想,乐队常奏华而滋与探戈,我不能办,偶然敲勃罗斯,则人挤于蛆,并回旋之地亦不可得,只能坐而不能舞。阿凯第本以表演为座客所歆动,然精彩者勿多,有之仅一男一女,描写各大强国人之风格,足供人一噱耳。愚等既两至,两夜未换节目,后一夜,华人亦多,别人带来之女人,有可看着,此则可以揭新鲜眼药,不比在平常跳舞场,看见的面孔,都熟汤气也。有姊妹二人,皆长身玉立,携之来者,为碧眼虬髯之客,二人皆绝色,林庚白所谓“含风玉立万容仪”者,之方艳羡不禁,强谓此种人必可另估,特我等无此路道耳。

(《铁报》1946 年 3 月 23 日,署名:高唐)

多恐朱家帐绝群!

杭县唐侠尘先生(云),以画笔之高,名驰域内,年来录女弟子甚众,有吴琦华、朱尔贞二人,愚并识之;二人皆璇闺幽质,亦皆潜心艺事,故所造至美。近顷吴以花鸟见贻,而朱则写墨竹持赠,笔致雄奇,视之乃如瑰宝也。尔贞以索件过繁,疲于应付,坐是订润例,非欲借此为稻粱谋,特欲稍节辛劳。顾索润不高,唐云画例,已勿甚奢,尔贞则尤少于唐云,谓不敢与先生争也。

愚为尔贞题画竹诗,云:“不用萧萧绿过云,肯将身事托红裙。行藏修洁宁论我?骨相清奇定似君。眼如垂时青一片,酒初停处醉三分。唐家诗笔朱家画,多恐朱家帐绝群!”诗尝刊于吾报,第当时录付编者时,末二句忽作“从今若过斜曛下,第一殷勤拜领军”,诚不知所云矣。此为愚十数年前旧句,当时读《温庭筠全集》后,有所作,得诗若干章,迩时夜不成眠，枕上又读飞卿诗，时念吾旧作，写题画诗时，羼入旧作，稿成，不暇检视，遂有此误。

（《铁报》1946 年 3 月 27 日，署名：高唐）

与田汉初见之夜

胡梯维、郭筠峰两连襟，与素琴、素雯姊妹，设宴款田汉先生，招至友作陪，席上欢洽无间，田先生且轰饮至于薄醉焉。愚未识田先生，当世之戏剧家，惟洪深、予倩二先生，论交甚厚，席间愚以欧阳与洪深之近况为询，端钧言：洪先生归来有日。素琴亦谓，予倩亦有书来报归期，良晤殆匪遥矣。酒后放歌，田先生首唱《卖马》，嗓音甚宽，亦醰然有神韵，继之为素雯吊《宝莲灯》，乃有高唱入云之概，以一男一女轮流吊，众人遂嬲愚为歌，之方止我，谓我歌不成腔，真不愿我在广座间，罄丑态于人前焉。愚初不欲歌，特以之方之阻，必一试，遂唱《打嵩》，调高至六字，而并不力竭，亦异数矣。继之素琴唱《春秋配》，嘹亮而韵味弥厚，人言女人在养过小囝以后，恒有补于嗓音，此言勿虚。兰芳投老，桂秋频年多病，声腔皆迥不如前，今之青衫，乃欲与吾老大抗衡者，实难其选。愚以此誉之，而素琴逊谢，素琴之意，不甘以少奶奶久蛰深闺，将复露色相，告愚曰："来沪四月，而无人来请我，我其不可为欤？"其实素琴归时，巨腹隆然，纵使有人来请，亦不能登台，及其既育，在休养时期，人家亦不敢来请。孙兰亭兄，尝就愚商谈，谓中国拟邀大姐，亦可能否？愚踌躇不能竟答，今觇素琴意，则受聘殆非不可能，缓当与兰亭言之。田汉先生健笔，书法尤雄劲，是夜，金氏姊妹出素笺，丐先生墨宝，写旧作绝句，亦有当时构成者，才思之捷，真不可及也。

（《铁报》1946 年 6 月 12 日，署名：高唐）

《小声》暂寝记

《小声》从发刊到"暂寝"的日子，将近一个月，暂寝的原因不止一端,关于编辑方面受到太多的牵制,则为最大的一端,不仅发行之失败而已也。《小声》之最高负责人为郑浩铭、徐观焘、龚之方诸兄,他们于新闻事业都有兴趣,办小型日刊,尤为高兴,我们相处得非常融洽,都能互相了解苦心,反而因为挫折受得越多,而增加私人间不少情感。我们是在六月一日的下午决定暂寝的,这一天我还约了全体编辑部的同人在锦江吃晚饭,本来想在席间商量《小声》面目上改革计划,但到了锦江,看见朋友们的高兴,我始终也没有把这消息漏出来,一直到散席时,又相约第二天下午在新雅吃茶。

新雅的茶座上,李栩小姐是最后一个来,她报告这天访着一节非常好的专稿,我陡然噤住了,良久没有说话。后来雷伊泰先生告诉她我们暂行辍刊的消息,她显得十分惘然！我们这个机构,是以友情来结合的,大家并没有灰心,《小声报》也是计划复刊的。当离开新雅的时候,培林兄说:“江东子弟皆才俊,卷土重来未可期。”杜樊川这两句诗,真是够令人感奋的。

(《铁报》1946 年 6 月 14 日,署名:高唐)

[编按:《小声》名义上是《侨声报》的副刊,创刊于 1946 年 5 月 5 日,最后一期为同年 6 月 1 日。]

与程砚秋谈

程砚秋先生来沪之后,有一天由兰亭兄介绍,我同培林与兰儿去访问他。在一起吃饭,他并没有多喝酒,但谈锋甚健。

程先生显得苍老一点,这两年来,他归耕畎亩,毕竟是桩辛苦的事,不过体力更加精壮了,而人则见得不修边幅。记得我从前屡次碰着他,他总是着一身很新鲜的西装,修饰非常讲究。这一次穿了件派立斯长衫,头发并不梳得整齐,他本来是凝重的,而现在看起来,却更加庄穆了。

席上谈到后起人才的凋零,而致慨于平剧将归于衰落。据说最大的原因,是穷人家子弟,栽培不起来。譬如明明看着是块好材料,但谁有力量，替子弟延高人授艺，艺成之后，更没有力量购置行头。北平、上海的戏剧学校，和故都旧有的科班，现在都已解散，即使沙里淘金，目下也无从着手。而程先生雄心未死，他还想复兴他的戏曲学校，还想搜罗关于旧剧上的文献，梓行问世。在当世的梨园行里，谁都承认程先生是有心人，这总算没有看错。

（《铁报》1946 年 6 月 15 日，署名：高唐）

放　鼠　记

室中有鼠患，购一笼笼之，戢一鼠，入夜放之于巷外。愚性爱惜生物，愚妇亦不好杀生，放之，于心滋安也。昨夜又笼得一鼠，肥而硕，逾于前鼠，侵晨雨甚，命女仆挈笼至巷外，待开笼，巷外人阻女仆，曰："鼠若生遁，必更扰人，曷勿杀之，杀之之法正多：注沸水一勺，亦死，不然一浥以火油，燃其身，则亦死。更不然，引猫至笼畔，启笼，鼠必膏猫馋吻，猫亦以此得一饱矣。"女仆大窘，不敢放，仍携之返，述路人之言，愚曰："侵晨人众，俟夜色深时，然后图之。"

愚非昏盹，乌有勿知杀鼠之术者，乃劳旁人寄语，特心不忍耳。往者贼兵暴虐，杀爱国之士，亦用路人杀鼠之术，辄令人发指眥裂，微特此也。愚又见今日附逆者之判刑，偶或奇苛，亦往往惘然若失。譬如袁履登之幽禁终身，其人既颓唐若废矣，而降兹大罪，以"心境"测人，真有不堪设想者，顾秉笔之士，复从而揶揄之，虽曰"正义弥天"，然若以人类应有之性气衡量，无奈相背太甚。文人骂贼，要在贼焰高张之时，自身不惮冒斧钺，夫此然后为英雄。若已就樊笼之贼，而复致其呶呶者，则行径已小，此朱惺公先生之所以为千古大烈耳。

（《铁报》1946 年 6 月 16 日，署名：高唐）

"开除"社员！

连日报上登着"大社开除社员王廷魁"的广告，我与双方都是相熟的，但我要谈一句衷心话，看了这则广告以后，对王廷魁实寄以无限同情，而对大社的署名人，起了绝大的反感！

且不问这事件纠纷的内幕如何，我们只是看不惯“开除”两个字，用得这样贸然，用得这样随便。大社究竟是什么机关？它过去对于国家社会，曾经有过什么伟大贡献？而身为社员者，因此沾着无限光荣。据我们晓得，它也不过是唱唱戏、赌赌钱一个普通的俱乐部而已，而亦居然皇皇告示，“开除”社员，这在被开除者，决不是耻辱，倒是列名单几位，实在头轻脚重得可怜又复可笑。

从前所称道洋场恶少，现在该改名为海市荒伧之流，他们一贯的作风，表示对朋友要好起来，有你死亡也死的勇气。一旦闹翻，什么面目，什么手段，都放得出来，你说可怕不可怕呢？

（《铁报》1946 年 6 月 18 日，署名：高唐）

蛇蝎美人

吴世保之妻佘爱珍受审之时，记得某报替她加上一个头衔，叫作“蛇蝎美人”，此亦极比拟不伦之能事矣。而前日堂堂的《新闻报》上，有一节关于佘的记载，亦用此四字，这该是“以误传误”了。

蛇蝎心肠是形容一个人的狠毒，加之于吴世保女人身上，原无不通，用“美人”二字来描写佘爱珍，则莫名其妙。这位吴门佘氏，今年春秋已达四十六岁，本来没有温良之相，难道看审官司的新闻记者，在法庭上望过去时，看见她，虽然秋娘投老，而余态犹妍，因此涉想到“味胜雏年”的境界，在下笔之时，情不自禁地从“蛇蝎”之下，加上“美人”两字，但这毕竟是笑话。

（《铁报》1946 年 6 月 20 日，署名：高唐）

妙语如云天外起

大美电台有报告员，操本地白，其声曼妙，口齿亦清爽，想象中其人之姿色必勿恶。念丁芝在大美，播“空中信箱”，必谛其人，因以电话抵丁芝，问曰：“若亦谂大美之报告员邪？”丁芝口没遮拦，遽曰：“是为周小姐，业此者十余年矣。春秋已富，子且十龄，惟所天久殁，今抚子赡家，端赖电台所获，别鹄离鸾，为状盖至可悯也。”言至此，转问愚曰：“汝何以忽忆其人？”愚曰：“偶聆声腔，不觉想望凤仪耳。”丁芝乃大笑勿已。

往岁小马税一室于某大饭店，闻店中之女接线员，发音极柔腻，吾友辄怦然心动，久之，渐通款曲。一日，小马乃约女，谓我以车迟卿于门外，将偕汝共餐也。女允之，顾曰：“我二人未尝觌面，如何相见？”吾友曰：“汝但识之，我竚于门外一飞车之侧，我颀长，苟门外而万头攒拥，汝但见一颀直耸群颅者，是即我矣。”未几女出门，就小马之车坐，邪许声中，地北天南，任所骋驰矣。

（《铁报》1946 年 6 月 24 日，署名：高唐）

红妆一队绝鲜明！

近来时到洋行街之德兴饭店，制肴之美，在上海本帮菜馆中，无出其右。虽长夏炎炎，道里辽远，皆不所惮。一夜去十三人，脂成阵，粉成团，玉笑珠香，虽为数不祥，亦勿遑恤矣。同行者有汪、张、秦、李诸小姐，凡此皆当日歌坛之秀，今则各有所欢矣。又有梁小姐、陈小姐，及严九九与朱佩珍。九九方与乃夫占脱辐，佩珍为别鹄离鸾者已三年，以不暇自存，为舞人于“百乐门”。叔江谓佩珍者，温恭肃丽，虽大家闺彦，不是过也。九九面陈忧戚，微饮，益见哀艳凄凉之色。汪则健酒，频频与天衣倾壶。秦天真无邪，厕身于歌苑之为期甚早，黎派歌曲，无不能之，尝黝愚唱《特别快车》《丁香山》《吹泡泡》诸曲，其人乃为长成妙女，而娇痴不已，真爽人心目也。饭已，乃赴“丽都”为酣舞。愚兴会奇高，为一二年来所未有，中岁情怀，时伤落寞，惟豪气英才，赖此培养，惜此意不足为夫人道耳。

（《铁报》1946 年 6 月 27 日，署名：高唐）

老金归来

金焰归沪，刘琼伴之来存老友，相见欢然。次日，愚与之方为老金洗尘，邀永刚、祖光、小丁、桑弧、也白、兰儿诸兄作陪，老金负醉来，知其好饮犹不减当年也。席上谈笑甚豪，愚问老金，谓上海报纸，谓汝在抗战期间，营商颇能富，亦可信乎？则曰："不可信，曩在他乡，微特海上报纸，传我广聚，即内地诸报，亦竞载一时，谣诼之来，不知所自，其实一贫如昔。今告老友，我自来沪，见沪上百物奇昂，我以不能长居，不久，且遁归香港矣。"我乃效新闻记者口吻，问老金曰："汝回到上海，亦有感想否?"老金大笑，曰："别无感想，第觉一事甚奇，我返上海，乃犹及见吾老友大郎也。我居内地，时时以大郎为念，以为此人羸瘠，抗战八年，归去将不获重见，不图大郎健旺逾于当时。"言已复大笑，老金亦老豆腐矣。此人不比刘琼之可以惹得他昏天黑地也。老金犹壮硕，面目无减，而豪气英才，亦如往昔。是日，祖光着一汗衫赴宴，睹者大奇，祖光曰："我特以顽童姿态出现耳。"

(《铁报》1946 年 6 月 27 日，署名：高唐)

朱尔贞之画扇

若瓢和尚兴修烟霞洞，资无由出，则丐当世书画家，合作扇页，页售五万金，顷蒇事矣。吾友得一箑，为王季迁写竹，以朱尔贞作书。朱曩从唐云习绘事，又师事钱瘦铁学篆刻，二者之成就既高，且问世矣，而不知其亦工书法也。尔贞之书，授自符铁年先生，且尽得其传，向日谦谦，不欲示人。其实朱书用笔结字，良具规模，今岁，为愚治一箑，遒劲雄奇，不类出女儿之手。愚深诧异，疑尔贞尝习致柔拳术，日久功深，则巨万旁流，窜集霜毫，苟勿然，胡来此腕底千钧哉？特时人见尔贞书者，佥曰："刚健若此，乌得为静女所为？是必有捉刀人耳。"闻于尔贞，滋不悦，曰："闲人判吾书为勿佳，我不得解，若谓吾书实倩他人所代为，是诬我为欺世矣,不可忍也!”尔贞涉世未深,遇谤,怨怼不能自已,顾养气十年之说又不足语于二十尺香楼中人耳。

尔贞恒时,自逊不通韵语,其为愚书扇,录一诗,则愚为敏莉存病所作也。其句云:“楼前似树着奇花,门外来停问病车。地瘠民穷身是客,年荒亲老汝无家。依然风采明于月,未必人情薄过纱。此际晚窗闲共眺,天边霞映脸边霞。”诗中“汝”本作“女”字,“映”本作“接”字。愚一诗之成,恒不暇顾炼字,乃劳尔贞为愚窜易者,前者自比较为着实,后者益足渲染当时光景之美,然则此人而为诗,又何虑不发语惊人哉?

(《铁报》1946 年 6 月 28 日,署名:高唐)

袁案如何!

愚昔日为文,于袁履登致其悲悯之怀,嗣有人发起为袁吁请减刑者,成败犹不可计也。

袁投伪之际,旧租界时有暗杀案发生,贼兵则就出事地点,加以封锁,累日不开放,居民乃有觅食不得,饥馑垂死者,袁氏忧焉。尝告贼兵当局曰:“现状若此,我命亦朝不保夕,苟我死者,纵行刺者毋究,亦勿许施行封锁若彼居民!”时上海人咸闻其事,罔弗戴袁老仁慈,彼为汉奸者,在法律上诚不可逃避责任,然若就其行事言,正亦有足述者。顾今日之事,有人而为汉奸说一句公道话,其人遂为大逆不道,反之要装得百脉偾张,以痛骂汉奸为能事,则其人为正义感,为国家民族之英雄。彼自大后方来者,犹可说,而若干年来,本流荡于沦陷区中,凡所蝇营狗苟无不在人耳目,今亦居然髯发戟张,以骂汉奸为自标其清高,是真使人抗战以前之年夜饭亦呕得出来耳。

(《铁报》1946 年 6 月 29 日,署名:高唐)

悔没有昧一昧良心

方型周报,果然同时遭劫矣。在它们只有七八种的时期,都能各守范围，从正当的一方面，争取销路，后来愈出愈多，多至数十种时，遂纷纷以色情造谣为号召，立刻成了一样为社会所侧目的东西！但这中间，也有若干种它们不曾同流合污，依然保守以往的风格，希望在政治清明的今日，它们能够永远立脚。但结果是一扫帚打杀十八只蟑螂，方知要在今日而分是非，分黑白，直同做梦。

我是方型周报的发行人之一，因为没有造过谣，也没有用色情来戕害过读者，向来无愧于心，论我们的营业，也因为不甘低级，所以生意并不好，赔本已赔了好几期了，所以出不出无所谓。遗憾是力争上游的结果，遭受到一网打尽的取缔。早知如此，我们也会色情，也会造谣，在当时乐得昧一昧良心，多销几本，纵然发不了财，至少不至于赔出肉里钱来。

（《铁报》1946年6月30日，署名：高唐）

爷

梅兰芳人称梅大爷，类此则程砚秋称程四爷，姜妙香称姜二爷，马连良称马三爷，马富禄虽小丑，顾奇红，遂亦有人“爷”之者，则亦马三爷也。又以俞振飞之为俞五爷，叶盛章之称叶三爷。不知余叔岩是几爷？杨小楼又是什么爷耳？凡此皆指京朝角色而言。若海派诸伶，愚知有盖五爷，又林树森之称林三爷，周信芳以江南伶范，并无“爷”号，内行后辈，尊称周为周先生，并时者一律以信芳呼之焉。

愚与前辈交接相称不用“爷”字，惟于盖叫天倾倒之极，有时亦称他为盖五爷，不仅此也：“愿倾万斛情如沸，来捧江南盖五爷。”“盖五爷”三字，当年且以之入诗焉。

（《铁报》1946年7月2日，署名：高唐）

“士可杀不可辱”

光启将集上选人材搬演《日出》，陈白露一角，今属之莎菲，最早拟邀言慧珠来承乏，言未必能胜任愉快，特以慧珠今之见重于红氍毹上，偶演话剧，轰动为必然之局也。顾亦未曾成议，愚谓言慧珠果答应上陈白露矣，白云势必要轧一脚，则胡四一角，以白云去之为最宜，以其形态似也，行动亦似也。叔红乃谓，惟其此人，决不肯演此角，而非争方达生不可。时丁芝在座，遽曰："叔红之言然。"有人以纪念册，尝请白云题字，白云书曰："士可杀，不可辱！"人以妖孽视之，而渠则自傲其崚峋，天下惟此种人最奈何不得他也。

（《铁报》1946年7月3日，署名：高唐）

对张淑娴倾吐我的"私恋"

六月三十日，同张淑娴和她的先生在新雅吃饭，我同她的先生是熟人，而且是可以打打朋的熟人，所以我们纵谈甚快。

这一次看见张淑娴，觉得异乎当初的是她瘦了一点，有人说她肚皮发了块头，我仔细看看，看不出什么，我也问起她"你几时生产"？她笑笑没有回答。最两样的是她忽然说起一口上海话来，从前我同她吃饭，逛舞场，我屡次要求她不要卷了舌头，她不肯，她说她不会讲上海话，现在明明说得很流利，大概她一定要碰着仰望终身的人，才肯把这一部分的生理，也变态起来。

张淑娴在唱戏时候，是出名的守身如玉，唯其守身如玉，于是追逐她的人，正同蛆虫蚂蚁一样。这天我问她："你在当时有没有统计，究竟有多少人追求过你？"她笑着说："不知道。"我又问："那末我也曾追求过你，你心里明白不明白？"她说："唐先生您不是想同我拍一张照吗？我答应了你，后来你为什么又不提起啦？"我说："老没有机会，谁好意思，特地带了你上照相馆去。"她先生听我们的对白，他也兴奋了，插口说："大郎兄，你也追求过她，那你为什么不追求下去？"我说："我还是早期的一个，我的个性，干什么事都不肯耐久，当初我一看嫂夫人既凛不可犯，我又不甘心为了女人，而去小心翼翼的伺候她。及至后来，她的群众愈聚愈多，像排了队轧煤球轧肥皂一样，我虽然到得很早，但实在怕受挤，只好退了下来。"她的先生听到这里，哈哈哈的大笑起来，在笑声之中，带一分骄傲，意思是说，凭你们这一群，挤死了也没有你们的份，现在人是我的了！哈哈哈。这是我的笑声了。

张淑娴在唱戏时候，我为了她刻骨倾心，是事实。她对我有知己之感，也是事实。记得她陪我第一次唱《别窑》之后，我曾经写过一首纪念她的诗，有："瞻世风华今属我，一番辛苦总缘卿。"又有"明知患堵皆雠敌，故遣闲人识姓名"之句，也可以想见当时得意之状。天下的事，真有不可料想的，我总以为我对张淑娴那一片私恋之忱，永远埋煞在我的肚子里，无法宣泄了。谁知倒在她嫁了人以后，当她先生面前，还有尽情倾吐的机会，倾吐以后，我非常痛快，这心境也不输于她陪我唱了一次《别窑》。

淑娴的丈夫姓叶，是宁波人，上海著名的旦票，也是颜料业的巨擘，我想夸张一点说，薛宝润、贝润生之后，他是此道中的后起之秀。

(《铁报》1946 年 7 月 4 日，署名：高唐)

打油诗两首

◆ 寄朱尔贞先生

那天曾枉先生驾，午后方知愧失迎。自是名家俦绝艺，代为诸友谢高情。夜扦几只登门脚，早出谁家远路诊？我独近来悲失业，方型周报一齐停。

数日前，尔贞持画扇数页，嘱代赠兰儿、培林诸兄者，山水花鸟皆有，俱极构也。尔贞为今日之忙人，治艺而外，复为人督学，愚喻其授课为出诊，喻其刻图章为扦脚。有时相见，必问曰：近来扦脚生意如何？其人有闺中静女之矜持，惟亦谅予疏狂，闻予言，不怒，第淡然为潮晕耳。

◆ 闻敏妹自香港飞沪

岂徒小别止黯然？积日相思诉不全。汝自情深先报信，我因乐极不成眠。若言事业如灰倒，倘问流年被鬼牵。依旧哥哥贪白相，瘪三做在眼门前。

七月二日，予以之方赴京，游宴无伴，恒早归，是夜甚雨如倒，至十时，敏妹以电话来，谓甫下飞机也。客中时念唐家，因问阿兄康胜否？嫂氏佳邪？诸侄暑期学业完邪？复相约翌日为良晤，喜极，亦感其情重，遂终夜无眠。

（《铁报》1946 年 7 月 5 日，署名：高唐）

讨厌的高甜心

重庆来了一个刻图章的高甜心，起初是在各报上刊登广告，招徕生意，后来又在一张大报上，发刊他的著作叫作《印话》。鄙人对于金石书画，完全外行，平常也并不附庸风雅，所以读了高甜心的《印话》，根本弄不清楚，他的话说得对还是不对。有一天忽然读到他的文字里提起了“印格”来，他的原意大概说：“格”即是印人的人格，他要问问上海沦陷了这么许多年的人里面，可有做过对不起自己良心的事？可曾替奸逆们刻过图章？假使有过的话，此人便没有人格，也谈不到有“印格”。看了这一节话，真使我肚膨气胀了好几天，像这样见解鄙陋的人，我可以断定这一位高先生在艺术上的造就，大高不妙。一个艺术家的行为，好坏未必能囿限其造就，若使一个人的气质不良，那末可以相定终身，他的作品决不会高超。

慢说替奸逆刻过图章，无碍于个人的艺事，便是本身是一个奸逆，而他在艺术上有优越的造就，别人也不能否认他。譬如郑孝胥、梁鸿志，尽管是巨奸神蠹，但在中国近代的诗坛上，论地位，他们二人，终是盟主。知堂老人也以附逆罪入狱了，但讲到文学，你能不承认他是此中泰斗吗？一个人连这一点窍都不通，还侈谈艺事，真不怕别人笑话！

告诉你，高先生，你是内地来的人，不要再举起这把小刀子往上海人身上�，上海清清白白的人多得很，好立起来讲讲话的人也不少，我就是不吃你这一功的人，你还是多刻几个大美国大总统的图章去自鸣得意吧，你是全世界第一个讨厌的人！

（《铁报》1946 年 7 月 6 日，署名：高唐）

扦脚技师的广告

当《小声报》中辍的前一天，有一位扦脚技师，送来一则广告，因为来不及把它登出，现在照刊在下面：

"刘兴发（即小六子）启事：敝人于抗战期内，流转内地，终至重庆，数年以来，仍服旧役，专为抗战志士、爱国同胞扦脚，无论新旧鸡眼，大小嵌爪，经敝手一扦，步履如飞。目下已来上海，愿应当地混堂之邀聘，惟敝人稍有意见发表：敝人欲问八年以来，在上海之句容同乡，以及扦脚同志，身处沦陷期间，可有曾为敌伪人物，扦过烧灰者乎？此种同志，对不起自己人格，兴发不敏，实耻与为伍也。此启。"

高唐老人读此广告竟，评曰：刘兴发先生忠贞之语，至壮至烈。读此文，胜看金石名家甜心先生之"印格"千篇矣。

（《铁报》1946 年 7 月 8 日，署名：高唐）

关于童芷苓

童芷苓唱《蝴蝶梦》，楚王孙提出第二个条件，要她脱下麻衣，披上红衫，叫书童传语。童辄曰："这不是不成问题的问题吗？"此虽卖弄，然偶一为之，亦足以豁人心目。后来又对书童曰："你过来呀！怕什么？我又不是原子炸弹。"则贫矣。"原子"长，"玻璃"短，到现在闹得天昏地黑，愚不乐闻也。

童芷苓之聪明，尤在言慧珠之上，你别看她这个人，似板门实梗一扇，然而剔透玲珑，无人可及。其嗓音宽而甜，得天赋之厚，即私底下闲谈，音调亦脆朗可听。张淑娴观童芷苓唱《红娘》，谓为迈盖一切之作。她们是同行，而并不嫉视，且肯服帖人家，则张淑娴之气度，正复不恶。想不到刻骨铭心之女，在其跟别人家跑后，犹发现这一点可爱也。

童芷苓能知检束，十载氍毹，未尝构荡媮之闻。此人讲究爱了一个人，便爱煞了他。有相悦者周某，历数年矣。周在沪经商，少年而厥背微弓,顾健舞,或曰:童芷苓之所以一往情深,正以其舞步优美耳。报载童将与周举行订婚典礼,殆不确。据周剑星氏言:彼周夫人者,实当世倾城之选,而夫妇之情感綦笃。苟童与周之爱好无替,特终世为腻侣而已。

(《铁报》1946 年 7 月 9 日,署名:高唐)

御 风 记 事

我曾经写过一首御风诗:"暂得清姿互对时,衣香不用好风吹。饥深余子争为食,耐到今朝始有诗!是夜沉忧镌秀骨,一街明月照丰肌。此情留与婵娟忆,只为唐生老可期。"统首不是好诗,但自己很欣赏第一联写得那么执拗,而施叔范先生却称赞我后一联好,尤其是"一街明月照丰肌"的意境特别明爽。

那一夜我们雇了一辆飞车兜在福履理路贝当路一带,我把朋友送回去之后,在我归家的途中,迅速地得了二十八字的腹稿:"渐看春色上眉弯,复遣香风压鬓鬟。道是今宵人未醉,仓黄不许犯朱颜。"我自己懂得找寻培养我才气的原料,光是穷,我一时还不会"憔悴"的。

(《铁报》1946 年 7 月 11 日,署名:高唐)

我不喜欢《贩马记》了

二十年前,看过一次梅兰芳同姜妙香唱的《贩马记》,那时我虽然年少而并不翩翩,但多少有点"顾影自怜",曾经发下宏愿,若使登台的机会,要唱一次《贩马记》里的赵宠,好描绘一番闺房间的缠绵之致。过了十年,我又想演李奇,这个瘾犯了好几年,而终于未曾实现。到近一二年,我根本不欢喜《贩马记》这一出戏,尤其是第二场的"写状",不合情理,我派来派去,赵宠同李桂枝这双夫妻,是一对十三点。

做了夫妻,不知夫人的身世名字,已属谎谬,而要盘问她名字的时候,她是羞答答地不肯直吐,我不知当他们第一次举行人伦大典,想剥去李桂枝那条裤子的千辛万苦，赵宠是怎样承受下来的？又如念到“八月中秋桂花香”时赵宠的忘形，放着现成的面孔不香，对着状子上桂枝的名字接吻，夫妻淘里，有啥关系。这些不合情理的急色表情，徒然使人对之憎恶。

信芳先生的李奇，他第一次唱，我就看的，并没有什么特别的好，不一定超过唱昆剧的郑传鉴，因为这个角色，永远在躄踊哀楚之中演戏，显不出身手上的矫捷，信芳是大材小用了。

（《铁报》1946 年 7 月 12 日，署名：高唐）

改名换姓

一位女作家在某报上写小说，有人在别一张报纸上，攻讦她过去是附逆作家，于是某报的当局惶悚了，讽令她换一笔名，她表示反对，宁可辍笔。我认为这不是她的任性，她是尊重自己，辍笔当是最好的应付。

前两天在“天蟾”与刘美君同时登台的那个老生，一向在关外，同唐韵生他们都是驰名的角儿。在上海登台的头一天，我同“天蟾”的主持人在一淘吃饭，提起这个老生的姓名叫娄雅儒，席上立刻有人建议，要替他换一个名字，理由是说：“雅儒”两个字，太不像唱戏人的名字了。又有人主张改为“雅如”，比较好些。我听他们七张八嘴，而没有一点意见。不料第二天一看海报，索性连他的姓也动过，叫了“楼汉英”，成了面目全非，我不禁替娄老板起了一阵悲哀。我不想了解他本人今日的心境如何，我只是觉得外码头来的角儿，就有对他们“唯恐怠慢”的，同时也有“随意支派”的，这里头的距离，真是最大残酷！

现在“黄金”的李慧芳，自从我认识她到现在，她已经三易其名了，虽然与她事业上的成就，或者本身的运会，没有什么影响，但据说改名是她自己要这么办，那就用不着别人替她非议。

（《铁报》1946 年 7 月 13 日，署名：高唐）

自娱与傲人

在一张票友的名单里，发现两个名字，是邵章遏云和叶张淑娴，其实用章遏云女士、张淑娴女士不是很大方的吗？所以要加上一个夫家的姓，那一定是邵先生和叶先生的心理，一种为了“自娱”。当然咯，把大名鼎鼎的角儿搬到自己家里做一个人的享受，原是丈夫得意之事。另一种是“傲人”，让当初“轧神仙”轧不着的那群失败者看看，也未尝不可以一纾积乐。我决不作违心之论，我对他们就是因羡生妒的一个，若使当年章遏云肯做我太太，或者张淑娴嫁给我的话，“我哪能勿窝心得来?”（这句上海话）所以关于后者，我先可以告诉邵、叶二位先生，你们的“计”是“售”了。

记得从前王永康的妻子，也会登台唱戏，她每次彩排，总是写的“王永康夫人”。一天我问起一位同王永康相熟的朋友：“王永康那个常常唱戏的女人，从前是啥个路道?”朋友说：“出身是湖丝阿姐，但人非常好，也深明大义。”因为她是“做厂”的劳工，虽然后来嫁着了一位如火如荼的丈夫，她的姓名还是拿不出来，譬如“王陈阿巧”，或者“王张阿凤”到底是不雅观的。你要叫他改一个名字，凭王永康这一块料，也改不妥善的。

为什么不看见杨张文娟、胡金素雯呢？这又要牵涉到男人的气度问题，我不高兴说了，尽说下去，又要有人骂我沉不住气，肝阳太旺。

（《铁报》1946 年 7 月 14 日，署名：高唐）

盖叫天真好

天蟾舞台的义务戏，有一天是《大溪皇庄》的压轴，而大轴是梅兰芳同马连良的《打渔杀家》。《大溪皇庄》里的主角，原由盖叫天、麒麟童、赵如泉诸人分饰的，报纸上已把阵容都刊登出来了。及至去征求盖叫天的同意，盖叫天的回答是“绝对不唱”。他的理由非常简单，义务戏多唱几台,没有关系,但码子一定要他的大轴,否则,任凭是什么名义的义演,什么“大头寸”的嘱咐,一概不理。

盖叫天真好,他的倔强是可爱的,他抱定一个原则,我盖叫天是决不输人的。其实这不是他的意气用事,他用过千锤百炼的功夫,成就了超凡入圣的演技,你叫他怎么肯认输?所以我绝对要替他辨明的,他是倔傲,而不是一般伶人的“狗戎”脾气。前者是襟度上的优美,后者则是性格上的恶劣而已!

我同盖叫天不比同周信芳先生那样交情深厚,彼此认识,也没有几年,他晓得我一向在笔下提到他,对我有知己之感,他不大会寒暄,每次相见,从他的讷讷中,流露出一种诚挚的神情,而使我感动。

(《铁报》1946 年 7 月 15 日,署名:高唐)

狗戎脾气

有人告诉我:天蟾舞台的义务戏,排《四郎探母》的那一夜,信芳唱的是“出关见娘”,派马富禄的佘太君,而马富禄拿跷,为了与信芳的“四郎”同场,他表示不“屑”唱。我疑心这是一般人的揣测之词,马富禄不至这样胆大妄为。前三年大来公司那一局,在“天蟾”上演,他不是帮过信芳的吗?现在这黄熟梅子,卖什么青呢?

但话要说回来,京朝角儿发起狗戎脾气来,自会有叫人肚膨气胀的地方,万一马富禄的拿跷,真是为了不屑与信芳同场,那末我们除了笑马老板睏扁了头以外,没有其他感想。我们这位江南伶范,就凭马富禄再好一千倍来陪他唱戏,也绝对不是他的光荣。若单单凭马富禄现在的牛鸣犬吠,就好贵贱轻重到信芳头上,说与谁听,谁都不会相信。

天生不是挑大梁的材料,偏偏到南方来发嗲劲,滚他妈的匹蛋!

(《铁报》1946 年 7 月 16 日,署名:高唐)

譬　喻

我不大有机会听得着丁芝所播“空中信箱”。朋友之中，陆洁先生，天天在那里收听。他告诉培林兄说，丁芝每次开口，总有一个固定的开场白，如云：“我就是丁芝。丁是一划，一直，一钩的丁，芝是草字头底下一个三曲之。”

前两天我自己也听着了她这样的一段开场白，给人的印象好似看“米高美”的影片，片头上放出一只摇动的狮子头的标记。

丁芝有滞人的声音，现在依然滞人，不过以前的音调还要爽朗一点，而近来则有些发腻，腻了，听的人觉得沉重而不大自然。她的信箱生意真好，我听的那天，正是报告所有的来信，替他们排好日期，预备答复的，一直排到十几天以外。这有个轻薄的譬喻，好似红舞女约客人吃咖啡吃夜饭，往往要约遥远的日期。其实这还不算轻薄，还有个譬喻，更加切合，则因为轻薄之外，太下作了，我不能再说。

（《铁报》1946 年 7 月 17 日，署名：高唐）

笠诗语录

姚肇第先生，是当世的名法家，也是鉴赏家，写黄山谷，写董香光，甚至写宋徽宗的瘦金体，谭瓶斋先生背后夸赞他，笠诗真有“出蓝”之目，笠诗是姚先生的别署。姚先生学问好，艺事好，而人也风趣，同他谈谈，有使你忘不了他的妙语。

有一时期，吴邦藩先生学习写竹，到处从冷摊上搜罗其画竹，他对笠诗说，一共收着八百多幅，自己每天早上，也要画一二十张。笠诗说：“再过些时，你府上要搭篱笆，倒不愁没有材料了。”

《出水芙蓉》在“大华”上演到两个月的时候，笠诗说：“后来看看那个女主角，显得老了许多。”

笠诗看见朱尔贞写的扇页说：道地的“米字”。半晌又说：“巧啊！朱小姐怎么把符铁年那一副狂狷之气都学着了呢？真不像小姐写的。”

一次，同笠诗吃饭，他暗指着席上另一位朋友，轻轻对我说：“请你仔细看一看，从这个人皮肤的颜色上，以及面孔上各种器官的结构组织上看来，可以断定这个人是毫无情感的。”我想了一想，当时几乎喷饭。而笠诗则说根据医学而产生这个理论的。

（《铁报》1946年7月18日，署名：高唐）

棺材睏在别人头上

我的太太听见某同文死后，境况十分尴尬，身后之事，终至于乞助于人，她慨然对我说：“大郎，你真不能乱来了，趁此可以做一点事体的时候，该积蓄几个钱，老就在眼前，老了还要死！”我听了她的话没有回答，也没有表情。

我太太平时以为看得我很清楚，在寻相骂的时候，她说我是旧料作，其实她以为骂我，实在是捧我，我连料作都不成立，根本说不到新旧。似我这样的低能，加之游手好闲，如何是块料作？

她既然把我估计错误，我不忍再伤她的心，向她澈底解释。

一般人的见解，以为死了以后，棺材睏在别人头上，是为“生者所难堪，死者所不能瞑目”的事，尤其是女人。从前我常常听见一位朋友的太太，背后诋毁他的丈夫，“许多年来，他父亲的棺材账还没有料啦！”这样的怨怼，说给我听，我只有对女人起着反感。棺材睏在别人头上，有什么大不了的事，我的意思是就怕死了之后，没有人来理你，让你无法收殓。活在世上，能够买几口棺材给别人睏睏，固然好事，不然睏别人的棺材，也无所谓。

（《铁报》1946年7月22日，署名：高唐）

错 过 女 人

女人之戴太阳眼镜，或者能资其丑，或者亦能增其妍也。李曼丽赴港以前，一日清晨，遘之于白克路上，御太阳镜，作浅绿色，披雪白上衣，旗袍为淡黄色，而缀以红花，数色相间，风神欲绝矣。又一日垂晚，愚亦戴太阳眼镜，过新闸路，迎面来一车，车上载粲者，亦御镜，挥手与愚为礼，愚亦挥手，既掠过，终不知为何人也。私心懊丧，无可言状。中岁所嗜，仍旧妇人，错过女人，比错过发财，更难过百倍，或曰：何不先致发财，再图女人？愚则必欲先致女人再开财路，盖与时贤意见左也。

（《铁报》1946 年 7 月 24 日，署名：高唐）

瘌葆生小记

谢葆生在海上侠林中，固同于其他人之目不识丁，然而能说笑话，听者亦可以绝倒也。往年，余坐伊文泰夜花园，谢同其家人来，邻余座而坐，忽有一欢场女子，见谢至，辄来就谢，絮絮语，若有所商，顷之女离去，行时，顾谢曰："老头子，托你格事体搭我摆勒心浪。"谢遽曰："晓得哉，一定摆勒心浪，勿摆勒我心浪，摆勒我肝浪，勿摆勒我肝浪末，一定摆勒我 × 浪。"其声甚扬，听者哗然。盖其吐属虽粗鄙，自有风趣，不同于"唱滑稽"之"硬滑稽"也。

五六年前，谢未附逆，海上锄奸之士，谋俞叶封甚亟。一日，诣新新旅馆范恒德之房间中，弹飞发，意俞必在此也，会谢方坐于迎门一沙发上，见来者，辄自指其颅曰："看看清爽，我是谢葆生，勿要打朋。"缘葆生之发秃，沪人恒称之为"瘌葆生"焉。

（《铁报》1946 年 7 月 26 日，署名：高唐）

义舞之夜

全市举行义舞之夜，与小马、天衣坐于"大都会"，走廊下满贴标语曰："多喝一杯茶，多救一条命，多跳一只舞，多救一条命。"亦有人向麦克风前报告，劝座客多喝一杯茶者，窃念舞可以多跳，茶乌能多喝？愚等皆招舞女，朱佩贞来，则善颂善祷曰："愿先生今夜归去，养一个大胖儿子。”愚笑而颔首。第内人久惧生产，今日大家做好事，故不好意思吃豆腐，非然者，愚必告朱佩贞曰：“要末搭你养一个耳。”

“大都会”有一女子司值场之役，着制服，制服具二套，在夜色中视之，其一为红底白花，其一为蓝底白花，皆不足助其人之美，然其人自有姿色。尝问舞女大班，亦能请过来吃杯茶否？则曰：“勿好打朋，伲自家人亦勿打朋，何况外来之客？”此女投考而入“大都会”，蓄学问，其家世亦正复不薄也。

（《铁报》1946 年 7 月 27 日，署名：高唐）

易氏父子

一夜，与胡桂庚先生同宴，桂庚先生谓将约易君左先生来，顾易终未至，愚以不获遂瞻韩之愿，用是惘惘。易长于诗词，所为多风怀之令。比抗战军兴，其诗乃满纸烟火气，然亦有可诵之作，如会心寺一首，有语云：“愿借广长千尺舌，联成坚实一条心。”又如“神仙与寇亦雠深”皆好句。曩者，见林庚白深喜江湜，谓晚清诗人，第知有朱竹垞、王渔洋、黄仲则、龚定厂、厉太鸿，乃至王闿运、郑子尹、郑孝胥、陈三立，而不识有江湜。其实庚白数郑、王诸家，而不及汉寿、易实甫先生，亦奈何所见之偏？前年看实甫先生全集，游山诗十余卷，为势若江海泛澜，又宁止所谓“惊才绝艳”而已？迩与王媿静先生谈，先生亦深嗜实甫所作，可知真赏自在人间。宋训论先生又谓实甫作近体诗，其律句两联之字行安排，往往不同恒流，而变化百出。前年夏日，愚有一诗，其项联曰：“推心腹始知心愿，掌一家犹领一军。”邓散木先生见之，笑曰：大郎受哭厂影响矣。以愚时方读实甫集。实甫之集，愚固假自散木先生者也。

（《铁报》1946 年 7 月 29 日，署名：高唐）

花间小记

近几年来，生意浪是难得去的，跑惯了跳舞场有点想不着生意浪，去年好像去过一两次，当时因为节电的关系，觉得声色之场，也显着寒酸，实在不耐久坐。最近我又到过一次会乐里，记得是胜利后第一次进门。因为寸土寸金，地方依然局促，但用电却不受限制，火炬通明，还有风扇也畅开着。

我约略打听过此中的市面，和劫后的情形，假如天不教我马上做瘪三的话，我倒又想在此中来讨生活，因为这一次它们给我的印象又好起来，何况跳舞场里的几只面孔，真正熟汤气了。这一天我与敏莉偕去，吃过夜饭，到"百乐门"，则有楚云宝宝同行。宝宝长得体态丰盈，是楚云的主政，唱老生没有雌音，从《定军山》唱到《捉放曹》，而久歌不竭。她也登台，秋凉以后，又要来一次。她的面貌，有几分像从前菊妹后来叫李宗英的，我怕扮相也像了李小姐，那就不太好看了。

（《铁报》1946 年 7 月 30 日，署名：高唐）

上海酒楼之夜

今之上海酒楼，旧为六十五号赌窟，后有人数数经营酒菜肆于此，顾屡起屡仆，盖在昔为小试，及今日之上海酒楼，则大举矣。上海酒楼售川菜，主持者中，有闽人王信和，是即二十年前海上舞场业之巨擘，在"油炒饭"一行中，此君以手笔之雄，为人所称道者也。

上海酒楼开门之日，朱霞流犹照林间，朱尔贞先生为之揭幕。朱恒时不为盛装，此日亦如旧，特衣上花纹，烂烂作艳彩耳。又以久病初起，颇清瘠，而容止自华。朱以恂恂不习为此，将却步，则以一人导于前，朱从其后，幕遂张，王熙春、顾正秋随之剪彩，礼成始群集园中，敦槃杂上矣。

是夜天奇燠，愚复畏暑，故饮啖甚少，与诸老友互为笑谑而已。将十时，敏莉来坐新仙林，愚往存之，亦不为一舞。愚性耽逸乐，惟当盛暑，亦厌声华，不待舞场人散，即呼车归去，抵逆旅，就浴，啖西瓜半只，坐阳台上。阳台为南向，有凉意，看天上星光，照人间苦恼。我目渐疲，市声亦渐寂，归室内，视枕上时计，夜半过三时矣。

（《铁报》1946 年 8 月 8 日，署名：高唐）

王渊身体錬霞腹

上海酒楼新张之夕，艺苑名流到者绝众，如唐云、钱瘦铁、周錬霞、朱尔贞诸先生，朱且为之行揭幕礼焉。

席上初晤王渊，王渊闻唐某名，遽曰："唐先生曾骂我。"愚惶悚曰："寻寻开心，或者有之，骂则不敢承此罪名也。"愚于王渊未尝为平视，今日见之，为状甚颀，在昔见其为火奴鲁鲁舞时，微病其短，乃悟女人身上少着一点，辄与修短秾纤，有极大关系。

錬霞巨腹隆然，我谓錬霞清貌无减，特身体之线条变得难看耳。合座莞尔。朱凤蔚先生则对錬霞曰："大妹子格肚皮，阿肯让我摸一把?"闻者辄惊其言之突兀，乃知老凤先生之狂放，实甚于下走。下走之与管敏莉，亦犹朱、周之为兄妹也，而愚恒时拘谨，更不为佻挞语。敏莉醉后，至情流露，其时乃如吾诗所谓"珍惜余生蠲细怨，低回来受阿兄怜"，而愚实怜之。则徐徐弄其覆肩之发，为之整之，此殆吾二人情感崇高之境，然闲人且笑此为"肉麻"，愚复何说？今见老凤之与錬霞，脱略如此，自别成一格。愚当为朱先生告，抚孕妇之腹，坚韧乃如抚鼓，若引甲弹之，无声，不如鼓，亦不似西瓜，此不肖经验所得，亦感觉之所及也。

(《铁报》1946年8月9日，署名：高唐)

管敏莉竞选舞后

有一天，敏莉忽然告诉我，她要参加竞选舞后了，而且想积极的做一做。当时我没有什么表示，因为这种事轮在我身上，我决计退后一步的，但敏莉却往前冲了。

自从这一天以后，她便着手进行，料想中她一定已遇到许多痛苦，只是不说出来而已！有一天朋友曾经用非常肫挚的态度，对她说明他的另一种看法，她是明白的，无奈已骑虎难下。更有一位朋友来劝我替她担任宣传,事体是义不容辞,但竞选舞后,毕竟不同于竞选参政员,靠宣传有多大用处?而且一想到宣传太甚的后果,对敏莉究竟是有利有害?正复难说,所以这一回我不能不冷静一点,敏莉可能了解我的用心,而彼此的情感,也绝不会因这些地方,有所轻重的。譬如说她当选了,我不因此更看重她;或是落选了,我也不至于歧视她的。她有为“舞国之后”的雄心,我没有当“国舅”的奢望,我同敏莉的行径,最不一致的,就要算这一回这一件事了。

(《铁报》1946 年 8 月 10 日,署名:高唐)

酒楼祀仙记

戈登路六十五号,旧为博宅,博宅废,乃改餐肆,号花园酒楼。前年夏日,愚与桑弧、敏莉流连其间,纵谈常过子夜,吾诗所谓“露浣衣裳知夜静,恩深兄弟话家贫”者,胥产生于此也。顾主持者之心力既瘁,而花园生涯殊勿振,遂辍业,未几为贼兵所据。迨昨夜秋间,始扫兽踪,顷又有人谋赓旧业者,改号为上海酒楼。天暑,移筵席于林园中,绿荫成片,凉意自生,新张之夕,晤其主人朱,愚谓朱曰:“论此间位置之美,而制肴勿恶,宜有可为,特前此经营者,往往勿利,足下将不能不策出奇制胜之方也。”朱唯唯曰:“我亦闻之,以此屋旧为呼卢喝雉之场,遂有仙踪,前者皆嫚之而勿礼,我则当供以神橱,礼仙如礼佛,愿其措吾业昌隆。又堪舆者言,正门方向,亦无利于经商,宜重为位置,凡此俱在筹划中,而不宜稍缓。”朱为海堧旧家女,擅贸迁术,其思想容或陈迂,然其精筹则不可及也。

(《铁报》1946 年 8 月 14 日,署名:高唐)

晚爷与灰孙子

听说北平的市面一落千丈,戏院业的情形,尤为凋零,那些所谓“京朝大角”者,无法生产,都在啃着血本,再耽下去,便要啃窝窝团过冬了。于是想起上海是淘金之地，一批一批的不请而来，照理上海开戏院的老板们，从前受过他们鸟气的，这一回该是报复的机会，只要你冷搁他们，便好让他们来仰承你的鼻息，杀杀他们已往的气焰。谁知事不尽然。据说：开戏馆的人，都是欠过唱戏人的前生债的，到了今生，不怕不还。所以一听见他们来到上海，便争先恐后的替他们设宴接风，东也要请他们搭班，西也要请他们帮忙，像晚爷一样的奉承他们。而且他们也就老实不客气的以晚爷自居，依旧端着架子，看戏馆老板是十足的灰孙子。

孙克仁兄说得好，稍为有一点人气的，就不能开戏馆。他开过戏馆，受过狗戎气，尤其受过马连良的气，他从此不开戏馆。上海开戏馆的都是我的熟人，但事体到了使我肚膨气胀的时候，我管你熟人！

（《铁报》1946 年 8 月 16 日，署名：高唐）

刘后村集

林庚白作《孑楼随笔》，推荐宋人刘后村诗甚力，谓时人论宋诗者第知有山谷、放翁、东坡、石湖、诚斋，而不知有刘后村。愚尝觅《后村集》，数年不可得，媿翁自山城归沪上，告之，则谓后村大家，知之者众，其集才二本，至多不过三本，庚白谓无人知后村，其言过耳。愚十八岁识媿翁，翁于诗文书法，俱所娴习，而立论精当，愚当时受其启发者甚多。二十年前，翁居北平，与故都名士诗酒流连，殆无虚夕，识易实甫，亦识林庚白。战后居香港，犹与庚白有袖海堂之聚，顾算命之时多，谈诗之时少，庚白偶出示小诗，媿翁疑其过于纤巧，盖不甚喜之也。

（《铁报》1946 年 8 月 17 日，署名：高唐）

短打在舞场里

韩菁清在军友俱乐部献唱的第一夜，我们都去捧场，进内就碰着“军友”的主持人刘德铭，他请我们宽宽衣裳。于是之方去了上装，我脱长衫,后来坐在舞池旁边,其时有两个"唱滑稽"的在台上表演,我当时忘记了这就是舞场,所以并不觉得自己的短打是难看。"滑稽"唱罢,等到开始跳舞,我才局促不安起来,刘德铭介绍他的太太同之方跳舞,之方说没有穿上装,如何能跳?之方是最最讲究体面的。近年来我也不似一般人理想中的落拓,尤其同之方出入相偕以来,他常常纠正我。前两天天气太热,我告诉他:我想不穿长衫了!他竭力反对。有时候我领头上的扣子没有扣住,他也要关照我。最近江栋良着了一身短衫裤,短衫只扣一两个纽子,在路上晃来晃去,我问之方,你的感想是怎样?他说:栋良是学邵洵美一派,邵洵美的长衫领头,总是不扣纽子,栋良是变本加厉了。艺术家的事,别人也不便置议。

(《铁报》1946 年 8 月 19 日,署名:高唐)

我与谢家骅

当愚执笔草此文时,为八月二十日之清晨,时"上海小姐",尚未决选,惟闻有谢家骅女士者,呼声甚高,于是作《我与谢家骅》篇,志不在攀龙附凤,特记往事一节而已。

谢家骅之尊人为谢筱初,今以附逆罪系于狱中。筱初自上海沦陷以后,颇腾踔于时,其附逆罪行,至若何程度,愚不得举,特知其豪华不可一世。尝为其父设奠,张幕于张园,吊者入门,受检查,虑有暴客混入也。遂为社会所腾笑。愚故屡屡为文诋其狂妄,筱初乃衔我甚至!亡何,下一年冬,顾乾麟设夜舞会于其私邸中,极裙钗翩跹之盛。愚往时已子夜,会乐工奏十五分钟之长乐,定例舞者不得中息,惟中途可以互易舞伴,愚方与熙春舞,忽有人击我肩,我辄以熙春授之。就我者则为一少女,视其人,素昧平生,而少女之为态殊冷,若不可犯。生平便不喜与人家太太小姐同舞,苟彼太太小姐,作色凛然,尤使愚不快,此时故局蹐勿安,忽念他人可以授之我者,我亦可以授与人,遂击张善琨肩,善琨受少女去。善琨还我者,则张淑娴,吾骨头一时遂刮辣松脆焉。乐终,愚私问熙春:"彼少女何人?"则曰:"谢筱初之女……"愚恍然大笑,果然，无怪其不肯假唐某以词色矣。一别至今，已四易星霜，不谂谢小姐长成奚似？临颖至此，谨祝谢小姐竞选成功，且毋念狱底乃翁也。

（《铁报》1946 年 8 月 22 日，署名：高唐）

敲 硬 印

丁芝自在电台上放档子后，便不大有空，故不比从前我们可以时常吃吃饭，跳跳舞也。一二月前，有人来告，谓丁芝得妙侣，年少而俊，无妻，蓄学问，家中有钱，有自置住房，赚美金票，而爱煞丁芝，丁芝亦爱煞迭档码子也。迭档码子姓氏名字，传者不获举，第谓二人结婚不远矣。

顾丁芝佳期，至今无消息，彼传语之人又至，愚辄问曰："丁芝之事如何矣？"曰："有变，当二人既誓偕老之约，遂同赴银楼，办指约。及抵银楼，少年忽止于门口，语丁芝曰：汝要我办指约，无非欲坚我之心，然则何以使我取信于汝？因与丁芝为耳语，语微，路人不可闻，语已目丁芝而笑，其状如贼。而丁芝大怒，掉首遽行，好事遂败于顷刻。"

少年之言，盖欲丁芝为他先"敲硬印"也。"敲硬印"之事，欢场女子，且不屑叫明了做，何况话剧家、"空气"家，而兼著作家之丁芝女士，小杀千刀真痴心妄想哉！

（《铁报》1946 年 8 月 24 日，署名：高唐）

玻 璃 旗 袍

对玻璃的东西，近来真有嫉恶如仇之感。太太提了玻璃皮包出门，我几次向她讽刺。她要买玻璃丝袜，我情愿贴她一份钱，去买"凯旋"，因为玻璃的滥，反而提高了凯旋的价值。

女人着玻璃雨衣，虽然触眼，于理还通。但有若干舞女，做玻璃旗袍穿在身上，比橡皮缎更难看。好像有一次一位叫什么妃妃的小姐，在"新仙林"进场，她就着了一件玻璃旗袍，这一夜恰巧大热，院子里一点风也没有，她坐在客人台子上，直在喊热。我当时想像她这件旗袍里面，裹着的一片汗水，正在淌来淌去。玻璃本身，吸不进汗汁，如其她里面没有马甲，那末汗一定是往下流，而停注在三角裤裆腰缘上。我又想万一我去同她跳舞，她的汗一定更多，把我的手，在她的背上胸前到处乱揿，准会发出格扎格扎的声音，仿佛穿了笋箨的雨鞋，在泥泞里行走。

人身上的"丛垢"，你不能仔细去想，你若因为她是绝世佳人，而恭维她的汗也不臭的，那一定是你在神智昏迷时，撒下的弥天大谎，绝不能够凭信的。

（《铁报》1946 年 8 月 29 日，署名：高唐）

芯子水准

传周璇与石挥互矢爱好，而好事近矣。尝问石挥，石挥挥手曰："不要打朋，不要打朋。"亦尝遇周璇，周璇城府深，决无直言，故不问。自周璇与严华赋仳离以来，岁月遥长，令人不可记忆。周璇修身笃行，不敢踰越，闻者贤之。与石挥一事，真相如何？犹不可究。然周璇而终事石挥者，则为天地所关垂，人情所欢洽之喜事也。石挥与严华比较，并不弱似严华；周璇冷眼相夫，横看竖看，看着一个石挥，并未看错。可知频年以来，其人之进步自多，并"芯子水准"，乃亦提高尔许也。

吾友某，向日所欢，恒为北里中人。某岁，忽悦一艺人，论爱好，某语愚曰："足下视之，将不嫌我近来'芯子水准'之低落邪？"其言盖欲扬而故抑也。惟"芯子水准"四字，颇新，因标吾篇曰：《芯子水准》。

（《铁报》1946 年 8 月 30 日，署名：高唐）

小时候我就看小型报

我最大的孩子，今年十七岁了，他每天早上，要买一二张小型报，在马桶上偷看。有一天，被我发现了，我想提出反对，再一想，我十七岁时候，非但看小型报，而且已替小型报写稿子。回溯生平，我是没有理由禁止儿子看小型报的。但后来毕竟被我禁绝了，原因是我太太发现了我一篇到跳舞场去捧舞女的文字,她向我寻根究底,我起初是撒谎,后来是“余供支吾”,再后来是迁怒到儿子身上,因为贾祸的正是他买来的小型报,于是发了一次家翁之威,把小鬼吓得索索抖的下次不敢再买。

前两天,我认得两位小姐,一位是新闻记者蒋友玖,一位是画家朱惠贞,她们都是二十开外的人,却对我说:“唐先生我们都久仰您了。”我非常诧异地反问她们:“久仰我?我写的东西,你们也会欣赏?”她们说:“打小时候就看起了。”我突然想起,有许多人曾经对我说:像你所写充满着“浪漫”“颓放”的文字,真是误尽苍生!但这一天,我细细观察两位小姐的举止、性格,她们实在没有受着我的影响,我于是得到了一种莫名的安慰。

(《铁报》1946 年 8 月 31 日,署名:高唐)

看过了戴爱莲的跳舞

戴爱莲到上海后,我同她会过两次面,她讲外国话的时候多,国语说得很勉强,我弯起了舌头打京片子,也觉得费事,所以我们没有讲过几句话。她的舞蹈会开幕了,情形是极度的轰动,小丁、冯亦代两先生,他们劝我去看一趟,我去看了,回来的时候,感到十分满意。

尤其是末了一支青春舞曲,轻快,流利,在当时,真可以使看的人有儿时尘梦,拥上心头之感。比较一般人都能欣赏的则是《哑子背疯》,但周信芳先生却认为这是最平凡的一节。假如周先生的话,不是故意的标奇立异,那末他对“舞蹈”一定用过精研功夫的了。

手头没有节目单,这中间有一只舞,不知是什么名称,也是边陲的情歌,女人在临窗绣花,一个男子在窗外面跳跳纵纵的来勾引这个女人。我对邻座的培林说:“我倒想起了孙兰亭先生,当年追求他最近的那位汪氏夫人时,天天在汪家的米店外面豁虎跳,汪夫人受了孙先生的精诚所感,终于成了好事。”培林大笑起来,说:“你的意思是说兰亭当时追求女人,包含着原始的意味。”我说:“不错,台上所表现的是轻快的舞步，兰亭则用粗犷的虎跳，方式虽不同，其用意则一也。”

（《铁报》1946 年 9 月 1 日，署名：高唐）

“蚯蚓眼”之后

小型报上的第一版，近来普遍地刊载方框里写几段短小的俏皮话，这是起始于《世界晨报》的“蚯蚓眼”，我天天读“蚯蚓眼”，击节称赏了几个月，但到底没有解释出“蚯蚓眼”三个字，是什么意思。后来，《世界晨报》把这一栏废除了，它们对读者抱歉，说是因为作者到华北去了。

从此而起的，有两种：一种是本报的“旁敲侧击”，另一种则是最近出版《诚报》上的“天下篇”，连“蚯蚓眼”在内，这些作者，我都不知是什么人，但落笔不俗，真是各成一家。这些文章，都是加重小型报本身分量，及提高小型报水准最好的材料，好在它是短小，所以合符小型报的风格。

人家都说小型报的人材，日就凋零了，我以为并没有，我相信我们这一行，以后一定在天天进步，数年之后，“洋场才子”，一定归于淘汰。所以我已警告儿子，叫他好好念书，赶快求自立，再过几年，我养不活他们了，他们也不好意思，看着老头子，扮着少年，写他妈上海风花雪月的掌故。

（《铁报》1946 年 9 月 2 日，署名：高唐）

思　女　狂

昨天同王玉蓉吃饭，她带了她一位小姐同来，才十六七岁，长得亭亭秀发，面孔上的五官，端正得并不平板，一望过去，就叫人舒服。玉蓉告诉我，她在北平读中学，一面也练着唱戏，她问我让这孩子唱戏好，还是求深造的好？我说自然唱戏好，唱戏可以赚大包银，读书到大学毕业，再不然美国回来，致力社会，一个月也挣不过几千万的包银，何况有这么一个长相,不教她颠倒众生,岂不浪费?

我是没有女儿的人,近来之方常常跟我提,到了我们这种年岁,其实不应该再要什么女朋友,最好有一个长大一点的女儿,天生的漂亮、大方,没有事,就带着她满处乱闯,听相识的人见了她赞不绝口,这心境也是够愉快的。我替他补充说:在她撒痴撒娇的时候,我们是她的爸爸。到了她需要男朋友了,我们不应该再有废话,而应该端正一分当老乌龟的气度。

我的女儿死了六年多了,她若还在,至少没有现在这群"丈夫子"的讨厌。看见了玉蓉的女儿,我想着了自己的亡女唐律!

敏莉在"新仙林"竞选的那一天,十点钟以后,花园里的人,差不多坐满了,我同她两人,在楼上一间屋子里,她有点不好意思下楼。这时我对她说:"假定你是新娘子,下面的人都是吃你喜酒的宾朋,快要结婚了,你还在打扮,我在等着你,要你扶在我的手上,我们踏着那只慢吞吞的音乐,步上礼堂时,有这一天,我是怎样的一副心境?"她笑起来了,说:"新法,妹妹的婚礼,是由阿哥来主持的,……"其实我还不止这么想,我简直当她是我的女儿。

认识朱尔贞快三年了,近半年来,我们见面的时候比较多些,她一身怀着清才绝艺,又是风骨如仙,近她身时,就觉得秀气袭人,这样的小姐,是不会叫人起什么亵念的。有时在一起吃饭,她是傍着我坐,这时我常常有一种希望,希望跑来一个陌生朋友,经过一阵寒暄之后,忽然指着她,问我:"这一位是你的小姐?"当时我自然会加以辩白,但心里将是无限喜悦的。我以为能够范铸出这样一位小姐来,总是值得骄人的事。

(《铁报》1946 年 9 月 3 日,署名:高唐)

以"逆"许人

在潘仰尧公审乃至审结期间,各大报的记载方式,到现在想想,都是不合理的,它们都主观地认为潘仰尧是"汉奸"定了,所以在审结时的记载口气，都好像断定他要处徒刑。某一张报上，竟说：“潘仰尧的命运定于八月三十一日！”

但潘仰尧宣判的结果，是无罪开释，当时的什么“经济汉奸”“潘逆仰尧”，这些字眼，都不成立了。——我一向就有这样一个感想，在一个犯有汉奸嫌疑的人，被捕之后，司法还没有将他裁判决定之前，报纸上最好先不要替他确定身份。正因为汉奸罪名，太不名誉，万一认识错误，而贸贸然咒诅人家，良心上将永远受到谴责的。

不瞒读者说，自从胜利以后，我对于从前在敌伪时期，明明晓得他是横行不法的分子，但我写起稿子来，提到他们时，从来不曾在他们的尊姓大名间，轻易放过一个“逆”字。因为他们有的是做“反间谍”，有的是以横行不法来掩护地下工作的，你若不留心而骂到了这种人，触一霉头，犯得着吗？

（《铁报》1946 年 9 月 4 日，署名：高唐）

朱珠与俞美丽

昔年，朱珠尝崛起于舞业，其人本有夫，夫旧业司机，当时舞客，皆谂其隐，然不与较，则以其人殊温静可怜也。旋与乃夫割席，嫁任老四而去。任为生化药厂之中坚人物，同居之初，爱好无间言，洎乎近顷，任渐置朱于不顾，而挥金舞榭，为叶妹妹报效甚勤。朱见藁砧既移其爱，不甘株守，遂与往日之手帕交，亦排夕临舞场，看看外面风头，再作后来计较也。

一夜，在“大西洋”座上，识俞美丽女士，是为“大都会”之旧人，当郑明明、殷华美称雄于舞业之日，俞亦竞爽其间，距今盖六七年矣。自俞退藏，即返吴门，至今岁春间，始重来沪上，依其姊居，其姊已嫁，俞偶从其旧客游，盖对重为懒云出岫之图焉。是夜暑甚，俞着漏丝纱至，持檀香扇，挥不已，秀靥低鬟，柔媚如曩昔，问其出处，则曰：舞市凋零，殆无可为，故所谋尚未大定耳。

（《铁报》1946 年 9 月 5 日，署名：高唐）

媿翁论易实甫诗

媿翁于清末诗人,推服易实甫不止。实甫为君佐尊人,世人所称龙阳才子者是也。上月愚代其自龚翁处,借得实甫全集,媿翁于半月中尽读之,昨得其书云:"哭庵集已看完,用纸包好,请贵价一取,至感至感。并乞便达龚翁,此数册至为名贵,不妨加以装潢,十发居士手迹(刘郎按:十发指诗人程子大,实甫集由子大所编次),尤宜珍存。此集中缺光绪癸巳至民国初元之诗,十发依次编去,未言缺少,此二十余年,正是哭庵先生各处做官之时,岂做官即不作诗耶?另用小册抄存名句,以备时时览之。清末人诗,下走独俯首此公,能在生涩之外,别出一幽径,令人爱绝。昨日有以蜀葵花画扇索题,在渝颇有隙地,多种此花,月下尤美,此花开一日即萎,晚间则悉为初放之态也。作小诗云:'疏篱一径曲通幽,空翠霏霏拥栏浮。枝秀叶娇花睡去,月明闲却一庭秋。'以似老兄之高绝,信为不伦,不过示下走之尚在有闲耳。《后村集》博寻不得,弟有宋人《甲乙集》,有《宋诗钞》,自渝归来,书籍散乱不堪,天又奇热,未能一一检视,只得容后再说矣。"

(《铁报》1946 年 9 月 7 日,署名:高唐)

童芷苓·歌者之圣!

在唱戏群中,我们不容易寻得着够风义的人,昨天我听到童芷苓一件事,真使我感动。

据说南京有一家戏馆,是上海黄金大戏院的周禧如及皇后大戏院一位姓杨的合资创办的,开幕以来,他们一直赔本,于是念头就转到童芷苓身上,他们便去央求童老板,说:这家戏院已赔到一万万以上,您不给它打一针,就无可救药了。他们要童老板唱十天,而童老板则说要救就澈底的救一救,情愿唱四十天,关照帮角等等,一切从简,自己的包银,不必超过现在"皇后"的数目。于是周、杨二位,为之感激涕零。

举世滔滔，到处只听见唱戏的发狗戎脾气的时候，有这样一位重交情、轻财货的童小姐，你能不心目俱爽？

但是我又想起了世情的酷毒，最近为了那一只轮船上的事，报纸上揭着：《童芷苓恩客》的标题，记者先生们，到底把童老板形成一种什么身份？人家是一位天真、热情的小姐，舆论实在不应该随便谤毁一个好人的。

（《铁报》1946年9月8日，署名：高唐）

夏光学店之入学证费

儿子在小学毕业后，往考初中，“南洋”不取，最后考“景德”亦不取，于是来商于愚曰：“儿将往考一不著名之野鸡中学，过渡半年，俟下学期再说。”愚向来不关心儿子学业，则漫允之。儿一考果取，是为距舍间不远之夏光中学。既取，校中随收学费，畀之，并杂费书籍费，几及二十万金，中秋上学，又收“入学证”费，每证为二千五百金。愚子健忘，越一日往缴，校中人曰：“奉学校老板命，越一日者，加征二千。”言至此复作警告口气曰：“今日不付，若明日来缴，更加二千。”儿子惧，诉于其母，吾妇乃不悦，谓是学校者，实学店中之黑店，而彼学校老板，乃如贪多之贼也。愚归，妇举前事相告，愚曰：“二十万金且无吝，我何吝此二千金者？”学校老板，既嗜财货如命，我更有成全他人之度，嘱儿子往告校中，“入学证”费，我为家长者暂时不拟奉缴，待此一学期终了之日，请开发票来收，每日付二千金，累积至年终，为数甚巨，苟彼老板，当此时贪多而死，得此钱，亦可以用于饰终盛典也。

愚常疑学店老板，前身大都为恶鸨，故穷搜极刮，视学生如嫖客。愚为嫖客之老头子，老头子脾气不好，于是写一篇稿子，来臭臭迭排畜生矣。

（《铁报》1946年9月13日，署名：高唐）

盗钻人

往者,上海有警务中人,只身入银楼,令肆中人出钻石,佯为选购,乘肆中人不及防时,攫钻遂扬,肆中人追于后,呼盗不已。盗钻者入香粉弄,迎面遇一人,抱其腰,盗钻者急,扬手铳威之,不放,弹发,死抱腰者,而两手围尤严,遂并抱腰者仆。时捕盗者众,群警皆集,视盗,盗非他人,固平日之上峰也。大诧,语盗曰:“事至此,亦有说乎?”盗钻者如梦方醒,陈钻掌中,曰:“我犯法矣!速逮我诣官中。”翌日,此案轰传,凡数谳,以盗且杀人,在法无可赦,故僇其人!

此案发生于上海胜利以前。今盗钻者之家,已破落,其妇某且厕身欢场,投老飘零,说伤心故事,闻之殊使人恻然也。盖此为奇案,当时警务中人,无不与盗钻者稔,而敬其为人,其人谨愿,亦未尝作恶。事发以前,妇屡得恶梦,一日,一鼠自梁上堕诸地,妇大虑,以堕鼠之为兆不祥!及攫钻之前一日,忽挈妇赴提篮桥参观牢狱,指森森者语妇曰:“是屋囚杀人者,是屋则所囚皆匪盗也。”是夜,临友人家博,负三万金,归后,辄顿足呼奈何,曰:“我无状,乃负巨金,使汝曹不能活矣。”妇慰之曰:“一月所需,当二十万金,君量入为出,无虞不继,何况所负甚微,脱勿周至,妾犹可拔钗典珥也。”顾其人若失常态,至明日,终以犯盗罪闻。其妇奔视,已身陷囹圄,泣曰:“我偿人命,必死,一家重担,萃之于卿,吾魂不远,必助汝力负而趋!”

盗钻者既死,妇迁其子女归吴门。一年,始来海上,一度被舞衫于“百乐门”。盗钻者何人,读者类能忆之,今请隐其妇姓氏,亦不欲使断肠人更添其难堪耳。

(编者按:一说妇在“百乐门”伴舞不久,即从一小开而隐,其人即当年被盗之银楼小主;使此说而确,则其事更玄之又玄矣。)

(《铁报》1946 年 9 月 14 日,署名:高唐)

为啥勿嫁给我？

在坤角儿之中，当得起“凄凉绝代”四个字的，算来算去，只有新艳秋一人。我不大喜欢她学程大老板像蚊子叫的唱，我只是欢喜她的人。一看见她，便有一派清华之气，爽人眉眼。但这位小姐的命，真是薄得可怜，在北平唱戏时候，因为有人行刺缪斌，被日本人将她拘去，所用的严刑，想起来还使人酸鼻。后来到上海来过以后，听说嫁人了。不料所嫁的人，又是个附逆分子。前天在两张报上，都登载这一件消息。我读过之后的感想是：“当时为啥勿嫁给我？”

为了新艳秋，我派派近二十年来的著名坤伶，她们的归宿，说得上美满的，几乎绝无仅有。我们打雪艳琴数起，连她都常年同溥侊这家伙分分合合的闹得不休，永远使平时关爱她的人，心意不宁。有的虽是生活安定了，无奈彩凤随鸦，精神上不会舒服。更有的是际遇惨苦，已到了沦落的境地！于是，我不能不为金二小姐庆幸，只有她，没有一样不美满的。她的丈夫胡梯维先生，凭先生的文采风流，已够使二小姐翘起了大拇指，说一声“羡侬夫婿是乘龙”了。于是我又要竭诚地为那云英待嫁的童芷苓小姐祝福，但愿她眼睛张张开，嫁一个好……不写下去了，因为有人在报上说我对童老板横好竖好，是在转童老板的念头，什么“颇有胃口”的字样，都写了出来，用文字来赞美无数女人，而落得这样一个结果，倒还是头一遭呀！（“呀”字颇有老辈典型）

（《铁报》1946 年 9 月 16 日，署名：高唐）

抢救高盛麟

高盛麟在穷愁潦倒之际，忽然在“黄金”台上，冒了这么几天，博得内外行同声赞赏。这是他起死回生的日子到了，只要看高盛麟载得住这一分子福否？

这样一块好材料，如今沦落到什么地步？读者诸君，你们是不会相信的，他老早是“黄金”的班底了，所有的行头，当光卖光，慢说快靴没有一双，连水纱网巾都不备一套，再糊涂下去，立刻会讨饭。现在是有心人在抢救他，抢救他的人，内行是周信芳先生，外行则有吴性栽、周翼华二兄。这件事我都明白，因为为了抢救这位高老板，我也费过一些力的。但人家是热心，高老板却灰心，大有甘蒙昏眊，而安于鸩毒之意！周先生的所以劝他冒一冒，是要让他明白，他并没有成为废料。此番的得意，他是应该澈悟的了。我同高老板没有交情，纯以观众立场，要吁请高老板，即日起开始振作，听好人的劝告，我们保证你有前途，你将来总是自成一家的。有你，眼前北方的武生，没有一个好抬头。有你，眼前的京朝老生，也没有一个不为之吃酸。你现在是小试锋芒，已教谭富英当你是对头，实在因为他有的，你也有，你有的，他却没有学过，你自己是不知道，我们在台底下，看你在台上那一种凝重的分量，终谭富英之世，他也赶不上了。你叫他如何不难过？而叫我们又多少痛快呢？你要醒醒，既然有人肯从泥淖里拖你一把，你可不能再放手了，我真着急！

（《铁报》1946年9月17日，署名：高唐）

“分店”请愿团

听说有一位朋友，新开了一家“分店”，他是每一个月，给姨太太二百万元为浇裹之用，朋友算不得富有，所以我们觉得这数目，颇足惊人。有一天，我们在一同吃饭，说起这件事，一致夸耀他手笔之大。他则说人家开销太大，她还嫌二百万元不够用的，然而我已不胜负担，所以店虽然开了，说不定就要打烊。

有人诧异起来，问他尊宠的府上，究竟怎大的排场，二百万还不够开销。他说出一番理由：当这位姨太太在没嫁他以前，原是舞女，她有父母、兄弟、姊妹，一家的食指，已够浩繁，不料她的老太太，同她为难，老太婆轧了不止一个而有历史性的姘头，这些姘头又都是无业游民，姘头也有他们的家属，这许许多多家属的生活都由老太婆供给，老太婆则取之于女儿。女儿从前取之于舞客，现在取之于我的朋友，为了粥少僧多，二百万元自然不够支配。他说到此处，听的人都哗然起来，说他不是借的小房子，直是开了一家游民收容所。我却正色警告我的朋友，劝他不要将这家分店打烊，因为真的打烊了，生活无依的实在太多，说不定由老太婆领导了她的丈夫、子女，以及各个姘头，姘头的老婆、子女们，到社会局去请愿，将如何对付？至少要准备一笔巨额的款项。万一社会局调处下来，要会钞一笔解散费的。

（《铁报》1946 年 9 月 18 日，署名：高唐）

丈夫的朋友

一夜，愚等于离“百乐门”归时，将午夜，抵川堂中，有三四少年，集于此间，突有一盛服之女，推门入，三四人皆愕然。女止于一人前，曰：“汝言竟日疲罢，早谋休憩，又奈何来此？”其人嗫嚅不能答。女忽顾其他一人，冷然曰：“S 先生乃亦在此。”S 先生忽为哗笑，然作态甚僵。愚等出门时，小马纵声曰：“开，开，开足输赢！”开者打也，小马之意，要女人打男人耳光，局外人有好戏看也。敏莉大笑，则曰：“是女人勿能督其夫，乃迁怒于其夫之友，其人甚‘宿’！”时愚与吾妇偕行，语众人曰：“我于此不欲置一词，终有一日，吾妇亦将迹我于欢场，罄丑态人前耳。”敏莉又大笑，曰：“阿兄惮嫂氏甚，固有此危，阿兄非特我将传言嫂氏也，亦局蹐为不安状。”愚闻其言，私詈之曰：“小鬼，汝乃胡调！”然反顾吾妻，有矜色，则以其容殊温然也。

（《铁报》1946 年 9 月 19 日，署名：高唐）

人头忒熟，当头勿赎

“人头忒熟，当头勿赎”，这是从前白相人的两句口号，意思是说，在上海地方，人哪一个不相识，只是缺几张钞票，东西只朝典当里放，而没有赎出来的本钿。

近年以来的我，也渐渐要走到这条路上去了。除了达官显宦，无缘攀附以外，其余九流三教的人物，相识得实在不少。前两天是我三十九岁的生日，自念凉德薄行，人不足法，而亲老家贫，更何敢言寿？但是有几位朋友一定要替我闹热闹热，讲明了小做做，秘密地通知了三位上海闻名的女人，从六点钟闹到十点钟，这里有第一流的票友，男女明星、话剧演员、坤旦、歌人、舞娃、文士、闺秀，以及金石书画家。

我感到友情的温暖，这一夜非常兴奋。有一位朋友，拊一拊我肩头，他感慨地说："一二十年，真不枉你呕心沥血来的。钱多有什么用处？任你是富称敌国，但要立时立刻措置这样一个场面，有几个人办得到呢？"我立刻报她八个字，那就是白相人说的："人头忒熟，当头勿赎"。

（《铁报》1946 年 9 月 21 日，署名：高唐）

樽前小语

前夜饮于花间，座上有俞美丽女士，进白兰地酒甚豪，既饮，遂依依软语，情致弥佳。迨席散，已玉山颓倒，欲归去，则送之登车。自言："以空肚皮来，非然者，更尽十杯，亦不至醉态罄人前耳。"美丽在五六年前，艳名噪舞榭。当时意气飞扬，及闭门养晦，谢客多年，其人已趋平淡，今且为柔婉佳人矣。第来沪数月，商量出处，踟躇不堪遽决，盖以司香之尉，一时犹未易寻也。

席将散时，有一媪搴帷而入，服御殊鲜，其人为情媚老五，旧时与"四金刚"竞爽花间者，盖此中之白头宫人也。既就坐，呼弦索来，来者为一叟，持琵琶与二胡各一，以琵琶授与五，五引指调弦，歌开篇二阕，朗脆乃如小女子所为。闭门静听，为之意远。歌既已，客劳之以词，五亦逊谢。将行，一女奴至，持灰呢夹大衣，披诸其体，始辞室中人行。天衣疑五即当年之方瑞英，方为方宝宝母，擅大套琵琶者。愚不谙花间掌故，乃不获以五之经历为读者告也。

（《铁报》1946 年 9 月 23 日，署名：高唐）

第一个舞女?

今年曾写过一篇游戏文字,称叶妹妹为一九四六年上海第一个舞女。其实愚与叶,不过二三面,因见其容止端华,有异恒流,故向往不已。昔大亚银行襄理温某,为叶报效甚多,温尝挈之谒其家,温母亦贤其人,而温、叶之情感神智,顾当大亚舞弊案发生,温系狱以前,亦未及置叶于枕角衾棱,为片刻之温存焉!

近顷与友人纵论今日之舞人,愚曾举叶妹妹,吾友大非吾议,谓叶妹妹矜持逾分,有时遂不近人情。因又谓曩时愚招之同坐,及第三次,吾友之掌,偶覆于叶之手背上,此举动原属常情,而叶则愠不已,曰:"大庭广众,乌可轻薄?"时吾友嗒然。而吾友之友,颇不平,语叶曰:"以手掌加之汝手,不得谓之狎亵。而叶小姐不欢,叶小姐得勿矫情?"叶闻此言,益怒,出言渐不逊,甚至有"你们不尊重舞女人格"之攀谈矣。吾友故言:"此种人横勿对,竖勿对,轻不得,重不得,大郎乃亦谓可以亲近者邪?"愚曰:"果似君言,则叶小姐之气质殊有问题,相女人要在气质之良,不能徒判容色之华也。"

(《铁报》1946 年 9 月 24 日,署名:高唐)

女人与赌

长脚小马,该是上海的名人之一,十几岁就白相,一直到现在。虽然他的黄金时代,业已过去,但讲起上海的赌经与女人经,长脚小马,依旧使人向往。

譬如说他搅坤角儿,送大衣,送钻戒,这在有钱的人,都可以办得到的。最令人诧为异事的,他捧过某一位坤角儿,一夜定了五百客座位。五百客的座价算不了什么,临时要召集五百个人,那是何等费事?听说小马跑了一个下午,凡是他认识的旅馆、混堂、理发店,一切茶房、扦脚、擦背以及理发的技师都喊遍了,一到夜里,五百客位子,竟无一缺席,这便非常人所能任了。

小马不曾读过多少书,他的聪明,完全放在赌上,谈起赌经来,你也不能不佩服他“学问”的浩如烟海。有一天,他说了两个钟头的赌经,当他口若悬河的时候,真比什么都好听。他也谈到了“活手”的勾当,他说他除了自己不能动手之外,其中的门槛,无一不懂,其实在外不与陌生人同赌则已,否则门槛是需要懂的。不懂门槛,便有遇到翻戏的危险,翻掉几个钱,原是小事,但还要给人骂你白相得没有出道,那才冤枉!

(《铁报》1946 年 9 月 25 日,署名:高唐)

胡弟弟与林妹

胡弟弟与林妹,皆为名花而又为名舞女者,前三四年,又先后下延龄生之堂。生年少拥多金,顾性极鄙吝,二人去帷之日,了无所获,于是群叹碰着一只玻璃银箱也!旋林妹卜居于沧洲饭店,一度传其为敌宪所逮捕,幸未遭刑,未几又从一方姓客隐去。方绌于财,林妹之生活殊艰苦,荏苒光阴,忽忽已数易星霜,不知彼盖代风华之女,其近状乃如何也?胡弟弟自仳离以后,居麦特赫司脱路公寓中,占巨屋九椽,屋为谢葆生所税赁者,谢当时延胡隶“仙乐”,故优礼之如上宾耳。未几,报效之客群集,皆金融业中人,胡之所获遂大丰。比国土重光,伊人消息遂杳。至最近,始闻已往香港,动身之期,为本星期五,盖与李美丽不期而同坐一只飞机者,惟此行目的,则为外间人所不及究诘也。

(《铁报》1946 年 9 月 28 日,署名:高唐)

二名旦近事

二月前程砚秋来沪上,拟公演,卒以限制座价,演必亏累,于是怫然离去。及其返平,此间座价又放弃限制,沪上友人复有促砚秋重来者。乃闻最近某君,得其驰函,言一时犹无南来意也。函中复述一事甚奇,则当其抵平之后,忽有人投书于程,书中作语匆多,大约言:“你年纪尚轻，他年纪已老，你还可以唱好多年，他已不能多唱，所以你应该让他唱，不应该到上海来唱。”砚秋考函中语气，所谓“他”者，殆指梅氏，但此信不知谁某所发？砚秋为人多感，于是趑趄不前矣。

在各舞台约定中，梅兰芳在沪，尚须出演三次为“中国”“天蟾”与“黄金”是。先是，“天蟾”约杨宝森，拟使其佐兰芳上演也。顾“中国”先约兰芳，于是与“天蟾”商借用宝森，“天蟾”许之；“中国”乃往邀宝森，宝森索重价，又称非挂头牌不唱，亦不愿为梅兰芳“跨刀”也。此人于四五年前，犹与郑冰如轮流唱头牌，后来他算红了，非挂头牌不可，然哪怕红得发紫，即使为梅兰芳“跨刀”，亦无贬于令名。而伶人骄妄，竟作语以欺老辈，老实说：梅兰芳在，当世之所有老生，没有一个人得拒绝为其“跨刀”之理，否则其人即是狂悖。总而言之，我千不怪，万不怪，只怪兰芳当年，不多积几个钱，到得老来，犹抛不掉这只饭碗，乃受群狗之神气活现也！

(《铁报》1946 年 9 月 30 日，署名：高唐)

晕 过 去

秋水轩主人笔下的那群才女中，有几位才女，她们欢喜谈到自己的床席之私，可惜有了男朋友在座，她们便不肯恣言无忌。从转弯抹角，透露出一些消息，听说某才女则有“晕过去”的毛病，一到“晕过去”，便是她兴致告完的时间了。

“晕过去”这一种现象，不知是一种习惯，抑是一种病态？有几个壮夫告诉我，在女人将要“晕过去”前的一刹那，只要男人肯问，她会把所有的隐秘之事，都会尽情告诉出来，哪怕她有过两三打的姘夫，她也会说得一个也漏不掉的。

但同一“晕过去”，假如一个人受到严刑的时候，坚不吐实，这时候就只望自己晕了过去，不再开口，往往有许多口供，都是在没有晕过去时招出来的。这是毛子佩先生所告诉我，他是经体所得，当然不会错的。

(《铁报》1946 年 10 月 1 日，署名：高唐)

嫖客是穷不得的

双华三媛控告诸鸿生为拆白一案，报纸上亦以讹传讹的指诸鸿生为拆白少年了。其实在外面兜兜的人，大家都知道诸鸿生并非拆白之流，十年前此人生意做得很大，已经在堂子里挥金如土。我不认识这个人，但料想中，此人一定是“裘马多金”的人物，因为那时候，上海有一个名商，做静姝老六，但终为诸鸿生夺其所爱，当时小型报的所谓“花稿”，竞载其事。我至今还有这样的印象。后来诸又与黎春老十同居过，其时“伊文泰”开天亮，常常可以看见他们二人，腻舞通宵。

三年以来，听说诸同双华三媛同居了，双华到姓诸多手里，已经不是盛时。大概诸鸿生经营的事业，也不像以前得意，所以娶了双华之后，外面看不见诸鸿生，也看不见双华三媛。不料他们这一局是如此的凶终隙末，因为豆芽的孵不下去，双华竟告起她几年来仰望终身之人，而加以拆白之名。我倒有点替姓诸多不平，看起来嫖客是穷不得的，一穷便要他担偌大的罪名，那岂是事理之平？

男女结合，在要好时期，什么都可以商量，一朝翻脸，女的尽可以说他一向不顾家庭，假使自己将私蓄贴光，却不能轻轻加人以“拆白”的头衔，使他永世不能做人。女人最好心地纯良一点，双华三媛是风尘中流转过来的人，干吗还要逞一时之快？

（《铁报》1946 年 10 月 2 日，署名：高唐）

丈　母　娘

战前递过帖子，拜过先生，而未尝拜过过房爷或过房娘，则以其事太嗲。中年以后，有小女伶欲拜我为过房爷者，愚每峻拒。推己及人，拒之宜也。近闻金巽拜顾兰君为过房娘，兰君颇得意，语人曰：“恁般大的过房儿子，只收一个，下不为例。”愚年纪比金巽大一倍，终世殆无再拜老太婆为过房娘之可能，然若拜似顾兰君年纪之女人为丈母娘，则又绝对可能。夜里睏勿着,在枕头上胡思乱想,以为我若有钱有势,复天假以年,活到似某闻人一般高寿,而荒淫不已,则将来陪我老朽睏觉之女人,现在尚在发动培养种子时也。若然,现在二十几岁之女人,又安知非吾未来之丈母娘哉!

(《铁报》1946 年 10 月 4 日,署名:高唐)

九层楼艳事记

胡弟弟在上海,其最后之所欢为唐季珊。唐一年以来遗情妇二人,胡以外,其一即相处已及十年之汉口老五李美龄也。李在十载以前,为汉皋名妓,比来沪,曾作舞人,旋与一客同居,双栖于跑马厅公寓之九层楼上,不久忽复割席。时李拟他往,将出顶其屋,刊广告于报间,而为唐所发现,循址往视,乃与李遇,唐惊为绝艳,问李将何往?李具告之。唐曰:然则罢此行可乎?屋犹是之,人犹是也,去者不必追,来者且踵至。卿固勿嫌不肖为鄙陋者,则愿为此屋之主人,而卿为其主妇。言至此露求爱意。唐固以豪富称于时,李亦震其名,自不欲拒,遂相缱绻,二人复宅于斯者,至今已九易星霜矣。

兹当叙今岁春间事,李以一故人梁某之荐,识飞将军某,久之,忽茁情苗,事闻于唐,唐无愠色,第语李曰:人为乔木,我则枯杨,卿当自择其栖止也。会将军有华北之行,李随之同往,顾囊橐弗充,李不得已,复就唐商量矣!曰:往者,汝尝求得吾屋,我终当以吾屋让与汝,惟必欲求助于汝者,我行在即;愿畀我千万金,为润行装。唐慨然立与之,李遂匆匆去,李去,唐无意留其屋,举尽室顶与他人,所获竟数倍于千万金焉。

(《铁报》1946 年 10 月 6 日,署名:高唐)

北平李丽来去匆匆

一周前,北平李丽自香岛来沪,居逆旅,遍访诸故人,述别来近况,李丽华美似昔,而豪情逸兴,亦无减与当时。李之计划,拟赴白下与杭州一行，既而南京有人至，李遂不果往。复以阴晴无定，湖上之游，因亦作罢，今且遄返香岛矣。据言：更一月者，将复来，在沪应孙夫人约，演义剧三日，然后正式公演，其时则为票友蜕变坤旦之时矣。此次在沪，谒其师梅兰芳博士，李戏问博士曰："我将唱《纺棉花》，吾师之意何似?"梅唯唯否否，徐曰："能够不唱则最好。"李曰："为将榜《原子纺棉花》，以歆动沪上。"博士闻"原子"二字，大笑，谓李丽乃真会白相也。

（《铁报》1946年10月12日，署名：高唐）

三 绝 记

海上有引吭之女，声誉骎骎，今且为此中班首矣。顾无殊色，论艺，亦不足登上乘之选，而昵之者綦众，腻事艳闻，时传人口。愚昔尝挟之起舞，舞时，其体贴吾体，时当夏日，愚之感觉为其肌肉乃多弹力，易生性感，不自知其骨骼融然也。后此有人私告，其人与女尝论亲肤之爱，乃谓横陈之际，女更娴泥夜之方，其骋其跃，驱之者若逢神骏。后有人传言者，其人与女敦情好，顾未及于乱，尝于无人处，以其口接女樱唇，未几，女伸舌入其之口，若弄若撚，如舒如卷，使当者亦有奇趣。凡此媚客极诣，出之于金粉世家，初无足异，今女亦习之，论者故诧为异数。女既具兹三绝，是所以致迷惑者之众，而女固自有其承恩之术也。

（《铁报》1946年10月24日，署名：高唐）

早晨六点钟

端木洪先生结婚后一日，去闹新房，闹罢归来，与柯灵、之方、丁芝自康悌路吕班路迤逦南行，中宵风露，着袂乃作深凉。时柯灵坐电车去，行者惟吾三人，徐行，徐徐与丁芝吐别来衷曲。丁芝谓："每晨六时辄起。"愚曰："汝勿苦罢否?"则曰："求读之志坚，故不以此为苦也。"愚笑曰："汝特见异思迁耳！我今卜汝，将不获竟汝业，四载工程，日月正复迢遥。似丁芝者宁有勿荒勿懈哉?"之方亦言曰："大郎之言是，我意丁芝今日，乃无爱人，他时而与人论亲肤之爱，或竟同居，则丁芝必自怠其学，盖根据男女相悦之常例而言。早晨六点钟，实为最要紧辰光，除是头白衰年，此时恒离枕席，其为精壮之儿，衾底温存，最在曙色窥窗候也。”丁芝闻言，不悦，徐语曰：“公等特如是想耳。我则不欲嫁，纵使嫁矣，亦必与所天约，毋荒吾学。”之方又曰：“其实何言勿嫁？如已嫁者，当于四时即醒，促尔婿亦醒，问其有所为乎？苟有所为，恣为之，不然起床矣。常熟村人，有‘要梗干就梗干，勿梗干天亮哉’之言，言其入田之早，今喻读书，亦此意也。”之方言竟，大笑，自击其掌，频夸其词令之巧。愚则谓胡佩之之末技，而之方深习之，不类一上流人物也。

（《铁报》1946年10月25日，署名：高唐）

三绝之儿

前作《三绝记》，相知者读吾文，颇加垂询，愚俱不直告，垂询者辄曰：“是必述某某人事耳。”愚告以毋多问，问亦勿答。此文记床帷私事，而出诸吾笔下，已罪过，更不欲多造口孽也。

此文落笔之初，愚所以写“引吭之女”者，实欲使其人之影子模糊，否则大可以限于一隅，使读者容易领会。譬如言其人为弦边婴宛，于是群疑为范雪君矣。又譬如言其人为菊部女儿，则群且疑为言慧珠或李玉茹。更譬如言其为献唱于麦格风前者，则群必哗然曰：非韩菁清即张伊雯矣。今特以引吭之女，笼统言之，凡是吃开口饭女人，胥足为吾文之的。坐是并绍兴戏之“先生”，东乡调之名姬，一任读者胡乱猜疑耳。

（《铁报》1946年10月28日，署名：高唐）

爷儿俩与哥儿俩

天厂居士营平剧事业，以手笔之雄，著称于时。十载以还，与梨园中人，交接频繁，其麾下有大将刘，则以奔走于群角之门，为其专职者。其人侍天厂甚恭慎，为天厂谋，或有勿臧，其人大恐，嚅嗫求天厂鉴宥，其称天厂不曰您，称自己不曰我，而曰“咱们爷儿俩”也。顾有时受天厂命，所得结果甚圆满，天厂当众夸之，刘亦纵声笑，以手拍天厂之肩曰：“咱们哥儿俩，还有什么说的呢？”言已又笑。而天厂当此，辄啼笑皆非！

（《铁报》1946 年 10 月 29 日，署名：高唐）

女 律 师

浦东同乡会楼上，今后将为海上女法家之大本营。老友韩学章女士，与其槀砧顾维熊先生，即设事务所于此。其三百二十号一室，则为三人所合组之事务所，三人者为陆惠民、李素珍与张红薇女士是。而凌菊如女士俟登记证颁发后，亦能加入。凌战前即卒业于法政大学，尝执行律务，抗战军兴，始罢其业。香楼妙女，本勿欲以此役劳人心意，特以李素珍女士之怂恿，始拟以法家身，为人权尽保障之责。凌与李，旧为法政同学也。

陆惠民女士即杜刚夫人。某文明戏播音团，于去年此时，播杜刚烈士殉国一剧，当杜既受贼兵所囚，其夫人往视之。剧中之杜刚，乃向其夫人曰：“民，你来了么？”其声惨而烈，听者若皆动容。民即指今日之陆律师也。愚过浦东同乡会，诣菊如谈，时陆方外出，未及一晤。不然，愚见陆律师，想到了收音机中之“民”，更想到文明戏演员之一种夸张性，必不自禁其轩渠矣。

（《铁报》1946 年 10 月 30 日，署名：高唐）

相骂不要在报纸上

近来有两位同文，在报纸上互相恶骂，越骂越不成体统，我认为这是不能再恶劣的现象。曾经私底下同某报的编辑商量过，我说：“我倒并不希望他们的友情，会重新敦笃，哪怕从此结下深仇，也与我们无干，但至少不能让他们在报纸上胡闹。何妨联合各报道编辑，为他们开一次会，凡是相骂的文字，一概不予刊载，要骂叫他们用嘴去骂，骂得高兴，更不妨打一场热闹的相打。”

但这位编辑，认为我这个主意，并不妥当。他说：“一个是气量太狭，一个是素性乖张，如其他们想着要相骂而不让他们骂，他们会搁笔不写的。他们都是文豪，报纸上没有他们的字，立刻要影响销路，所以编辑的人，永远不敢得罪他们。……”其实西洋镜是不好拆穿的，除了这一行，你还会干哪一行？这不过是“客大欺行”罢了，真把纱帽掼了下来，你还不是去吃西北风？

（作者谨按：现在我不是“老板眉眼”，以职业文人立场，写上上面一段，欢喜触行交行霉头的人，还有什么话说？）

（《铁报》1946 年 10 月 31 日，署名：高唐）

名角儿老板

大中国电台，转播“天蟾”平剧，以向小姐司报告，时时向收听者曰：“我们时时在求改善中，愿诸君随时以我们的成绩见告。”为意甚诚，亦想见大中国当事者经营之善。向小姐更以俐齿伶牙为人激赏，特亦时多语病。曩时，向在雷霆电台，为“皇后”转播，值梅兰芳登场，称兰芳为梅博士，凡为坤旦，向复一例以小姐称之，并得体。称其他优人，则皆曰“老板”，亦通。特指集体之伶人，亦称之为“名角儿老板”，则不甚可通，嫌其架床叠屋也。譬如向小姐曰：“诸位听众呋，天蟾舞台，伊拉才是名角儿老板，所以诸位要看精彩格戏，请光临到天蟾舞台来观看。”上述诸语，惟“名角儿老板”为语病，而“诸位听众呋”之“呋”字，为向小姐习用之“语助词”，着此一字，其报告乃有对人似闲话家常之美。愚谓其声腔能殢人心意者，亦在此耳。又一日，闻向小姐报告三十一日之“天蟾”义务戏全本《回荆州》中，有“孙兰亭老板饰贾华”一语。兰亭为票友数十年，经营戏院亦二十余年，今为中国大戏院之总经理，而向小姐未识其人，亦目之为梨园子弟，称曰老板，不审老友闻之，亦有嫖久成龟之哀否？

（《铁报》1946 年 11 月 1 日，署名：高唐）

记虞曼云

一月以前,与同昌车行之诸某协议离婚之虞曼云女士,为虞洽卿之女孙,美丰仪,富学问,更雅有经营材干,最早之金鱼咖啡馆,即为虞所主持者,颇亦井然有序也。惟此人个性极强,以诸既习于荒嬉,规之不能改,遂诣律师,请解缡约。律师慰之曰:“曷勿更待一时?”曰:“不可,我今二十六年矣,更守之者,终且废我前途。为本人将来幸福计,不能不与仳离。解约之后,我更当择人而字。”律师以其言率直,颇感动,遂约诸来,订解缡之契。

或曰:诸诚纨绔之儿,特平时待虞至勿恶,虞有所命,诸无不致。惟劝其毋更荒嬉,则不听,虞用是悲哀,以为华焕似我,且不获善驭所天,是不可以仰望终身也!

(《铁报》1946 年 11 月 2 日,署名:高唐)

惟忠恕君子鉴之!

闻袁履登有发回更审之说,是不独为国法所应尔,亦始人理之当。袁履登何曾作恶!其实不仅一袁履登,即既判极刑之所谓大奸巨憝,有若干人,其所作为,在吾为沦陷区人民之直觉上,亦应有吁求国法量情之愿。愚尝屡屡言之,“正义感”之流,乃病吾文为替汉奸张目。愚固何人,敢冒不韪?特以贱性不乐闻严酷耳。使有囚者受刑过苛,愚闻之亦勿愉悦。譬如张鸿图诸人,沉狱底者,俱十年以上,诚然渎职,取罪何至此?又彼商人,求做官家生意,献佣金,此几为商业上之公式,而亦降大罪!又譬如姜公美之处死,既死,其遗属乃受养于人,罪为贪污,而身后萧条,至于此极!愚读报竟,亦为之恻然不已。愚自知意识永不正确,故所吐之蕴,自不足邀“筱快乐”听众之同情。惟忠恕君子,或有颔首称然者耳。

(《铁报》1946 年 11 月 3 日,署名:高唐)

程砚秋下榻处

程砚秋突然来沪，飞机降地之日，沪上无人知之者，故“天蟾”当局，与捧程诸子，皆不胜其“有失远迓”之愆也。程下机后，即赴迈尔西爱路朱文熊宅，是夜下榻于此。往者，程南来演剧，恒寄宿沧洲饭店。譬如“黄金”时期，所聘角儿，恒寓所谓金老公馆，独砚秋则异，砚秋非宿“沧州”不适。朱文熊为砚秋故交，劝其毋更它迁，惟“天蟾”之主持人吴天厂，以自家角儿，投宿于他人，良用勿安，故分愚园路住宅之半，以延砚秋。而王准臣闻之，复数数请于程，其格罗希路别墅中，已扫榻矣。至今日为止，程将下榻于何处？犹未定也。角儿一大，彼经营戏院者，媚之惟恐或怠；即彼角儿之朋友，亦以角儿肯惠然投止，为唯一光宠。是为愚在十一月一日下午所得之消息，及至夜间，又闻毛铁先生言：姜公美在去年主持宪兵队时，有人献一宅以居之，曰：“公但居此，毋论租值。”比姜渎职一案既发，屋主犹无言。及其受戮，屋主忽令姜妇迁居，妇贫苦不自聊，苟迁去者，势不能更得一椽以蔽风雨，用是大号。愚闻之恻然，因并前事记之，而不必再言感触矣！

（《铁报》1946 年 11 月 4 日，署名：高唐）

程 谭 揖 让

程砚秋未来前，天蟾方面，已约定在沪之谭富英，与程演合作戏。最早之决议，为一星期中合作四日，余三日富英休息，程则贴私房戏焉。比砚秋既抵沪上，以为原议未善，曰：“既合作矣，则富英不当或缺，愿其日日上。富英十数年来，在沪屡挑大梁，乌能屈其为我‘跨刀’？大轴之戏，愿与富英分演之，同舟共济，固不敢独争后先也。”天蟾中人述其言与小培，小培大感动，亦曰：“然则我当命富英毋稍懈，砚秋有此言，是不辱吾富英，富英必不敢与砚秋论后先焉。”

（《铁报》1946 年 11 月 5 日，署名：高唐）

梅先生的门客

前两天听说梅兰芳的门客中,有人在文字上得罪了程砚秋先生,程先生看见了非常难过,梅先生也弄得交关难为情,因为这不是梅先生的本愿,是一群小人在拨弄是非。

梅先生在艺术上的造就,是高绝千古,无可否认。我虽然同他是熟人,但没有深交,他的为人,从与他相习的朋友讲给我听,说他心地忠厚,而没有主意,所以容易受人包围。近两年来我只听人说到梅兰芳,就厌恶到他的一群门客,这实在是梅先生的悲哀。目下他的周围就剩这几个无用黑良心的饭桶。啃他,剥削他,还替他陷绝许多人缘!

梅先生应该想到十几年前、二十几年前,同他日常交往的,是国初诸老,是域内名流,那时文酒之会的盛况;再看看现在这几块料,终朝终日猥琐地伺候着他,如何能不悲哀呢?记得上次梅先生在"皇后"上演的时候,我碰着了他门客中的一位,我说:"听说'皇后'的戏票你有办法,请你替我买几张好吗?"这个人听了我这一问,也不说可以,也不说不可以,他面部上的表情,好像又要骄傲,又要谦虚,尴尬得真是难以形容,反正这是应该刮他两下子的一副嘴脸。

(《铁报》1946 年 11 月 9 日,署名:高唐)

程砚秋"闯过一场祸"

那一天,我对程砚秋先生说:"新艳秋的丈夫,因为犯附逆罪,已经判处极刑。"他感喟地说:"这一位小姐,真是红颜薄命,她的运气就一直这样的坏过来的!"我又问:"你近年来见过她没有?"他说:"没有,先后我不过见过她一次,至多两次。"我又问:"那末她不是你的学生?"他说:"不是的。"我说:"那你说没有弟子的?"他听到这里,笑起来了,徐徐的说:"有一年,吃醉了酒,闯过一次祸的,竟把郑冰如收了做学生。——"从他的语气之间听起来,不一定是谦虚他"不敢为人师范",

大概他不喜欢收徒弟，更不喜欢收坤角儿为徒弟。

后来我从翁偶虹先生的文章里，得到了证明。当砚秋在青龙桥耕种的时候，北平的坤角儿，都赶去拜望“程门”，童芷苓、言慧珠她们，更数陈“立雪”之愿，而程先生则以自己成了野老田夫，把她们都婉言拒绝了。

其实我是有作用的，我想打新艳秋说起，替童芷苓开一条路，让她请益程门，更求深造。谁知门刚刚开，程先生却把“闯了一场祸”这句话又给关住了，倒害我说不下去。我喜欢干脆，不喜欢死七八赖与人家耗着的，看来后此也没有进言的机会，只有托别人再去讲讲看，请他消除成见。

(《铁报》1946 年 11 月 10 日，署名：高唐)

犹是凄凉绝代人！

乔金红作嫁五六年，愚特于剧场中一见其人，与所天相依坐，亦闻之熟人传语，知其嫁后光阴，虽非丰裕，然能笃爱关雎也。金红容止皆清，十数年放眼欢场，更未尝见澄澈如其人者，当时愚投诗甚富，如初见有句云：“看她交膝灯前坐，鬓影青于九月云。”

昨日有人来告，谓金红不幸，猝丧所天，其夫患牙疾，以血中毒致死。为上月事，今逾三七矣！愚闻耗大震，所天氏张，少年笃行，嗜皮黄，亦极有才干，特以为人谨慎，不能致财富，为势乃殊岌岌，病时所耗既巨，身后弥复萧条。金红嫁后，育两子，别鹄离鸾，将来岁月，乃不堪问，为此以告一方、灵犀二兄。当时嗜舞之士，而酷喜金红者，当亦为之惘然万状也！

(《铁报》1946 年 11 月 11 日，署名：高唐)

逐　臭　记

有夫妇二人，同以蝶使蜂媒为业者，恒叹经营此道，为势大难。谓一日者，荐一丽人，与阛阓中人某，丽人索值百万金，谓一月中，供四度欢娱。议既定，辄圆高唐之梦，顾后此不复有会期。阛阓中人怒，诘于媒，媒索女不得，偿往缴之值。忽一日，媒遘丽人于途，严诘之，丽人亦怒，我尝语汝，为我媒少年之俊而多金者，汝乃匹我以老奴，蠢蠢如豕，而咻气如牛，此犹不必责，及其解外衣，辄有奇腥，自体中发出，触鼻欲呕。盖其人久不浴，毛孔勿洁，蒸为臭气，布于汗衫上，故不可向迩。盖媒之所业，实为私营，所属诸雌，初不受其节制，媒亦无力与之争也。

愚向日闻之，往往有操刀之客，于衾风褥浪中，忽闻一阵奇腥，因而废然按兵者。今上述之阛阓中人，独以体臭而见逐于彼雌，不可谓非创闻也，因作《逐臭记》。

（《铁报》1946年11月13日，署名：高唐）

不好诣人贪客过

前一时王娩静先生曾经给我一封信，他说：“闲时不妨枉驾，不必论诗，即为四方上下之谈，亦大快事。弟在家之时多，颇有‘不好诣人贪客过’之妄，一切幸有以宽假之。”“不好诣人贪客过”记得是吴梅村的诗，一个上了年岁的人，不喜看尘世浮华，容易有这一种心境，现在的我，似乎还考虑不到。

我虽经把王先生的话，告诉过太太，太太说我们住的地方太少，拢总两三间房子，如何可以容客？她讲起这个，常常埋怨我错过了一次机会。

那是去年春天，我们楼下的那家邻居，因为上海吃紧，他们搬回乡下，一套红木房间和房子，一共顶伪币一百廿万元，太太说：这是便宜的，我们顶了下来吧。我也认为实在便宜，但想想上海的局面，谁都看不出怎样一个结果。人家逃避，我们却保守，有点不合情理，我当时踌躇了一下，而他们的房子有了主顾。

假使我当时决一决主意，那房子顶下来，那末现在的家，也蜚然可观了。再过几年，我也对朋友说“不好诣人贪客过”这句诗起来，也不致于感到局促不安。我是少无大志的人,根本没有想着造洋房坐汽车,只要住的地方,稍有回旋之地,已经心满意足了。

(《铁报》1946 年 11 月 15 日,署名:高唐)

台上看程砚秋

程砚秋登台的第一、二天,我都去了,头一夜在楼上听了《武家坡》一场蹲戏,第二夜才买着台上座位的几张票子,从头听到底。台上座位,一共十只,讲究看,自然不相宜的。何况后台的风大,挟着尘灰,又冷,又使人有窒息之苦。然而也有一行好处,隔着一块布,听帘内的倒板,真像在你面前吊嗓一样。

我特别爱好程砚秋的《武家坡》与《大登殿》这两场戏,我觉得它比全本《六月雪》更好,《武家坡》里的"水袖""圆场",以及逃回寒窑时的一个进场身段。《大登殿》里的一段二六,和一段快板,都是平剧艺术的最高造就,顾曲周郎亦尽耳目之娱,也就是最高的享受。

从前有人说程砚秋因为自己身材的高大,所以他选用的帮角儿,往往也是身体臃肿。譬如郭仲衡的老生,顾钰生的小生,都是大料,跟砚秋站在一起,并不见得他一个人特别庞然。这毕竟是别人的猜想。此番老生是谭富英,小生是储金鹏,一个瘦,一个小,我在台上看,并不曾发现他们有什么不匀称的地方。其实再想想本来也无所谓的:我当时就有一个感觉,譬如我是瘦的,童芷苓则玉人颀颀,有高头大马之目,我们两个人,抱住了跳舞,或者是步履舒徐地荡马路,不见得会被旁人耻笑,说不定还有人说:这也不失为"一对璧人"呀!(已经说到废话,不能不用"呀"字一结。)

(《铁报》1946 年 11 月 19 日,署名:高唐)

璐敏唱外国歌

一日茶舞,与李珍珍同坐"仙乐",听璐敏唱歌。璐敏唱外国歌,凡二阕，听者犹未餍，鼓掌催其再唱两只。于是璐敏复唱，又外国歌，邻座一客，翘大拇指语其同伴曰："中国人唱外国歌者，以璐敏为第一。""中国人"三字，范围太广，好在愚非解人，故不暇辨其人之言，为放屁，抑为放狗屁也。

璐敏身体极雄健，肌肉甚黑，两臂及脸上，皆似笼一层灰色，固不知其胸脯上，及至胸脯以下，亦白腻异于手面上否？顾眉目甚俏，齿如编贝，一笑灿然时窥唇外焉。今岁初春，愚尝偕璐敏同舞于"丽都"，时柯乐献唱于唐乔司乐队。愚舞至乐台前，璐敏睹柯乐，辄与寒暄，絮絮者良久，皆为英语，既而愚问璐敏，汝二人乃闲话家常耶？曰否，我特烦其一曲歌。歌至繁复，恒时不常唱，而我深喜之。愚当时特以璐敏故施卖弄，及"仙乐"一闻其歌，方知恁大女儿，亦有心人耳。

(《铁报》1946 年 11 月 20 日，署名：高唐)

陈燕燕近况

朋友来告诉我陈燕燕的近况，使人非常难受。当有人检举她是伪明星后，法院的侦查传票送到她寓所去时，她适巧出门去了。她的出门，不是投奔张善琨，正因为她生活发生问题，特地去张罗一笔浇裹之资的。所以她还不知道身上有刑事案子。将来她有一天晓得了，她的柔肠寸断，我们是想像得到的。

电影明星的附逆问题，最近方治同、潘公展两位先生解释的很清楚。尤其像陈燕燕这样的明星，那顶灰色帽子是戴不上去的。假定《春江遗恨》同《万世流芳》是有问题的片子，那末这里面没有陈燕燕的份，派来派去她不过是张善琨的情妇，但张善琨本身，根本是脱然无累的人物，陈燕燕当然更没有关系。

她已经委弃了华焕前程，再不能受什么刺戟了。今日之事，我们应该为她矜怜！

(《铁报》1946 年 11 月 21 日，署名：高唐)

驵侩何曾解断肠

一夜，朋友请吃蟹，以一车来迓，将行，忽有刘某来访，刘盖撮合山人，愚屡屡烦其牵针引线矣。附吾耳曰："有粲者待客于咖啡座上，速往，迟且不及见。"因赊寸晷，随之同行。既至，果有一女，盛鬋丰容，凝妆独坐，问其氏，答曰陈，世居海堧者。谈次，渐涉其世家，谓父早世，寡母孤儿，一家且陷于饥寒中。又曰："客如久居沪上，且习知阿父名，阿父盖以玩票著称者，吾母亦习皮簧，尝结束登场，特以近岁荒寒，废所学亦十年矣。"愚叩其父号，则不肯吐，愚曰："然则将何以为后来计?"曰："拟托良媒，早觅佳俦，惟顷益颠困。夏时，病三月未起床，阿母忧煎，延医买药，罗掘殆尽，至今积逋三百万金，贷以高利，故月耗子金，亦过百万，来日大难，念之惟悚然自惧耳!"愚大哀之，闻刘私语曰："子斥二十万金，挈之行可也。"愚以必践友人约，拒之，倾囊得十万金，畀陈曰："将此去，俟我稍暇，再当邀汝。"陈乃称谢敛钱。

越三日，愚复嘱刘邀陈，陈自电话中语刘曰："若人多钱，且勿吝，为我言之，令其贮金百万，我将亘两日供其寻欢。"刘乃顿足语愚曰："谁令汝闻其凄苦，而恤以多金者？今翻前议矣!"愚闻言，自笑勿已，遂使刘别觅他人。"凭渠江水都成泪，驵侩何曾解断肠"。由兹事观之，解人肠断者，洵为多事，驵侩之所以为忍人，驵侩自有其阅历也!

(《铁报》1946年11月23日，署名：高唐)

童芷苓的喜讯

有一位读者，寄给我一首诗，题目是《闻童芷苓喜讯频传，赋寄刘郎》。诗曰："知君本不羡封侯，一嫁真成万事休。料得刘郎深叹惜：者回枉空削尖头!"

诗写得非常风趣，从它的隶事属辞上看来，这位先生，他能够作得好诗的。关于童老板的下嫁一事，我不大清楚，我曾在剃头店里，看见戏剧刊物上，登过一段她要回北方去出嫁的消息，但一面据我所知，天蟾舞台明年正月的一局，就是童老板挂头牌，她已经收了定洋。近年来我为了童芷苓写下来的东西，比较肉麻一点，记得从前对张淑娴刻骨倾心，所写的文字，或是小诗，都不及现在写给童芷苓那样的火爆。于是引起别人的猜测，说我是追求童老板的。譬如这位读者，他写这一首调侃我的诗，一定也疑心我是一向在对童老板进攻。关于这一点，我不必承认，也不必否认，因为对一个欢喜的女人，有时自己也弄不清楚心里在怎样打算。

（《铁报》1946 年 11 月 26 日，署名：高唐）

盖三省不朽！

程砚秋将登台邀南方名丑之参演者，为刘斌昆与盖三省。程往岁南来，贴《金锁记》，辄以盖去“禁婆”，浸为定例，故此番亦非盖不快也。盖在“中国”，月取百万金左右，今“天蟾”贷其人，盖索六百万，曰：“演一月为此数，演一场亦此价也。”“天蟾”怒其索取之苛，将置之。闻于砚秋，劝曰：“毋与盖三爷决绝，不足之数我为偿之。”闻此言者，传于三省，则大感动，愿折前数之半。及《金锁记》上演之夜，程驱一车，诣盖所居，盖居陋巷中，败屋一椽，程叩门请见，既见盖，则曰：“愿三爷毋弃我，而佐我如故，我今以车来，迓三爷上馆子矣。”言竟，作礼甚恭！时室中灯光如豆，瞩盖面，盖面上皆泪痕，哽咽曰：“老奴为四爷（内行称砚秋为程四爷）役，虽劳而致死，不复敢辞。”盖之剧，以《六月雪》“禁婆”，与《能仁寺》之“赛西施”为杰唱。其在台上，好开搅，《六月雪》亦然，故容易破坏空气；然砚秋不以为病，台下人未尝以此慢之，盖遂得终侍砚秋。程砚秋在中国旧剧坛上，为千秋人物，《金锁记》亦为千秋之作。后世人论砚秋，必及其《金锁记》，及《金锁记》则必及“禁婆”，盖三省亦为不朽人物矣。

（《铁报》1946 年 11 月 27 日，署名：高唐）

一夜重温姚莉歌

一夕舞于“丽都”,遇歌者姚莉,频频与一女侣起舞,尾其后,闻其与女侣闲话家常,其声甚朗,自口气之间,可审其人已自大小姐进为少妇矣。坐未几,忽有人至麦克风边报告,谓姚莉在场,今当请其献歌一阕,为宾客尽欢。所报歌名,愚已忘佚。时台下之掌声大震,乐声亦随之而动,顾姚勿上台,乐不已,掌声亦不已。时又有人报告,谓顷报之歌,姚莉已不能背诵,故改唱《我的冤家》,以毋负诸君愿望。合座复大欢,乐复动,而姚莉登场矣。歌之清柔,悉似曩日。猛忆四五年前“仙乐”凉秋之夜,恒以此歌声,入无愁之境,亦近来快事也。

今日之女歌手,太半以色悦人,论其艺,有不堪言者。姚莉之唱,年来在麦格风前,几成绝响。习于舞场诸君乎,汝谓吴莺音可听邪?谓张伊雯可听邪?若辈固无一足以方姚莉也。

(《铁报》1946年11月28日,署名:高唐)

与老凤先生书

听说您收童芷苓做过房囡了,又听说您特地从南京回来,替童寿苓证婚,我非常高兴。二十六日那天,下午一时三刻(他们的喜简上是二时行礼),我就赶到国际饭店,为童家道喜,也想同您谈谈,谁知那时候童家还没有人来过,更瞧不见您,我只得签了一个名走了。

我常常自己笑自己,于今年才发现童小姐的戏好,人也好,不料你比我发现得更迟,恐怕假使你这一次不到南京,你将终身会错过这一个干闺女的,那岂非是憾事?

记得胜利以后,有一次我碰着史致富先生,闻他还收过房囡吗?他摇摇头说不收了,接着他还说出一套理由,意思是说:以后当努力于事业,不能再游戏人间了。我觉得史先生的见解,不怎么明爽,现在晓得您就不这么想,那又多少可爱?一个人到了德高望重之年,最好的需要是儿女陶情，譬如没有像吴国璋他们，也好为人父，大受闲人的攻击。据我说，其实也没有什么，就是他的年纪不到巴一点。

您往后还在报纸上写写的话，那末从童小姐身上找，一定比谁都容易落笔。她天生有一副可爱的性格，只要你领导我，我来摇旗呐喊。“原要老夫高兴写，写他童女一千篇”。希望您用我过去写管敏莉的精神，专写童芷苓，也是丈夫快意之举。

（《铁报》1946年11月29日，署名：高唐）

高 柯 灵

韦伟曾经对我提起高柯灵先生，她说了好几声高柯灵，我都没有听出说的是谁。后来她说：“明明就是柯灵先生，不是你的老朋友吗？”我才恍然大悟，我说：“你应该早说柯灵先生，或者高季琳先生，我都明白，你说了高柯灵先生，就见得陌生了。”

犹之桑弧上面不必加李姓，韦伟上面不必加缪姓，刘郎上面不必加一个唐字，鲁迅上面不必……不说下去了，说下去，北平的何海生先生，要笑我攀龙附凤了。

（《铁报》1946年12月2日，署名：高唐）

佐临的心愿

一星期以前，佐临先生到南京去教书，临走的前一天，约几个平时相知之友，在他家里，吃一顿饭，以为话别。我因为被朋友绊住了要我凑一局沙蟹，所以不及赴约，中心惘惘，无时可已。听说佐临先生也因为我没有去，害他张望多时，真使我更加歉疚！

他们席间谈起了我，佐临先生每天看我在报上的东涂西抹，他说：“非常歆羡大郎这两年来的生活，他有一个心愿，拟待曹禺先生从美国回来之后，专诚介绍他与我相识，相识后就让曹禺同了我过那种所谓‘游宴生涯’，不必有什么计划的，也用不着刻意经营的，就这么随随便便混一个时期。曹禺自有会心，让他触类旁通的观摩过来，相信对他往后著作上，一定有不少收获。”

因此我记起姚笠诗先生的话来，他曾经挖苦过同道的某君，他说：“这位先生的日常生活，就等于迭更司、大仲马、小仲马的日常生活，但他的成就，为什么及不到这几位西洋小说家呢？”其实他挖苦别人，就是在挖苦我。自己因为拙于才力，对于名山绝业，根本不作此想。假如佐临先生的心愿能偿的话，我倒也情愿帮助曹禺先生，使他多得几个著作的方面。佐临、曹禺，他们在戏剧史上，总是千古的人物。

（《铁报》1946 年 12 月 3 日，署名：高唐）

以便取男

某淫雌择男秘诀，以男人之小便频繁者，不取。若能迸半日不遗，辄百计惑之，务入其彀。盖淫雌之意，多溺必早泄，少溺者自足“僵持”，以二者实正比例也。

愚尝举以询医者，则曰：然，亦未必尽然。其言甚琐，不缕述。特以愚为作证，则彼淫雌，良多阅历；愚小便甚频，一日，私计之，则四小时内，凡三溺。而愚体滋损，朽败如灰者，若干年矣。尝有女人，面我曰：“只落得恁般瘦弱，一看见你，使我百兴皆挫！”愚惊且笑，暗暗服其眼如神！

天衣先生，时以便少翘人，恒日自晨至暮，不过一二泡尿，愚勿审其言是否有为而发？亦未当心其作此言时，是否有女客旁听也？

（《铁报》1946 年 12 月 4 日，署名：高唐）

小摆设

舞场中近来沈一飞声名藉甚，天衣已屡见之，亦誉为绝美，而愚则不获一睹也。沈自“新大华”移植至“大都会”。前二日，他报刊一文，谓沈被一穿云之客，挈之止于大胜胡同，扰竟夜未休，愚故疑沈一飞者，亦刀枪不入之雄健婆娘也。是夜，天衣为招来侍坐，视之，稚齿韶颜，年不过十七八，脱我有女，吾女且比其长成耳。面上之五官皆端正，而睫毛特长，有几分似昔年“国泰”之王亦芬，然亦芬视沈为顾长。沈病其太小，若可揉之掌心，此为小摆设，不足与大件头比也。女人件头不大，即无以见气派之华，管敏莉、冯媛媛之流，俱无殊色，然件头奇大，其人遂自多胜度。更待三年，安得沈一飞拓其皮骨，宽其形相，至于竟体朗然，望之若牡丹，若芍药，足以爽人心目。若今日者，我看其人似看丁香耳。

（《铁报》1946 年 12 月 6 日，署名：高唐）

告至亲好友

《捉鬼传》上演到最后两天，陈忠豪兄特地送来五张戏票，请我同天衣、桑弧及绍华夫妇去观看，第四排当中的座位，这一夜上下客满。

这一夜我适患重伤风，戏本来不想看，因为忠豪的一番诚意，所以勉强去了。在院子里天衣就说：“还是到这里来看看，为什么一定要去看程砚秋、梅兰芳呢？人家也是客满，但他们的演出人、上演人，以及剧作人，都热望我们来看他们的戏，我们来了，他们是倒贴戏票的，没有好处，这一种人情的温暖我们为什么不来享受？而一定要在宛转乞怜的情形之下，去买天蟾和中国的戏票。”这两句话，说得我大为感动，我就安安分分的从头看到了散戏。

程砚秋上演以后，我才看过一次《武家坡》，我不情愿蝇营狗苟去弄戏票，所以也不想再看。梅兰芳则根本没有看过。我在这里告诉我的至亲好友，人家的事业，与我同戏馆的交情，是两桩事体，我自己也没有本事买戏票，更没有本事替你们效劳，请你们原谅我，不要再托我购买戏票。否则你们骂我揍我都可以。

（《铁报》1946 年 12 月 9 日，署名：高唐）

大垃圾堆

我住的那一条弄堂，算是宽阔的，干净的一条。但这几个月来，发生了一桩憾事:有一家人家,改砌了房屋,把剩下的一堆瓦片砖块,扔在墙脚下。车垃圾的人,不肯把它收去,他的理由很对,因为这不是垃圾,那末一大堆,要用卡车来载,要收一笔钱的。这砌房子的人家,却像死了人不肯收尸,任它暴尸不管!

于是乎瓦片砖块上面,有人倒垃圾上去,久而久之,成了大垃圾堆。已经二个月了,假如在夏天,一定要发生奇臭。前天,我出门时候,看见小孩子在垃圾堆上点火。到夜午回去,那个垃圾堆在冒烟,我停了一回儿,看看有没有火星,没有,不过冒烟而已。我观察风象,不十分大,再看四周,也没有可以燃烧的东西,但冷得很,我不耐久立,回去睡觉了。可是睡不着,心只挂在垃圾堆上的火,明明知道,决无燎原之祸,但我神经衰弱,因此失眠了一夜。天亮了,我开了窗,望到垃圾堆上,还是像昨夜的冒烟,我方始放心。

(《铁报》1946 年 12 月 11 日,署名:高唐)

全部家当

白相人讲究“罩势”,一旦有财,头轻脚重之形状,殆难以描绘。昔与俞雪莉女士一度同居之马某,愚识之于战前,时放脱离缧绁也;战后数年,其人忽致多金,置金饰,买汽车,而雪莉以名舞人托以终身焉。

王龙语妙天下,尝语人曰:马挈俞雪莉出门时,抵巷口,遇其熟人,乃摆架子矣。先为寒暄,一二语后,举手以抚其面,自额至颏,则指上之巨钻粲然,已炫于熟人之目。犹嫌未足,复以别一手,正其指上之钻,旋转间若告对方曰:见之乎?见之乎?我钻盖甚巨也。炫钻既已,又出其腰际之表,看时间,表与表练皆金属,粗如铁索,方此时,乃招呼车夫,厉声曰:开过来些,使我与少奶易于登也。车殊广美,熟人之目为炫。王龙乃曰:二分钟间,马之家当,已尽罄于人。王龙言此,兼以手眼身法,听者恒绝倒,佥谓王龙之语,真传神也!

(《铁报》1946 年 12 月 12 日,署名:高唐)

卡 尔 登

“卡尔登”翻造以后，于十四日晚场正式献映舶来电影，上海的第一轮电影院，又多了这一家。新建筑是极尽美轮美奂。他们这一次倾资于改建上的，总数在四五万万元之间，犹之“夏令配克”的脱胎换骨，而成了今日的大华大戏院。

正如“卡尔登”广告上所说，“卡尔登”是有三十余年辉煌历史的一只戏院。现在人说起来，都说是老“卡尔登”。而我对于“卡尔登”的认识，则是分三个时期，现在当然是新“卡尔登”；在周信芳办移风社演平剧，后来改演话剧，以迄于翻造以前，是老“卡尔登”；在“八一三”战事以前，当是老老“卡尔登”了。最早的“卡尔登”，有舞厅，有戏院，那时候没有大华饭店，上海最时髦的游宴场所，是无过于此的。

新“卡尔登”开幕的那一天，我因为友谊关系，老早去招待来宾了。这一天雨下得很大，但黄河路上，挤塞着车马，来宾冒了雨，争先恐后的要来看一看“卡尔登”的新姿，场里外堆放着花篮，第一张片子是《中国女郎》。

（《铁报》1946年12月17日，署名：高唐）

薛冰飞服医记

舞人唐飞飞，最近因为牙齿痛，去找一个牙医生替她治牙。在牙医室里，碰着她一位熟人，在那里做牙医生的助手，此人当时亦是舞女，在“维也纳”红过一时的薛冰飞。

薛冰飞这三个字，在我诗文之间，曾经为她揄扬备至。她生得娇小，眉目清秀，态度温文。在她红的当口，因为意志薄弱，却被她的“同行中”据为禁脔，这消息传闻出去，使她的客人，不免望望然去之了。随后她有了喜，索性离开舞场。分娩之后，境况自然十分恶劣，连小囡的尿布，都要她自己洗涤。折磨了好些时候，薛冰飞更落得憔悴可怜。

去年这时候，她实在过不下去，又做过一时舞女，但生意是没有了。不知以何因缘，她忽然去做起牙医生的助手来。

唐飞飞告诉我的那一夜，我恰巧在“大都会”里遇着她，依然憔悴，但清秀之气，亦依然扑人。她是“随宜梳洗”，不知她过去的，不会疑心这个人也是起身于欢场中的。

（《铁报》1946年12月18日，署名：高唐）

太 子 道

一夜，偕敏莉同饭于北平李丽府上，合座人互为笑谑，培鑫乃言：大郎亦知“太子道”三字出典乎？愚谓：太子道为香港路名，固不知其典。言至此，敏莉之颟大赧，而格格笑不已。培鑫因又曰：是盖有人以此称汝义妹者。足下思之，敏莉苟育男，当为“太子”，此则指太子所生必由之道耳。愚恍然悟，而座上人皆曰：大郎亦能以“太子道”三字张之报间乎？愚曰：我恒以“科学眼光”，观察物事，此则不足以言秽亵，张之何伤？矧语妙至此，张之，弥足使读者解颐也。

（《铁报》1946年12月21日，署名：高唐）

当梅兰芳戏散了的时候

新近我看了一次梅兰芳的《凤还巢》，在将成尾声的时候，后座的人，都拥到台前来，要看看清爽，这一位梅大王的姿色。后座的人，服装不及前座的整齐，有戴了铜盆帽的男人，有挽了发髻，扎裤脚管的大江以北的老太婆。前座的人，原谅他们是要发泄“见识欲”，所以并不哄散他们。

谢幕谢了三次，台下的观众，方始让大王去卸装。梅大王在谢幕时，他因为身上是女人打扮，所以仍向观众“万福”，这两个字不知妥当不妥当？也许是“裣衽”，我实在太不明白古时的礼节了。反正我对他的动作，觉得难过。但假使他学谭富英那样的朝了台下打躬作揖，自然也是不伦。最好的方式，我想还是把身体挺直了，向台下微微颔首。

人散了，我也从人丛中慢慢地挨出来。一位小姐，她在对她的同伴说："梅兰芳真漂亮，真像女人。"我随着她说："没有什么的，我这样一只面孔，扮起来一样好看。"那位小姐倒了解我在吃豆腐，不再搭讪下去，偏偏恼动了别个男人，他们的视线，都集中在我身上，上下打量，我也看看他们。他们更露出一副鄙夷之色，他们真是梅大王的信徒，我想我惹不起他们，还是不声不响的好。本来，中国男人的面孔，要贸贸然同梅兰芳别苗头，实在有些大逆不道！

（《铁报》1946 年 12 月 22 日，署名：高唐）

看顾正秋做女傧相

孙兰亭先生嫁女的那天，我去看结婚，平常朋友办喜事，我匆匆的道一喜就走了。因为兰亭单生这一位小姐，是老朋友向平愿了之日，所以在那里耽得甚久。在结婚时我看见了那位傧相，我看来看去以前并没有看见过，她长得十分美貌，在她细步轻移，从娴雅中见得清华万状。来宾一路上逗她，她忍不住，微微一笑，更加是媚绝尘寰。我于是打听她了，打听到张伯铭，伯铭说："屈死！顾正秋也不认识的。"其实我真是不认识了，五六年之隔，她已长成得这样好看。当时有人说："她本没有什么好看，今天因为这一身打扮，才有十分的风头。"我于是明白女人穿了制服，尚且能助长其美，何况穿的是全白的礼服呢。

那一年我在高百岁的扮戏房里，看见一个小巧的女孩子，百岁给我介绍，说是上海戏剧学校的顾正秋，同他谊属葭莩，又把她夸耀一番，说这孩子颇堪造就。后来我看过她一次《玉堂春》，大家都说：上海戏剧学校，就出了一个顾正秋。话是这样说，却没有听人承认顾正秋在舞台上是个出类拔萃的人才。但她有国色天姿，我在这一天是亲眼得见的。

（《铁报》1946 年 12 月 23 日，署名：高唐）

万　金　油

《和平日报》"海天"副刊的同人,他们时常举行"海天文宴",在"海天文宴"里,有一种节目是诗钟雅集,主持的人,是易君左先生。易先生是当世才人,扢扬风雅,不遗余力。最近他们将在九如食品公司举行第九届的诗钟雅会,由永安堂胡桂庚主课,即以"万金油"三字,嵌成两联。在诗钟中,名鸿爪格,以头二十名,由胡先生分赠万金油、八卦丹等以助雅兴。

会作诗的人,不一定会诗钟,读者诸君,或有不懂鸿爪格者。易君左先生曾经举过一个例子,他的尊人实甫先生当年咏天津名妓李三姑,有鸿爪格的名句云:"一门桃'李'夸多士,'三'日羹汤试小'姑'。"《铁报》读者,如有兴致,不妨照此范文,用你们清才巧思,写几联投到《和平日报》的"海天"副刊去,借留佳话。

(《铁报》1946年12月24日,署名:高唐)

挥　巾　记

舞人中有春秋已富之女,其人曾为刘教授所刻骨铭心者,作嫁三年,见弃于夫,及其重来,则恣情放纵。尝有甲乙二人,并妮之,甲乙固至友,甲居先,则告乙曰:"汝当慎之,伊人之齿奇锐,至今肩上创痕,犹累累焉。"乙识其言,及圆高唐之梦,具毛巾一条,逾时女齿果大痒,将择肥而噬。乙曰:"汝毋噬我,且噬此巾。"辄挥巾入其口,女得巾狂噬之,直至事蒇,视巾,巾作条条裂,似久用而蔽者。乙乃叹曰:"女之牙,诚虎牙也。"

十余年前,海上名女人之以锐齿闻者,则为"骚在骨子里"之银星,当欲仙欲死时,男人投以衾,衾裂,投以枕,枕亦为碎。若勿识其窍,必且伤肩。十余年后,又闻彼舞人继此遗风。虽然,中冓之秘,勿泄者多,锐齿之儿,其实又宁止上述二人哉?

(《铁报》1946年12月25日,署名:高唐)

揚眼药揚着夏丹维

我曾竖看更横看，此是人间鹤与鸾。一笑齿成银样白，连朝眼被艳光团。已教丰乳掀高股，谁执长鞭着快鞍？最有淫心名字起，令人憧憬厥“维”丹。

在上海欢喜白相的朋友说：要揚眼药，下午“飞达”吃茶，晚上“雪园”夜饭。“大都会”跳夜场，“伊文泰”跳半夜场。我不欢喜咖啡馆，所以“飞达”不常去。又怕熬夜，夜午以后“伊文泰”也没有到过。惟有中间两个地方，常常涉足而已。前夜在“雪园”看见夏丹维女士，昨夜又在“大都会”看见她，认为这是上好眼药。她的好处，在我前面的诗里，已经说了一个大概。至于她的历史，则已有人先我言之，我不想再啰嗦了。

我从来没有用过“憧憬”二字，因为我对于它的解释不十分清楚，但晓得这是新文艺的滥调。偶然效颦，便落俗套，一定有人会这样笑我的。

（《铁报》1946 年 12 月 26 日，署名：高唐）

冯媛媛收回倒账！

前金康银行总经理吴某，投机失败，离家出走，所有债权人中，名舞女冯媛媛，也是一个，据日前本报所记，冯压进达六千万元。惟另有一说，不过条子六根，而且目下这笔欠项，亦已由吴之家属偿还与冯。所以在事实上，冯媛媛已经不是吴的债权人了。当吴某出走的消息传闻之后，冯媛媛心中焦急，因此人平时，有“小犹太”的绰号，对于铜钿银子，看得相当认真，一听吃进倒账，立刻跑到某闻人那里，请求作主，由某打电话叫吴的妻子赶来，责成吴妻所有欠款中，须先还清冯媛媛的一笔，而且要她限期归清。过了数天，吴妻捧了三根条子，送至某闻人处，先拨还一半。又过几天，开了一辆别而克汽车，还与媛媛，作为抵付另外的一半。合算起来,连利息也在其中,所以冯媛媛实在没有吃亏。所以焦急了不多几时,心境又好转了。

(《铁报》1946 年 12 月 27 日,署名:高唐)

朝阳依旧郭门前!

回到嘉定故乡去的第一、二两天,下着雨,不便出门,第三天才放晴,就带了孩子同太太去凭吊故居的残址。我从前的家,不过陋屋数椽,但论环境之美,城中第一,门前都是田野,一直望到城墙,疏林茅舍,是天生的一幅图画。

但今天来时,我的家都毁了,只剩一座孤楼,是我的"血地",也是我第一次结婚的洞房,没有了田园,没有了一带疏篱,也没有了高梧翠竹。只是一片泥地,有一队兵士驻扎在这里,旁边是一排马厩。我家是世代书香,从前这里弦歌一堂,而现在则变了演武之场,但前面的旷野,依然当年风景。我想起了于右任先生《省外家》的几首诗来,我默诵了他最好的一首:"朝阳依旧郭门前,似我儿时上学天。难慰白发诸舅母,几番垂泪话凶年?"真有说不出的凄酸之感! 这一次我写过几首诗的,《吊故居》有两句是:"却看万瓦垂霜露,难遣当时幼主怀!"我太太有时候不失为解人,当时她对我说:"我们有钱,何必到这里来盖房子?你是都市里混惯了的,我也是从都市生长起来的,乡居生活,毕竟不大习惯。"

(《铁报》1946 年 12 月 31 日,署名:高唐)

高唐散记(1947.1—1947.12)

女 歌 手 之 手

女歌手中,璐敏之外型极健硕,然一置于图画中,真有仪态万方之美。自"仙乐"辍唱,璐敏遂恒事家居,其所欢某,不常莅止,然璐敏昵之弥至。其人复俭朴,井臼之劳,初不假手于佣奴。工烹调,一肴之成,易牙不啻也。所欢恒于上午以电话抵璐敏,曰:"我将临汝,而饭于汝。"璐敏遂躬诣菜市,归则役于厨下,为状大忙。虽地冻天寒,不以为苦,然都市女儿之手,不耐操作,劳之既频,其初为柔荑者,至此作龟纹裂,而污腻嵌之,久涤不能去,为状乃不美于观。然璐敏俭约之风,在麦格风前之婴婴宛宛中,既传为美谈焉。

(《铁报》1947 年 1 月 2 日,署名:高唐)

雪 花 膏

舍间这两天甘油断档,连日我刮完了脸,总在太太的梳妆台上,揩油一点雪花膏搽上去,这一阵香味,往往亘许久时候不绝。

以习惯来说,男人搽雪花膏,好像是一种丑恶的行为。上海有个儇薄少年,有人替他题个绰号,叫"雪花膏小周"。因为"赚工钿"的男人,拆白党,以及若干说书先生,他们都经常搽雪花膏的。记得从前的唐竹坪,搽得最浓烈,领圈硬,头发油,坐在说书台上的样子,现在想起来还是令人欲呕。

弱冠之年,常到舅父所设的绸缎店里去听训;早晨,绸缎店的伙计,每人都面盆里放着牙刷、牙粉、漱口杯之外,几乎各人都有一瓶雪花膏的。我不是侮辱他们,他们搽雪花膏,的确有取悦于女顾客之意。故而雪花膏面孔,也是绸缎店伙计的特色。

朋友中,我看见施叔范先生搽过雪花膏。施先生诗文卓绝,先得满面髭须,他搽雪花膏,似乎事属不伦,但为了他志不在“顾影自怜”,培林反而认为他此一举动,妩媚得可爱。有一年,叔范蛰伏故乡,粪翁和培林专诚去看他,培林特地买了两瓶雪花膏,作馈赠之礼。其实所谓“雅人深致”,随时可以表现,正不必执着于诗酒风流。

(《铁报》1947 年 1 月 3 日,署名:高唐)

出场先后为序

戏馆广告,因为要敷衍两块头牌,在一出戏里登台,于是想出“出场先后为序”,及“姓氏笔划为序”的方法来,以平狗戎之气。上次“天蟾”程、谭一局,因为头牌太多,天天为了列名先后,闹得派戏的以至做广告的,都犯了神经衰弱症。其实症结是在叶盛兰一个人身上,袁世海、高盛麟他们是不服叶盛兰,而叶盛兰则不但目空高、袁,他连程、谭亦不肯卖账。有一次他同谭富英唱压轴的《状元谱》,居然两个人的名字上面,亦用“出场先后为序”,谭富英固然砍足招牌,但外行的看戏者,至此亦觉得叶盛兰太狂妄,对他的印象,恶劣到万分。

最近“天蟾”的一局又闹笑话,李宝櫆与储金鹏二人,在一出戏里,居然亦用“出场先后为序”了。叔红兄说真是叹为观止,这么小的角色戏馆都控制不住他们,以后还好办事?我在预测,高巧童、王福卿、吴世宝这几位老板,他们也在望着“出场先后为序”的六个字在眼红了,戏馆老板的“孙子”放着当下去吧。

(《铁报》1947 年 1 月 4 日,署名:高唐)

“相亲”记

经常有这么一个人，不时打电话来，或者是跑来，约我去“相亲”，地点往往是咖啡馆。我对于零碎消遣，早已无此嗜好，但在变态的情形之下，还喜欢看，看得欢喜，约来吃吃夜饭，逛逛舞场；看得不欢喜，媒人钿，我还是送的。所以这一个人，很高兴奉承我这一位主顾。

有一次“相亲”相着了一位小姐，她们是两个人来的，我相完了主角，再相一相配角。那位配角，惶悚地，局促地一种坐立不安的样子，使我奇怪。第二天我约那位主角吃饭，她问我：“昨天陪她来的那一位，你认识她吗?”我说：“不相识呵。”她说：“她认识你，她是某先生的外面的一位太太，所以她见了你很窘！”我说：“某先生虽然是熟人，但从没有见过她，她实在受了虚惊了。”话是说得轻描淡写，但心里忖着，万一昨天我相中了配角，告诉媒人，他怎么能不排万难以替我想法子呢？上海真是个可怕的世界。

(《铁报》1947 年 1 月 5 日，署名：高唐)

朋友的太太

我平时在一淘白相的，之方兄是相依为命的一个之外，其余也是与我差不多的朋友。不大肯同比我有钱的朋友跑在一起，上海人的眼睛太势利，假如同阔朋友跑了几趟，别人看我的身份就两样。在外头白相，用自己的钱，做自己的市面，这样最好。

还有朋友的太太，更懒得搭讪。本人是个荒唐鬼，朋友的太太，永远在疑心我会带坏他们的丈夫的，我就吃过这个冤枉。假如有钱朋友的太太，更当远而避之。女人的修养，大都不够，她以为她们有钱，而轧我这个朋友太穷，一面孔好像我占了她们多少光，吃这样的夹当，岂非犯不着。万一有钱朋友的太太，她倒是好客的人，见谁都是非常闹热，那末这种太太，劝你也不必亲近，因为一亲近了，旁边的人，就会含血喷人的说你想借铜钿“走内线”，我是天生的有这种坚壁清乡的脾气。

我写到这里，一直在想来想去，哪一位朋友的太太最好？而想着了唐世昌先生现在的这位太太最好，温善纯良，天天去看她是这样子，隔了半年去看她也是这样子。世昌待朋友有多好，她也有多好，她从来不想做一个能干的主妇，一切事只让世昌挡在前面。

（《铁报》1947年1月6日，署名：高唐）

补　品

太太今年想进一点补品，于是拌了一缸阿胶，但既成之后，她又放弃着不吃，而劝我吃。这东西与陈酒同拌，比清鱼肝油更难吃，我不便拒绝她的美意，早上起来，总是吃一二茶匙，我想是没有什么用的。

我的身体一直是针剂、药剂两种东西在维持着，但健康委实没有进步，我想假如不用针药，不知是什么现象。半年以来，服苏伯地鱼肝油，没有断过，这东西在前三年我吃过两瓶，当时的高贵，直同于金波玉液，现在则像垃圾一样的不值钱了。

有一天我们在馆子里吃饭，同百新书店的二位徐先生说起补品，大徐先生竭力劝我吃黄唇胶，其效用同于杜制的鱼肝油，而比较直接。他说有人吃这东西，活到八十多岁，那我倒不希望如此，我但求活一天，身体要强壮一天，不一定哪天，阎王爹不许我活了，便请收拾了去，收拾起来，手脚要快一点最好。

这天座上还有胡桂庚先生，他欢喜酒，指着桌上的茅台酒说：“这东西最补。”金山川菜馆的经理郁小姐听了接着说：“单吃茅台酒，也不会补的，最好与一样东西并吃，那就是补品之圣了。”大家问郁小姐和什么东西吃呢？郁小姐说八卦丹。桂庚哈哈大笑，立刻与郁小姐干杯。

（《铁报》1947年1月11日，署名：高唐）

纪念张公权先生的恩典

我是十八岁进中国银行的,荐我生意的人,是张公权先生。到二十五岁出来,一共学了七年生意,一直点了七年的钞票。出来之后,便作海派文人,亲眷都替我可惜,说我打碎了一只金饭碗,我则自以为是不羁人才,岂能永远为"辕下之伏"? 既然食之无味,弃之亦并不可惜。

这十数年来,我在穷困无聊,而不忘声色之奉。一直到近一二年,虽然依旧以征逐为生涯,但在浓欢之后,往往继之以一片惘然,这心境是说不大出的。似乎觉得,我在厌倦现在的生活,而想回复到平淡中去。

最可以证明的,近年来我坐写字间的兴致特别好,尽管没有事做,我也会清坐着不离开一步。而更可笑的一件事,我是常常重温十五年前点钞票的旧梦,这是多少恶心的事,我竟不惮为之。每次收进一笔款子,我会将它一张一张拿出来点,还要把花式整理好了,扎成一捆,一面点,一面会想起吾从前同坐在一只写字台上几位朋友的声容笑貌。

之方看了自然发笑,我对他说:我是纪念张公权先生的恩典。

(《铁报》1947 年 1 月 13 日,署名:高唐)

谢 夫 人

谢家骅结婚之日,有人参观其结婚证书上,女方之主婚人为谢筱初,而下注"由寄父邓仲和代",邓亦名商,然论者谓请"寄父"主婚,终是海派,曷不用"母×××代",比较浑成,亦比较合礼也。

谢筱初夫人,是日亦在场,着玄色丝绒旗袍,玄黑麂皮高跟鞋,发新栉,挽为巧样,缀以红花,而肌肤白皙,如其一双娇女,故风韵亦殊都。贺客见夫人至,辄向之道喜,夫人敛衽而拜,作礼甚恭。在结婚时谢家骅之妹家骏为傧相,谢夫人随家骏徐行,双眉为春山之蹙,良久未已。

或喟然曰:此时此地,心境之错综复杂者,乃无过于今日之谢夫人也。

(《铁报》1947 年 1 月 14 日,署名:高唐)

最小偏怜

记得十年以前,时常听余空我先生谈起他的孩子来时,一种矜惜之情,溢于言表,他说:在写字的时候,孩子们爬到他写字台上,夺取他的派克墨水笔,当凿子一样的到处去乱凿。笔损坏了,余先生只有呵呵大笑,从来不为了他们着恼。他还写了许多关于儿女们的诗,有一句是“娘自微嗔爷自笑”,就是描写他眼看儿女们造反时候的一副心境。

我当时不到三十岁,还体会不出中年人的心境,直到近来,才觉得我太像从前的余先生了。我尤其怜爱我最小的儿子,看见太太管束得严厉一点时,我会心痛。有时我夜里失眠,早上想多睡一会,但孩子就在我床前乱嚷,他学得唱戏,一早起来,就唱个不休。昨天我又被他吵醒了,还没有张开倦眼,只听他在说:“百代公司特请唐密老板唱《让徐州》。”接着就把言派的《让徐州》唱下去了。这样的孩子,如何叫我忍心去呵斥他呢?

(《铁报》1947 年 1 月 17 日,署名:高唐)

拾婴记

愚记谢夫人一文,述及邓仲和。仲和今为名商,其出身则极寒微,盖江阴之窭人子,尝受豢于粤人,使习商,终能腾踔阛阓间,其人之大渊源者也。

仲和既富,好女色,年五十许,玄发朱颜,望之曾不及四十。一妻而外,置三妾,并居一宅中,一妇“换季”,三妇从之,故置衣裳,必裁四件,置首饰,亦必兼具四事也。仲和既广置群姬,复勿餍所欲,招惹犹多。若干年前,邓家乃遘奇事,一日清晨,佣者洁门巷,忽见门外卧一婴儿,堕地才数日,则抱之以陈邓妇。妇自其襁褓中,寻得一简,擘缄读之,则央于邓妇曰:“知夫人为红人,我生此女,而不能留,计惟夫人能活之,故使其投夫人,愿仁者怜其孤苦,视之若视亲生,则天将使福耀常临夫人矣。”妇亦机警,疑此为仲和所构,以不能留,故设计以赚其妇者。妇乃问仲和,曰:“汝谓如何?”仲和曰:“生此女者,既已此书哀汝,是当留养吾家。”妇不可曰:“我议弃之。”仲和察妇有不悦状,遂抱婴儿奔,诣唐季珊,唐则以奉于汉口老五,而五钟爱之,殆逾骨肉。今此儿已五六岁,韶秀聪明,一说抚育之责,已移于阮玲玉之母,此中经过,则不可详。而女之所自来,至今犹无人能道其根源也。

(《铁报》1947 年 1 月 19 日,署名:高唐)

腊　　梅

我一直记得杜牧之有两句好诗:“越峰远分丁字水,腊梅迟见二年花。”我从小就欢喜腊梅,它开花的时候不多,但也一干冷香,惹人意远。春天以后它也密叶成荫,自然有一种当窗片绿地妙致。

在上海住惯了,看不见腊梅树,所见的尽是折枝,年夜的花市上,它同天竺一样是奇货。前三年我到朋友家去度岁,桦烛扬辉的大厅上,居中的一只台子,放上一只大花瓶,花瓶里插着高可逾人的腊梅花,比什么都好看,我无意间问一问它买来的价钱,记得是抵到我这一年全部“卒岁之资”的四分之一,因而为之咋舌!

前两天太太也买了一株腊梅花回来,插在瓶中,到今天我才发现她买的,是一种野腊梅,尖端瓣,硃红的心,她上当了!这花我的旧家也有,在屋后老圃里,一个土阜上面,花时,我常去攀折,我还记得,我们唤它为“狗形腊梅”,不是上品。上月我去凭吊旧居,土阜还存在,可是光有土,没有一花一树,像一座新砌的坟。

是田野间生长起来的孩子,谈到植物,总有不少儿时尘影,想得起来的。(写于大除夕)

(《铁报》1947 年 1 月 25 日,署名:高唐)

伶王风义

梅兰芳性情纯厚，笃于风义，梨园子弟，凉薄者多，梅独异恒俦，最令人肃仰。有人来告愚以梅之近事者，殊为感动。当李世芳遭难之消息传来沪上，犹未卜其存亡，梅聆之大震，辄仰天祷曰："愿天佑世芳，毋令夭折，但冀生还，虽残废，我必赡其终身，而恤其一家，则我茹素礼佛，直竟我生！"然世芳卒无幸，梅故大号，双目红肿似胡桃。梅爱世芳逾于其子，世芳死，梅所以谋赒恤其家者，至周至切。世芳可无憾于九泉矣。

（《铁报》1947 年 1 月 27 日，署名：高唐）

"二号棚"的年夜饭

丙戌年大除夕的中午，我们在徐家汇联华影业公司的二号棚里吃年夜饭。二号棚是远东建筑最好的一只摄棚，这一天摆了十七桌酒，我们是在桑弧先生将要开拍《不了情》的第一堂布景里吃的。与我同桌的人，有陈燕燕、丹尼、王丹凤，以及佐临的三位小姐。

陈燕燕是《不了情》的主角，她这几年来，隐藏得不大叫人看见，好像前年我同她碰着，显得过分的丰满，这一天却已回复到从前的婉娈多姿了。有人提议，叫我们再在《不了情》里来两个客串镜头，燕燕也又静来西的说："我很高兴能够同唐先生合演一个戏。"话是说得好听，可惜自己想想，已抵四十大关的人了，没有胃口再吃这样的豆腐，只得敷衍着对丹尼说："金先生，我要是再上镜头，您得教我一点表情。"丹尼客气地说："哪儿来的话啊。"

这一天最高兴的要算新考取的男女演员，他们团团坐了一桌，他们都想自己有着一番锦片前程，所以万醉不辞的到处敬酒，但他们没有去敬刘琼，因为刘琼是红星，也算是前辈。刘琼呢，静悄悄地坐在另一桌上，不去助兴，也不敢作出不屑的样子，一则怕失了"身份"，二则也怕别人说他骄傲。在当时，这个赤佬的内心痛苦真有些难画难描，我在冷眼旁观,看得清清楚楚。

几位新考取的女演员,有两位非常漂亮,而六七位男演员,则是全部飞机头,花式不一,都非常好看。但最怪的无过于郑君里先生的头发,两面纷披,好像徐延昭、巴永泰他们带的侯帽。数十年老小生,尚且不甘平淡,又胡责于后进诸君!

又另一桌上,我看见了白杨小姐同史东山太太,在十年前,她们都是跌宕豪迈的人物,但现在的白杨,是既极严肃,又极前进。而十年抗战,抗得史太太是憔悴可怜。在她们身上,倒害我掀起了许多世变沧桑之感。

(《铁报》1947 年 1 月 28 日,署名:高唐)

严朱分榻记

严九九与朱佩贞,皆好人,而皆以投暮风华,置身绮薮。去年,朱自白下归,为舞人于海上,会严方与所欢占脱辐,遂亦重理故业,皆不得已也。先是,朱寄寓戚家,旋忽言去,以亡所投止,则投于严。严税一楼独处,佩贞来,分一榻与之,为晨昏之伴,二人乃相交尤契,自夏徂秋,恒无间言。比丙戌岁暮,忽以细故龃龉,严不慎,遽以语犯佩贞,佩贞不能堪,卒别九九去,止于逆旅,而佩贞遂病。及开岁以来,九九亦病,数日不起,病中,有人持佩贞病状来白,严大痛,急遣专足,迎佩贞重至,至则抱佩贞泫然曰:我与妹妹皆苦命,今各在病中,曾无人噢问我者,惟妹妹能怜我,亦惟我怜妹妹,顾弃前患,后此当相濡以沫,毋相忤,仍请分一榻于此,使毋各为可怜无告人也!佩贞始欢愉,二人之病,亦如春被野田,日征善象。

(《铁报》1947 年 2 月 8 日,署名:高唐)

丝棉袍子

在姚家吃春酒的那天晚上,遇见一位故人之妇,她自从与我朋友走散以后,体重轻了十七磅,因为从前的丰腴,现在显得瘦瘠了。我同她寒暄以后,用言语去慰问她,她倒并不想受人矜怜,一种坚忍之气,可以看得出来的。我非常高兴。本来这一个漫无公理是非的世界,谁遇到这劫数算谁倒霉。

在两年以前,我的朋友还同这位太太,请我在"锦江"吃饭,那天他们送我一段衣料,去年把它做了一件丝棉袍子,因为我时常怀念我的朋友,一冬天老把它穿在身上。我着衣裳一向不大当心,近来看看下摆的贴边上,有些碎了,我很可惜。这一天遇见她时,我撩起袍子给她看,说是你们送给我的。她起初不相信,及至把料子端详了一下,方始笑道:"真是,这东西在我家里藏过好几年的。"女人毕竟细心,我想我若碰着我朋友的时候,告诉他这件往事,他也许会记忆不清。

我这个朋友,是我几年来的知已,他看我吊儿郎当,时常替我焦急,他曾经对我说:"就怕足下的身体太坏,不然你就浑他一辈子也没有什么。"这样说到心坎里的话,不容易再听得见了。

(《铁报》1947 年 2 月 9 日,署名:高唐)

小 热 昏

花间有小热昏,戴五百度以上之近视眼镜,持小绰板,遇生意浪有人开樽时,辄来献唱,所唱皆社会哄传之事,尤以花间艳屑为富。如某伎人之醋海风波,或某伎人蓄面首几多也。在战前若干年,小热昏已业于此中。范恒德为人好弄,恒赊小热昏以钱,授以伎人私秘。俟翌日,范赴宴时,小热昏来,以范昨日之言,衍为小曲,当众宣之,范辄大乐,伎人愠且羞,掴小热昏,小热昏忍痛而歌,不去,逐之亦不去,伎家不得已,亦赊以多金,始视范之色,范令其去,始去。故小热昏之所获甚繁,其白粉之癖,亦用是日进。

昨夜,赴宴伎家,小热昏亦至,犹十年前其人,健歌如昔,猥琐亦似昔也。来则俛群客曰:"新编武定路大火案,阿要听哦?"众称要听,遂开唱,起首数句,颇自谦,谓此亦"怪现状",不敢自拟于小快乐,愿诸君勿嫌其腔调之拙,我则旨在正人心耳。其实小热昏之歌,决不输于小快乐,殊与已故之刘春山在伯仲之间。武定路大火案,歌词甚冗,唱一刻钟始已。词中詈消防员乃至体无完肤。俟其唱毕,愚陡指座上一人,语小热昏:“是亦消防员,汝胡可当众之前,辱詈佳宾?”小热昏嚅嗫而笑,旋曰:“我但凭一腔正义,宣扬事实,虽斧钺之严,加之我身,在所不惧。”言已踉跄去。愚望其背影曰:“市井鄙夫,宁知‘正义感’为何事者?”今世人侈谈正义,用为糊口之具,小热昏、小快乐之流,是其表率,此所以不足比拟于负鼓盲翁也!

(《铁报》1947 年 2 月 10 日,署名:高唐)

刘何联姻之始

刘伯华虐妻案,近方轰传海上。刘妻何氏,为老友五良先生女公子,何先生与伯华之父敏斋,交好达三十年,伯华十六岁时艳泰康公司之乐氏女,拟妻之,女病其浮滑,严词峻拒。敏斋勿悦,叱其子曰:“汝年少无状,欲得一妇,而人亦吝汝!”时何先生力慰之,曰:“我观伯华为人,虽偏于纤薄,特心地尚好,苟不嫌寒素,请以吾女联为姻媾。”敏斋感其德,问伯华,伯华亦喜,二氏遂议婚,此事距今已十年矣。

五良先生虽经商海上,然清高自守,一介勿取,恒不暇致富裕。三年前,敏斋谢世,易箦时,神志尚清,其家人绕榻前,何先生亦至,睹状,诏其群子曰:“何氏常贫,汝家则甚富,今若父未死,汝曹问之:我与若父,亦尝有分文钱之往来乎?”敏斋闻何言,犹摇首曰:“渠未尝贷我些子钱也。”言已遂瞑。

敏斋既死,伯华承其业,自是遂放浪,与狎邪之友昵,蒙志昏盹,习为一性情乖戾之儿。五良先生言念至此,老怀惆怅,真不可已也。

(《铁报》1947 年 2 月 11 日,署名:高唐)

喜　临　门

上海有一个出名的地方,而我从来没有去过的,那就是“喜临门”。

那里有优美的音乐,丰腴的大菜,最适宜于双携之侣,到那里去情话喁喁。

因为这地方的环境,不适宜于我的个性,所以从来没有打算去过。有时候未尝没有双携的机会,但我还是喜欢拣闹猛一些的地方;一到"喜临门"太像一本正经谈爱情的局面,自己觉得不好意思了。有人说:到"喜临门"是置身于"清欢"里面,到跳舞场,便杂入于浓欢之中。而我的解释是:只要几个气质不恶,无论男女朋友,聚在一起,谑浪笑傲也好,清谈娓娓也好,这便是清欢。不一定因为地方的冷静,或是空气的严肃,就不是浓浊。

我有一个很要好的朋友,近来时常到"喜临门"去,去之前,总是邀我同去,而我是从来推辞掉的。有一天,我回去告诉太太,她倒想陪我去一趟,我自己想想,到"喜临门"吃饭最好的对象,也只有她了。

(《铁报》1947 年 2 月 14 日,署名:高唐)

请 杀 奸 商

十二日夜间回去,太太气愤愤地告诉我,上一天派佣人到新闸路卡德路口的国华煤球的分厂里叫煤球,他们说定价每担二万五,但没有货色,要等明天。佣人明明看见他们店堂里放的都是煤球,因此责问他们,他们的回答是这些货色,已经给别人家定去。无可奈何,只好回来复命。到第二天再去,一问价钱,已经涨到三万元一担,但仍旧没有货色,要等明天。我太太一气,索性不买,因为家里暂时还有得烧,索性让他涨定当了,省得天天去看奸商的嘴脸。

我夫妇是在沦陷期间生活过来的人,当时受到奸商的痛苦,一直隐忍在心头,满以为天日重光,这些痛苦,总会得解除的。想不到今日之下,受奸商的气还要变本加厉于从前。我想现在的奸商,该不再有什么背景在后面了,我应该大胆地呼吁:请杀奸商。

做小百姓的只晓得祸国者杀,殃民者诛。在我们的感觉上,从前那些附逆分子,现在在忠字监里拘禁的那些人,我们想来想去,有许多人实在没有受过他们的灾害,倒是点点在心头者,惟有这一般不法的奸商,他们祸国不足,殃民有余。所以我的冀求是:汉奸可以量刑末减,办奸商则应该禁锢终身,直截了当,最好枪毙。

(《铁报》1947 年 2 月 15 日,署名:高唐)

摸骨神相

有人擅摸骨相者,止于西藏路某旅舍中。说者盛传其术神奇。或曰:"此人自重庆来,在巴中时,某巨室之二小姐,请其论相,此人遂曰:'是大富大贵之相,然处巨室而恣情淫欲,故为一荡踰之妇耳。'二小姐闻言不能堪,大怒,狂批其颊,逼其速远扬,其人乃狼狈万状。"荣广明先生来言:此人有三不相,将来要做瘪三之人不相,一二年内即将物化之人亦不相,立刻要倾家隳业者亦不相。有人尝见某甲请论相,此人从其头上摸一把,辄曰:"很好很好,不必相了。"某甲惶惶然,及退去,此人乃语座上人曰:"不必数历星霜,即可见其人沿门托钵矣。"惟其能危言耸听,疑相者亦江湖术士之流。

去年秋间,敏莉亦尝受相于一摸骨者,敏莉曰:"先摸其脑后,旋摸其手,而未尝摸其他。"敏莉乃力扬其言之验。顾闻最近相者忽诣"新仙林"访敏莉,数访皆不遇,留名刺去。敏莉乃不知何意。愚曰:"非借铜钿,即要她拉朋友去作成生意,听他放阵臭屁耳。"

(《铁报》1947 年 2 月 16 日,署名:高唐)

彩色的鸭子

去年把张爱玲的《流言》翻覆看了几遍,最近又把她的《传奇》增订本,也翻覆看了几遍,她的著作,是传世之作,我本人对她则是倾倒万分。

《传奇》增订本里的十几篇小说,只有一两篇比较松懈一点,而十九都是经心结撰的。我尤其喜欢她头一篇《留情》,有许多小地方都是所谓信手拈来,都成妙谛的。例如她写一张挂着的结婚证书的上角,有一对彩色的鸭子,我第一次读,就知道她是故意这样写错了的,并没有诧异她怎么会把鸳鸯误作了鸭子。

但毕竟有人在说了,张爱玲不认得鸳鸯,把鸳鸯唤作了彩色的鸭子。我又不好替张爱玲辩护,她明明把鸳鸯写了彩色的鸭子,我假如说她是存心写得俏皮一点的,那末也许人家再问我,为什么要俏皮?我不是没有话回答人家了吗?我只好说:张爱玲的想象力固然别致,说的人的欣赏力尤其“别致”。

(《铁报》1947 年 2 月 17 日,署名:高唐)

《不了情》的写作者

陈燕燕重莅银坛,第一张片子是桑弧导演的《不了情》。有人欢喜这《不了情》的题名很好,因为一望而知是一出苦戏。导演者桑弧,他是写剧本的高手,于是大家都以为这剧本,一定是出于他的手笔,其实这剧本不是桑弧所写,乃是女作家张爱玲在半个月里面赶出来的作品。到现在为止,这一个谜,还没有人揭破过。

我也是最近方始晓得,有人读过《不了情》本事的,说:故事的轮廓,有若干地方,与西片《再生缘》相似,而供给这故事的轮廓者是桑弧,题名者也是桑弧,其他则全是出于张小姐一人写下来的了。她写这个剧本,在去年岁暮,为了赶,开过几次夜车。文华公司在未曾开拍以前,没有露出过这个消息,最近方始有人传语,也是艺文坛上的一个喜讯吧!

(《铁报》1947 年 2 月 18 日,署名:高唐)

吴蕴初的手笔

敝同乡里,在当世没有几个出人头地的人物,吴蕴初先生当然是数得上来的。抗战数年,吴先生远适内地,回来之后,我们没有看见他有所作为，直到这一次黄金灾祸里，吴先生始攘臂而起，他所经营的天厨味精厂登着煌煌广告，声称“为协同民众扑灭黄金灾祸不增售价启事”。在举世奸商，纷纷从混水里摸鱼的当口，吴先生独以国家民族为念，这一点就是够人们的心向往之了。

有人说：吴先生此举，其实是在讽刺政府。假定是的，我以为吴先生的讽刺，还嫌不够，天厨味精厂的启事里说：“但长此下去，本厂财力有限，不能维持，当于本月过后，依原料工资之情形，就自己之可能力量，再定最低之售价。”我的意思，吴先生应该将售价一直不增下去，到天厨味精厂不能支持而关门完结，要触政府的霉头，非如此不够刺戟。所以吴先生的手笔，说小固然不小，说大还有限。

（《铁报》1947年2月19日，署名：高唐）

“叭儿狗”面孔

昨在筵上，某君言上海之舞女中，有四人并以叭儿狗面孔，而俱驰盛誉。四人者为胡弟弟、李珍、冯媛媛，及田秀丽是。所谓叭儿狗面孔之特征，如面盘圆且矮，而双眸特巨。某君又言：论姿色，四人中以胡弟弟最美，田秀丽次之，李珍又次之，冯媛媛实最逊。愚所见不同，胡弟弟风华甚健，自属冠军；若夫华美而兼饶秀色，当推冯媛媛，冯特次于胡弟弟；李珍特以肌肤如雪称长，若细审眉目，了无清华之气，所谓俗艳者是耳；田秀丽自将鼻头改装，今日视之，乃类恐怖影片中人物，然而其在当年，亦无殊色。舞女中有红得莫名其妙者，田秀丽其一也。

（《铁报》1947年2月22日，署名：高唐）

春痕秘记

郎虎生识春痕女士，春痕才盈盈十六七，已蜚声歌坛，而鸿蒙犹未辟也。其母四出扬言，苟有人畀重值者，将以春痕之初夜权付之，此为五六年前事，随后，伊人之消息乃杳然，闻已嫁去。洎乎近顷，有媪为蝶使蜂媒者，就郎虎生谈，谓有佳人，以老身荐，得侍公枕席，是即当年歌馆之春痕，取费勿广，月以两三次计，特耗公二百万金耳。郎虎愕然，语媪曰："闻之人言，春痕已嫁得良家，奈何犹俯身俎上？"则曰："诚已嫁，嫁之日，春痕之母，未尝得广大聘钱，故与女争。女曰："毋毋与婿扰，视吾身之可能为，力助母。"而措母于无虞冻馁，故其母乃息喙。坐是私托蚁媒，媒乃言与郎虎，郎虎愿睹其人，约次日一晤，迄今已三日，不闻蚁媒一报，好事殆不可得谐矣。

（《铁报》1947年2月23日，署名：高唐）

《"叭儿狗"面孔》后记

愚作《"叭儿狗"面孔》篇，述诸人之姿色，而未及其性格，有客与此四人为夙习者，谓愚曰：以性格论，亦以胡弟弟为第一，其人盖能多情念旧者也。弟弟久溷风尘，自工应肆，然而心地纯良，有客御之厚，惟恐不遑报答，叔世风漓，人心凉薄，胡之行谊，有足多者。冯媛媛看似明爽，然工心计，操算亦精，此人不为男儿身，非然者，必巨商而豪富也。洋囡囡似极细丽，其实粗直，爱慕虚荣，而放在面孔上，其人必非坏人，试以小北京为例，小北京亦好人，洋囡囡之性格，正同于小北京耳。若田秀丽则城府较深，然其于客人，能曲尽婉媚。若某君爱之甚笃，报效达一年，而不及于乱，一夜送之归，车中，将吻其颊，田曰：毋辱我，不然，我将跃于车外。客知不可犯，遂与田绝，顾所耗已无算矣。

（《铁报》1947年2月25日，署名：高唐）

刘攻芸不是官才！

刚刚胜利之后，上海弄得乌烟瘴气，我们只听说宋子文手下，的确有几个好官，例如刘攻芸便是一位。曾经有人给我提过，在敌产处理局成立之后，有一天，刘太太因为到一个地方去，打电话到局里，叫局里的汽车，去接送她一次，这事给刘攻芸晓得了，立刻当了许多下属，打电话责备太太,说她不应该将公家的汽车随便乘坐。这种一秉至公的精神,我也为之肃然起敬。

但到了后来,我们晓得刘先生约束自己,还非常严正,可是他实在没有治下之才,敌产处理局的声名狼藉,这是人人皆知的事实,到现在尚有人提起了为之咬牙切齿的。又如去年年底,中央信托局的一件放款舞弊事,也使社会诧为奇谈,这些都是刘攻芸手下的人干的好事。做一个官,仅仅保持了自己的操守,而放任下面人胡作胡为,决不是做官的全才。听说刘攻芸一生没有嗜好,只喜欢唱戏,一家门一共有七个人在请了教师学戏,他自己的唱戏瘾更大,一唱往往唱几小时无休无歇。我希望刘先生要腾出一点功夫来,整饬他部属的纲纪,正是自修清誉之道。

(《铁报》1947 年 2 月 27 日,署名:高唐)

"当我呒介事"

有一天,敏莉吃醉了酒,同之方跳舞,她对之方说:"倷末当我呒介事,当我有介事的人,交交关关啦。"之方当时回答她说:"你这句话没有说错,我绝对了解你的。"

有一天,太太同我吵闹,竟至出言不逊,我告诉她:我现在在社会上有地位的人了,你应该对我尊重一点。她问我你有什么地位?我望着她仿效敏莉的口气道:"你末当我呒介事,当我有介事的人,交交关关啦。"

(《铁报》1947 年 3 月 8 日,署名:高唐)

兄　　弟

我与敏莉结盟以后,写第一首诗里有:"漫说弟兄恩义厚,本来名士悦倾城。"后来曾经叫柳絮先生,着实挖苦过一场,就字面来说,这两句的确是伤于轻薄。

后来我们的感情日进，我替她写的字，大都成了至性至文。送她的字里，欢喜用“兄弟”二字，如：“露浣衣裳知夜静，恩深兄弟话家贫。”又如：“若教兄弟皆千古，安用今生抵大年?”又如：“已教天地能容我，讵有弟兄不及人?”又如：“肤发衰于离乱后，弟兄都在性灵中。”又如：“酸绝弟兄相对语，看来前路耐凄凉。”

假使我将来要刻起诗集来，我想把所有送给敏莉的诗，归在一起，便叫它《兄弟集》。我的诗多半是着力于所谓“美人香草”之章，《兄弟集》已经是“正经”的一部分了。

(《铁报》1947 年 3 月 9 日，署名：高唐)

桂　　鱼

一夜，与桂中枢先生同席，不肖震桂先生贤名者，垂二十年，顷始得见，则双鬓微皤矣。与之谈，其言明爽挺拔，益可想见少壮之年，先生之跌宕雄奇也。是夜席上有洋人，二女三男，一人戎服，自三岛来，为审讯日战犯之法官，架眼镜，而气概轩昂，昔美国新闻处所发东条诸人受鞫情形之照相上，仿佛有其人。主人夫妇胥通洋语，然不及桂先生为流畅，桂与若辈之谈笑风生，乃与英美人无二。席中，上桂鱼，桂先生笑语中国人曰：此我的鱼也。言已，复絮絮作鴃舌之语，良久，而在座之洋人皆大笑。愚不谙西语，独不笑，然知桂先生介绍桂鱼之一片演词，其风趣必无伦焉。

(《铁报》1947 年 3 月 11 日，署名：高唐)

向童芷苓进忠告

童芷苓出演“天蟾”，第一日贴荀派戏《红娘》，第二日贴程派戏《锁麟囊》，第三日贴梅派戏《凤还巢》，识者乃炫其为全能。而芷苓本人，亦矜才使气，不可一世。商量码子之日，有人参议曰：《红娘》可以贴，荀派戏演者无人，而童氏此剧，尤为精心结撰，足以歆动周郎也。若《锁麟囊》与《凤还巢》,则不可贴,前者砚秋甫下来,后者兰芳亦辍演未久,余响犹在,是二人为宗匠,后进者犯之,不敬,且将自召勿祥,故以勿贴为宜。而芷苓不可。及上演,第一日满堂,第二日打一七折,第三日尤不如第二日,乃知参议者之言,不为过虑,而芷苓之故持成见,为计左矣。

愚年来爱护芷苓,情切或不输于凤老,女儿家得志之秋,正不妨自矜名贵,特亦要虚心,于老辈尤不可凌轹,非然者,徒自贻伊戚,与他人无与也。曩年,金素琴驰盛誉于春江,愚狂悦之,捧其诗云:"却道世人皆可杀,如何还捧梅兰芳?"识者笑曰:"此言而出之于大郎,大郎乃造口孽,若迳出自素琴,则素琴为罔雌矣!"书此更为芷苓勉,幸芷苓宥其率直,惟言则弥忠耳。

(《铁报》1947 年 3 月 13 日,署名:高唐)

攀 亲 家

去年此时,敏莉育一女,名之曰咪咪,咪咪已周晬矣。善笑,貌亦俊秀,敏莉乃爱之如心头肉,憔悴风尘,闲来得慰彼孤雌者,亦惟此善笑之婴婉耳。咪咪犹不能言,而其母已为之广招夫婿。闻胡弟弟有子,敏莉则丐弟弟曰:"愿以汝子婿我。"又见项墨瑛有子,则又丐墨瑛曰:"愿以吾女妇汝家。"又闻龚天衣先生有子,则曰:"我二家可以联姻媾也。"于是敏莉称弟弟与墨瑛皆曰亲家姆,称天衣则曰亲家公。其实愚亦有子,而敏莉独不以其女妻我子,非然者,在此亲家情形错综复杂之下,使愚乃得"乱操亲家姆"之乐焉。一笑。

(《铁报》1947 年 3 月 14 日,署名:高唐)

黄 包 车

我在三轮单人车上,出过毛病,朋友遭覆车之祸者大半也在单人三轮车上,这种车子,千万不能坐的,而上海管理交通当局,偏偏要明令黄包车改为单人三轮车,实在存心要增加行路的危险。设想之不善,无过于此。

我每次从家里出来，弄堂口有单人三轮车、黄包车，但我总是拣黄包车坐。有几次，我当了踏单人三轮车车夫的面，对他声明，哪怕你的车资比黄包车便宜，我也情愿挑贵的黄包车坐，我是存心要使他们听了丧气。以情理来说，我这话是残忍的，但我因为太厌恶这东西，也顾不得残忍不残忍了。

有一天，我在医生那里，打好针出来，屁股上的创痛，牵掣到两条腿上，连走路都不方便，一直拐到兰心大戏院，只看见三轮车，不看见黄包车，我才发觉上海黄包车的数量，确实减少了。汽车买不起，电车不想坐，黄包车的减少，于我是最最感到苦闷的事。

（《铁报》1947 年 3 月 15 日，署名：高唐）

彭　　朋

佐临丹尼夫妇先后育三女，长者小名胖胖，有时看之，其貌似佐临；然有时看之，则其貌又酷似丹尼也。论其性格，则近佐临。以胖胖沉默，亦不常有愉容，非如丹尼之先以笑靥向人。桑弧既导演《不了情》，欲物色一童角，商于佐临，拟使胖胖登银幕；试之，成绩大佳。或曰：有母如丹尼，其女宁有不会做戏者？行见有小明星漾于海上银波，而终为熠熠之光者，是即黄氏夫妇之女公子矣。

胖胖本就读有学名，愚已忘佚。既登银坛，丹尼拟遂用学名，旋佐临忽不可，遂题其名曰：彭朋。以彭朋二字，实与胖胖之音相谐，惟彭朋之为名，京戏中有之，是为戴大白胡须之老头子，若今日之彭朋，则为依依于爷娘襟袖间之小女儿耳。

（《铁报》1947 年 3 月 19 日，署名：高唐）

五十万元的贪污

昨天看见报上一段社会局职员的贪污新闻，这位职员向一家米号里，要索了五十万元的微款，便因为案情严重，而将付以严惩。中国人的事，马虎起来，马虎得过火，认真起来，也认真得过火。我对于这件事，没有话说。只在看了报之后凄酸得几乎掉下泪来。我这人，永远法律是法律，人情是人情，所以即有理论，常常要流于“歪曲”的，教“正义感”的看见了，又要骂我，这混蛋在“汉奸理论”之后，又有“贪污理论”。

我想起了一件旧事，当我十八岁那年，进中国银行做事的时候，有一位少年同事，他因为荒唐，舞了几百元的一点小弊。事发之后，银行里将他解送到北平总管理处去。我们的顶头上司鲍先生（此公业已作古），是位忠厚长者，他可惜毁了这样一个青年。起解答时候，他去送行，叫他不要难过，由他尽力保证，不致有什么严重的事，只要往后能痛改前非。说罢，他老人家落下泪来。而这位同事，也号啕大哭，那时我虽然年轻，反而没有现在的能够忠恕，我以为此人毕竟荒唐来的，他是自取其咎。现在公务员之穷，是大众所知的事实。这位社会局的职员，揩了五十万的油，当然不够荒唐的；这数目，可以买四担米，做妻儿老小的几件衣服而已。为了一肩重担，如今是犯法了，要付严惩了，你叫我如何再忍心说下去呢？

（《铁报》1947 年 3 月 21 日，署名：高唐）

春色恼人

吾友羁身囹圄中，有人往视之，乃殷殷以愚近状为念，语往视者曰：“烦汝告高唐，仰天俯地，未尝内疚神明，虽身受羁阨，而意泰心安，正不必以故人为虑，特春色恼人，转较吃官司为不好受耳。”

吾友为人，亢爽而风趣，缧绁传言，作风固绝似恒时。知其所谓意泰心安者，非虚语也。不肖衰老侵寻，数年以来，视“恼人春色”如无事。往岁，春阳灿烂之朝，尝与一女共饭，时记以诗云：“碗底咖啡黄似酒，座中客貌冷如僧。”有人读之，笑曰：“大好春光，而高唐犹陷于冬眠状态中，是真陈死人矣！”

（《铁报》1947 年 3 月 22 日，署名：高唐）

请严办李祖永

印制法币的那一家大业公司，本报已经介绍过它的主持人是李祖永，此人亦是当世财翁之一，除了他没有做过汉奸，其余非但一无足取，而是一个十足的不法商人。在大后方的人，没有一个不晓得的。当胜利的前几天，重庆发生一件金潮案，李祖永即是要角之一，后来因为大家忙着庆祝胜利，把这件大事化作小事看待，没有人再去理会他。所以李祖永是在暗暗称庆，而认得他的人，也都替他道喜说："老李，你的额角头真高。"

李祖永因为财富，所以也兜得转，他的大业公司，居然承印起钞票来，这是多少重大的一种责任。而李祖永如同儿戏一般，由于用人的疏忽，竟闹出这样旷古绝今、腾笑中外的活巴戏来。前两天本报揭发它们印着两边号码不同的钞票，就是大业公司李祖永为国家效劳的成绩。后一日，中央银行对此事的声明，竟轻轻的诿罪于印刷与检数人身上，而将这些小职员严加处分，其实小职员是李祖永所用的人，也许李祖永苛待他们，叫他们没有吃饱饭，如何能全神以赴，所以渎职的责任，还应该在李祖永一人身上。希望政府要办先办李祖永，反正这是个不法商人，办了也决冤枉不了他。

（《铁报》1947 年 3 月 23 日，署名：高唐）

义　　警

顾乾麟先生请我在新雅酒楼吃饭的那天，我是口没遮拦地对乾麟说："你们的义务警察里怎么有起贩毒分子来了？"（见日前报载新闻）他半晌没有回答我的话，我很懊悔我是失言了。但后来他毕竟向我声明，他说：为了此事，他们全体团员，难过万分，尤其是乾麟自己，他在义务警察里，地位最高，历史也最久。又说：去年这时候上海的义务警察，不过两百五十余人。现在则已增至为一万人，一年以来，一共添了九千七百多人，甄别自是困难，管理也不容易，难免有不良分子混迹其间。自从贩毒案发生以后，多数人主张统体肃清一次，因为人数过多，着手自然相当为难。

后来乾麟怂恿我，问我有没有兴趣，加入义警？我倒并不完全反对，正想问他加入为义警是需要怎样的资格与手续时，忽然横垛里杀出程咬金，对了我说：你做义警，便活像浦东巡官了。这一句话，使我尊严扫地，从此没有再接乾麟的下文，而乾麟听了此人的话，兀是在呵呵大笑。

（《铁报》1947年3月24日，署名：高唐）

浪　费

太太想定一只皮鞋，到了“康福”，又没有定成，她的原因是肚子快要大起来了，穿了高跟鞋，不大便当，这半年里用不着它，不如过了半年再定。我再问问她一双的价钱多少，她说二十五万元，我明白她实在嫌价钱贵，舍不得买，前面说的原因，还是假的。

近年来她打听出我浪费得太厉害，有一次，曾经正式警告我：“不替你做人家了，我也要浪费。”我说：“你能浪费，只要我吃得消，就只怕你的魄力不济。”去年上半年，她在美货摊头上，买了五万元的化妆品，堆在梳妆台上，摆不下来塞在抽屉里，我看她直望着这一堆东西在发愣。后来对我说：“太多了，买这些做什么呢？”我在暗暗好笑，而猛然悟到浪费这样东西，也是需要天才的，没有天才，纵然给了你机会，你也浪费不了。

我又想起一件同样的事来，我有一位财富的朋友，他的夫人是持家节约的，嫁了我朋友二十年，已经儿女成群。忽然因为我的朋友有了外遇，她一怒之下，要改变作风，不再替他可惜铜钱，学会打牌，学会抽烟，但打的是小牌，赢了她欢天喜地，输了就觉得肉痛，抽香烟到现在抽的“马立斯”，这样的拆人家，又会吓得坏谁呢？所以太太总是太太。

（《铁报》1947年3月25日，署名：高唐）

励志社与厉志山

胜利之后,从内地回来的朋友,我大都看见过了。只有两个好朋友,没有碰着过,一位是王耀堂先生,一位是厉志山先生,他们都是从前的工部局律师。志山的情形,几乎完全隔膜;耀堂到了上海,有人来告诉我,说他非常萧瑟。这是一位热情如沸的人,看见这一个国家,自然是打不起兴致来的。

前两天厉先生忽然寻我吃饭,他依旧住在从前住的地方,他目下任事于南京励志社(职位仅次于黄仁霖先生,黄先生赴美以后,即由厉先生总揆其事)。难得到上海来,他很忙,前两个月一直跟着美国的顾问团到各地去,他说坐飞机的机会,比之普通一个航空员更多。他依然精神勃勃,问问他年纪,已经四十九了。他在十二月八日之后,逃到内地去,我得讯甚早,当时很替他担过一回心的。厉先生在十年以前,也是任事于励志社,我对他说:"你又回到老本行了。"他说:"大概因为姓名关系,一定要做这行'生意'。"据他说:很想回到上海来,执行律务。旧公共租界的工部局律师,除了方褐枢先生已挂牌外,尚没有第二人咧。

(《铁报》1947 年 3 月 26 日,署名:高唐)

少奶奶蜕变的交际花

上海的交际花据说一共有二十来位,而我认得的不多。就我所认识的讲,项墨瑛最好,她的身材面貌,不一定好,但气度毕竟不俗。我看女人第一讲究气度,所以说项墨瑛好。

有人屡屡对我说起,这二十来位交际花中,有位夏小姐最漂亮,我从前见过一次,细长的身体,面孔生得很俏,身体上,应该高的地方高,应该低的地方低,似乎没有缺陷。前天我又在跳舞地方碰着她,有一位着"兵衣裳"的少年,只只同她跳,面孔贴牢面孔,夏小姐的面孔从来不笑,那人好似贴在一块冰上。有一次,他们将要躐步的时候,那位少年,两只手先从她的两面腋下一直勒到她的臀部,她也没有表情。我不知道什么意思,而夏小姐对于这种不甚庄严的动作,并不加以反抗,又是什么意思。

夏小姐是少奶奶蜕变为交际花的,此人轻易不肯笑,倒是少奶奶风度。但跳舞贴面孔,又任凭同跳的人,在身上摸法摸法,大概又是现在的所谓交际花的风度了!

(《铁报》1947 年 3 月 28 日,署名:高唐)

黄帝与先圣

两个朋友在研究,从前的圣人,是否也欢喜搿牢仔女人寻开心的?一人说:当然如此。于是引用至圣先师的"饮食男女,人之大欲存焉"一句,以为明证。这时便另外有一个人,很风趣的说,假如当年至圣先师,绝对反对男女之恋,那末数千百年后的今日,我们至少有一件受惠非浅的事,就是不会再有孔祥熙、孔令侃这两个人,到现世来捣蛋了。

从前有人作《过轩辕墓》的诗,有两句警句是:"大哭数声黄帝墓,儿孙这样怎安排?"现在假使有人过曲阜,也作起诗来,这十四个字,也大有用处,只要把"黄帝"二字,改一改"先圣"就可以了。

(《铁报》1947 年 3 月 29 日,署名:高唐)

西出阳关有故人

易君左先生,应张治中将军之邀,日内就要飞往兰州。君左在文学上的造就,我这里不去说它,我们相交不到一年,我觉得这是一个不能再好的好人。近年来所常会的,认识了两位朋友,一位即是易先生,一位是郎静山先生,他与君左有着相似的地方,我同他们平时,见面的机会很多,但从来没有深谈过一次,原因是静山一向沉默的,而君左的一口湖南话,说起来急得叫人听不清楚,我怕费事,索性少讲几句,不过相知于心,却是彼此俱然的。

上月三十日，胡桂庚替君左饯行，邀约《和平日报》“海天文会”的作者乃至读者以及上海的艺苑胜流，一共坐拾四桌。虽然说人生离聚，是无所谓，大丈夫尤不当以此置意，但毕竟因为君左的为人太好，这天的来宾，都不免有攀条折柳、弥不胜情之意。君左还立起来致词，说了许多英爽动听的话。龚翁对我说：这位先生，真有些游侠的气息。吴子深先生，也起来致词，他用一口滴糯滴糯的苏州话来讲的，说到苏州的五人墓，是值得表扬的一宗史迹。而要求易先生到苏州去住一时，将来好写一本《闲话苏州》，这个我也赞成，因为即使出了岔子，被苏州人骂起山门来，到底比扬子江北岸的朋友，要好受得多。

君左即席写过一首惜别的诗，一时和者甚众，终以叔范的两首五律，成了压卷之作。席上人都向君左敬酒，我在默念着“劝君更尽一杯酒，西出阳关无故人”，不禁有些黯然之致，再一看君左的诗，第一句就是“西出阳关有故人”。因为他这一次是负着开辟西北文化的使命去的，那里正有许多熟人等候他去发动。

（《铁报》1947 年 4 月 2 日，署名：高唐）

我们的《大家》

我同之方办的《大家》月刊出版了！以质来讲，我们觉得不大惭愧，作者都是金字招牌，尤其是黄裳的《贵阳杂记》，桑榆的《闲话体育》，凤子的散文，沙的短论，以及吴祖光、石挥诸先生的作品，谁说不是掷地作金石声的？我们下一期的篇幅，想增加百分之五十，再让读者吃得饱一些，一个月一本，便是赚钱，也挑不好我们了。穷横竖穷了，索性更穷一点，来讨好读者，我同之方就有这一般傻劲。

出版的当天，我去参加一个几百人所在的大宴会，许多相识的人，都向我赞美我们的《大家》，我开心了，告诉之方让他高兴高兴，这几个月来筹备的心血，没有白费。

（《铁报》1947 年 4 月 3 日，署名：高唐）

白 桃 花

在烟雨楼前，郎静山先生为粪翁、君左、空我、白蕉、叔范及余留一影，诸君皆以能诗鸣于时，愚亦习韵语，顾不伦，然此影则殊足珍也。是日游湖上，诸君为联吟，因未置酒，故白蕉有“一湖水活春无酒”之句，粪翁对“四面花明醉不辞”嫌未妥，愚私念曰：“数载城沦艇有□”不甚佳邪？惜不足数大雅耳。别嘉兴前，偕空我、静山、元幹诸兄及龚先生过苗圃，圃拓地甚广，距车站不过数十武，残照在天，桃树着花，远处瞭之，如霞如锦。有白桃花，视梅为腴艳，此行不及见梅花，得此亦足爽人心目。旋叔范亦至，叔范谓，闻白桃花名甚久，今始得见，因忆尘无有“白桃花下女儿坟”之句，悲此人直宜短命。少时读《袁简斋诗话》，记其述刘霞裳咏白桃诗云：“刘郎去后情怀减，不肯红妆直到今。”此人若生今日，必为徐訏、柳絮一派文人，因为白蕉、叔范、空我言之，在归车中，互为笑乐焉。

（《铁报》1947年4月6日，署名：高唐）

重修烟雨楼

我们这一次到嘉兴去，是由那里的县长胡云翼先生招待的，因为胡先生是易君左先生的学生，他们师弟情深，晓得易先生要到兰州去了，特地请他上嘉兴去游览，顺便为他饯行。

胡先生是文武全才，既能作得一手轻灵明快的好诗，也曾执干戈以卫社稷。前几年，他在天目山一带，打过游击。最奇怪的，由他统率过娘子军，抗御强敌。他夫人亦称博学，现在就在当地一家中学里教书。胡先生又笃爱风雅，易先生同了上海的几位书家诗人同去，他非常高兴，陪了一起上烟雨楼。他告诉我们，目下已在着手重修烟雨楼，外貌不让它有所更动，里面则拟加以髹漆，凡是已经腐蚀的地方，都使其完整。这一笔费用，当是不会小的。

胡先生又要求同行的人，都投赠一二首诗，预备烟雨楼重修完竣之后，勒石以垂永久。君左先生指定要我也写一点，我平生虽东涂西抹，没有传世的东西，这一回，也得可以追随着几位诗家，流传后世。

（《铁报》1947年4月7日，署名：高唐）

三万元的抚恤金！

关于国府明令褒扬上海殉难报人，以及抚恤三万元一事，报上已屡有记载。最近该项褒扬令已然颁到，有许多人读了这节新闻，当笑话一样的资为谈助，他们说："表扬先烈，有一份褒扬令，已经够了！这三万元的抚恤金，那末有还不如没有，因为数目实在太微，不够先烈的家属吃一顿饭，着一件衣裳的。"其实这说法是错误了！三万元固然没有什么用，但也是国家对烈士的遗属一种噢问之意，在烈士的遗属，得了此钱，总是光荣的纪念。

已经死的，他们求仁得仁，早已含笑在九泉之下，不会计较这些身后问题。我曾经这样呆想过：假如我当年也做了烈士，如今我的太太，接到这一张褒扬状，她也会伤心泪落地挂在房间里，但一看到还有三万元的抚恤金，我料想她一定要双脚乱跳，呶呶不休的："这两个钱还不够杀千刀活到现在到跳舞场去坐一只台子的。"我是深知太太气度的，故有此猜测。不知现在那些先烈太太们的气度是如何的？

（《铁报》1947年4月8日，署名：高唐）

出　货　记

一日，住于金门旅舍，有撮合山人，挈一雏来，着呢旗袍，为湖绿色，黄革平跟鞋，俪以国货之丝袜，姿色与腰身，胥不称。发似新栉，然无熨帖之致，面上则敷粉甚浓，以肤糙，粉痕剥落，涂唇膏，为猩红，望之乃可怖。撮合山人曰：此土货也。土货者，谓其人自乡间来，居于家人而未尝堕风尘也。愚则初疑之，意此人特山梁之雉。旋又疑其不类，以其人既入门，不敢坐，垂首至臆，问其言，笑而勿答，为状甚羞。吾友乃斥若干金，遣之去。撮合山人返语吾友曰：是为小人。邻有之女奴，特诱之致，为公荐枕席，而公乃拒之。吾友曰：女奴非所恶，谁令其不以淡装过我者？着青布衫，整其履袜，洁其面项，毋烫发如飞蓬，要亦足以悦乃公，乃为妖态，直似十字街头，待估之雏耳。吾友之言，皆愚之所欲言也。

（《铁报》1947年4月11日，署名：高唐）

严家别墅

九日下午，偕桂庚、之方二兄，游虹桥路入一别墅中，是发国难财之严柏林昆弟新置业屋，巨厦隆隆，装砌甚美。屋主人不恒来此，愚等去时，亦无人，第守圃之佣，持箕常洁行道焉。屋外为草坪，草坪之四周为横篱，有槎枒高树，未及舒青。而一树桃花，方衰容以迎客耳。入其室，室小，洁净无纤尘，凭楼四眺，则为阡陌，菜花铺野，麦秀陇畴，为观甚丽。愚为之方言：偷半日闲，与素心人游憩于此，亦人生清福。所惜与此间主人，乃非故交，非然者，假我衾裯，作三日之住，视国际金门，为犬房鸡埘耳。

（《铁报》1947年4月13日，署名：高唐）

耀堂不老

半月以前，我记过厉志山先生近状，同时也牵记到老友王耀堂先生，自后耀堂就来寻我了，我们吃过几次饭，白相过跳舞场。他自己说：这几年来，把他的心志折磨尽了。但据我看来，他是依旧当年，一点也不老，还是豪爽的性格，而动作是迂缓的，永远微笑地，仁慈得像个襁褓里的婴孩。

他在去年中秋时节，从内地到上海来，有人看见他着的是长衫，因为他没有西装。等我看见他时，他又着西装了，他说：一个美国朋友，晓得他没有衣裳穿，从美国写信来，要了尺寸去，替他寄来了几套衣服、大衣、马甲，乃至衬衫。他在内地时候很苦，但一直在惦念沦陷区的朋友，以为这里的朋友比他更苦，他看不得现在这些，吃醉了酒，言语之间，常常有萧骚之气，他是一位真正爱国之士。

近来我看见他醉过两次，这个人醉着比醒的时候更妩媚。康脱莱拉斯，看见他到了，把他十年前喜欢的音乐翻出来敲给他听，他便踉跄在舞池里，归座之后，又倒酒如泉。平时我们看他，是个蕴藉之人，但他吃了酒，便把热情万斛，从方寸灵召间，宣泄出来了，他是我最最可爱的朋友。

（《铁报》1947年4月14日，署名：高唐）

打浦桥之行

赴漕河泾之后一日，又有打浦桥之行，迩来乃数数为郊游也。愚等所置之地，为泉漳别业，泉漳别业拓地百余亩，植花树甚繁，复有流水虹桥之胜。临西尚有高岗，是即刑场，儿时习闻之西炮台是。高岗之下，为黄浦，樯帆出没，历历可数。泉漳别业之后，方鸠工建屋，更四月者，有绀宇连云起矣。屋之后，地旷无际，垒垒皆墓石，瘗丛骸于此，春日阳光，灿然欲烂，过此犹无惧意，若阴雨之宵，必森然多鬼气。同行郁钟馥，以时代女儿倡有鬼之论，乃曰：今日幸以多人来，苟我一人悄然至，扬且亟矣。

车行过打浦桥，经曩日大火之场，起火卡车，死于道右，车身受火，已为炭，轮既碎，则陷于泥淖中，车傍置二櫘，櫘中人殆即殉于火者，为状至惨。第被火人家，皆已重新其屋，故不复睹赤地，盖贫黎棚屋，毁之固易，复之亦正复非艰也。

（《铁报》1947年4月17日，署名：高唐）

各有因缘莫羡人

最近看见一方兄写的几节文章，满腹牢骚，跃然纸上。他还提起了我,说我是与他同命。话没有说错,但奇怪的一方平时,常常劝别人做人要旷达些,而事情到他身上,竟然无法恝置,可知旷达之正复不易言也!

我不敢说我绝对旷达,尤其关涉到女人,不能像张善琨样“大家白相相”的那一分胸襟气度之美。但有些地方,的确真看得开。我绝对服膺“各有因缘莫羡人”的一句话,譬如讲到办刊物,一方说他自己珍惜羽毛,不肯同流合污,其实眼看着别人在秽气嚣张,自己能够孤芳自赏,不就是最大的安慰吗?

其实一方兄,我们应该心平气和的。我们穷,无可讳言。但最可以翘人的一点,总是在自食其力,没有叫一个人养活过我,尽管我自己肚里有数,但跑在外面,总是享受得很好。在跳舞场里,常做第一流舞客,到现在那些小开巨贾,还在买两万的舞票,而我则五万十万的了,应该替自己庆幸,不应该再有牢骚。

(《铁报》1947年4月22日,署名:高唐)

记二名医

幼子近来患感冒不已,既病,辄为剧呛,夜半呛勿止,愚为心痛,则不能安魂梦。治咳之药,殆已用遍,而无一有效者,服克利西佛如饮白水,其他无论矣。愚以幼子病,辄念许世珣医师。许游学于新大陆,所造甚宏。回国后,执教北平协和医院。及来沪,执医师业,顾其志勿专,嗜博弈之戏,自夜继昼,遂旷所业,然医术精湛,举海上之幼科医生,许殆可以凌驾一切。往年,幼子病肺炎,经其治愈,愚叹为神术。不见许医师三数年矣,此人而奋发者,高镜朗非其伦也。

近顷以杨起鹏先生之介,识修世泽医师。修为旧工部局卫生处外科主任,尝执教于香港大学,亦当世之医国手,其人年五十许,谦和万状,发语甚低,望之乃如菩萨,于贫病者尤多怜恤,为人施手术,闻其穷困,不欲纳其资。奚况修根本反对名医之以高价威胁病家,此所以为万家生佛也。

读者有欲谒修医师者，愚当为之荐，其诊所在四川路之迦陵大楼也。

（《铁报》1947年4月23日，署名：高唐）

剑门之游

日暖风柔到剑门，遂知此往亦销魂。已劳腰脚怜兄弟，且喜松杉有子孙。浮世渐多中岁恨，危崖初见彩云屯。今朝罗绮烟霞里，所欠诸君酒一樽。

愚挈敏莉游虞山，同行有之方、沈琪、忠豪、啸年诸兄，以十时抵常熟，从兴福登山，十二时尖于剑门。虞山之胜，以剑门为第一，曩者，数闻桑弧言其险状。愚等涉山劳苦，因憩于此，自悬崖绝壁间，看山下町畦，一派青青，为色甚腻。而明湖如镜，嵌于丛绿中，是即尚父湖矣。游客至此，恒喜为渡水之戏，谓自湖上看剑门，高壮尤多胜概。往年贼寇之来，就石壁凿为洞，同行者勇，乃自一洞猱石而升，石非天生，跻之乃不易，稍勿慎石堕，人亦下堕，可以犯命。愚恇懦不敢前，敏莉亦怯，第在剑门前留一影而还（见图）。诸人之归，述石洞险峻之状，闻之心悸。自剑门西行，过万松林，舆人言：松林受贼兵斤斧，更无踪影。沿山多小松，虽为态茸茸，殆不盈尺，俟其长成而为行人留百亩阴者，十年后亦未易复旧观耳。既归，得剑门诗一章，传以敏莉留影，并杂兹篇。

（《铁报》1947年4月25日，署名：高唐）

曹禺加入“文华”

剧作家曹禺从美国回来后，一直住在上海，住在佐临家里。佐临现在为文华公司导演《假凤虚凰》，这是桑弧的剧本，原来的名字叫《鸳鸯蝴蝶》，佐临怕用了这四个字要受人攻讦，所以改了前面的名字。其实也不大好。我一向喜欢佐临的我行我素的精神，譬如许多人以为没有“意识”，就不足以成戏剧的，佐临从来没有这种见解。不知为什么这一次为了戏名，又顾惜起“舆论”来了。

文华公司不是一家大张旗鼓的公司，他们采取人才主义，到现在为止，编导只有三人：佐临、桑弧，再一个就是曹禺。曹禺的加入文华公司，是佐临所推荐，亦是佐临所怂恿的。不单是编剧，亦兼任导演，他将在桑弧的《江村儿女》完竣之后，接上去工作。文华公司的老板，是以从前罗致程砚秋、谭富英合作的手笔，来造成这一张如钢如铁的编导阵容，他就想过这一点瘾。

（《铁报》1947 年 4 月 29 日，署名：高唐）

活口生意：足球队第一！

汉城对星岛的那一天，我是去看球了，下午二时半就去的，辣斐德路与亚尔培路的两条长蛇阵，看了自然会使我却步。朋友晓得我不耐烦去排队，要替我想别种方法进去，折冲了半天，也不得结果。我真的不耐烦了，跳上一辆空的出差车，从亚尔培路回去。

路上满是人，逸园的墙上是人，树顶也是人，这种盛况，我相信是空前绝后的。汽车无法前进，慢慢驰过从前回力球场的时候，看见还在卖逸园的票子，我想：我尚且回来了，你们到现在没有买着票子，还想进得去吗？又想到它们还在卖票子，是什么意思，难道真想把逸园挤坍！

今日之下，做“活口生意”，看来无过于办足球队了。我从前想做过几种“活口生意”，开一只和尚庙，办一个京戏科班，去年听说陶公馆的门庭如市，又想弄一家所谓新兴妓院来白相相，但现在看来，还是办足球队最好。假使一群活口养得好，做起生意来顶兴奋，钞票又赚得足，而名义上，人家说起来总是一个体育机关啊。

（《铁报》1947 年 4 月 30 日，署名：高唐）

疯 狗 可 怕！

前天，九如食品公司有人去吃饭，想打电话，因为九如的电话太忙，他等不及，便到隔壁一家衬衫店里去借打，刚跑进去，被店里的一只狗，咬了一口，咬在脚踝上。回到九如，说起此事，将狗咬的创痕，给他同桌的人看。被咬的人，倒似乎并不在乎，适巧邻桌上坐的是吴绍澍先生，立刻劝他投医生打针，恐怕咬人的狗是头疯狗，同时又请警察局将此狗吊去检验，因为据养狗的人家说：昨天才给它打过一针，大概看出它有些疯象！吴先生对于疯狗的情形，非常熟悉，他说出狗犯疯的时期，大多在过惊蛰节以后，受着一种水土的影响，使它发疯。后来又说起一件最新的事实，他有一位姓区的朋友，家里养着一头很好看的猎犬，在一年以前，区某提了一块牛肉，喂与狗吃，狗忽然不吃牛肉，在主人的手腕上着了一口，当时不过起了一条白影，未尝介意。后来那条狗，继续把区某的朋友咬了五六个人，区某才疑心它已发疯，忍痛把它牵到花园里，用手枪打死了。

数月以前，区某忽然生病，睡在医院里，浑身抽动，医师检查不出什么病象，直到他危殆的时候，突然作狗叫的声音，这才断定他被疯狗咬过，然而已无法挽救。他死之后，同时被狗咬过的朋友还没有死，到现在也没有死，但这几份人家，晓得大祸临头，惶惶终日，有的大哭小喊，也有的立下遗嘱，情形之惨，令人不忍卒睹！

（《铁报》1947 年 5 月 3 日，署名：高唐）

“聊以自娱”之道

沈老五既受逮，官中得其所据，诘沈曰：“若需此何为者？”对曰：“我特‘所以自娱’耳。”闻者兴喟曰：“为阶下囚，而犹饰巧语以翘人，媪真亡国之妖哉！”

案发以后，有人好奇，辄侦询沈老五所谓聊以自娱之道者，为状果何若？知者答曰：厥状亦大异恒常，恒常之物浑然似一杵耳；此则以粗细分为二截，饰茸茸者障其腰，一端巨而短，一端则浑而长。巨而短之一端设机纽，旋之可启，实药水于中；浑长之端，则敷以蜜汁，或甘油之属，以构制之巧，疑非黄帝之裔，所能范铸。说与诸君，或不信，范铸之者,实为世界上号称最文明之国也!

(《铁报》1947 年 5 月 4 日,署名:高唐)

墨　竹

墨竹自宋元以来,至明王舍人(孟端)、夏太常(仲昭)以降,文苏遗旨,几至绝响。清代扬州八怪如李复堂、郑板桥,非不能工,然取法不高,伧俗逼人。于昔贤之温文秀逸,荡然无余。近代作者,惟吴子深先生取径王舍人、夏太常,直造李息斋、吴仲圭诸贤,石室一灯,复归正传。陈定山先生谓堪与夏仲昭、鲁得之颉颃,询非虚语。其幼女佩珮,又号浣蕙,童年便酷嗜翰墨,寒暑不辍,山水之外,兼擅兰竹,又从张大千先生学习人物,师承有自,宜乎回出诸闺秀之上;尤妙能以生纸写竹,风枝露叶,离披自然;非秉资聪慧,多见古人真迹,及其父师训诲,断难臻此。愚承桂庚兄见贶佩珮晴竹一枝,秀雅绝伦,有易君左兄题诗,乃翁吴子深先生题语,良堪珍贵。中国画苑近有女子书画展览会,佩珮亦附近作十余件,山水人物竹石具备,闻已定售一空矣。

(《铁报》1947 年 5 月 5 日,署名:高唐)

艮山门上车记

我从杭州回来的那天,是五月八日,买的早晨八点钟的金陵号。一到城站,正赶上英士大学学生请愿的那回事,他们的一节车停在站上,以致其他的车都不能开出。其时英大学生已知道将引起旅客的反应,他们用油印的传单,声明阻梗交通的责任,应该归于两路局,而不归于他们学生的。

我因为到了上海,还要到香港,其时归心如箭。同行的人听出往上海的车子,或将由艮山门开出,我们便坐了汽车赶到了艮山门,但一看那里是阒无车影,只得废然而返。回到应家,应家替我们打电话探听旅行社消息,据说:车是一定开的,但说不定是什么时候,要我到车站去等。我们只得再到城站。形势好像更加紧张，站长早已不在站上，站长室的门上，有两行粉笔写的字："站上无人办公，诸君请勿出入。"后来各大学的慰问团也到了，市长也到了，但解决的希望非常少。有的人是怨两路局的不开车，但路局的不开车是奉命的。有的人同情学生，但学生的请愿不过为了要校舍，要校长，问题即使大，也不致于要使得成千旅客，茫茫若丧家之犬。更有的人说这是有政治背景的，我哪里理会得这许多？我们在车站附近的一家五芳斋里，等了又等，这四天在杭州白相得愉快的情绪，都在这里等光了。

过了正午，看见城站的旅客，都奔向艮山门而去，我们于是也雇了三轮车赶艮山门。三轮车走的是小路，颠簸得非常厉害，我太太大了肚皮，禁不起颠。我急她也急，我是一路骂山门，因为我一向安乐惯的，吃不起这种类似流亡之苦！

到了艮山门，沈琪去见站长，站长说："二点钟的特别快车，在笕桥开出，你们乘车，该赶往笕桥。"沈琪对站长说："请站长看看这一群旅客，从一早奔驰到现在，应该开一开方便之门，让笕桥的车子开来，把我们接往上海。"站长果然动容，他同笕桥的站长通了一个电话，笕桥的站长要他保证没有学生上车，艮山门站长居然负下重任，我们方得登车。我到今天，还在感谢沈琪折冲得太好，与那位站长的顾念大众，这样干练的站长，应该做杭州站长，至少他临到这样的事件，不致于像现在杭州站长的溜之大吉。

我回来后第二天，知道那边的情形更加恶化，那天走不了，到现在我们还耽在杭州，这算什么呢？思想起来，心有余悸。

（《铁报》1947 年 5 月 13 日，署名：高唐）

登 玉 皇 山

愚三十岁游杭，未上玉皇山，此行于第三日午时，冒雨攀登，乃觉此景奇美。玉皇山无一处不好，惟沿山群丐如毛，则甚讨厌。一丐用意尤恶，游客过其侧，辄呼乞，不与，遂出恶声，其言曰："上山步步高，下山跌一交。”愚闻言大笑，遇丐之呼乞者，亦歌曰：“上山步步高，下山跌一跤。”丐亦笑，游客皆笑，审我非丐，特以为其人病痫耳。

游玉皇山者，留连于紫来洞不忍去，其实以我所见，紫来犹不若烟霞。愚过烟霞，会甚雨，登临至此，不尽苍茫，真神仙境界也。玉皇山之好，犹在其巅，据道院窗前，南瞰圣湖，北望之江，壮丽乃不可方物。道院辟数舍留客，洁其被褥，其治肴亦美，安得挈素心人来，作三日居，宜可蕴养清欢，愚携夫人至，则非其伦矣。道院之前，皆植修竹，笋且箨，作态尤妍，愚与妇凭栏，留一影于此，影中人处茸茸下，有翛然之致。毕倚虹诗云：“纤纤人影低于笋，万竹参天绿过云。”此境惟韬光道上有之。

（《铁报》1947 年 5 月 14 日，署名：高唐）

香港第一个女人！

在港饭于“大同”者五次，“大同”女侍，以艳色著称，以阿英尤以应肆之工，脍炙人口。阿英氏洪，兼能为沪语，为国语，其音调甚腻，听之可以生性感，貌似顾兰君，兰君于双眉直挂时，凛然有肃杀气，阿英则温和如佛，望而知柔情如海者也。寇兵既陷香岛，阿英为女侍如故，与中国政府之地下工作者通声气，探取日人情报，效忠祖国，功绩甚丰。战乱既平，阿英为女侍亦如故，不闻政府为其旌表，此李广后人，所以居异方而不欲思汉也！

阿英既绝顶聪明，侍食客乃如淑妇之伺其夫，复健饮，未尝有醉态。愚曰：客中遘此，征人不复有羁旅之苦矣，上海无此人也。知者曰：宁止上海无此人，香港女人，亦以此人为第一。“大同”主人冯，将设巨肆于春江，挟阿英以俱来，其作风将一似香港粤酒家，筹备已渐有端倪矣。（自香港寄）

（《铁报》1947 年 5 月 24 日，署名：高唐）

立体照相

愚夫妇游杭之日，沈琪与之方于越日亦至，遂游灵隐。沈琪携天然色胶片来，为同游者留影，冲洗既竟，取以示愚，碧树红花，瑰丽一似彩色电影。此次愚游香岛，闻张善琨先生卜居九龙，因为访晤，则距其游欧美归来，犹不及一二月也。好莱坞银星闻善琨至，群以近影投赠，既归，散置室中。其钢琴上，复有善琨自摄一影，方披卷而读，凝视少久，影中人似离纸而立，为状欲活，此即所谓立体照相矣。善琨言：摄此种照相时，作客巴黎，一艺术家穷且老，乱发缘其颅而披，项下系一巨结，设照相肆于巴黎街上，专摄立体照相，其人即立体照相之发明人，至今全巴黎惟此一人能摄立体照相者，广之，全世界亦惟此一人能摄立体照相耳。自极诣发明，法国人淡然视之，无有问津者，转他国人至此，无不震惊。美国人诧愕尤甚，柯达公司举柯达城之艺术家一千余人，穷究其理，而无人能发其奥，因遣人诣法京，商于发明人曰：愿贡其原理与柯达公司，虽广取其酬，必予勿吝。其人峻拒，曰：我赖此得活，故不欲传之世，亦不欲传之子孙也。用是他人不敢再问。复有一影，善琨摄于纽约，影中人凡五，作围饮状，皆善琨之化身，此则比较普通，然已觉其技至巧。善琨居此，状甚寂寞，见故人来，欢喜无极，自言平日恒杜门，月娟夫人亦同居于此，贤夫妇于胜利以前，将之陪都，而中途受挫，故壮志销磨，无复昔日豪迈之概。旅居纽约二月，尝晤何应钦将军，善琨述其遭遇于将军前，何亦咨嗟无已，告善琨曰：今且归去，毋躁毋纵，及我还时，将为足下证其清白，毋使贤者久蒙枉屈也。

（《铁报》1947 年 5 月 25 日，署名：高唐）

顶瘾过鸦片

香港一向没有赌台，但我走的前几天，听说在跑马地有一只赌台开出来，花旗摊、转盘都有，我来不及去看一看。有一天，一位朋友带我到一处吃烟的地方，这里好像是一个小规模的俱乐部，不是所谓燕子窠，所以器具非常讲究。我有六七年没有吃这东西了，看得眼红，所以呼了二筒。假使再住下去，而又是淫雨困人，我会天天寻得去，吃上了瘾回到上海来的。据说：香港的公众地方是禁烟的，但私家不禁。所以那里的上海人，一半为了有这个瘾，搬到香港去作寓公的，不一定是做生意，或者若干政治人物恃此为逃罪之薮也。

我看见过一张小型报，它们介绍一本杂志出版，莫明其妙的说了一大套话，其中有三句是警句："甜到的饫喉，好睇过做戏，顶瘾过鸦片。"末句盖谓看此书之过瘾，胜如抽鸦片也。把吃鸦片烟这件事，在广告上公开赞美，现在的上海人看了自然不习惯，亦等于我今日此文，同样的失态。

（《铁报》1947 年 5 月 30 日，署名：高唐）

长　　衫

我从来没有穿过西装，但到香港去，着长衫毕竟是不相宜，哪怕你穿一件香港衫，甚至于不穿长衫，只穿中装的短衫裤，也比长衫看得适意。我每天过海，在轮渡上要觅一个长衫同志，直是夐乎其难。

到香港之后，碰着郎静山先生，他穿的香云纱长衫，他比我更加落拓。天下雨，他把裤脚管塞在袜统里，在上海也是个土老儿的打扮。一天他要回上海来了，我去送他，望着他格外的依依惜别，因为他走了，我毕竟少了一个长衫的同道。第二天，是敏莉到香港，我在轮渡上碰着她，同时又看见金舜华兄也初到香港，他穿的是派立司长衫，粉底的缎面鞋，我欢喜得什么似的，去了郎先生，来了金先生，才觉我道不孤。

凯旋舞厅是香港第一流舞厅，舞宴中也有着短衫裤而不着长衫跳舞者，于是之方告诉我，你不能再着长衫，叫我回到上海，立刻置办西装，预备今年七月里重到香港的时候穿着。

回来的那天，我去辞别张善琨先生，他也穿了香云纱长衫送客。他说：天热，西装着不上身。到了飞机里，三四十个乘客中，有五六人是着长衫的，这里集中的是上海人。

（《铁报》1947年5月31日，署名：高唐）

空中小姐

我这次来回香港，都是坐飞马尼剌的"四引擎空中霸王"，沙发椅子，比坐汽车走在平地上更加安稳。去的时候，没有看见空中小姐，却有一位空中先生在代劳，替旅客端咖啡点心。他神情之间，有些腼腆。起飞之后，我起座参观后面有一个洗脸盆，上面有一张条子，告诉旅客，假使要刮胡子，飞机上有电气剃刀，可以供给。我倒不赞美它设施太周到，简直嫌它的设想，太好整以暇了。

回来的那天，有空中小姐了，二十开外的人，白衬衫，腰间束一条呢质的围裙，高跟鞋，身材已经不矮，更显得亭亭玉立。眸是清的，牙齿是白的，白得发亮。她来回在走道上，很忙，起飞之前，将降之时，她替每个旅客，缚上那根围腰的带子，我是自己缚的，之方却不缚，让她来缚。中途她向每一个旅客，问身上有没有外币，和港币？问到我，她说国语，我说我有三块钱的港币。她说：那你放得好一点，不要给他们看见。她很温和，也不想负什么责任。

到了上海，我看见她走出飞机，加上了一件上装，好像是戎服，英爽得像天神一样。我看见过中航公司的宣传，把图照来强调它们的空中小姐，真是没有夸张。

（《铁报》1947年6月1日，署名：高唐）

自杀记

相识中有粤人李某，娶妇甚贤，顾结缡数载，妇不育子。比年李游舞榭，悦舞人白氏，白固姚冶，媚李尤至，李遂迷恋不返。有人白于妇，妇大哀,自念已无所育,夫必娶白,而将尽蠲吾爱。一日,入药肆购安眠药片,凡二十粒,和水吞之,将弃其命。及李侦知,大恐,舁之赴虹桥疗养院,请急救,而虹桥不纳,则以院主人贪佞者也,急救人命,不能取厚利,不比延人养病,始得广敛。无已,又舁之入红十字医院,施呕吐法,尽罄其肠中之毒,妇得不死。官中人侦妇仰药原因,首谳李,李曰:不知奚为自死?官中人曰:汝殆有外妻,迫妇自戕。李摇首不承。则鞫妇,妇曰:我自愿轻生,与夫无与。官中人曰:必汝夫有淫行,汝闻而兴妒,故以死谏。妇亦摇首曰:官中人乃诬吾夫!官中人曰:然则或汝有新知,不能容于夫耳?言至此,闻谳者哗然,李夫妇亦笑。识者叹曰:妇实大贤,而笃爱其夫,至此,犹为其夫掩其短也。此事发生之日,报纸尝有记述,顾勿尽,官中人词令之妙亦多忽略,故再志其颠末,倘足使读者一嗢噱欤。

(《铁报》1947 年 6 月 5 日,署名:高唐)

卧　病　记

某舞人本良家妇,夫死,遗子与女,不获全家计,置身欢场时,已似薄暮花光,照人犹为红艳也。今岁,有一客眷之,妇有所欲,予之无吝色,顾客有所求,往往峻拒,客惊其坚贞,眷之更勿舍,不知妇实与小某婀也。某亦商人子,以勿能握财权,故恒时亦岌岌,已有妻,育儿女既多矣。无何,妇忽孕,白于某,某则大恐,丐妇刈此累,妇不可曰:“我将待产,我心悦者汝,此雏不死,将来爱之如爱汝。”某恐益甚,归语其妻,先谢罪,旋陈其颠末曰:“我特贪欢,无意永好,今留此患,实足为我二人幸福之隙,卿本多智,愿为我措良策,必拔此赘,我始宁已。”妻曰:“是易耳!我明日往视彼人。”及见妇,辄为哀鸣,曰:“吾家贫薄,视昔尤甚,良人已不能赡一家,遑能庇汝?更遑能庇汝之雏,妹果吝此一块肉,待产期间,吾夫或竭其所能,垂怜及汝,然吾一家,势必陷于冻饿,妹岂忍人,乃坐视我穷而无告,我子女之被馁而僵耶?”语至此,妇果大恸,无语,辄诣医者,为卧病者数日,前者之客勿知,信以为病,诣院中,怀厚币为其偿医药资焉。

（《铁报》1947年6月6日，署名：高唐）

杨娟娟之醉态

迩履舞场，时见杨娟娟与王美梅同游，前者以华丽称，后者更挺朗多姿，此真一双艳影矣。数日前，愚遘娟娟，问其饮酒否？则曰：与杯中物绝缘久矣。又一夜，见之于新仙林，愚方起舞，娟娟亦与一少年躧步池中，二人方为笑谑，睹愚，杨忽指少年而呼愚曰："唐先生视之，迭个赤佬坏来西。"愚漫应之曰："真坏来西。"因诘少年，娟娟何为詈汝？则曰："我与之舞，其身距吾身凡一尺，使我舞步不能中节，我怨，而娟娟乃詈我为恶人。"其实此时之娟娟，复被酒，故呈此醉态。其人灿若云荼，而郁结情怀，不堪自解，故借酒遣其清哀，非好纵也，亦不得已耳。

（《铁报》1947年6月8日，署名：高唐）

符铁年之挽词

符铁年先生之丧，距今既逾月矣。其遗体已于四月二十八日，举行火葬于静安公墓。六月九日，为设奠之期，以讣告亲友，诔词蒐集甚夥，张大千为书眉于遗像，首页则为叶遐庵书"脱屣尘凡"四字，笔力雄拔，最为珍贵。定山之挽诗，已见吾报，故不录。可录者有白蕉律句云："千载原传米老笔，百年重见此完人。艰难昔日闻薪火，决绝当时作席珍。和我好诗犹挂耳，看渠衰病已伤神。扶持国学今谁在？地下应同涕泪新。"

其门人朱尔贞女士，从符老习书，符谢宾客，尔贞哭之甚哀，作诗云："铁划银钩大米姿，春残遽痛哲人萎。临池赏沐三年教，侍坐曾观六法垂。市隐时怀尚友志，宦游难博买山资。千秋风义诗书画，艺苑儒林海内师。"吴湖帆集元好问句，挽曰："只道江山如画，争教天地无情。”词赅意遥，更可诵也。

（《铁报》1947年6月9日，署名：高唐）

纳税人自叹

门前马路有疮瘢，如此市容阿好看？想起横征和暴敛，伤心一舞与三餐！

我住于新闸路，近一月来，巷外之马路上，忽有无数深潭，似防空壕，过此乃兴满目疮痍之叹。市府之所纳税于人民者，已无孔不入，而上海之建设若此，鄙人平时缴税尤巨。譬如一日三餐，俱上馆子；及夜，跳舞场之茶账，买舞票。余性本不好荒嬉，所以必欲白相者，不过期望市府丰其收入，而余则尽国民之天职也。不料市政府连马路都修不好，方知我往日所耗，无不硬伤。从今以后，真要做做人家矣。

（《铁报》1947年6月12日，署名：高唐）

读诗记

谁也不会相信我这一个人，每天会匀出一部分时间在读书的，说也惭愧，这时间是短之又短，就是在每天早晨起来，出恭时候的马桶上。马桶旁边，放着一只书橱，里面有我两个儿子的课本，也有我读的诗集，一坐上马桶，便乱抓一本，不要以为这是匆匆一瞥，读了没有什么用处，以我的感觉，正因为这是一天里精神最饱满的时候，虽然翻这么一翻，记得清，领悟得快。去年读完了《后山集》，今年则几种杂读，如《王昙诗集》、《宋四灵集》，以及《戴石屏诗集》。最近我又细细地咀嚼王仲瞿，这位老先生，是以“江东余子老王郎，来抱琵琶哭大王”这一首来代表他诗格的粗豪。

可是他更有他的万丈幽情，我读他的《鹤市诗》，都是悼亡之作，真称得起好语如珠，尤其欣赏他的两句是：“可恨平生潦倒事，怜她亡魄未全知？”感情的深刻，诗格的高远，在元微之的遣愁怀里，寻不出来。

我们应该记得，凡是好诗，字面总是平易易解的。

（《铁报》1947 年 6 月 13 日，署名：高唐）

女人的启事

前一日时期，跳舞场有舞女进场，都在报上大登广告，舞女的名字，用木刻而不用铅字，以资显目。后来舞业公会议决，一律废除此项广告。起而代之的，则有舞女的启事广告。最近有一位相识的舞女，要重为冯妇，舞场方面，托我来拟一张启事稿。我非常高兴，一挥立就，当然也是几句老调，没有在词藻上加以雕凿。

记得数日前，北平李丽登台，登过几天启事，就是因为词藻上雕凿了一点，被人大为非议。其实以我看来，没有什么大毛病，能够有这几句，也是不容易了。李丽的夹袋中，固然没有好秘书，但老朋友之称通品者还有，她为什么不烦一烦卢一方兄，写上几句，不就四平八稳了吗？

（《铁报》1947 年 6 月 14 日，署名：高唐）

歪　　诗

童子鸡时便作军，八年抗战建何勋？今看儿子吹羌笛，只当“康”“唐”“洛”“爱”闻。

余儿时尝为童子军，今则儿子亦为童子军矣。一日清晨，闻其吹外国笛子，因语妇曰：这孩子没出息，乃跟洋琴鬼学也。诗中“康”“唐”“洛”“爱”诸字，系“康曲来拉矢”等之缩写。

算来我是瘪三坯，夜夜舞场坐一台。直到床头金尽日，夫人重被舞衫来。

舞女大班�台子不已时，余发极曰：再坐下去，我自家要做瘪三，家主婆又要出来做舞女矣，你好意思哦？

（《铁报》1947 年 6 月 15 日，署名：高唐）

朱符双拜大千翁

唐云画展开幕的第二天，我去参观。唐云的画，我是一向爱赏的。我对于书画从来不懂研究什么字什么派，我以为好就是好了。假使有人问我，近代中国的画家，哪一位最好？我就立刻说出唐云。我从他的结构、设色乃至意境上看来，觉得都是艺术的上乘，因此徘徊嗟赏，不忍遽去。

在会场上碰着唐云的女弟子朱尔贞小姐，朱小姐又为我介见符季立先生。符先生是已故铁年先生的次公子，能书善画，大有父风。前两年，朱小姐执贽于符公门下，便与季立先生从切磋艺事而结为情侣，近来他们附为姻媾的传说，更甚嚣尘上。朱小姐是聪慧多姿，季立先生又是温文博学，当是理想的一门亲事。据朱小姐告诉我：就是这一天上午，季立列入张大千门墙，她也趁这一炉香，同他双拜。胡桂庚先生便凑趣着说：这叫做双拜师，将在中国的画坛上，留为一桩佳话。

（《铁报》1947 年 6 月 16 日，署名：高唐）

与屈死呕气！

昨夜，我在“丽都”白相，想请一个舞女来坐台子，横转竖转，转不下来。一打听原因，据场中人说：正在坐台子的客人，不放她下来，他是预备把钞票压住她，声言要替她买一百万或二百万的舞票。其实一二百万也吓不坏人的，在跳舞场里，发这种□劲，分明屈死。

我因此叫转台子的人去告诉那边，这里还有一个屈死，要替她买三百万到四百万的舞票，替我转她下来，但没有到弄僵的时候，毕竟转过来了。

我白相抱定一个宗旨，坐在跳舞场里面，我不承认我是第二流客人，应该呕气，终要呕的。买买舞票的钞票，即使砍穷我人家，顶多再穷一点，却不能让这批屈死猖獗。假如走出了舞场，我只好自己承认桂花了，他们有汽车，我只有黄包车，他们有洋房，我只住弄堂房子，他们有条子，我家里连我只有一根成分不足的和三只小的活条子。

（《铁报》1947年6月17日，署名：高唐）

酒 与 茶

敏莉第一次来信，萧骚之气满纸，愚因报以书，谓汝必于酒后作此函者，不然无牢骚也。越数日，其书复至，曰："刚才接到你的信，你是说我吃过酒了，我没有吃酒，我在港从没有吃过酒。"但写到后来，又有言曰："我不写了，我要到香港酒店去喝酒了，等几天再写信给你。"大概她写了后又覆看了一遍，发觉前后矛盾，于是涂香港酒店"喝酒"之"酒"，改作"茶"字。愚阅书大笑，比归，以示夫人，曰："敏莉乃不善为欺人语，故有失言，其状乃大类阿兄。然这位大姐之可爱处，亦正在这些地方耳。"

（《铁报》1947年6月20日，署名：高唐）

吹 诗 第 一

二十年前，即读潘凫公先生（伯鹰）小说，典丽乃为近世所无，后又知其诗文亦卓绝。愚尝酷爱林庚白诗，见庚白为文，有时亦盛道凫公也。愚近顷始以友人之介，得识凫公，辄与之谈庚白。凫公谓庚白诗，为上海最好，此言可信。愚则谓庚白在抗战以后，乃无好诗。大抵其人诗笔，以写旖旎温馨为宜，而庚白之所言大而夸者，终炫其无所不尽美也。言之此，凫公乃述一往事曰：初庚白于近代诗人，服膺郑海藏；"九一八"事变以前，庚白称海内诗人，海藏第一，庚白第二。及郑附溥仪媚敌，庚白恶之，又称海内诗人，庚白第一，杜甫第二。此言闻之于章行严先生，笑曰：别人作诗称第一，庚白则以"吹诗"为第一耳。其言绝趣。以愚所知，庚白诚服膺海藏矣，而于汪精卫、梁鸿志，亦夙所推重。

比汪、梁叛国，又丑诋不遗余力，以情理言，实失诗人温柔敦厚之旨。老友周信芳先生，曩以师礼事海藏楼，海藏投赠之什甚多，信芳一一珍藏之，闲时把赏，口不出犯郑之言，识者谓其风义乃不可及也。

（《铁报》1947年6月21日，署名：高唐）

儿子的遗产

上海的遗产税是这样抽的，殡仪馆里接到了一个死人，便由馆中通知税局，税局派人到板门前来征税。最近有一个死人横在板门上，税局里的职员来了，要抽遗产税，一位老先生对税局里的职员说："死者是我的儿子，生的肺痨病，病了好久，他没有遗产留下来，目下棺殓之资，还是由老汉罗掘来的。"税局里的人说："他生前穿的西装，也要抽税。"老先生说都卖光买药吃了。税局的人又问他要发票，老先生说："卖旧东西没有发票。"又问："那末他的床呢？"老先生说："床他妻子要用。……"有位朋友在席面上讲起此事，我简直不忍听下去，以后怎样，我就没有再理会了。

想想我的父亲，总算他是识相的，他在去年这时候归天了。万一他再长寿下去，我倒要死了！害他老人家找这样一个麻烦，那末我的不孝之罪，岂非比现在更大？

（《铁报》1947年6月22日，署名：高唐）

侦像记

殷四贞以花丛尤物，而退隐良家，顷复自良家而移身舞薮，春秋未老，姚冶犹是当年也。当其重来之日，"百乐门"与"大都会"二家争聘之，"百乐门"且揭其巨像于穿堂中，殷则终入"大都会"，谓将做一时期，再诣"百乐门"，使两者俱无伤情谊。午节以前，"百乐门"重伸前约，殷告来人曰：兹毋亟亟，俟节后图之。乃于此时，"百乐门"所悬之影，忽告失窃，事闻于殷，痛惜不已。盖此影摄于"喜临门"者，作宫装，影中人饰色弥妍，殷宝视此影，如宝其珍饰，今无端失去，誓欲珠还，因悬巨赏，托人侦访，迄今犹无端倪也。惜愚不为警察局长耳，不然，必遣侦骑，归盗影者于案，而返四贞之影，语四贞曰：今汝影珠还矣。下官则不要你的金，也不要你的银，更不要你的心，只要你唐兄嗳唐兄嗳叫脱两声矣。（殷四贞对男朋友称某兄某兄，其情甚腻，其声甚嗲。）

（《铁报》1947 年 6 月 24 日，署名：高唐）

杰美金与第尔唐

雪浪厅开幕之后，我去过几次，我才把杰美金这一位外国吹打，看得清，认得真了。我因为对音乐外行，所以他那一只吉太，弹得再出色当行一些，我也无法欣赏。有时候他在呜呜咽咽的唱起来，也只博得我“喉咙真好”的四字评而已。我这样的听客，杰美金是要伤心的。

前一时期，报纸上尽说杰美金追求韦伟，于是我认杰美金是我的同行中了。因为我也追求过韦伟小姐，龚之方便说：“你真死不要脸，怎么好同他比呢？”我说：“有什么不能比的？至多我也改一个外国名字，不叫唐大郎，叫‘第尔唐’，不就一样的吗？”之方又说：“韦伟同他的感情不错。”我也说：“韦伟同我的感情不错，见了面，唐先生长，唐先生短，永远有说有笑的。有时候还打一只电话来，对我说：‘唐先生，侬阿有空？我想到你的写字间里看你一趟。’假如感情不好，她会来看我吗？”而且我可以赌神发咒，告诉《铁报》读者，你们如其有认识韦伟小姐的人，你们不妨去问一问她：“你同杰美金与第尔唐两人，交谊孰善？”她若是告诉你在二人间会分一点点轻重，那你们就骂我是乌龟王八旦。

韦伟在舞台上的造就是成功了，她的“私底下”，也是明爽得非常可爱，就是为人所那么八面玲珑，玩世不恭的，谁要一本正经同她讲恋爱，此人真在寻死。

（《铁报》1947 年 6 月 26 日，署名：高唐）

更为琴芳置一辞

双枪将记舞人徐琴芳昵王邦夫事,前此报纸已屡屡记述,愚且屡屡为之辩白。借曰必有其事,则其事亦距今已久矣。琴芳为舞人之历史,其实不久,去年此时,生涯鼎盛。一自谣诼及于蛾眉,遂致衰落。愚识琴芳垂一年,其人外状挺拔,而蕴闷于方寸灵台者,无非敦厚温柔。愚既逢人苦誉,琴芳亦感恩知遇,谓愚曰:"酬欢微命,幸得君子长怜,后此当自束身心。"愚唯唯然之。今琴芳犹在"丽都",声势之盛,无可伦拟。吾友舜裔居士,评骘女人,至苛至刻,谓今日海上舞人,论线条之美,丽都徐琴芳为第一。愚则谓女人性情之美,似琴芳者,亦不可多遘焉。

(《铁报》1947 年 6 月 27 日,署名:高唐)

潘子欣之老兴

饭于张瑞鋆先生府上,同席有潘子欣、张丽云二老,潘年已七十二,丽老亦六十五矣。为瑞鋆尊人,然夷服翩翩,健硕一似壮年,见者谓与瑞鋆似兄弟行,而不似父子也。潘为海上名流,人称潘七爷者是,所谓老更颠狂,谈锋至健,以丽老亦行七,故自称为老七,称丽老为小七。往年,二人尝同具宴客,请简上书"潘子欣张丽云同订",得简者不知有丽老,以丽云名字之多脂粉气也,故疑潘先生设藏娇之宴,坐是传为笑谈焉。是夜,潘先生饮酒独多,不醉。席散,同莅舞场,舞不已,兴未尽,复之"伊文泰",仍舞不已。愚倚茗闲坐,若不胜惫,先生笑曰:"小弟弟真呒不用场也。"愚亦笑曰:"是先生为人瑞,非小子之无能耳。"

(《铁报》1947 年 6 月 29 日,署名:高唐)

看惯了道士头

女人到了夏天,把头发盘在顶上,普通都称它为道士头。道士头初行的时候，我是厌恶的，后来总算看惯了。记得去年在新仙林乘凉，看见一个舞女，光艳万丈，也是梳的道士头，我不晓得她叫什么名字，连忙把舞女大班请来一问，才知她叫陈蝶。我记得写过两句歪诗是："新仙林里逢陈蝶，不骂茅山道士头。"但陈蝶这个人，就是这么惊鸿一瞥的，后来再也看不见她了。

梳道士头的女人，无复雾鬓风鬟之美，这是事实。我最最喜欢管敏莉的头发，我赞美她的诗，往往从她头发上着笔，譬如今年《虞山杂诗》里的"人自含风天亦笑，空山放得翠鬟闲"。又如三年前的《问病诗》："枕边腻发梳还乱，卧后轻腰看更肥。"到现在还是觉得当初写的那末得意的。敏莉的确懂得修饰，她也明白她的一头秀发，最能衬托她那一分仪度清华，所以我没有看见她梳过道士头。

今年的道士头，行得比往年更早，杨娟娟、梅菁她们老早都梳了，似乎都无损其美。有一次徐琴芳把头发纷披肩上，还垂着一朵白花，望上去真是风神欲绝。但第二天她忽然梳道士头了，我告诉她，昨天的好看，今天的难看，她说："你明天再来，我把它梳还给你。"这是迷汤，但谁吃了谁也会轻骨头的。

（《铁报》1947 年 6 月 30 日，署名：高唐）

荔 枝 诗

昨天，我到郑爱贞家里，一进门，她就剥了一颗荔枝，塞在我嘴里，就想起了苏曼殊"十指纤纤擘荔枝"的那句诗来。我对爱贞说："要吃吃两只，不然不大等样。"她面孔上晕起了一抹轻红，这位小姐的可爱，就在懂得娇羞。

杜牧之的"一骑红尘妃子笑，无人知是荔枝来"，苏东坡的"日啖荔枝三百颗，不辞长作岭南人"，这都是一直流传到现在的好诗。我从香港回来，带了一筐荔枝，不大熟，带一点酸，这是一月以前的事，荔枝到目前才是最好的时候。

梁鸿志在《入狱集》中，有一首咏荔枝的诗，题目是：《家人馈荔枝枇杷为赋绝句》,诗是:"轻红晚翠杂然陈,食罢临风一欠伸。万事饱经惟欠死,未须明岁定尝新。"到今年他真的吃不着了。还有一首,也是说他家人送荔枝给他的诗:"不与杨卢共一邨,绛襦白袷玉无痕。老饕未忍尝尤物,女手亲持到狱门。风味旧供妃子笑,温柔疑返婕妤魂。东坡为汝甘南窜,待与朝云仔细论。"

(《铁报》1947 年 7 月 2 日,署名:高唐)

报黄裳先生

前几天,黄裳先生写信给我,要我替他写几首自己心爱的成诗,给他留为纪念。我因为素仰黄先生的文章,所以受宠若惊地写了今年所作的几首《虞山杂诗》,就正方家。昨天又接到他的回信,他是委婉其词的说明并不喜欢我一种"就范"的作品,而喜欢我从前轶乎规律之外的"好句"。他举了几个例子,如:"当时坐处遥遥见,是夜归来往往痴。""新染指红休握手,去年秋暮始逢君。"这些句子,旧得连我自己都记不清了,而黄先生还能给我背诵着,我非常心感。黄先生不独是知己,而且是真赏。因为这些诗,到现在看看,自己还是欣赏自己,近年来没有少年时候的一分"旷才"。譬如"新染指红"的一联,到现在无论如何写不出了。倒不是我的诗律在进步,而总感到有自己拘束自己的一种难过。记得去年秋天写过一首七律,有两句是:"一病肩如新削玉,今年秋是早凉天。"微微觉得有一点少年盛况,但究竟恣肆的程度不够,这好比做人一样,到了这个岁数要撒野也吓不坏人了。

(《铁报》1947 年 7 月 3 日,署名:高唐)

亲老家贫

病咳既久,晨起,痰中乃见血,吾妇大忧,要愚速就医。愚诫之曰:"毋恐亦毋躁,我能豁达,即病,不致酝为沉疴也。"其实愚不善摄生,呛时,故用力甚重,断体中血管,聚为游血,随痰自出,不足为病。其实即使为病,病而戕吾身矣,亦何忧?吾妇吾子胥恃我而活,始焦虑耳。一日清晨,吾母闻儿病,亦至,愚敛眉一语,母曰:“儿何苦?”愚曰:“殊无所苦,欢乐无减,眠食如常。”母曰:“闻儿咯血,儿病且危,我余悸犹在。今我老,不能为儿授汤药,愿儿送我至死。毋使我抱无涯之戚也。”愚坐是大悲,泪潸然下,不敢为母见,顾力噢母,谓儿体重日增,宁有病者?嗟夫!亲老家贫,我乃悟可以死而不可以死者矣。

(《铁报》1947 年 7 月 11 日,署名:高唐)

没有侮辱理发师!

佐临导演第一张影片之前,虽经再三考虑,他起初想不要导演喜剧,但为了把握得住一点,还是用了桑弧的《假凤虚凰》。这部片子,我在一个月以前看过了,真好,轻松明快,我说佐临到底佐临。

片子还没有公映,据说理发业职业工会在反对它,说它有侮辱理发师的地方,这是哪里说起的话?我记得很清楚,全片自始至终,实在没有侮辱理发师的地方,假使说描写他们的动作滑稽一点,就算是侮辱,那倒是理发师们的深文周纳了。《假凤虚凰》的写理发师,没有鄙视过他们的职业,也没有渲染过他们品格上的恶劣,尤其是结局,得了如花美眷,做他们专业上的内助,无论剧作人、导演者,对于理发师,总是一番善意。现在上海的理发师,不能了解他们,真要使从事艺术者有无以自解之感。

我近年来,真喜欢说几句公道话,其实不自近年始,从前《新女性》里,产生的新闻记者风潮,我也以为是多余的事。

(《铁报》1947 年 7 月 12 日,署名:高唐)

透　视　记

我应该先谢谢冯亦代先生,在烈日当空之下,他陪我去透视肺部。替我检查的是方侃同、诸荣恩两位医生。方医生是名医,几年来在美国教授肺痨科,最近方始回国的,而诸医生则是方医生最最得意的学生。

冯先生读了我前天那一节《亲老家贫》的文字之后,他为我耽忧。所以到了诊所,他就用英国话告诉两位医生,请他们检查过后,毛病在什么地方,用英文来告诉他,让他再委婉地告诉给我,不要直接对我说,怕我心理上的刺戟,而影响了健康。朋友真是好朋友,他们对我的爱惜之情,使我感涕时零。

方医生横听竖听,横敲竖敲,我是横呼吸竖呼吸之后,又把我送上那副透视架上,横看竖看,看罢说:"你的病,一点不严重,没有 TB 的现象,就是普通的气管炎而已。"因此替我开了点治气管炎的药水,同"开而息姆"之类护肺的药片,叫我不要大惊小怪。我是欢喜踊跃而去,立刻叫我太太打一个电话给母亲,说儿子没有病,请她放心。第二天早晨,我不大有痰,到底吐了一口,看看也没有血,我知道我完全健康的。太太说:"你又好开心下去了,我放你再开心十年,看你到了五十岁,再会轻骨头吗?"我哈哈大笑,对太太说:"你的家主公是会越老越嗲的。"

(《铁报》1947 年 7 月 14 日,署名:高唐)

没有捧儿子的场

前两天我回去,深夜,太太醒来,看我还不曾睡着,便对我说,你晓得不晓得,艺儿要唱戏了,真吃价,他唱《甘露寺》的周瑜。艺儿是我顶大的一个儿子,现在高中读书,他欢喜京戏,我是晓得的,他要登台,的确是新闻。我当时对太太说:我不大赞成他这样做,你呢?她说:无所谓,难得白相相,有什么关系?唱戏毕竟不是一件坏事。我倒想起了刘攻芸先生,也是戏迷,相信浸淫皮黄,或者不致于窒碍了孩子的前途。

昨天是唐艺登台的日子,太太真高兴,一定要拉我去看戏,我很踌躇,她又拖了一家门去,连我母亲也要搬得去。但我到底没有去,夜里回家,被太太大大埋怨了一场。她说:儿子养大了,会在台上做戏给你看,难道不是一桩乐事?你就只晓得天天在外面看女人,弄得天伦之乐,骨肉之情,都疏淡了许多。她在一面骂,我则在暗暗好笑,笑她比我差十多岁,而她的中年人的情怀,反而比我浓重得多。

(《铁报》1947 年 7 月 17 日,署名:高唐)

我看见飞碟

昨夜睏勿着,跑到露台上,立了一会儿,看见天空有一团异光,其状如大菜盆子,不过并无刀叉,向闸北方面飞来,一直向龙华方面飞去。当时约了一约,大概在一万一千公尺上空,为时不过数秒钟而已。

我认为自从盘古到如今,极自说自话之能事者,无过于飞碟这一件事了。美国人吃豆腐,而中国人则相惊伯有,这两天各处都说发见飞碟,现在我也说看见飞碟了,我假使不说我在说谎,你们也不好意思咬定我在吹牛皮。

(《铁报》1947 年 7 月 22 日,署名:高唐)

动真情感

一夜,我们同老凤先生吃饭,这一夜童芷苓迟到,在她未来之前,老凤先生扯开了一字调嗓门,吃豆腐寻开心,交关高兴。等童芷苓一来,他忽然嗓子也低了,态度也严肃起来了。最奇怪的,郑爱贞吃了几杯酒,叫他过房爷,他理都不敢理一理。郑爱贞又叫童芷苓大阿姊,童芷苓倒未尝介意,而老凤却窘态毕露,好像怕童芷苓看出破绽,怎么瞒了她又收了一个过房女儿呢?我在当时看了这情形,非常感动。袁简斋说得好:“老尚多情是寿征。”老凤先生是多情人,是寿者相。

他的爱童芷苓,定是动了真情感了。此中滋味,我能够体念得出,我是笃爱管敏莉的,看见别的女人,我都能够“扰”得一天世界,惟有敏莉在我身边,我就变得正经的多。凤三兄的长篇小说我没有看过,桑弧告诉我有一篇写他同从前一位恋人的事,往往动到真情,那枝笔就会滞重起来,不像他平时那末轻松了。此亦一例。真情感是出发于尊敬上来的，因尊敬便会带几分畏惧，所以很容易看得出来。我对真正刻骨铭心的女人，看见她比看见慢娘还要老实，被我“乱扰”一阵的女人，都是可收可放的。平心说一句，近几年来，就不曾有过。

（《铁报》1947年7月27日，署名：高唐）

正要青奴一味凉！

大热的一天，我回去吃中饭，把衣服都脱了。饭后，再也穿不上身，一直到夜里，没有出门。夕阳西下以后，太太替我安排一只短榻，放在露天，叫我躺上去。她说：“你看新仙林等夜花园，还有比这个舒服否？”我于是想起黄庭坚有两句诗：“我无红袖娱良夜，正要青奴一味凉。”虽然伴我睡的不是青奴，到底也是台湾席的枕头套子。第二天遇见之方，他怪我昨夜没有同他在一起，他们是在新仙林打烊之后，到虹桥路底的一家夜花园去，在虹桥路上兜风，一直兜到清晨四点钟。说得我熬不住了，这一天便到新仙林寻白莲花，仙乐去寻陈蝶，我是这样说的：“怜她红袖娱良夜，谁要青奴一味凉？”这可不能叫太太晓得，晓得了她真要怀疑我们夫妻已没有什么情感了的。

（《铁报》1947年7月28日，署名：高唐）

珍　重　词

愚尝寄书与吾友，存其近状，忽得返书，附二十八字，曰：《珍重词》，故自翛然，所谓“贾生才调本无伦，偶入风诗亦可人”者，吾友拟也。今抄其句云：

漫将绝艳拟惊才，槛凤笯鸾自可哀。远道故人休念我，豪情些子未全灰。

大郎吟后，拳拳存注，斯世何世，犹复情殷？因掇来书中语，成二十八字报之。

（《铁报》1947年7月30日，署名：高唐）

蒋天流的故乡

蒋天流的故乡是太仓,离开我的故乡嘉定,大约有三十多里路。记得我十六岁那年,我从嘉定到常熟附近的支塘去看舅父,那是风和日暖的春天,母亲替我雇了一乘一轮明月,从上午八时出发,到下午五时才到支塘,中午经过太仓,最最深刻的印象,望见了太仓城的雉堞,而环绕城墙的是万树桃花。我其时已学着作诗,还记得过太仓有两句是:"桃花迎我城门外,何必城中再看人。"从小就是那末色迷迷的。

太仓城里的猥琐同嘉定城一样,我在那里同推小车的人一同吃了一顿饭。我总以为太仓同嘉定都不是灵秀所钟的地方,但唐蔚芝(文治)先生是太仓人,蒋天流小姐是太仓人。而顾少川(维钧)是嘉定人,我又是嘉定人。

(《铁报》1947 年 8 月 2 日,署名:高唐)

朋友的来信(上)

近来理了一次抽屉,这里面都是收藏朋友的来信。我这人好像很疏散的,却有一分细心,凡是朋友的来信从来不肯把它轻易扔掉,除非那是我看不起的人。

这一抽屉的信,有许多真是值得珍贵的,一部分是谈起我的作诗,他们的理论,发灵抉奥,使我得到不少帮助。譬如去年有一位朋友,他很老实的说:"大作读完,令人惊□,真想不到大郎之进步如斯也。肃仰肃仰。诗中美句不胜收,居今日为此诗者,已难知其妙,下走或为惟一之真识者,正未可知。然前日面闻大郎已博读数大家诗,归后即感得以大郎之天才,且非学力不可,今读来作,信然老眼未花,良用自慰。惟已至乎如此之地步,弟竭诚要劝大郎下一点苦功夫,则大成也必矣。天之生才不易,如下走者独有两眼一张嘴,自不能有成,极用自恨,因而对吾兄则转期之至切耳。大作唯一缺点,在乎一种美,一种造语方法,起止语尤然，此皆工夫不到之故，补救之道，多看即可。前贤集如高青邱、杨诚斋、黄涪翁、王荆公，皆吾兄所需者。晚清诗派，尤有可看处，江弢叔之外，如金亚匏，如程子大，如易实甫，皆佳绝。以上所举各家，舍间皆有其专集，可以次第奉阅，不取分文。以弟之看法，兄至少与实甫先生，可以方驾也。如每日以半小时为之，持之以恒，大成必矣。”从这封信的“委婉陈词”中看来，可以知道我平时作的诗，最大的毛病，是有句无佳章，所谓不是完整的作品，这一点自知之明，我是有的。

（《铁报》1947 年 8 月 6 日，署名：高唐）

朋友的来信（下）

有一部分是朋友在苦难中的来信，毛子佩先生幽禁在日宪兵队里的时候，他在草纸上写信，诚诚恳恳的都是讲一些平常不讲的话。毛先生不以文章见重，我也对于政治丝毫不感兴趣者，这些信本来没有保存的价值，但一想到他人在苦难中，而我每次接到他信的时候，拆起封来，两只手在颤抖，好像《下书》里的宋江拆那封晁大王的信一样，到现在还觉得虽惊犹趣。记得送信的是一个戴着笠帽的小孩，这传书的人，就有一些古意。我给他钱，他不收。我小心地问他：“小弟弟，毛先生在里面好吗？东洋宪兵不晓得你替他带信吗？”他总是摇摇头，不说什么的。我于是更加疑惧，等他一走，便双脚乱跳，骂毛先生道：“迭个赤佬，他是贞忠为国的，我算什么？弄进去，死还不是白死！”

有的信是大狱中的南冠之客，他们写给我的，他们的语气，悠闲地，安详地，从来不发一句牢骚，毕竟是有修养的人。他们关心我的健康，关心我的风流自赏，似乎比什么都殷切。他们的文字是优美的，襟怀是豁达，一个不感政治兴趣的我，就这样地欣赏他们的书翰了。

（《铁报》1947 年 8 月 7 日，署名：高唐）

闺 谳 记

在外面时常有人问我：报上写出来的，你太太有得看见吗？我说，她看不见的，只有她到剃头店，就靠不住了。平日家里没有小型报，一半当然怕她看见我的许多荒唐史迹，一半也怕孩子们把小型报当教科书读。

前天，本报忽然派人送一本七月份的合订本到我府上。当夜没有发现，第二天醒来，看见这本书放在沙发上，我心里一跳，随后她就同我说起此事。她说："这本书里你写的稿子我都看过了。"我说："噢！写得好吗？"她说："你认识的女人真多，你真开心。"我笑道："谁说不多呢？"她说："剥荔枝给你吃的那个郑爱贞是什么人？"我说："绰号叫小老虫，姚太太的外甥女，朱凤蔚先生的过房媛。"她说："替你到霞飞路买芒果的女人是谁？"我说："梅菁的朋友，从汉口来，做舞女不大得意，托我替她捧场的。"又问："吃醉了酒，你送她回去的是什么人？"我说："此人老早到香港去了，当时没有人肯送，我是见义勇为的。……"我怕她再问下去要变成"疲劳审问"了，连忙先发制人，对她说："我写到女人，总有一副嗲劲，否则文章不会动人的，其实这些人，都是别人的家主婆，你只要看我写殷四贞，写得像我是她的拖车一样，而我同她的关系你是晓得的。"她笑了，说："那你不怕别人吃你的醋。"太太真好，她真能够讲得明白的。

（《铁报》1947 年 8 月 14 日，署名：高唐）

不因惆怅不成诗

白莲花生日后，遂罢其业，愚踵"新仙林"者四日，皆勿见，惘惘之怀，不能自已。一夜，投简招其饮，传语者曰："白莲花殆从此退休矣。"筵既列，忽莲花翩然至，大喜逾望，就所闻诘之，则曰："犹非其时，有其事，亦当先报唐生知，我以病，杜门二日，唐生饮我，乌可勿至？读唐生诗，谓将寇我为妇，我且不待唐生之寇，来就尊边矣。”其言盖委婉而趣。是夜，所列诸儿，多舞国倾城之选，并工倾饮。白既中酒，忽颓倒如芙蓉之睡，愚大惧，白曰：“我中酒例有此，稍顷且愈。”顷之果起，则翘于愚曰：“更令我尽千杯者，不复醉矣。”十一时，愚送之入舞场，及归，乃得一诗，“分明”二句，为旧作，黄裳先生称为佳构，愚自视，亦良佳，顾佚其全章。今写莲花，为足成之，莲花不朽，吾诗得赖此而垂之久远，愚之幸也。

江南词客最相思，所悔寻芳去较迟。休吝蛾眉千盏醉，断无尤物一人私。分明坐处遥遥见，是夜归来往往痴。天上秋星还笑我：不因惆怅不成诗。

（《铁报》1947年8月19日，署名：高唐）

荣梅莘的话

老凤先生连日写了几篇有不满于荣梅莘兄的文字。梅莘是我的熟人，我们平时不大见面，有时候通通电话，我也问起他的夫人，知道他们伉俪情殷，不像老凤先生所说的一样。

在老凤的文字发表之后，我又与他通过一次电话，梅莘把一情一节都和我说了。最要紧的一点，他说：“凤老说我在外面胡调，在另营金屋，这点你应该替我证明，你是天天浪迹欢场的人，自从我娶了家骅之后，你曾经在哪一家跳舞场，或是堂子里碰着过我？我因为家骅有孕，绝对不出门，平时招些朋友，到我家里来吃饭，使家骅不致感到杜门的寂寞。我对她不敢说是爱护备至，却也可以说是笃爱关睢了。所以家骅读到凤老的文字，她对我直在流泪。你是我的老友，家骅也是你一向关切的人，前辈的清诲，我们应该接受，不过凤老的责备，实在有些突兀。”

一个男人，欢喜胡调，我的看法，向来不大严重。梅莘这人，近一年来，的确不在过酒肉征逐的生活，我可以证明。我看了老凤先生的文章，也在怀疑，怕老凤先生误听人言。据我晓得，梅莘近来，致其心力于事业上,颜料业中,都承认他是突出的奇军,他对我更加谦顺。所以此番的事,我非常不安,愿意替他辩正。一手写下来,我并觉得心虚,因为梅莘虽是老友,但也是富商,我却从来没有银钱上的纠葛,不致让读者骂我在趋炎附势。

(《铁报》1947 年 8 月 22 日,署名:高唐)

太 太 万 岁

太太的生日快到了,她今年是三十岁,因为分娩在即,怕她累不起,所以只想约几位平时知己的朋友,作一次聚餐,我在“新雅”定了一个大房间,但她是竭力阻止我,她说出许多理由,还是替我省钱。我对她说:“再大的我也在用了,这算得什么呢?”但她还是拦住我,逼我去把“新雅”的房间退掉。

她的节约,有时会惹得我肝肠火旺的。但仔细想想,这个人是好的,她活到现在,没有求过人家一件事,所以她的性格是那样恬淡。她从来不曾向慕虚荣,我同她比,她自然比我高洁。但她也并不厌恶我的猥琐无状。近年来她对我认识得渐渐清楚起来,曾经对我这样说过:“我们活下去,只要你对得住我,我同你不会有什么纠葛的。”所以这两年来,我除了尽力谋取“聊以自娱”之道以外,也费了许多心力,博取她的欢心。她不许我替她祝祷,我非常难过。她的体恤我,别人当然会笑她,我是应该用为内疚的!

我祝她万岁。

(《铁报》1947 年 8 月 23 日,署名:高唐)

寿惠明夫人三十

岂谅而夫短点铜?今朝此礼欠丰隆。六旬闹猛原输杜,卅七称觞不及龚。待到凉秋同做做,况因临褥力慵慵。来归八载知卿德,未把乌龟挑老公。

太太生日的那天，我没有出门，家里简单地招待了几位近亲。看看报纸上杜寿的闹猛，真觉得对太太抱歉。杜先生固然物望所归，但我太太的丈夫（不要兜圈子了，就是指我），也是以文章道德彪炳当世者，为什么就相差这么多远？我总怪太太的过分有气力，等到秋凉后同我做七十双寿。这一天我闲着无事，替她烧了好几炉檀香，祝祷她长寿。在烧香时，我又写出了上面的这一首打油诗，博她一笑。

（《铁报》1947 年 8 月 29 日，署名：高唐）

八月廿八日得一子

片刻开心属祸灾，怜儿苦命竟投胎。似烦至圣先师送，却乘初秋小雨来。呵骂将添而母累，猖狂莫学阿爷才。生男哪有乌龟做？算我终非戴甲材。

孔诞后一日，我第四子入世，时为民国三十六年八月二十八日上午七时五十分，时斜风辅细雨同来，而我子亦呱呱堕地矣。余夫妇无女，妇思女甚殷，余亦愿得一女，待其出风头之日余已三尺银髯，老乌龟之腔调十足矣。

（《铁报》1947 年 8 月 30 日，署名：高唐）

想和白莲花联姻

白莲花大概真的不做了，我们在八月十二日晚上分别之后，一直没有看见过，消息沉沉的。古人所谓："便牵魂梦从今日，再睹婵娟是几时？"我是带了这一副惆怅情怀，过着近来的日子。有一天，在上海酒楼吃夜饭，座上有某名流，他提起白莲花，来同我开玩笑，他说："她现在是不做了，那末你想怎么样呢？"我说："你有没有法子，让我再看见她一面？"这句话把同坐的人都引得笑了，我自己也笑出来，因为这太像小说里描写一个痴男子的口吻了。

我曾经说过：近世跳舞场里的女人，可以使人划梦搏魂的，只有白莲花一个。所以我又说她是舞场的重镇，但是她毕竟不等跳舞场禁光，而先自悄然隐退了。这是我本月份最后的一篇稿子，下月份起，我想休息一时，趁我写得高兴，想同白小姐倾吐我的近况，不是"扰"，是说的真心话。告诉你，我昨天又添了一个儿子，现在一共有四个男孩子，为了儿女之累，我也体恤到你，你不是有四个女孩子吗？有人时常在盛道你的抚养辛勤，但仔细想想，要用多少的血泪，成就这四个字的，这也不必管它了。我现在是想把我四个孩子中，随便哪一个，做白小姐的女婿，你可千万别误会，我这一动机，是想做将来"乱触亲家姆"的进身之阶。我是想联为姻媾之后，便有机会欣赏白小姐的投暮风华，既然是移人尤物，老了，一定也耐人寻味的。白小姐不是曾经说过，她是系出名门，我呢，也是书香子弟，在门第上都过得去的。所惭愧的，我们家里，实在太穷了一点。

写到这里，看看这篇文字，像一封信。假使白小姐看见了，我也不希望她来回覆我，也许我们再有见面的机会，让它做我们将来细谈孩子们的终身大事的先容吧。

（《铁报》1947 年 8 月 31 日，署名：高唐）

送密儿上学

成龙此望亦何痴，等到明年岂算迟？杖责既频娘厌汝，课程太紧父怜儿。未修道路宜防蹶，若惧师颜尽可辞。闻说先生皆是女，语爷若个美丰姿？

唐密今年叫名六岁，其实五岁也不到，他母亲逼着他去读书，原因这孩子太顽皮，放在家里，使她时刻不能安静。我是反对过几趟的，但卒归无效。于是叫他哥哥去报名，先是报的景德小学的一年级，因为他拉了矢，不会揩屁股，于是改报幼稚园。那天他一早起身，太太给他吃一颗鸡心，要他读的书记在心里；又给他吃一块定胜糕，大概是希望他将来得意。然后叫他背了书包，由哥哥陪他上学。他在课堂里，坐的是第一排，他哥哥看他上课，回来说当第一次点名，密儿不立起来，嘴里嗳了一声。我笑了，对太太说：我说这孩子不能读书，你偏要他读书。太太似乎有些怨我,怪我又顾怜孩子,而不替她想想。

(《铁报》1947 年 9 月 10 日,署名:高唐)

告诸亲好友

孟小冬上台,轰动得无可再轰动,许许多多亲眷朋友,都托我想法子买戏票,我是一律把他们回绝了。因为我同那些豪门巨室,一向分绝交疏,根本无门路可寻。纵使叩头求拜弄到了票子,还是要费五十万元一张,卖足交情,还要花钱,天下事之犯不着者,无过于此。我天性不喜热心慈善事业,虽然并不冷酷,总以为做好事要拣眼睛看得见的做,要经过几十双手的义举,就不大起劲。孟小冬是京朝名角,余派老生,我也没有什么好感。做戏做戏,要会做,才成功戏,唱得比了仙韶还要好听,而直僵僵的没有表情,总不能算是健全的人才。《龙凤呈祥》里麒麟童的鲁肃,前后也不过两分钟戏,他吃瘪了马连良的乔玄,叶盛兰的周瑜,正因为他懂得做。今日之下,还有人捧住了京朝派不放,而当麒麟童既介事者,此人可杀!我是"周信芳至上论者",凭你棺材里搀起了谭鑫培来,也难移吾志。有此种种原因,对于孟小冬的登台,我个人并不歆动,诸亲好友的纷纷委托,我都婉谢了,背后却在笑他们这帮假老鸾真讨厌啊!真讨厌!

(《铁报》1947 年 9 月 11 日,署名:高唐)

韩冬郎的《香奁集》

高秋天气,我往往想着韩冬郎的诗情之美,在他的《香奁集》里,有一首绝诗:"碧栏杆外绣帘垂,猩血屏风画折枝。八尺龙须方锦褥,已凉天气未寒时。"这是冬郎最最突出的一首好诗,成了万世不可磨灭的艺术品。前两天,我向王媿静先生借了一部《韩翰林集》,分三天把它细细读完。王先生一向看不大起韩冬郎的,二十年前,他对我说过:韩致尧总是辜负了他姨丈(指李义山)的一番期许,因为冬郎小时候,李义山曾经捧过他，说是“雏凤清于老凤声”的。其实这是王先生论诗偏激的地方，他自己承认“于诗雅不喜唐人，以老杜之赫赫，我乃独赏黄涪翁”也。

刘半农先生的文学造就，高不可攀，但数千年后，他是韩冬郎的知己。刘先生在留学法国的时候，客窗无俚，把《韩翰林集》里的《香奁集》，辑存起来，放在案头，朝夕讽诵。回国之后，有一年付以印行，六十四开本，绯色的桃林纸，还记得印的蓝色油墨。卷首，刘先生有一篇序文，他把那些卫道之士，挖苦了一场，然而自己说：“平生拘谨，见女人不敢正视。”本来欣赏艺术，而斤斤于什么郑声楚声者，徒见其人目囿斗方名士而已。

韩冬郎的《香奁诗》大半写得不十分蕴藉，可是才气横溢。譬如《偶见背面是夕兼梦》的一首：“酥凝背胛玉搓肩，轻薄红绡覆白莲。此夜分明来入梦，当时惆怅不成眠。眼波向我无端艳，心火因君特地燃。莫道人生难际会，秦楼鸾凤有神仙。”后世人就没有写得像他这么痛快过，到近代，除非我来替白莲花写或者有这样的境界。涉笔至此，令人又苦念那一朵白莲花矣。

（《铁报》1947 年 9 月 14 日，署名：高唐）

晚风吹冷白莲花

在《烟霞万古楼集》里，我读着一首绝诗是：“中年哀乐一琵琶，春草池塘好部蛙。弹到苍茫人不见，晚风吹冷白莲花。”于是引起我的想入非非了。这地方是“伊文泰”，琵琶是梵哑令，白莲花是一个人物，而不是植物里的荷花。当她在“新仙林”的时候，我曾经约过她等打烊以后，白相“伊文泰”，还来不及去，她已经退藏了。猝然读着这一首诗，想起那境界之美，真使人神往不已，我因此写下下面的一首诗来：

酡颜无复落春卮，几见清霜压鬓丝？不作人间才子妇，晚风吹冷自家知！

（《铁报》1947 年 9 月 16 日，署名：高唐）

上　学　记

密儿既就读，入幼稚园之大班，先生令其作字，不能成撇划，先生曰：是儿稚且拙，不能列大班。小班大似家居，认字而外，啖果饼而已。然吾儿犹惧，后二日，哀其母曰：儿不复入学矣。母怒，呵责随之，儿坐是啼，自是日有愁容。数日，两颐尽削，人生不乐羁阨，吾儿故大苦。愚甚怜之，尝央于妇曰：曷令其辍读，强之，滋足病也。妇不许，谓愚放纵儿曹，使今日之依依膝下者，胥异日之弃材耳！一日凌晨，愚早起，密儿已张目，亦抽身起，来就襟边，欲诉其苦，愚将噢以言，甫启口，儿已哑然啼。佣者来，挈之出户外，洁其手足，替加衣，复啖以晨餐，教之曰：汝往告阿翁，儿就读矣。愚见其至门次，垂首及臆，低声曰：阿翁，儿上学矣。言未竟，其声已梗，遽回身随佣者去。愚笑而送之，私语曰：我何尝苦吾儿者？特而母督汝严耳。

（《铁报》1947 年 9 月 17 日，署名：高唐）

这老儿还在吗？

近两年来，上海报纸上开出的一张名人单子来，冯炳南这三个字的名字，好像不大看见，大概这老儿是老了，宿了，不中用了。

冯炳南之所以不能老当益壮，皆因为他一向只认得外国人，而不认得中国人。在租界时期，冯炳南的气焰滔天，在沦陷时期，还有他这个人。为什么到了胜利以后，他是无声无臭了呢？料想冯炳南最大的憾事，是租界条约的年数不能再延长一点，让他先归道山，再还租界。

我不能忘记当年冯炳南赏赐我们的麻烦，为了他一个儿子与唱戏女人的婚事，我们报道了一段消息，他就惊动到“行里外国人”，使我们浪费了许多时间上精神上的损失。

我倒并不同冯炳南有什么过不去，我只想劝劝一个在风头上的人，不要做得太足，一旦靠山失去，一宿就要宿得不成样子的。殷鉴不远，冯炳南便是最好的例子。人为什么不活得平淡一点?

(《铁报》1947 年 9 月 18 日,署名:高唐)

管母思儿

因为内人生产,敏莉的老太太特地到吾家来望她,送来两只鸡,盛意殷殷的,可惜我不在家,来不及款待她。

她挂着眼泪,向我内人谈起敏莉,她说:"敏莉真苦恼,到现在还飘零在外面,奔走一家人的衣食,我没有一天不在祈祷她早一些嫁人。这大年纪了,再下去,叫我们如何对得住她?"她又叫内人带信给我,让我告诉敏莉。老太太的心境是如此,而劝她早寻归宿。太太告诉我之后,我立刻写了一封信,把她老太太的话,说了一遍,把我自己的意思,也说了一遍。我想敏莉读到之后,起初很感动,再想想,一定说:"你们都当我一票货色,要脱手,便出笼,不要脱手,便囤在家里。"因为敏莉嫁人的条件,的确不太简单;这个女人,又是不太世俗的,她有她的想法。记得有一次,她碰着我太太,我太太对她说:"敏莉,你快快嫁人吧! 只要有保障给你,年纪老一点也不必计较了。"敏莉笑笑说:"我是想嫁一个老头子啊!"太太晓得敏莉在胡她的调,她说:"我懊悔劝她的,她哪里肯嫁给老头子呢?"我说:"倒不是她肯不肯,像敏莉的豪迈亢爽,老年纪的人,不一定欢喜她的。"

(《铁报》1947 年 9 月 20 日,署名:高唐)

女 人 荒

无端堂客一时荒,思想令人好惨伤! 做寿我将朝西子,采菱谁与荡鸳鸯? 白莲嫁后无消息,金蝶秋来盛盏觞。昨夜"蜀腴"同吃饭,座中竟是一排枪。

这一首诗,是说我欢喜的那些女朋友,目下已呈风流云散之势也。第一句之"堂客",北人称女人之代名词,亦即上海某一社会所称之"壳子”也。第二句将平剧说白“思想起来,好不令人惨伤也”浓缩为一句。三、四两句之“西子”与“鸳鸯”俱为湖名,五、六句不用注解,末二句则甚言近时饭局之缺少女人,而昨夜“蜀腴”之宴,坐十一人,而全是胡老码子焉。

(《铁报》1947 年 9 月 24 日,署名:高唐)

想念盖叫天·可惜李少春

“中国”这一局戏,本来邀的是盖叫天。因为盖叫天老不肯唱倒第二戏码,戏馆方面,怕戏码难排,不敢请教,适巧李少春来上海,便同少春敲定了。李少春也是头牌角儿,在现在“中国”的阵容中,他照理是第一块牌子,谁也抢不了他,但是可怜,登台以来,他时常在唱倒第二,筱翠花、叶盛兰他们都抢在他头里。那天看报上,有一出好像是铜网阵,不但码子是倒第二,连同场的袁世海、叶盛章都不肯让李少春三个字,安稳地排在中间,也来了个出场先后为序。

我这就百思不得其解了。李少春还在盛年,他的艺事,纵然没有进步,却也没有退步,为什么他自卑地甘居人下?有人告诉我:他实在太穷,求钱心切,只想搭着班子,对自己的声名地位,不大再想争执。果真是这个理由吗?那我真的要替末路英雄,一掬伤心之泪了!

有几个人真能够做到“君子固穷”这一步的?我们不能不佩服盖叫天先生,他的所以成为艺坛宗匠,实在从勤苦中锻炼出来的,你不要看他迂执得不合时流,一个人迂执也有迂执的好处,他没有卖过任何京朝大角的账,他连梅兰芳的牌子都不肯让,马连良自然更加不在他眼里了。你说他这脾气是不利于搭班呢,他就不要搭班,他要的是这一股孤芳自赏的劲道。他老得这样了,还天天在练功,他明明晓得这一分千锤百炼的功夫,将来没有传人,但他还是自己管着自己。他的忠于艺术的精神,谁也要为之心折的。

万一盖叫天他不是这样一个个性,而是换得随后一点,说不定就是“自隳”之渐。今日之下的盖叫天,不一定像应宝莲一样的沦落,也许同张国斌他们,不差什么了。所以我说盖叫天是人杰,长不出第二个来,别人也没有法子学着他。我是想提起他来,请李少春用为警惕的,可也不敢劝李少春学他,因为学不像他的倔傲,倒反容易流为十足的“狗戎”!

(《铁报》1947 年 9 月 28 日,署名:高唐)

以花喻人

瘦鹃前辈写白莲花篇,读之神往。先生为名花写照诸作,无不可诵。白莲一记,有言曰:“诚不知吾友云郎所刻骨倾心之佳人,亦有此清姿幽馥否?”则曰:“其人殊不称其名,其人似向慕桃花,光彩欲消,而风情无减。眼底佳人,亭亭如白莲纾艳者,乃无其选。”愚坐是长忆楚云宝宝,宝宝腴且美,挺拔而不染纤尘,见其人,真似植其影于春草池塘也。愚又酷爱秋蓼,读施叔范先生“清霜南浦绵绵白,薄暮花光往往红”之诗,益以蓼花为可爱。蓼花高艳,梦云伟偶临薄醉,辄有此美。一日,挈金蝶游顾家花园,过池塘,见红莲一朵,憔悴立败叶中,若欲与秋光同老者;嗟赏多时,将语金蝶曰:“汝得勿似此花?”继念吾语勿祥,语之,或为金蝶所勿喜,因止于咽。以金蝶喻花,梅花嫌瘦,杏花嫌妍,似渠闲雅,殆东篱下之一丛秋菊耳。

(《铁报》1947 年 10 月 1 日,署名:高唐)

经霜之叶

有一天的中午,我们在罗雪帆那里吃饭,她请了几位女宾来作陪,就中有一位周小姐,她不大会得敷衍,但会得笑,也会得吃酒。酒吃得多了一点,话也多了一点。我于是问另一位女宾,周小姐的名字叫什么?她说叫叶秋,她是跳标准舞的健将,在舞场里,她是红过来的,我说怪不得这样面善。

她在懊恨自己的名字取得不大吉祥,她说:“秋天的叶子是象征立刻要衰落的,所以遭遇弄得这么不好,很想另外取一个名字。”我说:“成了名的名字,怎么能改?麒麟童到今天也不肯改周信芳。”我一面在这样解释给她听,一面又在肚里转念头,她一定有一番难言之隐。

后来有人告诉我,她目下又在重庆作伴舞生涯了,自此以前,她是做过人家太太的,她的丈夫已经死了,不是善终的死!这就难怪她想起了名字,也在感慨系之了。

(《铁报》1947 年 10 月 2 日,署名:高唐)

岂无红粉解怜才

我曾经说:白莲花对我,有一分怜才之愿。一个自负有才气的男子,难得碰着一个女人,能够欣赏他的才气,而欣赏他的,又是一位活色生香的女人,你叫我的骨头,如何不要轻起来呢?好像是陈蝶衣兄,反对我这句话,他不相信现在有李香君、寇白门之流,所谓“红粉怜才”的。那末我要告诉蝶衣兄:我是够不上侯方域;白莲花的才地玲珑,不一定输了李香君,则是事实。

怜才不怜才,是我个人的感觉,我不再肉麻当有趣的多说下去。我惊服白小姐的通文,是在某一次她同我讲她的身世,我也讲起我一些往事。我说我生平就对不住一个女人,那是我元配的妻子,她是给我磨折死的!她接下来就说:你应该学元稹的样:“但愿终夜常开眼,报答平生未展眉!”我说:“一个艳艳如花的女人,记牢这些做什么?”她说:“这三首遣愁怀写得真好。”我问她:“那末你既然欢喜它,你也懂得这三首里面,是哪几句顶好?”她说:“我喜欢‘同穴窅冥何所望?他生缘会更难期!’”真是识家的话,元微之写了半天,就写得这两句哀感到刻骨的好诗。自从她不做以后,我时常想念她,实在因为她是解人,是通品。我前两天写的“晚风吹冷自家知”那些短句,她不看见则已,看见了我相信她的情感,将无法遏止冲动的!

(《铁报》1947 年 10 月 3 日,署名:高唐)

吃　　粥

我的一顿早餐,只喜欢吃粥,不喜欢吃别样点心的。这还是打小时候起的习惯。乡居的时候,只有吃粥,尤其隆冬天气,喝了两碗热粥,周身暖烘烘的,搿着书包到学堂里去,任凭砚池里的水也结了冻,人还支持得住。

每年将近中秋,我常常想着要吃香粳米粥。太太生产以后,她也想香粳米。从前的米店,大都有得出售的,现在却要费一点工夫去寻,而居然买着了。她常常半夜里要吃,有时叫醒了我,同她吃粥,放一点福建肉松,更加可口。我对太太说:在我髫年时候,到舅父家里,舅母常常煮香粳米粥,她欢喜放一把稻叶在粥里,煮熟以后,粥的颜色是绿的,别有一股清香之气。三十年后的今日,舅父久作古人,他故乡的家,已经毁于兵火。读于右任的那一首省外家诗:"朝阳依旧郭门前,似我儿时放学天。难慰白发诸舅母,几番垂泪话凶年!"为之潸然欲涕!

到"新雅"去吃饭的人,大都不晓得它们有粥卖的。它们的粥,稠而不腻,下粥的菜,尤其甘美。我同梅菁在"新雅"吃饭的次数最多,她非此不饱。有许多人欢喜吃开水泡饭,但梁鸿志在《入狱集》里却说:"谁信而翁淡生活,两盅脱粟一壶浆。"其实开水泡饭有什么不好吃的?因在待罪人的看法,就写得这么哀哀欲绝了。

(《铁报》1947 年 10 月 4 日,署名:高唐)

记　　梦

昨夜又遘艳梦,梦中得旧识红儿书,书中传以图象,图中人作回眸笑,笑亦至巧,时启怀巾,辄为神远。未几,又遘之市楼,为相向坐,娓娓于灯前者,无不可念。比梦醒时,温馨之味,犹泽心头。诘朝,执笔为《记梦诗》,诗笔奇拙,不足尽梦境之美,而吾意又何能穷?红儿安在?

今不可知，临风寄语，幸得寓伊人之目，使其知陌路萧郎，生涯正复辛苦也。

如花锦字写鸾笺，更犯秋风亲手传。元似寻常工趺宕，那堪宛转解哀怜。眼波徐向灯前艳，肺叶将从体外颠。受尽深恩谁敢说？“若须我有是何年！”

（《铁报》1947 年 10 月 5 日，署名：高唐）

尽 说 女 人

梅菁与梦云伟相交甚契，二人身世，有若干相同之点。梅菁故曰：“云伟怜我，我亦深怜其人也。”一日，梅菁设宴款云伟，邀愚与之方作陪。云伟来，市果饵之属，畀梅菁之子彬彬。彬彬才四龄，肥且硕。云伟入门，抱彬彬在手，目注其面，睛定若勿扬，盖念他人之所有，而悼己之所无也！之方牵吾裾，私语曰：“并梅菁与云伟，皆今世之善良人哉！”

云楼归去之夜，得敏莉电话，渠方于是夜六时，降归翼于海上也。夜且深，渠欲来视我，谓将与阿兄叙离衷，兼问嫂氏近安。愚止之，谓俟之明日，犹勿迟。敏莉之归，为时甚暂，愚度生辰，初以阿妹不获来贺，用为至憾，今闻其归，辙为之开颜一喜。

章林来谓：白莲花游于故都，荒城秋色，着此佳人，入之画面，正复可观。昔年愚妇赴北都，愚怀以诗云：“昔梦淹留儿梦远，廿年前此我年轻。江南谁是诗人妇，快向天涯报姓名。”今诵此作，来念别人家家主婆，真无伦也。

（《铁报》1947 年 10 月 6 日，署名：高唐）

长 堂 会

我的太太自从嫁了我以后，不大穿高跟皮鞋，去年忽然买了一双，但一直没有穿过。这一次生产以后，我第一次同她出去应酬，她就穿了这一双高跟鞋。我看她化装，心里在想，她是存心要试一试养过小囡后来，身段可曾走样的。

在酒席筵前，我随便向梅菁说："你看我内人的身段如何？再出去做，阿有苗头？"问得大家都笑了。之方立刻挑拨，对我太太说："大郎又在侮辱你了！"我太太说："迭只十三点，一天到晚吃豆腐，回到家里来，也老是这一套，在他以为滑稽的，我是听够了，看够了，真熟汤气。"

梅菁一直说我，有了唐先生，到处就显得闹猛。之方也时常说我太太真福气，家庭里好像叫了一班独脚戏的长堂会。但太太毕竟不懂得风趣，她曾经同我开过谈判，说："大郎，你假使真十三点，那末我不是十三点，没有胃口欣赏你的十三点的脾气。假使你是假十三点，那末自家人面上，用不着寻开心。"语气之间，是要把我这班长堂会停生意了。我太太没有什么不好，就是天生的严肃一点，与我的调子实在不大谐和。

（《铁报》1947年10月7日，署名：高唐）

负醉欢呼

我今年的生日，最初是想到杭州或富春江去旅行一次，因为太太不能同行，这计划只得打消了。在我生日的前几天，我的心绪，忽然觉得非常烦乱，我对太太说："生日那天，我不想再有所举动。"后来有几位平日天天见面的朋友，他们不肯放松，于是在八日晚上，他们替我设了补祝的寿筵。

我感谢朋友最大的热情，他们把我一年来欢喜看的几位小姐，都请来了。这一天就有殷四贞、郑爱贞、梅菁、朱佩贞、梦云伟、金蝶、李珍珍她们，来为我祝寿。敏莉是特别高兴，她与之方、世昌、桂庚诸兄，一样的负醉欢呼。

酒吃得都差不多了，我们同佩贞、梅菁、云伟、珍珍去跳舞。在我太太同梦小姐跳一只华尔滋的时候，梅菁对我说："唐先生，今天该是你最快乐的日子，你欢喜的人，都在眼前了，所缺少的是你相思无已的白莲花，可惜她出门去了，不然她一定会来参加的。"近来的梅菁，她常常会得同我打朋了。

(《铁报》1947 年 10 月 12 日,署名:高唐)

敏莉又去了!

敏莉回到上海,一共也不满十天,又于十一日的早晨,搭飞机走了。她因为预定耽搁的日子不多,所以许多朋友,都不敢惊动,晓得的人请她吃饭,她总是教人家合起来请,不要分散了,使她分身不开。她对我说:"我忘不了你,就这几天,我怎么好不多陪你吃几顿呢?"

最后一次的饭,是桑弧在"锦江"替她饯行,我特别的觉得离绪填膺。我几次望望她,依旧是雾鬓风鬟,依旧是豪气凌云的敏莉,但一念到她又要别母抛儿,行役万里了,毕竟是人情所难堪的,我于是暗暗地说:"敏莉苦恼!"

这一天,我无端牙痛起来,老早回去休息,想睡睡不着,到了十一点钟,家里人都睡了,我牙痛依然不止,心头起了一阵寂寞之感,又想着敏莉。她是不等天亮就要走的,我躺在床上,拉起电话来打,想同她话别话别,不料她应酬还没有回来。我还想等她电话,负痛起来写一点东西,正要动笔,她电话来了。我告诉她牙齿痛,不能送你,你当心一点,望你多赚一点钱,多带一点幸福回来。她黯然地说:"谢谢你,一到香港,就给你写信。"

(《铁报》1947 年 10 月 13 日,署名:高唐)

念"传奇人物"

今天是白莲花退休后整整两个月,夜里睡不着,躺在床上,一面在牙齿痛,一面在想她。记得她做不了一个月的时候,我曾经写过一首诗纪念她。一生的心力,放在女人身上最多,你看我什么国庆纪念,什么孔子诞辰,从来也不曾写一个字以资点缀过的。

自从我写了白莲花以后,碰着许多人对我说:"你笔底下的女人,没有一个不叫你夸张逾分的，惟有赞美白莲花，算你没有看错。不管其他，单凭这一个人，就值得刻骨倾心的。”又有一天，几个朋友议论我的写女人，老是那末一往情深，也许会使若干读者，因此而起反感。我于是想着凤三兄的聪明，他也往往钉住了某一个女人写，但他是写得那末俏皮的，不大肯感情用事。以文字来讲，可以不落于“贫”，我似乎应该效法他。但我是这样想，写一个真正从心里欢喜出来的人，哪怕写得嗲而又嗲得肉麻一点，其实也无伤大雅的。

桑弧兄是我最要好的朋友，半年以来，为了导演《不了情》，写《假凤虚凰》以及《太太万岁》，把他忙昏了，一直没有顾问我的“女人事业”。我生日那天，他对我说：“从报纸上看你写白莲花，我也为之向往了，但我总疑心跳舞场不可能有这样的女人，你是都是把她夸张了的。”我说：“实在没有夸张。”他说：“然则白莲花是传奇人物，那你为什么不带她让我看见？”我说：“你想请她拍戏？”桑弧笑笑说：“她会说国语？”我说：“生长在北京的，说得好得很哪，本来她演过话剧，上镜头还不是第一流的坯子。”桑弧说：“我们真找她试试。”我说：“对不起，找不到她，三个月前头托我也许我会把她揪住了不放，对她说：你慢慢叫嫁人，先做一阵电影明星再说。”

朋友替我祝寿的晚上，没有白莲花，曾经有一首记事诗是这样写的：

轻红快翠杂然陈，不见霜园菊本新。此日便收平视眼，一贫易作负恩人。肯教有妇输其艳，但愿将雏比汝驯。四十唐生真老矣，与含涕泪说酸辛！

（《铁报》1947 年 10 月 16 日，署名：高唐）

关正明真是刁民

唱戏的关正明，最近与一家报馆涉讼，在讼端既开之后，我忽然想起关正明是老友李祖夔先生的义子，因此打电话给李先生，请他出任调停。在第一次开庭时，因为来不及和解，报馆方面的律师向庭上声明，此事已由李先生调停,如调停不成,再求进行法律程序。因此宣告延期再审。在此时期,我又数度与李先生接洽,而李先生虽一口答应,始终无法把关正明请到。在第二次开庭前一日,我从上午至深夜为止,不知打过多少次电话与李先生,不料连李先生也无法通消息。我知道他是为了请不到关正明,而无法报命于故人了。因此调解之事,又复落空。在第二次开庭时,法官真是好法官,他也劝关正明以和解为是。不料这姓关的小子,猖獗万状,非但表示存心健讼,而且当庭侮辱李先生,说:"我拜这姓李的做过房爷,这过房爷从来没有肩胛,所以不愿意接受他的调停。"但在法官的看法,认为这一点细事,实在用不着对簿公庭,所以谕令双方,同谋调解,希望下次开庭时,原告来撤回诉讼。从这一件事看,我知道官是好官,民是刁民!你说关正明这家伙不是刁民吗?吃饱了近百万一担的米,以打官司为其乐境。退一万步说,关正明是受了舆论上的委屈了,那末有这许多熟人出来调解,加之法官的谆谆劝告,也应该感动了,好收蓬了,一味扯着顺风旗,请教你这台型扎给谁看?告诉你:关正明,我做调解人的现在调出气来了,不管哪家报馆的官司,它是赢了是输了,反正你在上海添了一个对头,这对头就是我。在报纸上写述的人,一年到头,就在纠纷中过日子,任何纠纷都有个解决,关正明是什么东西,配来苦苦逼人?溷乃公清兴!

(《铁报》1947 年 10 月 18 日,署名:高唐)

不由我再寻开心了

从来也没有犯过牙齿痛,这一次真害我够苦了,一连不舒服十来天,到现在也没有宁定。当它一出毛病的时候我就害怕,因为自己没有生过这病,听却听得多了,为了牙病,会引起肠胃病和腰子病,乃至影响整个身体的健康。

痛过两天,我决定去找医生,医生替我先照爱克司光。第二天再去,从爱克司光照片上看出一只尽根牙在滚脓,要立刻拔掉,当时就把它拔去。自此一天两天下来,毛病依旧没有平静,我于是英气消沉了,我怕再有毛病再要拔，那是多少麻烦的事？我是不大肯安分的人，就这一点毛病，让我变得老实了许多。天一夜，就想回去休息，谁请我吃饭，都打不起兴致。其实这两天上海的物价，恶性狂涨，外面又换了一个市面，有本钱做生意的人，尚且在力谋紧缩，我是什么东西，配在外头乱闯？趁机会，孵孵豆芽，未始不是好事。

（《铁报》1947年10月19日，署名：高唐）

好 文 章

在席面上有几个朋友谈起筱丹桂的死，说到有一张小型报，它们平时辟有越剧的专栏，但筱丹桂自杀后的一天，别家报上都刊有此项消息，而这张报道越剧专栏里，竟只字不提。负责这一栏编辑的那一位先生，过一天便在报上写下面几句话："本报有越剧版，筱丹桂消息落后，真是惭愧！"我虽然没有看见原文，凭朋友嘴里念出来，我会感动到热血沸腾起来，天真，忠实，在叔世风漓的今天，这样的文章，这样的话，都是最原始的，简直是"风人敦厚之遗"。

相反的那位朋友又讲起另一张报纸，它们因为筱丹桂的新闻登得闹猛，竟造一段谣言，说筱丹桂别有恋人，因而自杀！它们想借此炫惑听闻，争取读者。这种手段，谈不到机诈，直是下流。与前者相比，令人兴人畜关头，只在方寸之间之叹。

（《铁报》1947年10月20日，署名：高唐）

再赞美一下李少春

上月，我写过一篇《想念盖叫天，可惜李少春》的文字，周信芳先生看了非常感动，他还补充我的意思说："论材料少春固然不是最好的一块，但是老生自老生，武生自武生，扮上去全像，绝不溷为一事者，这多少年以来，就出了李少春这么一个人。李少春之值得珍视，是在这种地方。"以信芳的地位，说这些话，李少春听了，应该要发奋图强的。

我是欢喜说老实话的，昨天我是专诚去欣赏小翠花的《马思远》的，但《马思远》并没有让我过瘾，而少春的《战太平》却让我过瘾了。毕竟是武生底子，身上比任何老生都来得紧俏，那一个虎跳，更甩得赏心悦目。

台上花云端两只眼睛，有时候睁得挺大，有时候眯拢来，一只老鸾说："这是余派。"我是看过余叔岩而完全把余叔岩忘记了的，就当它是余派罢。在"陈友谅劝降"一场，少春的戏做得最好，他向刽子手飞了一腿，接过人头，然后作切齿之状，都入情入理。我在怀疑，这种表情，让正宗的京朝派看了，会不会骂少春过火，而是欺师灭祖的？因为我的成见是"京朝派"以"越瘟越好"为铁律，其实不是成见，的确如此。

戏完了，我在拍手，希望谢幕，但没有人接上来，我是孤掌难鸣。心里想：观众真势利，只认得梅兰芳。

（《铁报》1947年10月21日，署名：高唐）

跌　倒

豆芽孵出是何年？一市腾腾似沸煎！债主快来登记吧，大郎"跌倒"眼门前。

这一次物价的涨风，中贫阶级的人，都觉得喘息不遑了。有许多人是已经"跌倒"，跌倒是上海人说破产的意思，跌倒的后一步，便是落薄。这要看一个人的本事大不大，本事大的，跌倒了会爬起来，再跌倒再爬起，这样的人我立刻可以指出一个章荣初来，他是横跌竖跌，横爬竖爬，爬到现在居然风吹不动了。

我不是做生意人，只会浪费，不知生产，哪有不跌倒的道理？近来自已晓得脚头有点靠不大住，所以昭告债权人，快来登记，我要请会计师来清理哉。

（《铁报》1947年10月22日，署名：高唐）

莫更时宜与细论！

欢呼歌哭并能神，散尽黄标百万缗。谁见寻诗帘箔好？秋凉灯火自相亲。

杜牧愁肠托罪言，卿谋泪眼洗烦冤。主文谲谏伤心事，莫更时宜与细论。（注：东坡不合时宜，朝云所说。）

但将文字是名家，醉拂珊瑚髩未华。犹是多生余慧业，定禅长伴白莲花。

上面的三首诗，从冲淡中流露深情，这是一位久赋契阔的朋友，特地写给我替我祝寿的。他关照我不要露布他的姓名，读者也不会想起他是什么人来。我这位朋友，曾经以文章风采，倾盖当世的，现在他却心志如灰了，连得姓名都不愿叫人晓得。他闲时看看《铁报》，老是怪我不肯用功，我要安慰我的朋友，想抄两句从前的诗，给他看看："赖有刘郎成就美，中年英气暮年诗。"总有一天，我把女人的念头都丢光了，致力十年，成一家言，不是绝对没有希望的。

其实我今年的生日，应该向能诗的朋友，征求一点作品，像施叔范、粪翁、白蕉、余空我、沈禹钟诸先生，他们一定会给我写的。我自己也不知忙些什么，会把这一件工作都荒废了的？

（《铁报》1947 年 10 月 23 日，署名：高唐）

张爱玲写香港

在停云主人的花园里，我同四贞她们去游览一周。花园的前面是一沟浊水，我仔细看看，水在流动，但上面像有一层浮蛆，其实并不臭，但看了它的脏，叫人不敢呼吸。这花园是好的，就是水不好。后来我回到草坪上，看见张爱玲小姐，我同她谈起了这里的风景，我说：我怀念九龙的青山道上，一所犹太的别墅，前面是高山，后面是万顷波涛。其实这别墅也筑在山岩上的，岩石上牵藤附蔓，夹杂一丛丛的花朵，在临风招展，这一块地方，真耐人久坐。游香港的人，喜欢浅水湾，我是讲究清旷之美，要以青山湾一带为最。

张小姐在香港耽了两年，这地方似乎没有见过，我又对她说：我今年一定要到一趟香港，是受了张小姐笔下的影响。我时常在想像红土崖，冬天夜里的红树花，以及上山下山时伸在汽车窗外的杜鹃花。我在香港固然不是时候，杜鹃已成过去，红树花还没有到来，而一连几天的豪雨，什么都不让我看见。难得一天晴了，我已预备回来，在皇后道上的店铺里，一家一家东张西望，在上海不屑做的事，却在客里这样销磨了半天。张小姐是把香港写活了的，要我写起来，还是夜里跳舞场的市面，什么钱妹妹啦，郑明明啦，上海的那一套老调。

（《铁报》1947年10月24日，署名：高唐）

芙　蓉

殷四贞所居在新康花园，其楼下有草坪，有高木，亦有杂花，秋光将老，芙蓉盛放，昔人诗所谓"一树芙蓉掩画楹"者，其环境之美，为何如邪？愚于琪花瑶草，举不知名，问四贞而始审为芙蓉。因忆何诹治《碎琴楼》说部，喻琼花（书中之女主角）丽若芙蓉，而托诸一传书村童之口，其言曰："人谓琼花者，亭亭而柔婉，颐颊腴艳，似芙蓉。今汝形似耳，第弗腴，亦弗似芙蓉，特惨白如梨花；虽然，芙蓉何等？我诚不之识，汝果琼花，吾当出吾函，吾斯函，东村一少年寄我者也。"高唐曰："愚识见之陋，正似书中之传书童子。"

以花喻人，愚复当量头品足于欢场人物矣。欢场人物之艳如芙蓉者，愚以李绍华为最称；其人妍爽，举凡肌肤仪状，纤丽不可方物。一夜，与愚妇过"大都会"，招绍华同坐。既去，私问妇曰："绍华佳邪？"则曰："艳艳如花。"愚曰："似山茶？似牡丹芍药？"妇笑曰："似康乃馨。"愚曰："何其新也？"以今思之，绍华特似四贞楼外之芙蓉耳。

（《铁报》1947年10月26日，署名：高唐）

《定依阁近体诗选》

我近来想把三十岁至四十岁所作的诗，整理一次，到今年年底印一本《定依阁近体诗选》。我是向来没有存稿的，幸亏有几个朋友把我十年来的作品，都给剪存下来，方始可以打这里面来选取自己比较满意的东西，大概有一百多首。昨天算命的说我这只甲鱼，要老到七十几岁，那末四十以后的，等六十岁再印了。

这十年来的诗，百分之九十是所谓"投兰赠芍"之作，就诗论诗，当然不怎么珍贵的，但也绝对不是糟粕。我不想夸耀我写的东西，有着新的格调，有新的生命，我只是把它保留到我真正老年的时候，温习一温习"才地当初辟万人"时候的那一副豪情胜概，想来也足够聊以自娱的了。

在这本集子里，我将珍视我赠与三个人的诗，一个是近数月来写的白莲花，一个是三五年来写的管敏莉，还有一个是我的太太。写白莲花是我片面的私意，写敏莉是情深兄弟，写太太则是夫妻之爱。因为感情的不一样，语气同诗境也随之而异。然而真实性是一样的，没有一句敷衍的话。也许有人说我写管敏莉写白莲花都不免夸张，那是别人的看法，我自问没有作违心之论。

我把我的旧作约略翻读一遍的时候，引起了某一种的苦闷。譬如其中有一首，题目是《严寒之夜，访××于舞场中》，诗是："此世何人惜霸才，霜飞月朗是常媒。为邀金屋孤雌笑，忽报欢场烈士来。好句已烦千口诵，嘉花还耐十年栽。浮生得意须臾事，座上眉尖渐豁开。"诗不一定是好诗，但写得非常痛快。我的个性，我的行为，都跃然纸上。问题是所谓××其人者，我起初欢喜她，后来又厌恶她，厌恶到我望见这个人的影子，都会生气。因为我发现她们的素质实在太坏，不能同她们亲近，到了今日，我真不愿意把这一类的诗，采进我的集子里。曾经把这原因告诉过之方，他说：你就这一点不好，一看见就欢喜，一欢喜就忘形，再后来就是讨厌她们。谁叫你的感情，这样的容易冲动，而平落得又是出人意外的快呢?

（《铁报》1947 年 10 月 27 日，署名：高唐）

许夫人之言

有一天，我同太太谈起外头的白相经络，结果她劝我还是太平一点的好。她说："大郎，你既没有钱，更没有噱头，又没有卖相，又不懂服侍女人，人家凭哪一样愿意同你亲近？所以你嘴里说想搭啥人，我看你一个也搭不着的。"她说这话的时候，之方兄适巧在我家里。我认为太太不好，当着宾客之前，不该下我台型，我于是反唇相稽，我说："你说我搭不着人，那末你怎么给我搭着的？"她与我争执的收场，总是大骂十三点不已，此次也未曾例外。

第二天，之方兄把这笑话告诉与荣光明兄。广明也谈起他的许夫人，一直疑心广明在外头白相，啧有烦言之后，广明对他太太说："你烦些什么？我年纪这么一把，头发根根都白了，难道还有女人来欢喜我吗？"许夫人就说："我认得你的时候，你的两鬓已斑（广明与我同庚，五六年前其发已斑），我怎么会欢喜你来的？"此与下走之言，乃如出一辙，倘亦所谓不谋而合乎？

（《铁报》1947 年 10 月 29 日，署名：高唐）

胥江秋晓

前两天去游灵岩，汽车出胥门东发，望见了胥江。我就想着故世的舅父。那一年已经抗战了，他在我家里，忽然抄给我八首苏游的律诗，那是他少年时候的作品，在诗里看出他是带了一个伎女同去的。他记的从胥江晓发，至山舆晚归为止，是冬天，游过邓尉，到过天平，又上灵境，如："阿谁载得西施去？臣亦猖狂似大夫。"是灵境的诗。似："折取梅花数尺归，琼英添得玉肩肥。"是邓尉的诗。似："衣润渐知春雾重，腮红不藉夕阳明。"是归苏道上的诗。都是好诗，都是为了女人写的。

我这一次汽车直放灵岩，连天平都没有去，邓尉更不是时候，从灵岩就回到虎邱的。这两个地方，都没有叫我失望，灵岩有一点像虞山，而虎邱的幽邃，更有些像杭州的烟霞洞。所讨厌的，名胜地方，讲故事的人太多，自有许多游人，欢喜听他们的一派胡言。

（《铁报》1947 年 10 月 30 日，署名：高唐）

不 羁 才

近三四天里，我碰着过两位朋友，一个女人，一个男人，都是我平时最喜欢的朋友。因为久赋契阔，他们看见我之后，都这样问我："弄得好吗？事业上有什么发展吗？"这种话，在我许多酒肉朋友的嘴里，是永远发不出来的。这两位朋友，他们未尝不知道我这二十年间，是吊儿郎当过来的，但他们毕竟关心我，而问起我的事业，接下去的意思当然是："你这点年纪了，应该有一点建树，不能再糊涂下去。从前年纪轻，支持得住，以后可就难说了！"不过他们不好意思向我说明而已。

谈起后来建树问题，我真要有一点悒悒不自胜了。我是大少爷不像大少爷，白相人不像白相人的一票货色，叫我会办什么事业？我太太看得很清楚，她骂我是一块废料。我真是废料，欢喜声色之奉，欢喜吃豆腐，真干事业的人，决不是这样一个性格。近年来我尤其麻木了，虽然是朋友多情，他们来提醒我，实在我不愿意他们提醒，提醒了又怎么样？记得今年夏天，我同白莲花小姐说笑话，她说我是"乐天知命，狂放不羁"。我对她说："你是否乐天知命？我看不出来，但狂放不羁，是彼此一样的。你今年二十八岁，我是四十岁，男人女人，都到了夕阳时候，从现在起大家泡泡看，看谁先屈服？来分别各人生命力的强弱。"她问我怎么才是屈服？我说："你若是嫁了人，你就屈服了。"她说："那末你呢？"我说："有一天我的精气都不够了，我有的是朋友，总有一个人出来替我料理，请我去做一桩我不愿意做的事体，天天坐写字间，以佣书为活，古人所谓老死牖下，那是我悲哀的日子到了！"她连忙说："那我怎么迸得过你？"其实那时候她已经打算着退藏于密，连招呼也不向我打一个:“老朋友,我要屈服了!”我从前写过两句诗说:“但愿斯人长不嫁,斯人永是不羁才。”现在想想,不应该说得那末残酷的,人是应该哀怜人的。

(《铁报》1947 年 10 月 31 日,署名:高唐)

梅兰芳不愧是国宝

梅兰芳先生这一次的病,叫报上记了许多不确实的病因,其实他是真正病了。他的病,非常简单,就觉得肚子痛,没有其他现象,等不痛了,病也好了,现在继续登台,我又想去看他一趟戏。

胜利以后,兰芳在每一家戏院登台,我总是去看一趟的。前两个月,他在“大光明”同周信芳先生演《打渔杀家》,我也去看的,这一次的扮相比前几次好看。在沦陷时期,我同兰芳遇见的机会很多,倒是现在生疏了。那是三四年前,我有时看看他,依然面如冠玉。只有一次,是大除夕的晚上,我同他在一位朋友家里碰着,在半夜,他家里开放一张外面看不见的美国影片《松岭恩仇记》,看完了影戏我们上楼去打牌九。梅先生也在凑热闹,他喝了点酒,面红未褪,我立在他对面,看见他的面容忽然苍老得似颓然一叟了,一定是疲倦了,于是神光内敛。

可喜的是他登台以后,依然歆动万人。吴震修曾经说:“梅先生是中国的国宝。”从前我嫌这话说得过火,现在倒有些不敢反对了。

(《铁报》1947 年 11 月 1 日,署名:高唐)

何 苦 读 书

儿子唐密感冒,有寒热,儿初上学时,强之去,始去。今则病中亦欲去,谓旷课将受先生责也。一日午饭归,呛甚,妇按其额有微热,令其不复向学。是夜愚归去,见儿一人卧,妇已入梦乡,衾不及掩儿体,愚为覆之。及愚登榻,儿忽作言,念写字之法,又认字,喃喃良久,以其已醒,唤之，则不应，知其梦中犹在苦学也。愚大怜，亟起视儿，儿固未醒，推儿，始辟其目，为憨笑曰："阿翁归邪？"因扶儿起，饮以沸水，语儿曰："儿毋以读书自苦，翁闻儿勤于学，固可喜，然以此而滋儿疾苦，则亦何乐？"时妇已醒，徐曰："近半月来，我不复督儿课，儿乃自习，恒苦其身心，今果然。明日，更令其废读一时。"儿闻言，忽啼曰："明日必向学，非然者，吾师必怒且谴我！"愚故喟然，自语曰："读书已误而翁，今乃又误吾儿曹矣！"

（《铁报》1947 年 11 月 3 日，署名：高唐）

恤老尊贤

梅兰芳病愈登台，而萧长华忽遘风称疾，不能上演。会茹富蕙来沪上，邀其补萧老之缺。兰芳本贴《女起解》，至此乃求改戏，"天蟾"方面人曰："有茹富蕙在，崇公道固亦胜任愉快也。"兰芳不可曰："惟其富蕙能演，故必须改。"继又曰："萧先生七十高年矣，苟富蕙之来，声势夺过于萧，则萧老情怀，将不堪问！故终萧之病，我且不贴《起解》，亦不贴《刺汤》。"闻此言者，肃然起敬，嗟夫！恤老尊贤，兰芳之风义真不可及也。

（《铁报》1947 年 11 月 4 日，署名：高唐）

嗟穷伤老

前晚我从八点半起打了四小时的沙蟹，在过了十一点以后，我已经感到疲倦，再下去便是头目森然，有点支持不住。打完了，还有一个朋友，拉我到满庭芳去吃夜点心，我已经不胜挣扎了。最近有两次忽然显得我的"老境日征"，这是一次，还有上星期爬了一趟灵岩山之后，两条腿一直酸了六七天，才恢复过来。今年春天，还没有这现象，老原来是一老就老的！

近来我自己明白，遏止不住我的情感，往往在嗟穷伤老。有位朋友在外面远游了八年，归来以后，他读我的诗，对我说："我希望老兄的诗，能够与易实甫先生方驾。"这是做不到的。但记徐凌霄先生曾经写过一篇文章，他评到樊樊山同易哭庵的为人，说他们最大的分别：樊山的心，是永远青春的，哭庵到了晚年，容易伤老嗟贫，所以樊山的寿，比哭庵活得长，一个到八十多岁，而哭庵才六十左右，已故世了。我于是想着，我的造就，不一定能够比美实甫，但这一副心境，却愈来愈像易先生了。在他的诗集里有"哭庵老去黄金尽，凤喜秋来翠袖寒"两句，所以伤自己而兼哀他人者，往往如此！

（《铁报》1947年11月5日，署名：高唐）

清旷之美

秋末的江村，自有一种清旷之美，和一种幽蒨之美，不必登山涉水，就在阡陌之间，已是够你徘徊欣赏的。前几天，我想约一位朋友坐一辆飞车，绝尘于南翔、嘉定之间，去看看黄山谷所谓"数行嘉树红张锦，一派清波绿似油"的那一分江南秀色，这是她们久住在都市里的，永生永世也不会想象得到的境界。

到常熟去的那天，足足有三小时的辰光，使我恣情领略了黄山谷诗里所描绘的那幅画面，往往是临水人家，缀一树红枫；或者是十亩修篁，一陇香稻。都是叫人看了不能再舒服的景象。在故乡沦陷期间，我一直蛰居海上，高秋天气，常常想念江村，有一次做梦也做到了它。我当时有这样一首记梦诗："棉花绽绽白如银，香稻离离欲近身。天与丰收更何乐？慈云到处覆清贫。"今天看看，这首诗的结句，真似替含香、金蝶写的。

（《铁报》1947年11月6日，署名：高唐）

三峰道上

忙煞双眸接应中，遥知此往近山峰。恣看林壑休寻路，才隔春

秋已若翁。红叶沸如静女颊，苍松直似老臣衷。一临寂照堂前坐，
真觉刘郎百体融。

上面是我在万松岭至三峰道上写的一首诗。因为这里光景的幽美，我就想着这一次游侣中，是遗漏了一个人，假使她能同来嗟赏，我今天的心境，更无法形容其愉快了。

春天上虞山，我以为剑门第一，这一次却爱煞三峰道上，在万松岭上面，看三峰四周，各种颜色的树木，不单是"如霞似锦"这四个字可以描绘出来的。桑弧说："秋天树叶的颜色，沉着得使人有一种壮丽之感。不比春日花光，显得轻浮易动。"

我太喜欢这地方，今年所看见的风景，再也没有比三峰道上值得留恋的了。遗憾的是不能叫我多耽一会，而匆匆地到了三峰，在一所幽静的小轩里。我们计划明年这时候再来一次，在三峰住上一夜，清早就去荡尚父湖，在夕阳西坠以前，消磨在万松岭上。我们想选择游伴七八人，韦伟第一个高兴参加，还有桑弧、之方、沈琪、梅菁。我对韦伟说："我们睏起来，分两个房间好了，男的归男的，女的归女的。"韦伟说："哪有什么关系？要闹热点睏在一起也无所谓的。"韦伟真好，平常的时候就那末天生的风趣，游山玩水，又是有这一副劲道，可惜的是一谈到爱情，她就毫无诚意，我真苦闷！

（《铁报》1947 年 11 月 7 日，署名：高唐）

杨　梅　红

前几天雪悟和尚请我吃饭，把他贮藏的"杨梅红"开出来敬客。那是一种白干酒，里面泡着数十颗杨梅，本来是白酒，现在也变成了暗红杨梅颜色，不比葡萄酒的秾腻，当然，酒性还是非常暴烈的。席上只有天衣同桑弧喝了一杯酒，其余的人都吃杨梅，我也吃了一颗。雪悟和尚告诉我有人吃了一颗便醉倒的，我便不敢多吃。有一位小姐，连吃了两颗，增加了她腮红的妍媚，似流照明霞，也有一点醉意，我送她回去，那天又写了一首记事诗，词甚腻艳，题则为《杨梅红》也。

漫将金玉作房栊，再拜深恩一盏同。头上天如人面白，腮边酒晕杨梅红。太多绮语难成佛，谁信英雄不是公？重倚秋风惆怅曰：明明鹣鲽奈西东！

（《铁报》1947年11月8日，署名：高唐）

最好的游伴

到无锡去的那天，游伴都是近代第一流的艺人。我们在火车上赌罗宋牌九，有一桌是四个女人，童芷苓请我替她看看，我就坐在沙发椅子的靠手上，耳鬓厮磨地乐得吃豆腐，这情形真像小茶馆里的老板，看老板娘叉小麻将一样。

其实她不会赌，有一副牌，拿了六对半，她还在横拆竖拆。我说："你拆什么？摊开来好了，收三道一家。"韦伟、曹慧麟她们都怪我多嘴，说："让她去瞎拆瞎拆好了，你一说穿，让我们输钱！"我想反正都不是我的家主婆，我应该公道一点。

在鼋头渚下面，有一座断桥，从山下到那桥上，要走过一段很长很长的石坝，都是乱石，走得不好，就难免要颠覆在太湖里。但是既来了，没有回头之理，我们一行四人，都到了桥上。我比较不大吃价，中间在乱石上爬了两步，留为话柄。但终于到了桥上，我们就朝着山上，高叫韦伟。她听不见我们的声音，后来在广福寺碰着她，告诉这一个险景。她一定要去走一趟，这位小姐，从来不输人的。把皮包外衣都交给我，一往直前的去了。这一股豪气，逼得我这只甲鱼，越来越老。韦伟总是我们最好的游伴。

（《铁报》1947年11月10日，署名：高唐）

拍　照　记

今岁春秋两季的游踪，我拍了许多照片。到杭州的一趟，沈琪兄还给我夫妇二人，拍了一张彩色照，蓝的衣裳，红的雨伞，更有太太的唇膏,都宛然纸上。春天我是丰腴的,秋后忽然清瘦了许多,在相片上看得很清楚。

近来的几次秋游,太太都没有参加,每次游罢回来,她总是要看照片,我也统统带回去指给她看,好比雌雄对搭的蟹,告诉她谁跟谁是一对。她说:"你指了半天,怎么你没有一对的?"我说:"有,殷四贞、童芷苓、韦伟她们都算我的。"其实我同金蝶拍过两张照,没有拿出来,因为比较突兀一点,怕她多心。一张我是在强烈的阳光之下,眼睛都张不大开,照片上我好像一个瞎子,手里拿着一根棒,金蝶坐在旁边,真像文明戏里做的"堂楼详梦"的一幕。另外一张的光线柔和一点,我是斯斯文文地,同她挨肩坐着,这就太像俪影双双了。最好的一张,还是我同韦伟拍的,那一副流氓气,自己也不知道怎么表演出来的?在火车上,我在看曹慧麟打牌,黄绍芬兄偷偷的替我们照了一张相,曹慧麟看见了,拼命打我,说道:"要死快哉!要死快哉!别人看见了,阿要难为情?"我说:"有啥难为情?反正我不像你的胡佬,你不是我的相好,拍张把照有啥道理,端端正正坐着,怕谁来笑话我们?"听说广明、桂庚二兄的太太,都要看这一次团体照,查一查有没有可疑的人物,这是女人最聪明的地方。其实最放心是莫过于一淘去,下次白相,我欢迎二位嫂嫂参加。

(《铁报》1947 年 11 月 11 日,署名:高唐)

近来的人美

新近碰着过两次王人美,这位小姐倒不是意气销沉,只是变得安详持重。看她,不论是她的素质上,或是外形上,都使人感觉她是非常高洁的。我问她你怎么不野了呢?她说:"嗳!因为你太野了,打去年看见起你,你越变得像一个顽皮的孩子。"

我问她今年几岁了?她说三十四。黎莉莉也是三十四,胡笳也是三十四,但人美看不出她已经三十朝外,我从来没有看见她搽过粉,涂过唇膏。有一天,她来看我们,穿了高跟鞋,抹了一点脂粉,我说:"十几年来,我第一次看见你打扮。”她笑了。吃过饭,我约她到“大都会”去跳舞,她跟了就走,一直坐到打烊,人美还是从前那样的随和。她住在胶州路,我要她抄一个地址,有空我去望她。她说:“你不用抄了,你哪里会来看我?”她的意思当以为我是爱好热闹的人,不会想着一个情怀落寞的老朋友的。我怕她这样想,所以一定要她告诉我,她就写给我了。

(《铁报》1947 年 11 月 14 日,署名:高唐)

仁智之见

我在题李玉茹的那张照相上,末了不是有两句:“为告追求她的道,看完吃醋是‘钟生’。”有许多人认为是神来之笔,我自己也以为开心寻得恰如其分。但毕竟有人读了心里在不痛快,我们无锡之游本来有李玉茹的,她临时缺席,毛病出在这十四个字上,听说她是受了羁绊。

近来我感觉到有许多事体,仁智之见的不同,是不同得太突兀了!记得我从前写过送我儿子上学的一首诗,有两句:“闻道先生皆是女,语爷若个美风姿?”这真是我的得意之笔,像这样的隶事属辞,固然难免无聊之诮,却也十足表现了作者的才气,然而了解到能有几人?就有一位小姐告诉我,她说:“有许多人看了你这两句,都在背后骂你是个色鬼,怎么连儿子的先生都要转念头!”

(《铁报》1947 年 11 月 15 日,署名:高唐)

不图静女更通文

昨天到含香那里吃饭,在金蝶卧室里的一只梳妆台上,放着一堆书,我以为那又是冯玉奇的小说,信手翻了一翻,上面几本是《石头记》,翻下去,看见一本《现代》,下面有几本《文艺复兴》,更有张爱玲写的《传奇》,我当时的情绪,有几分诧愕。我把《文艺复兴》抽出来,问她:“这是你看的吗?”她说:“我看的,这本书听说销路不大好。”后面一句我相信她真在读书了,因为她还在留心一本杂志的发行情形,而觉得我前面的一问,是有意小看她了。

我认得金蝶有一年多了,最早的印象,觉得她是静婉大方,到今年听说她在胜家公司学习缝纫,以为她已厌倦风尘,预备宜人家室了。至今天则又改变了一种看法,知道她是在悄然求上进。总算是我的运气好,今年一年里,使我认识了几个欢场中的"奇人"。金蝶则是奇之又奇的一个,因为她从不曾矜才使气,眼力差一点的,叫你永远会看她是一个平平淡淡的金蝶。

这一夜吃了一些酒,在归家道上,成了一首律诗,送给金蝶的。因为我听见许多人在宣传金蝶同市井登徒的所谓风流艳史的,我在这诗里也替她辩饰了。

霜华一路堕纷纷,倚倦归来散薄醺。初谓伊人宜作妇,不图静女更通文。眉痕淡似三春柳,鬓影青于九月云。自有精英内敛在,怜他驵侩竟无闻!

(《铁报》1947 年 11 月 17 日,署名:高唐)

新来人似牡丹花

记得《随园诗话》里有一段说,有人讨了一个姨太太,写了一首诗,自鸣得意。诗的末了二句是:"爱听邻家诸妹说,新来人似牡丹花。"男人对于女人的可恶,就在这种地方,他要自己欣赏之外,还要别人称赞,无论是太太,是姨太太,以至女朋友,带在外面,听见别人的啧啧称羡,没有一个不觉得比发财还要开心的。我也不能例外。

今日之下,我怀疑我自己的审美眼光,真的所谓"赏识于牝牡骊黄之外"了。为什么我平时刻骨倾心的女人,朋友都不大同意我的?不知道有多少女人,为了朋友的反对,我对她淡薄下来的。最近我把一张照片给一位朋友看,照片上有许多女人,他就随口批评,看到我一个欢喜的女人,他说了声不过尔尔。沈琪更接着说:"这一个已经算不差的了,还有几个更加要不得的。"他们自口没遮拦,我则被他们说得暮气销沉。从前我还不大卖账，认为女人只要我欢喜，何必要听别人的品头量足。但现在却不这样想了，所以疑心这也是中年人而不能忘情于声色者的一种特殊心境。

（《铁报》1947 年 11 月 20 日，署名：高唐）

纪念生平

我想印的那本诗册，有人反对我用《定依阁近体诗选》的名称。因此想就叫它《唐诗三百首》吧。上月里，碰着张爱玲小姐，她也以为《唐诗三百首》这名字来得浑成。她告诉我选诗的工作，不能由我自己，应该委之别人。所以冯亦代先生叫我把全部的稿子，先让他看一遍。张小姐的意思是从客观可以寻出许多真正的性灵文字，而为写的人所来不及觉察的。我本来想把打油诗的一部分放弃了，而许多朋友力劝我把它列入。譬如张小姐说我四十生日所作的八首打油诗，有几首真是赚人眼泪之作。当我写下来的时候，一定想不到会这样感动人的。这本册子的封面，之方愿意替我设计，我请桑弧写一篇序文，他说他不是内行，其实我又何尝是内行？我绝对不像白居易说的："人皆有一癖，我癖在章句。"所以我写的东西，决不想请当代诗家，为之轻重贵贱，我只想我心爱的几个朋友，帮助我完成这一样纪念生平的物事。

（《铁报》1947 年 11 月 21 日，署名：高唐）

殷四贞谈嫁人

近来我同四贞时常碰头，记得是西风很紧的那一天晚上，我与梅菁、梦云伟她们，还有宣宏猷先生，在四贞家里吃蟹。晚上，她到"大都会"来找我们一淘去的。开始吃已经夜午十二时，她还叫厨房熬了点肉骨头和发芽豆的菜粥，做半夜点心。

我问四贞："你呆在家里，不出去做，可是有人贴你开销？或者计划嫁人了?"她说:"都不是的。天寒岁暮,盗贼横行,在外头做,不过卖一个身上体面。衣裳我是有几件的,走到外面,不知者都当我是个贵妇,其实盗贼真要光顾我起来,劫取几件衣裳,我已经要叫救命了。不瞒你说,我进一趟场,拆下来的钱也不够置半件洋灰背的大衣。既然有此戒心,还是太平一点,没有事闲在家里,跑来跑去,真不放心。"我说:"那末报纸上轰传着你要嫁人,有这回事吗?"她说:"没有呀!我要嫁人,会不告诉你?报上都是登错了的,他们还说得实有其人,实有其事,真是从何说起?人怎么不想嫁,再在风尘中打滚,我也没有这个气力,也没有这个胃口了。但是我真怕,报纸上今天一篇、明天一篇的替我宣传嫁人,嫁来嫁去,嫁在自己家里,我真的弄得啼笑皆非。"我说这就是"海上名雌"吃亏的地方了。

(《铁报》1947 年 11 月 25 日,署名:高唐)

母亲的病

我母亲这一次又发老毛病了!这病十多年没有大发,大发起来,使旁边的人可以心胆俱落。这一天医生来急诊,说要立刻开刀,开刀不一定可以救,但不开根本没有救。她坚执着不肯,说:"要开十年前就开了!现在六十七岁,离死愈来愈近,不想再受这一刀。"医生临走时候叫我们劝她,他随时替我们预备。等医生走后,她忽然睡着了,舅母欢天喜地说:"一睡就好了。"及其醒来,固然不像方才的剧痛,但是吃不进,吐得出。第二天,连次便血,分明肠子起了恶化,于是再劝她开刀,她又忽然答允。就在这天晚上,送进惠旅医院,由外科主任胡可钤医师施手术,开下一个硬块,比鹅蛋还要大的东西,它害我母亲受难,已经数十年了。

胡医生真好,少年博学,手术更加高明。母亲开刀的经过非常良好,今天(二十四日)已经第六天了,没有热度,精神也不减平常时候。所以我十分快乐,我劝她说:"算命算我,母亲是长寿的,说不定你还有十年八年可活。"舅母说:"我母亲是受外祖母的遗传,外祖母当年,也有这个毛病,西医不知是怎么说?我们都称它为痞块。发起来,在腹部以下,往下垂着,越痛越涨,越涨越大。”我在二十年前就看见我母亲发病,记得当时有一首诗,写得舅父看了非常感动的。诗曰:“呼痛亲娘更唤儿,痴儿无语泪双垂。报恩二字今休说,几见慈颜一展时!”舅父说:“第二句真好。”

(《铁报》1947 年 11 月 26 日,署名:高唐)

观球者言

自从逸园跑狗禁掉之后,我没有到过逸园,昨天去看华联与联华的那一局球赛,我是为了有人告诉我马来亚队的二号与三号联络起来表演的精彩,是上海足球队从来没有过的,我听得移了神,于是乎去了。但是我运气不好,那二号出场,被上海队的瞿永福,狠狠地踢了一脚,他受了重伤,从此不再登场。我非常扼腕,有人说:这是上海队的预定计划。我不敢这样想,假使是真的,那末我的一贯看法是一个人为了“要吃饭”而有时不择手段,我也予以曲谅的。只怨我的眼福不好,谁叫我不呆在写字间里听听电话,这么高兴到这里来吃西北风呢?

赢了一只球,炮竹会在人堆里放出来,这是多危险的事?有一个孩子,失散了带领他来的人,被人高高擎起,招人收领。散场时候,在门窦子里的挤,随时要出人命。根据“圣者远墙岩”的古训,我觉得足球以后没有再来看的必要。

马来亚队的三号,被上海队的一个姓张的球员,步步钉牢,因为吃相不大好看,看球的就在直喊了:“瘪三,侬要跑出来钉靶啦,介勠面孔,穷凶极恶。”这是人家骂的,我没有骂。

二万五千的看客,绝对嫉视场子里二十万元的看客。二十万元的看客,也是真不安分,球员没有出场之前,他们有的雌雄对搭了在场子上踱方步。一个女人在走动的时候,我听见有人在高喊:“兰荷皮,侬要走来走去末,顶好脱光仔衣裳!”这也是别人在骂,我没有骂。

(《铁报》1947 年 11 月 27 日,署名:高唐)

到苏州去吃

有一天我同孙履老闲谈,谈起苏州的吃。履老是经常住在苏州的,我问他:“管正兴的点心,算好的吗?”他说:“不及朱鸿兴,朱鸿兴在护龙街,现在的虾蟹面,与平时的蹄膀面,为天下所无。因为生意太好,迟一点去,他们有几样好点心,往往吃不着。”后来我同小马谈起,小马绝对同意履老的话。我又同小老虫谈起,小老虫也说,今年八月里,她在苏州不吃饭,尽吃朱鸿兴的点心。这一家小小馆子,在印光法师舍利子入塔的那天,做了一亿八千万生意,真是惊人。

我们于是计划,特地赶到苏州去吃一天朱鸿兴,一下火车就去吃点心,吃完朱鸿兴,孵在吴苑里,只要肚子装得下,拣好吃的东西吃,吃它一天。之方、小马,都愿意一同去。人生在世,不得志于情场,便当图口腹之快,反正杀了我,我也没有心思去关心到国代普选之类的所谓大事呀!

(《铁报》1947 年 11 月 28 日,署名:高唐)

静　女

我不大能够体会得到“静女”是怎样一个风格?近年来欢场中所见的,大概李珍珍与金蝶都是所谓静女了。最近我对珍珍认识得更加清楚一点,她的性格真是静婉无伦。我每次到“大都会”去,她伏在客人的肩膀上,看见我,总是辗然一笑,那一笑也显出恬静之美。

有一天同韩非谈起李珍珍,韩非说,他碰着过一次李珍珍,韩非问她尊姓?她说姓李,又问叫什么名字?她说珍珍。韩非没有听清楚,再问一声,她就没有话了。所以到现在韩非还在说李珍珍架子真辣;其实是珍珍不好意思重复的告诉他自己的名字,另一种则李珍珍是相当知名的一个舞女,一个陌生人重复问她姓名,疑心他是在存心吃豆腐来的,彼此都有点误会了。

人家都叫李珍珍为煤球西施，因为她家里开了一爿燃料店，她就住在店堂的楼上。我每天经过，抬头观望，热天，有时看见她在对镜理晨妆，有时也看见她的爹爹。一次看见她爹爹在查看账簿，我在黄包车上，写了一首打油诗，倒蛮好白相的："料知生意定兴隆，恭喜先生财路通。颇想追求令嫒去，成功你是丈人峰。"

（《铁报》1947年11月29日，署名：高唐）

多情长愿一樽同

近来因为家里老的小的都有病，吾心如痗，有多少日子，没有畅畅快快的白相一场了。星期五晚上，把郑爱贞、金蝶、梦云伟都找了来，先一同吃饭，大家都吃一点酒，梦云伟说：她儿子的奶婶婶方才来看过她，又勾起她思子之哀。所以同之方兄吃酒，她说越来越怪了，把本来长长的指甲，都修短了，冷天她有时也把头发梳得很短。她说：这是范瑞娟的打扮。连一件衣裳、袖子的大小，也学着范瑞娟。她酒吃得并不多，但毕竟"心中有事"，呷了几口，就特别高兴了。金蝶新近醉过一次，不大肯吃，略一沾唇，红云翳于双颊，我看看她媚波如水，仪态万方。我点点她的眉毛，又点点她的头发，对之方说："眉痕淡似三春柳，鬓影青于九月云。"你倒再看看她，你能说我渲染过分吗？郑爱贞接着说："你说金蝶阿姐的淡眉毛好看，那末我的浓眉毛就难看了。"爱贞真聪明，她常常会冷不防的难倒人家。我看看她眉毛，果然比金蝶浓墨得多，一时无法为之解释。后来才写了一首诗，让郑小姐看了，晓得文人的一枝笔，是可以无所不用其极的。我的诗是："清姿似看晓塘荷，何况秾华被绮罗。风格若夸雄健好，乌眉端合托明波。"

夜饭之后，我们都到"大都会"去。因为是微暄天气，场子里有点闷热，跳了几次舞，身体上都润着微汗，直到打烊，才送金蝶她们回去。我谢谢她，这一夜她把觞政都回绝了，专门陪了我们跳舞。写完了这一篇，没有题目，记得有一句诗，记不得是谁写的，我把它用了。

（《铁报》1947年12月1日，署名：高唐）

序 与 跋

去年,《传奇增订本》出版,张爱玲送我一本,新近我翻出来又看了一遍,作者在封面的背页,给我写上了下面这几行字:“读到的唐先生的诗文,如同元宵节,将花灯影里一瞥即逝的许多乱世人评头品足。于世故中能够有那样的天真;过眼繁华,却有那样深厚的意境,……我虽然懂得很少,看见了也知道尊敬与珍贵。您自己也许倒不呢! ——有些稿子没留下真是可惜,因为在我看来已经是传统的一部分。”我忽然想着,张小姐这几句话可以用作《唐诗三百首》的短跋,同时请桑弧写一篇序文。他们在电影上,一个是编剧,一个是导演,在这本诗册上,再让他们做一次搭档。

我决定采纳许多人的意见,把打油诗搜集进去,自己非常欢喜十几年来写的《舞场竹枝词》,譬如描写一个舞女的家庭状况,有一首是:“大兄开店卖洋装,更有二兄写字忙。娘自清安诸弟读,郎来正好作东床。”在竹枝词里,这是正宗的一首。又譬如郑明明的母亲死了,我慰问她有“愿节珍珠三滴泪,须知此是好迷汤”的两句,豆腐吃得恰如其分。

近来我一有空闲时间,就从事于搜罗,这工作即将完事,将来封面的设计,和编排上的好看,都要麻烦之方兄了。

(《铁报》1947 年 12 月 2 日,署名:高唐)

《毁家诗记》

昨天黄苗子、郁风夫妇,在善钟路郁曼陀先生(华)的寓所,招待我吃茶点,到十几个人,桑弧、之方、金山、冯亦代、张瑞芳、张爱玲都参加的。苗子亦把郁达夫的诗稿付印,他说:“达夫先生后来的诗,越做越好。”我则说:“他东游的诗我看过,抗战期间的诗,我也读过,但看到了《毁家诗记》,真是叹观止了。”郁达夫在新文学家中,旧诗是最有根柢的，他热情奔放，多愁善感，他有一点那种传统文人的结习，在《毁家诗记》里表现得最最充分。我虽然不曾看见过他的全稿，但相信《毁家诗记》是突出的几首好诗。苗子说："听说王映霞对外宣称：如其有人刻郁达夫的诗集，而把《毁家诗记》也加入进去，她一定要起来反抗。"苗子对于这一层他想不加考虑了，假使王映霞真有这一句话的，那末这位太太，实在不足以语襟度之美矣。

（《铁报》1947 年 12 月 3 日，署名：高唐）

樽边记事

王耀堂先生现在是香港永华影片公司的主持人，他经常住在香港，昨天回到上海，明天又要飞北平。匆匆一宿，我同他吃了一顿饭。比秋天看见他时，瘦了一点，他说：香港他住在山顶上的，每天早晨，徒步下山，这是减肥最好的方法。在上海时，他实在胖得无可再胖，卡尔登公寓的那一扇门，几乎无法容纳。我们朋友都替他耽忧，因我他还是不肯戒酒，同他住在一淘的张小姐，因为他欢喜酒，时常同他吵闹。有一次，耀堂的太夫人到上海来，张小姐告诉她耀堂每夜吃酒，太夫人对他垂泪，耀堂感动了，曾经与酒绝缘过一时。

到了香港，有张小姐在，他也不敢多吃。但到了上海，张小姐没有同来，他又醉了一夜，他醒的时候总是说：吃酒并没有瘾，不过有人吃，他就不肯不吃。不是为了妨碍健康，我倒喜欢耀堂吃酒，他的醉态是妩媚的，从前他在工部局做律师的时候，吃醉了会荡一夜马路，路上的岗警没有一个不认识王律师，到处都在留心他的安全。

他告诉我在筹备中的永华公司，是中国规模最大的一家影片公司，一切机械，都是从美国定制来的，将来的声光，与好莱坞出品绝对不容轩轾。这一天座上，有欧阳予倩先生，五十九岁了十年不见，两鬓已斑，十年前他还有豪情胜概，现在是销沉得多了。他对我说：难得你这样的生活，没有折磨了你的意气。

（《铁报》1947 年 12 月 5 日，署名：高唐）

迎盖叫天先生登台

今天是盖叫天先生在天蟾舞台登台的第一天。除了二牌的叶盛章外,其他的帮角儿都不怎么好,盖老先生又是孤零零的,将一派孤芳供人嗟赏。

为了敬老尊贤,"天蟾"方面,是由吴性栽、周翼华二兄,特地到杭州去把盖叫天先生请得来的,正在盖叫天先生老怀寂寞的时候,这一回他也大大的感动了。他说:"你们安排,我一定唱,公事等唱了再谈。"又说:"请你们二位回去,告诉一声唐先生,这一次请他多关照我一点,因为他是最喜欢我的。"其实盖叫天先生的千秋绝诣,还用得着我来关照他吗?我是连欣赏的资格都不够的。

我同盖叫天先生的相识,为期并不久远,我们是相契于心。我每次碰着他,总会热情地叫他一声五爷,"五爷您好?"他也会搀了我的手说:"唐先生您好?我们真是相见太晚!"我一向讨厌北方人称几爷几爷的,但对了他,我会情不自禁的称他为五爷。我从前的诗里也有:"愿倾万斛情如沸,来捧江南盖五爷。"

今天夜里的《恶虎村》,往后的《史文恭》《哭天保》,这一类都是空前绝后的杰作,看一回,少一回了。盖老先生虽然健康,可也不能唱到七十岁八十岁呀。

(《铁报》1947年12月6日,署名:高唐)

旨哉谢父之言

荣梅莘飞港之前夕,尝晤愚,曰:"家骅南扬矣!明日将追踵往。"荣以伉俪之情至笃,家骅之行,出其意外,言时故泪下如绠。愚问曰:"汝明日赴港,将挈家骅同归邪?抑将共署解缡之券,自此遂为伯劳飞燕邪?"则曰:"能图前者,自最佳,苟不可致,则分飞矣。"荣又曰:"家骅既行,往面谢父,其父以病居医院中,梅莘告以变生不测,谢父厉声曰:

‘我早料及有此一日也。虽然，汝亦何悲？汝年轻未尝阅历，不知古往今来之所谓美人者，恒无从一而终者也。吾女虽艳如花，今当怒茁，而汝乃范之于盂盎中，使其生机日窒，惜汝智虑勿周，使其乘隙奋身，汝固有失侣之哀。为阿翁者，且喜娇女凌云之快也。’”

高唐曰：旨哉！谢父之言，谢父毕竟多阅历，为老白相，不肖深同其见。愚曩日有诗曰：“怜渠不吃多张×，终是人间起码□。”此与谢氏“古往今来之所谓美人者，恒无从一而终”之语，若合符节也。（编者按：今荣梅莘已返沪，殆因受谢父一番训迪，故憬然有悟，不复阻挠其妻之上银幕欤？）

（《铁报》1947 年 12 月 7 日，署名：高唐）

酣　　眠

曾是酣眠值万钱，冬来难得辨酣眠。亡精贼锐今休矣，蚀骨销魂既淡然。人咒棺材真脱底，世称唐某欲成仙。镜台晓对夫人立，笑看新肌长颊边。

近来身体的健康，天天在进步中，最显著的现象，睡眠比从前舒畅。其实我心境是应该恶劣的，自己不让它恶劣，就吃得下睏得着了。我不大睏晏觉，忽然因为贪睡，早晨醒了还想睏。太太笑我真不上心事，我对她说：“你不听见从前人说的‘事到难图念转平’吗？这虽然说的是立业立功的人，我则以为想望女人者，也不妨用为自解。”

（《铁报》1947 年 12 月 10 日，署名：高唐）

横 条 新 闻

小型报上近年来造成一种“横条新闻”的风气。横条新闻记的，都是上海“名雌”的男女之私，但这种新闻哪里会天天有得发生？于是有些报上，为了争取横条新闻不甘后人，就在胡说八道的造其谣言了。

曾经有一张报说，请我担任写横条新闻，我没有答应。因为一写横条新闻，就要得罪女人，女人又都是熟人，她们晓得了，这是多难为情的事，所以我真有许多横条材料，烂在肚子里，没有发表的。我来举一个例，譬如在前天某报的横条新闻，记陈美维的事，我是在事件发生后第二天就晓得的，我还当面问过美维，她也非常坦白的向我和盘托出。我说："这真是最好的横条新闻了。"她说："你照应点我，不要写出来。"我说："我是不写这种新闻的，但事体已经闹开，说不定别人会写。"她说："随他们吧，反正是这么回事。"

他报所记美维的事，大半事实。我可以补充一点的：那个男人，与她认得已经六年了，感情是好的，他有三个太太，美维因为他太太多，所以情愿自食其力，不想钻进去凑热闹。同她吵闹的女人，是他第三位太太，与美维一向很好，平时也喜欢在外面兜兜，不大管束丈夫，这次忽然与美维翻脸，据说美维以"外头女人"的立场，对这位太太着实给她碰了几个钉子，后来是由几个相熟的姊妹淘出来讲开的。陈美维还对人说："我是做生意要紧，啥人有啥功夫放在争锋吃醋上呢？"

(《铁报》1947 年 12 月 11 日，署名：高唐)

看《太太万岁》

银灯照我泪滂沱，事往回思竟是魔。却对年青金蝶道：爱河终古有风波。

看《太太万岁》既毕，与金蝶同饭，金蝶谓受戏中之太太感动，为之垂泪。余亦曰："余良心上之痛苦，虽刀山剑树，无其酷烈，乃知编导者工于揶揄，陷人入无可奈何之境，张爱玲与桑弧真大手笔也。"

明知无望更无求，暂对银灯辟百忧。我亦三呼万岁后，何人不说蒋天流。

蒋天流在《太太万岁》中，戏最重，此人在舞台上，以演技精湛，为观众激赏。今登银幕，所造弥高，开麦拉面孔有时不甚美，然飞机场送行一瞥，着白短氅，御太阳镜，含风玉立，仪态万千，睹之，真令人回肠荡气也。

(《铁报》1947 年 12 月 13 日，署名：高唐)

蒋天流万岁

有几位影评人看过《太太万岁》之后，产生一句口号叫“蒋天流万岁”，他们称赞蒋天流的演技，可与好莱坞群星比美。“蒋天流万岁”的口号，我也要喊的，不过一定要说她比美好莱坞明星，那末大可不必。中国舞台上许多优秀演员，他们的演技，自有其卓越的成就，我们又何必挟外国人以自重？

《太太万岁》片子的本身是成功了。蒋天流也成功了。蒋天流本是中国舞台上的优秀演员，她的修养，与历来的所谓电影明星根本不可同日而语。《太太万岁》中的蒋天流，是以演技教人惊服的，请你们回想一想：从前的那群电影明星，名重如胡蝶、袁美云之流，她们在哪一张影片里，她们的演技，可以使你们磨灭不忘的？

《太太万岁》的戏，固然重了蒋天流一个人，自始至终，她在演戏，而没有叫看戏的，有一些些时候替她吃力过。她开麦拉面孔不大好看，但我对她凝视了两个钟头，只在欣赏她的戏太好，而不会再爱憎到她的“饰貌”问题。

（《铁报》1947 年 12 月 14 日，署名：高唐）

煮酒论佳人

重华新邨之宴，主人必欲愚携妙伴相随，愚至今日，殊无伴，故贷之于吾友，乃得郑爱贞。爱贞风华豪迈，复工饮，同燕宜也。座上有金蝶，有陆青青，有严巧云。酒半酣，有人谈白莲花者，青青首曰：“我将挈佳闻与唐生：一来复前，与白莲花尝共樽俎，腹便然且得男矣。”愚曰：“自报间见之，知其有娠，今既育邪？”则曰：“犹未，特自其隆腹测之，为时甚即。”愚曰：“亦尝为我传言：旧日刘郎，殊无恙邪？”青青笑曰：“是乌可言？言之，且为其所夫怒矣。”愚大笑不止。金蝶继曰：“一夜者，饭于岭海楼，见白莲花亦就食其间，炉炭既燃，熊熊烛其面，莲花之面，如被日夭桃，光艳迷人双目。”愚曰：“亦尝为我传言：自别莲花，唐生之清绪都黯邪？”金蝶笑曰：“我识其人，特前此未尝与其人交一语。非然者，必以唐生之言言之矣。”愚复大笑不止。是日白雪于报间讦殷四贞甚至，巧云与四贞长日盘桓，乃谓白雪所言，皆传闻之误。四贞犹蛰处红闺，未暇为从人之策，更未尝自辛康花园，移居于大华公寓一日也。愚向知四贞，媚于外而肃于内。世界上自有一种女人，所谓“说说笑笑真高兴，要脱裤子喊救命”者，四贞是也。知之不深，辄疑其人为荡媮，白雪见殆亦察其皮相，遂施挞伐，非独过苛，抑且不中，故述巧云之言，为四贞辩四贞茕独，更不当乱投矢石，创其心弦矣。

（《铁报》1947 年 12 月 15 日，署名：高唐）

李 珍 的 爱

有一天，我在西侨青年会吃点心，有人指给我看隔座的那个少年，说是洋囡囡李珍的沈先生。果然是眉清目秀，唇红齿白，卷头发，体格也很精壮，我见犹怜，莫怪李小姐要对他刻骨倾心了。

就这天晚上，我在“大都会”碰着李珍，她在跳舞，我对她说：“白天我看见沈先生。”她说：“伊阿有女朋友坐勒一淘？”我骗她说：“有一个年纪大的女人在陪他吃咖啡。”她就哈哈大笑起来。

我说：女人是善良的多，李珍也是善良的。闲人都攻讦她同沈先生要好，她则一往直前了无顾忌，爱一个人是要有这一副精神，我永远同情她。

（《铁报》1947 年 12 月 16 日，署名：高唐）

一介不取的萧长华

萧长华在北方的梨园行里，都尊他一声为萧先生，他不仅肚子宽，而且人也好。我们看惯了许多狗戎脾气的名角，偶然有人跟我谈起萧长华的平生行谊，真要为之心目俱爽的。

譬如他这一次中风以后,不能在“天蟾”登台了,在他出演之前,“天蟾”方面,已经给了他四十五天的包银。萧老先生平日有一个习惯,他经常备一本手册,演了一工戏,在手册上画上一笔硃钩,得病以后,他查一查硃笔,一共唱了二十几工,他就把没有唱足二十几工戏的包银,退还“天蟾”。“天蟾”自然不好意思收回,所以坚请萧老先生不必客气。萧老先生便把这笔款子,汇到北平,充作北平梨园公会的冬赈费用。这种一介勿取的精神,现在这群后生小子是不会再有的了。

(《铁报》1947 年 12 月 17 日,署名:高唐)

熬夜之后

前天我做了一桩荒唐的事,从夜里十一点钟赌到早晨六点钟。我有好几个月没有熬过夜了,这天真弄得精疲力尽。

我同广明兄坐在汽车里回去的时候,两个人互相怨怼,他说:“这点输赢,真犯不着背这么一夜。”他比我更加不安的是,在入局之前,打了一个电话给他太太,请她预备点心,说两点钟要回去吃的。我到家里,太太也着实埋怨了我一场,我只是对她笑。一个男人,往往为了胡调,受了家主婆的唠叨,会老羞成怒的大发肝火,我并不虚心,现在常常她说几声,我听几声了。

写这篇稿子,已是近午时分,还没有睡过,说不出的难受,我在罚咒:“下次不熬夜了。”其实我何尝是爱赌,我这人就是这么样:凡是坏的事,都不大有兴趣,而总是带着兴趣去干的。

(《铁报》1947 年 12 月 18 日,署名:高唐)

冬来

读孑楼“所思不见,曼舞当前”之句,颇多怀想,此诗过丽都花园所作也。

园林逸响记琤瑽,肤发冬来特地融。今过门前余惆怅,不曾曼舞与君同。

亘三夜坐于“百乐门”，了无所遣，舞海人才，凋丧殆尽，此余所以恒多“不如归去”之念也。

从来不为及身忧，志业难酬亦未修。只是看花清绪减，连宵枉掷一双眸。

（《铁报》1947年12月19日，署名：高唐）

还是从前的老铁

邓粪翁先生（我们都叫他老铁）到现在为止，不看平剧，不看电影，以及一切的戏剧，都非但不要欣赏，而且表示嫉恶。嫉恶的理由，是有一段故事的，从前他讲给我听过，我已经记不大清楚了。

近年来的粪翁，脾气好像随和一点，不比以前的怪僻。所以昨天有位朋友，托我代求他写一块“中国电影联营处”的招牌，我考虑了一下，便写了一封信给他，他当场给我一封回信，是拒绝我的要求。他的信是这样写的：“大郎诗人足下：奉教已悉，弟生平对电影深恶痛嫉，培林（即名导演桑弧先生，他的好朋友，也是我的好朋友）从事此道，弟亦往往兴佳人作贼之感，故所属之件，未便应命，尚祈曲谅为荷。匆报未尽一一。散木顿首。”信来的时候，适巧桑弧在座，我给他看，他哈哈大笑，我也哈哈大笑。粪翁先生的事，不笑，难道真去同他拼命？

（《铁报》1947年12月21日，署名：高唐）

雪夜欢宴记

金山张瑞芳夫妇结婚三年纪念，在常熟路郁家，招待朋友，我是去了才知道的。餐室内会客厅里，放几只花篮，陈列几块蛋糕，壁上还剪了许多外国字，我不认得，大概是说明这一个晚宴的性质。瑞芳着了一身红衣裳，像一个新娘子，金山却依旧的着那套半新旧的西装，他们都非常愉快。

晚宴是简单的，大家都站着吃，面、饭、排骨、红煨牛肉、罗宋汤，都鲜腴可口，酒是吃威士忌，我才呷了半杯。饭后围炉而坐，请魏绍昌先生表演各种戏剧的声腔，真是声腔，因为他无论学哪一种戏，都只有腔没有字的，可是真像，听的人都叹为神技。我听过他几次，这一次的节目特别多，所以格外兴奋。后来是跳舞，之方兄跳了，我没有跳。我跳舞欢喜抱得紧，但陌生的小姐们，她们会疑心我故意调戏，所以不跳。不过真想跳，于是不顾漫空大雪，到了“大都会”坐一个钟头，跳着一只舞，哪里能过瘾？跳舞场真他妈不是人去的！

（《铁报》1947 年 12 月 22 日，署名：高唐）

娱 此 良 夜

明天是圣诞节的前夜，去年我们在陈燕燕家里吃饭，华美的房间，暖和的水汀，听燕燕的一个女孩子，弹钢琴，情调是优美的。照例像我一年到头在跳舞场里白相的人，对于这一夜是应该特别歆动的，但我倒并不，我是这样想：这一夜应该留给不大白相跳舞场的人去狂欢的。

梅菁好像很重视圣诞夜的，她老早就在裁制新装，她告诉我一位朋友说：早一点去定好吃夜饭的地方，她同他吃饭。她真高兴。

昨天周翼华先生来约我，二十四日晚上，叫我到天厂居士那里去消磨良夜。从十一时开始，有滑稽堂会，参加的人，许多是电影女星、京朝坤角，吃吃宵夜，吹吹唱唱闹到天亮。我倒有点兴致，我想先跳茶舞，再跳夜舞，从舞场里寻一个伴侣，同去参加，因为女明星坤角儿，都不是“户头”，虽知她们是都可以当我户头的。

（《铁报》1947 年 12 月 23 日，署名：高唐）

为小老虫题影

诸君画里唤真真，上写唐兄下爱贞。搭我有些难过吧？当中一指如何伸？

老虫面上有春风，三字浑名到处红。底事唇皮抿得紧，小先生未凿鸿濛。

小坐明窗意度闲，新梳秀辫压云鬟。郎公快取如花貌，不取青山入静山。

伊人灿灿比云荼，近日来看体更腴。此是世间真补药，劝君趁早斗量珠。

摄影家郎静山先生，近为郑爱贞女士，摄取近影甚夥，小老虫乃以一影投余，上书“大郎兄惠存”，下书“妹爱贞赠”。骨头一轻，乃得四诗。

（《铁报》1947 年 12 月 25 日，署名：高唐）

推荐《同命鸳鸯》

谨以一片赤忱，介绍兰心大戏院的《同命鸳鸯》于《铁报》读者诸君之前。欧阳予倩先生的编制改良平剧，在战前我所看到的很多，直到如今，还是怀念它。因为他真能保存“旧的精髓”，而添下“新的血液”，经他千锤百炼之后，所造就的几出戏，都是可以歌，可以泣，可以叹，可以兴的艺术品了。

《同命鸳鸯》也是成功的一出，它前身是《孔雀东南飞》，原是一个哀艳名剧，经过予倩的磨琢，而成了素净兼热闹的好戏，前三幕是白描，至最后一场，才如火如荼地使人兴奋。

演员几乎没有一个不称职的，他们一半固然是天才，一半还归功于导演。我看完戏后，回到家里，刚躲在床上，金素雯打来电话，她说：“在台上看见你同嫂嫂在看戏，还可以吗？”我说：“好极了！想不到你做了几年太太，你的演技，还是这样好；我更感动，你的一片苦心，还肯跟着欧阳先生，致力这个运动，新型平剧，有发扬的一天，你是功臣。”

（《铁报》1947 年 12 月 29 日，署名：高唐）

迎敏莉归来

悬知归鬓满尘沙，自策轻车接彩霞。一爱系身身系客，有儿思母母思家。颇闻风貌微微减，自别恩情叠叠加。料得天南传亦遍，阿兄写煞白莲花。

二十七日，敏莉有电报抵此，谓已买归翼，将于是日下午抵沪也，余将驱车迎之于机场。此诗成于赴龙华之前，既成，忽得航空公司报告，谓香港飞机，阻于风，乃不获至，至二十九日始成行，于下午安抵沪上焉。

（《铁报》1947 年 12 月 30 日，署名：高唐）

高唐散记(1948.1—1948.9)

定依阁诗

一日,晴暖如春,余买飞车,直下贝当路,过龙华寺,而尖于虹桥。

微暄天气比春晴,自辟尘沙笑语清。携得斯人休诣佛,儿家今向佛边生。

过龙华寺,车人请下车随喜。余笑曰:“汝犹佛耳,更不必趋拜神橱也。”

十年此是相思路,今日真留刻骨恩。更是十年霜露后,也同莱菔有儿孙。

过贝当路后,车行于田野间。

多情樊素恕清狂,只惜香山老更伤。遥指柴门深掩处,语郎何事不栽桑?

伊人曰:“愿汝得余赀,就此置薄产,牵萝结屋,及我耄年,犹得以见汝为喜也。”

泥人万语过虹桥,不似当时竟细腰。料得佳人今夜梦,一“啼红”泪总成潮。

过虹桥。

(《铁报》1948 年 1 月 1 日,署名:高唐)

尊重龚秋霞

许多做戏的女人里向,龚秋霞是好的。昨天有人告诉我,她亦从香港回来了。她突然回来的原因,使人听见了可以感奋的。她到香港去拍戏,已经有很长的时期,她的丈夫同孩子都搬到香港去,她们是有久居之计的。

她在“大中华”拍戏,她的丈夫后来也在“大中华”当了导演,最近“大中华”想拍郭沫若的《孔雀胆》,执行导演的就是龚秋霞的丈夫。“大中华”当局希望此片能在二十五天以内完成,导演者考虑了一下,去向“大中华”的主持人商量,说:《孔雀胆》是名家作品,我的工作应该谨慎一点,所以亦延长至一个半月方能竣事。主持人闻听此言,立刻面孔一板,对他说:好了好了!你这种导演,再谨慎也不见得有什么惊人成绩,你不拍,可以让别人来导演。此人受此奚落,气不自胜,回去告诉龚秋霞,秋霞的回答是:我们明天就离开香港,哪怕没有饭吃,饿死也要回上海去。说罢这话,马上整理行装,去买船票。

今日之世,“气节”二字,早已谈不到了,我一向看龚秋霞,是一个心气宽柔的人,而想不到她有这一副棱棱的风骨。我听见上面这一段事,真为之心目俱爽。

(《铁报》1948 年 1 月 8 日,署名:高唐)

寄给一个好朋友的信

朋友:

我们时常写信,有许多是“私信”不便公开,这一封回你的信,我把它在报上发表了,因为是大众可看的。

你劝我不要骂人,其实我好久没有骂人了,近来才骂了几个,你就来劝我,奇怪的是你比我年轻,而你却比我心气宽和。有人说我,骂人的文字,比捧人的文字写得好,我不是这样想,我以为我的“骂人态度”比一般人正常是事实,所以有许多人在同情我骂人。其实我捧女人的时候真有好文章的,记得四个月以前的那一篇《莲花小传》,真是范蔚宗的笔法,我受《史记》《汉书》影响太大。有人谈我在摹仿琴南翁,那是看不起我的话,林琴南何尝不是受《史记》《汉书》的影响?

你教我不要白相,我一定听你的话。在我周围的朋友,没有人肯把这话来劝我的。我接着你的信,非常冲动,那是十日的晚上,我十二点钟回去,想着你的话,我一夜没有睡。新年以后,我瞒着太太,天天在外面荒唐,我不是不明白来日大难,但我还想麻醉我自己,世界上甘鸩毒、安昏眊那种精神的人,我想没有第二个我了。但你毕竟是好朋友,你的话多少有一点发聋振聩之效的,请你让我慢慢地接受你精神上的鼓动。

欢场中还是几只熟汤气的面孔,在这里面打滚,谁都会腻的,但我没有腻,那是我胃口特别好。更奇怪的,我是漫无目的,她们待我好一点,我不当它是爱,当它是恩。半年以来,受过一个人的深恩,那是“折煞狂奴报不清”的。你问我近来的诗,我有几首不曾发表的无题律句,有二句是:“从自蔡邕怜爱后,哪禁蒙叟感恩多?”我把她比作蔡琰,你是认识她的,你会笑我夸她过分吗?

我的孩子,都很顽皮,他们又常常生病,我的心绪没有好过。太太尤其怨恼,今天早上起来把第三个孩子打了一顿,打完她对我哭了,我也难过。跑出来写这封信之前,心头上先袭着一阵幽酸,因为想着你也苦恼!

一月十一日。

(《铁报》1948 年 1 月 13 日,署名:高唐)

谢吴嫣贶画

愚识孙夫人吴嫣女士,逾十五年矣。时夫人才盈盈十五六也。后数年,以风华豪迈,腾踔绮丛。后六七年,适吾友而归于平淡,红闺无俚,读书甚勤,兼攻绘事,所造乃无非极诣。昨岁愚四十生朝,夫人于事后知之,语愚曰:“我无状,不及为故人祝长春,虽然,我当涂白莲花一卷,为足下寿,知足下必笑受之也。”夫人知愚倾心于白莲花者甚至,写此清姿,为故人作风雨闲窗之伴,其用意盖至善矣。

前日,夫人以专足至,持其卷见贻,装池且竣,视所绘,则冲淡温柔,对兹图,使人褊急之气都销,而笔意弥醇,又知其致力之厚。夫人谦逊,谓未工题句,因丐中州张伯驹先生,为之倚声。张先生擅诗古文词,尤浸淫皮黄,推当世票友耆宿,孙夫人其门弟子也。其题画句云:“素质铅华不腻,淡妆脂粉还嫌,明珰翠羽看俨然。微波人绰约,净土佛庄严。三十六陂秋色,夕阳贞女祠前,湖云一片碧于烟。临风如有恨,泣露欲无言。(调寄临江仙,咏白莲花)”愚亦成一诗,酬夫人之劳,兼谢其所贶之多也。句云:

多喜清闺意绪佳,相思从此满天涯。夫人亦自怜才调,写出东南第一花。

(《铁报》1948 年 1 月 14 日,署名:高唐)

直　发

洋囡囡李珍之情夫沈巩伟,以头上之三千烦恼丝,作波浪形,于是报上称之为沈卷发而不名。潘柳黛言:“与李珍为素稔,然未尝一见沈卷发也。”一日,之方兄为白光洗尘于“新雅”,柳黛亦至,时愚未梳栉,发种种上竖,白光视愚笑曰:“唐先生今日怒发冲冠矣。”愚曰:“白小姐久居北都,乃不知三年以来,海上产生二名男邪?一曰沈卷发,一名唐直发。唐直发是我,沈卷发之历史,当自潘小姐述之。”潘乃状沈之为人于席上,席上人乃谓高唐雅度,真有“伍侩”之勇也。

(《铁报》1948 年 1 月 17 日,署名:高唐)

管敏莉出山

敏莉归来后,时随愚同游燕。渠言:在港不思饮。归沪后,以知侣相逢,恒拼一醉,顾家居无侣,心记湖山,邀愚与之方、桑弧、梅菁为湖上之游。愚以寒甚,惮于行旅,辄非其议。敏莉惘惘曰:“阿兄勿往,我等何欢!”因又拟赴港,以月之二十六日,舞人张圆圆在港度其生辰,圆圆送敏莉归时,频寄语曰:“汝今且返,及我生朝,汝必来上寿也。”敏莉以朋友情深,复怜其孤独,欲整行装,而此间百乐门舞厅,礼聘甚殷,章林日日踵其居，敏莉乃不忍拒，昨来语我，或当在此出山。而香岛之行，坐是煞费踟蹰矣。

（《铁报》1948年1月18日，署名：高唐）

王新衡才调无伦

胜利以后，有许多内地归来的老友，我并没有觉得他们比以前更加可爱，倒是有一位新知，我同他见过几面以后，使我对他衷心折服的，那就是王新衡先生。在抗战期间，王先生为国宣劳，我们在沦陷区中，肃仰贤名。后来有人替我介绍，认识了王先生，无论是仪表、气度、学问、修养都臻上乘。我听他讲述每一件事，总是水净沙明般的条理精详。他的态度是刚毅的，然而在他的谈吐里，知道他更练达人情。后来我们又通过几次信，王先生书翰之美，正如前贤小品，因此我更倾倒他的才调无伦。

近来王先生在竞选立委，我以热诚来希望他当选，王先生是国家的瑰宝，是治法的高才。

（《铁报》1948年1月19日，署名：高唐）

朱尔贞的病

有一天，碰着周鍊霞小姐，我问起她朱尔贞小姐的近况。她说："听人说她身体很坏，时常在梁医生那里治病。"我非常挂念她，这一位清才绝艺的小姐，近两年来，被病魔缠扰得她意气销沉，半年来我们简直不大有得见面。

朱小姐不一定为了家累，她好像喜欢很忙，有一时期，她什么都要学习，自朝到夜，没有空闲。我曾经劝过她，我说："做小姐的为什么要懂得太多，舒服一点不好吗？"她不听我的话。这时我每次看见她，总觉得她渐渐地清减下来，她为了她的清瘦，也在恐慌。之方兄警告我说："你以后碰着朱尔贞，不能再说她瘦，要说她胖一点。"于是之方兄看见朱小姐，第一句的寒暄，总是打着蓝青官话说："朱小姐，你丰满得多了。"她果然很安慰，其实她只在瘦下去，之方兄的话，是非常残忍的！

前年热天，我时常遇见她，她有时对我说许多幽苦的话，听得我心里难过。我记得有一首送给她的诗是："当时无计辨幽潜，任纵无能更可怜。一病肩如新削玉，今年秋是早凉天。与其地下雄为鬼，宁在人间散作仙。苋口藜肠真药石，愿分清梦到归田。"我以好朋友的立场，尽了婉讽之责，而朱小姐却不能理会。到现在，毕竟拓展不开她的心境，而病得很厉害了！

(《铁报》1948 年 1 月 21 日，署名：高唐)

请女人吃饭

前天下午，我打电话给我太太，想请她带了儿子一同出来，上馆子吃一顿夜饭。她听完就笑出声来了，她说："你怎么有空请我吃饭？"我说："因为我没有应酬，想着你。"她说："改一天好了。今天你回来吃饭。"

这一个电话之方兄在另一只分机里听，后来他对我说："到底是太太好，一听见丈夫请她吃饭，先是高兴，接着是不忍叫丈夫浪费。再想到我们平时一本正经请欢场中女人吃饭，惹她们搭架子，真来吃了，好像卖了你一分重大的交情，岂非冤枉？"

可是太欢喜白相的人，他永远不会这样想得通的。我来讲一个自己的故事：去年夏天，我请最最欢喜的一位舞女吃饭，她来了，很高兴地吃了不少酒。自从这一饭之后，她忽然隐居起来，一打听她已经嫁了人。后来有人告诉我，当我请客的时候，她已经打算不做了。她的丈夫劝她谢绝我的宴会，她对她丈夫说：唐先生待我太好，我不能叫他失望，应该让我去的。我听了这人的话，欢喜是从心底里发出来的，那时我写了一首绝诗，答谢她的盛情："记得清樽伴醉眠，当时一去散如仙。刘郎从此辞歌舞，说与天人定惘然！"现在我虽然没有做到"刘郎从此辞歌舞”这一步,但为了她来吃我这一顿饭,到现在想想,还是兴奋的,因为毕竟是得意之笔。所以我后来请别的女人吃饭,她们的来不来,我都无动天君了。

(《铁报》1948 年 1 月 22 日,署名:高唐)

恶 龟 记

在华山路上,有一条大胜胡同,那里有一家专供痴男怨女野合的地方。主持的人,是一个白俄老太婆,以前有一个中国的女仆,专门招待中国人的,听说近来又换了一个男相帮,年轻体壮,面目狰狞,那是乌龟,是一只恶龟。

有一位朋友新近到那里去过,后来告诉我:这个相帮真凶,朋友问他这里有人来查房间吗?他说:你怕就别来,我们这里,谁也不敢来查房间的。又问他这里耽一小时要多少钱?他说:“二十四万,过了一点钟算统夜,要一百二十万,就是这个规矩,你爱来不来。”朋友对我说:“去寻开心的,被这只乌龟呼幺喝六的把兴致都扫尽了,假使去的人脾气也大一点,准得会人龟相搏,那成何体统?”

我倒想起来,凡是吃这一行的,性情总是变得非常暴戾,好像黎莉安那个仆欧的面孔,也很难看,原因大概为了他们的东家是白俄。白俄是外国人,这种没有知识的人看来,外国人应该比中国人凶的,所以他当了乌龟,也跟着凶起来了!

(《铁报》1948 年 1 月 24 日,署名:高唐)

难凭肉眼测天人

认得殷四贞小姐一年不到,半年有余,她给我的印象愈来愈好。许多看见过殷小姐的人,一致说:四贞貌非绝艳,身材也嫌得短小一点,是何因缘?她一到外头,就可以歆动欢场。我当时也这样想过,到现在方始恍然大悟,殷小姐的成为海上名雌,是决非偶然的。

她最大的长处，是应肆周旋，但应肆的方式，也是因人而施的。譬如她对于我，是纯友谊的。我们谈起心来，她有时候肯倾吐几句肺腑之言。在稠人广众之前，我会同她打朋，她也跟着我打朋，“唐兄呀！唐兄呀！”像唱《十八相送》那种嗲声嗲气的嗲脱一场。若遇她心里喜欢的朋友，或者是勒煞吊死而想色迷迷的客人时，我们料想她会施用另外一种方式的。

你说她只会嗲声嗲气吗？那你又看错她了。记得有一次我们三四十人同游常熟，四贞也去了，从出发到回来，她保持着一分闲雅的风度，后来就没有人不称赞殷四贞真好。最近又有一次看得我太感动了，那天我同她在一位朋友家里应酬，有一位小姐吃醉了酒，同席上某君抬杠起来，说话之间，侵犯到殷小姐身上，四贞只是微笑忍受，倒是旁边的人看不过，她则还在容忍，做主人的对她表示万分歉意，四贞却说：我假使同她一样，岂非使贤主人更加难堪？于是在座的人，又没有一人不钦服殷小姐襟度之美，不可几及。

我不过偶然举两个例，说明四贞风度与襟度之美，可以明白她的歆动欢场是不为无因的。看一个女人，一定要取她的貌与身材，那都是凡夫肉眼，像殷小姐那样的人，他们是不配欣赏的。

(《铁报》1948 年 1 月 25 日，署名：高唐)

情感上的错误

遇见白光的那天，她说了半天杰美的往事。杰美是王茂亭的儿子，三年前，做过白光的情人，白光到现在很懊悔，当时犯过一次情感上的错误。我同之方兄安慰她说：“过去的事，不必想它了。少年时候，稍为任性一点，没有什么关系的。”而我的看法，更加澈底，我以为一个人在少年时候，应该荒唐，若使年纪轻轻，事业心太重，这种人一定会窒碍天机，不待活到中年，连“人味”都要消失殆尽的！

前两天我写信给一位朋友，告诉他我的一桩近事。我说：“顾虑到我的家室，我不能再犯情感上的错误了。”我的朋友比我还要痛快，他劈头就说:“你是英雄,踌躇些什么?你快四十外头的人了,来日几何?到了这般地步,你干吗又胆小起来?任何事我都会劝你谨慎,独于女人只要认为值得,做了再说,是英雄行径,就不怕天坍的事!”看信看到这里,我的手会发抖,但同时欢喜的是,我幽居中的朋友,他的豪情无减。

(《铁报》1948 年 1 月 26 日,署名:高唐)

严寒之夜

这一个大冷汛,上海已经好几年不曾有过了。最冷的那一夜,在外面吃了夜饭回去,一家的人,在围炉闲话,我的孩子,脸上都叫炉火熏得红喷喷的,太太也呈欢愉之色,我心里觉得安慰,因为他们这一群,都是受我保养的,还没有被饥寒之苦。

太太说:“你也禁不住冷,所以回来得早了?”我说:“倒不是,我以为与其像前两日的懊闷,倒不如现在的冷,冷得透,人总是舒服的。”她笑笑说:“你今年身体真好,这天气也没有看你穿丝棉袍子。”她又告诉我敏莉明天早晨准定走了。

十一点钟,我已经睡着,醒来是四点钟,窗外的风,呼号如虎,我突然想着敏莉要动身了,她是五点二十分以前要到飞机场的,这时候叫她犯晓冲寒,不要把她冷坏了!我起了一阵悲悯之情,被头里伸出手来,打一只电话给她,摇了几次,都没有摇通,我真的睡不着了。

这一次她回来,她同我在一起的时候最多,但她有一件事,使我不大愉快,第二天她悔悟了,在神色上看得出来的。我从前劝她,所谓:“蠲尽浮华和躁急,渠能成佛亦成仙。”她到底不肯听我,而躁急的毛病,似乎更加厉害。在我的朋友中,她同桑弧最要好,桑弧的性格,最是冲淡宽和的,但她没有被桑弧感化。你说她不是温柔敦厚吧?其实有时候她真温柔敦厚。你说她的褊急之气是为了愤世嫉俗吧?那末也不是的,她是个到处随和的糊涂人,所以近来我看她,连我自己也糊涂了。不过当她每一次出门,我总有一种惘惘之感,尤其像昨夜的深寒。

(《铁报》1948 年 1 月 28 日,署名:高唐)

六 只 套 子

勤孟兄来同我聊天,说起了香烟匣子。他说吾道中人,柳絮兄的香烟盒子最讲究,他有一只金质的朗生烟盒,外面用六只套子保护它,那些套子的质料,有丝绒的,羊毛的,呢的,法兰绒的,每抽一根香烟,除去这六只套子和加上这六只套子的时间,起码要费一刻钟的辰光,我听到这里,不禁哈哈大笑。我明明知道勤孟的话,说得不免夸张,但描写柳絮兄的“无往不哆”,真的入木三分。

后来我想起六只套子,总是好笑。我的太太,每天早晨坐在被窝里,替我那个新生的孩子穿衣,一面逗他笑乐,一面慢慢地替他着上一件,我觉得非常麻烦。但孩子是她欢喜的,虽然天天麻烦,倒并不恹气。有一天我把烟盒的故事,来譬喻她替孩子穿衣裳。她说:“那要我服伺一只烟盒,我也没有这好的耐性。”如此看来,柳絮静好的性格,连女人也不及他的。

(《铁报》1948 年 1 月 29 日,署名:高唐)

春　　前

大冷的第三天,我是深夜两点钟回去的,在弄堂里,徘徊片刻,这时候皓月当空,想起陆放翁的两句诗:“不复微云滓太清,浩然风露欲三更。”可以明白世界上的澄澈之美,再没有比这时候的天空值得欣赏的了。

我的确没有一点寒意,在炉火旁边烤了一天,烤得头目森然,到现在才受着清凉之快,无论是心中的烦虑,或者是身体上的疲劳,到这时候都可以荡涤无余。

到了家里,灭了灯,躺在床上,从火炉管子的罅隙里,可以望见窗外的月色,如霜如雪。在枕上,怀念吾许多朋友,得了几首怀人诗,其中有一首,是:“春前更觉发肤驯,临倦能征百绪醇。今夜微吟无处寄,朝来道与拥衾人。”

（《铁报》1948 年 1 月 30 日，署名：高唐）

张韬近事

张韬被逮，判刑达十年之久，其人殆老死狱门矣。迩日传闻，韬受执之前，以有价证券若干种，托其友保藏，语友曰：“我或囚或死，愿汝贷此券，以赡吾家，毋使待罪人更心系家室也！”自后，张家固陷于贫困，其家人往告友，友全泯往事，厉声曰：“我知法纪，何能为汝匿逆产者！”张家人乃诉于韬，韬亦大恚，辄缮状状官中。官中执其友至，与韬对质，韬言之凿凿，其友无可讳，遂出所藏，以今日之值计之，几二十万万金，匿产者以是亦坐罪焉。

此案庭谳既竟，韬仍为狱中囚，忽语人曰：“我往昔附伪，论罪弗死，不以为喜；特今日之役，置一卖友者于法，真足以豁人心眼矣。”

（《铁报》1948 年 2 月 1 日，署名：高唐）

我的虚荣心

文华公司的编导阵容，如钢似铁，这是公认的事实，用不着我来替他们夸张，如黄佐临、曹禺、桑弧，在戏剧上的造就，都是超然绝诣。中国的电影戏剧，目下已由幼稚时期到了健盛时期，他们都是功臣。他们以外，还有一个金山，最近我们看了《松花江上》的气象万千，我不能不钦服我的老朋友，十年来的努力，真有两下子。

昨天是我愉快的一天，我同他们在一起吃饭，他们都同我很好。桑弧平时和我们常在一起，与佐临认识亦已多年，惟有曹禺相交不过一载，但他们对我的了解却是一样的。我是因为崇拜他们，由崇拜而生敬爱之诚，每次和他们在一起的时候，我会有一种“虚荣心”，觉得我也是第一流的人物。

我所欢喜的朋友，他们的气质都是不坏的，一个人气质好了，心术必无问题。以前我总以为凡在文学上或艺术上,具有超然绝诣的人,一定有美好气质的,但是根据了近年的阅历,我的想法不成立了!因为“不可以其人而废其艺废其言”的人,真的滔滔皆是!因此我更加喜欢我这几位朋友,他们都是造就既高,人又太好。

(《铁报》1948 年 2 月 2 日,署名:高唐)

任　　气

立委竞选之前,我晓得王新衡先生是候选人,我写过一篇关于王先生的稿子。在开始竞选的第二天王先生在百忙中的深夜里,写了一封信给我,因为我对他的关心,他表示感谢,信里有一句是称赞我性格的,他用“豪放任气”四个字。我这个人欢喜爽快,欢喜简单,平时说话以及写出来的,又大有“童言无忌”之概,从这些地方看来,“豪放”两字有了着落,但“任气”却不是现在的我了。

任气即是任性,少年任性,容易遗老来之悔。我在少年时,在这两个字上吃了许多的亏,年岁的增加,毕竟把我的性格改变了。我现在也懂得考虑,做一件事,也晓得权衡轻重。前两天我说我不敢犯情感上的错误,正因为我已经没有少年时那副“一任凭君莫掉头”的精神,也就是任气的劲道,不如往昔了。

敏莉还在犯任气的毛病,前天我写一封信到香港去,劝了她许多话,要紧的是叫她不要再任气,过分的任气,到后来会使你精神上、良心上会永远受着严酷的刑罚,那是多少可怕!

(《铁报》1948 年 2 月 4 日,署名:高唐)

阿娘此去竟忘归

小民无罪只忧饥,定乱群公策太奇。乳涌宵来如泪涌,阿娘此去竟忘归!

舞业在社会局闹事的一天,人数自然以舞女为最多,她们挨饥受冷,这些苦还忍受得住。我听到有人告诉我:其中有一个舞女,因为在社会局等待的时间太久,她的乳汁涌至,不得已,在社会局广场上,背了人,把她婴孩的食粮,榨在地上。我想这一天所有的镜头,没有再比这个惨酷了! 小人有母,母有小人,举首问天,此世固何世邪!

(《铁报》1948 年 2 月 5 日,署名:高唐)

赚 工 钿

金焰与秦怡在香港结婚后,顷来沪上,绍昌宴之于市楼,席上有冯亦代先生及夫人郑安娜女士。亦代旧为官,官不甚微,而勿屑为,则作文化人,其旨趣可知矣;安娜邃于学识,译著甚丰,今执事于美国新闻处,贤夫妇各有所入,以赡家计。亦代背夫人时,恒语其至友曰:“安娜辛苦,皆我之过,丈夫不能措其妻于闲散,是丈夫之失。”此世俗之见,亦代不能免,故用为内疚耳。是夜,亦代为浅饮,半酣,又擎杯曰:“幸赖安娜,吾一家人得不落于荒寒,我为其夫者,真有点像‘赚工钿’矣。”众人皆笑,而安娜微恚,语众人曰:“亦代被酒,乃无好话。”

金香、金蝶以电话来,愚问曰:“已吃粢饭团邪?”曰:“犹是旧规。”愚曰:“然则我将止汝家。”金蝶遽曰:“否! 我何敢耗唐生多金者!”愚曰:“不耗吾钱,汝当破汝悭囊,发工钿与我。”金蝶大笑曰:“我早有此心,特以唐生支出之繁,令我敛手。”金蝶为人,初极娴静,特以我善谑,故有时亦多妙语,互为笑乐也。

(《铁报》1948 年 2 月 6 日,署名:高唐)

御寒无被已三年

“谁信先生谁不信,御寒无被已三年!”这两句诗我记得在江弢叔集子里的,是不是弢叔自己的,还是他引用别人的句子,我都记不得了。在这十四个字里,一派凄酸不忍卒读。然而诗人总是夸张的,我不相信穷到这般地步,还冻不死他?

这两天夜半梦回，觉得脚有点冷。我冬天睡觉，不敢把被头盖得太厚，夜里醒了，一动，被头里生了寒气，脚上更加禁受不住。从前睡不着，往往索性披衣起床，穿上厚棉鞋，在灯下写一点东西。现在似乎精力衰退，想起床也不可能了，于是熬在被窝里。我把这情形告诉太太，太太要替我加一条被，我屡次拒绝，我的理由是享乐得过分的人，应该有一个时候，清醒清醒自己。半夜里的寒气袭人，至少是我身体上、心理上的磨练，自己毕竟也是穷人，饥寒所迫的苦恼，一下子就能体会得到的。譬如我想着"御寒无被已三年"这一句诗来，虽然明白他写得夸张，但不由我不起悲悯之怀，而潸然下泪的。

(《铁报》1948 年 2 月 7 日，署名：高唐)

已 是 二 首

对君沉醉非关饮，却讶清哀损霸才。已是娇慵扶不起，如何能看早春梅？

吾友习于疏慵，一夕乃谓余曰：盼得春来，将游吴下锡山诸胜，愿大郎伴我往也。今春已至，而其人之音问遂杳。

时从静里看飞扬，着眼能生一体光。至竟风华收不尽，还分些子与刘郎。

一夕，余与之方、桑弧同饭于市楼，忽有所遇。明日，桑弧述昨宵印象，余故演为短句。

(《铁报》1948 年 2 月 8 日，署名：高唐)

除　　夜

明朝四十要冲关，弥望将来百事艰。盼到太平浑若梦，挑来担子重于山。恩深多愧才思尽，寒甚难禁涕泪潸！但愿明珠怜不已，还凭秃笔写红颜。

今天是农历的除夜，我想写一首打油诗，来点缀这一个日子的。写了头一句，笔忽然沉重起来，开心寻不下去，再写出来的，统首的调子，竟不大谐和了。古今诗人写除夕的诗，我只喜欢两当轩“千家笑语漏迟迟”的一首，但两当轩的诗，我也就只喜欢这一首而已。

（《铁报》1948年2月9日，署名：高唐）

守 岁 记

方才写了一篇《岁首献书》，是一封信；隔了三个钟头，已是戊子年的元旦清晨三时有半，再来写这一篇守岁记。

昨天接到一张帖子，是一位朋友，请我在大除夕到他们的俱乐部去，参加一个鸡尾酒会。我没有兴致，虽然除夕的子夜，已经到了“忧患潜从我外移”的时候，但毕竟还有许多“独立市桥人不识，一星如月看多时”的穷人，我想起他们，意兴就会阑珊起来。何况我的性格，同桑弧有些相似，我们都喜欢浸在一种“清欢”的空气里。太寒酸的局面，固然使我无从高兴，太豪阔的场面上，我也觉得不大舒服。所以我们都不愿意参与那种带着酸气的文艺茶会，也不愿意参与极度浓欢的鸡尾酒会。

交进子时，我想着许多朋友，打了不少电话，桑弧、子佩、敏莉，我都替他们祝福。他们都奇怪我这一夜会安安分分呆在家里的。太太叫我把岁烛燃点起来，放在五斗橱上，光焰烨烨，情调就显得幽古。她还在栗碌地指挥佣人，料理明天的早点。我坐在烛下灯前写这一篇稿子，写写又不禁心切所思，她也许会比我更清闲，一样在灯下话团圞的时候。下面的一首诗，是随手写下来寄给她的：

互将色笑付儿曹，暂息人生尔许劳。纵有相思围永夜，愿无惆怅始明朝。岁因凶岁休多颂，人是天人本可骄。一任春归桃李谢，江南四月出轻腰。

（《铁报》1948年2月14日，署名：高唐）

盛章、盛麟都好！

想不到盖叫天到了六十一岁，才有今天的扬眉吐气。年初一以来，“天蟾”夜夜满堂。当然叶盛章、高盛麟的合作，是成为轰动的主要原因，但盖派极诣的真赏有人，也是事实。

年初一，天厂去看他与高盛麟合作的《莲花湖》，他对人说：“这样的戏，就是叫我多赔一点钱我也心甘情愿。”做戏馆老板而有“自我欣赏”的气度者，我想只有这一位被戏报记者一手捧红的吴性栽先生了（天厂事业繁多，但不求闻名，二十年来，欢喜为幕后英雄。自接办“天蟾”，吴性栽三字，始常见于戏报记者笔下）。

以前我以为叶盛章也是狗戎，但看他与盖叫天合作，居然虚心敬老，方知我的看法是错误了的。他在“天蟾”，只要是开口跳的戏，一向不屑唱的，这一回他都肯陪盖叫天唱，这一点已够可爱。要他兄弟叶盛兰先生，再投一百次人生，也不会有这种气度的。高盛麟的自暴自弃，大家都为他可怜，但他有他的心胸，他尊视盖叫天，平时对盖戏品赏观摩，不遗余力。他们要合作了，他懒得这样，也会天天赶到盖叫天家里，听五爷说戏。盖叫天曾经对他说：“高先生，我老了，你得让我一点。”这几句话，曾经把这小子吓傻过的，你能说高盛麟不可爱吗？

（《铁报》1948 年 2 月 17 日，署名：高唐）

《芳草天涯》的观感

朱端钧先生导演《钗头凤》的时候，特地写一封信来，要我去看一次，我没有去，辜负他一片诚心，一直抱歉到现在。最近“兰心”又在上演他导演的《芳草天涯》，那一天碰着朱先生，又当面邀我去看戏，这一回，我是去了，同去的还有梅菁、管敏莉、陆洁、桑弧、佐临、之方，和我的太太。

话剧看得不多，这两年来却看过夏衍的两个剧本，上一次是《离离草》,还有是这一次的《芳草天涯》。说老实话,都不是好剧本,《芳草天涯》尤其减色,毛病是出在“言之无物”,这是文章的大忌,戏剧当然也是如此。这出戏的结束更加潦草,固然头两幕比较好一点,但对白好像理论太多,看戏的人有“如坐课堂”之感。我是说的文章戏剧乃至一切的艺术,要以浑成、平易、朴素为最高条件,然而平易朴素而并不耐人咀嚼,便是失败。《芳草天涯》实在是无回味的。

(《铁报》1948 年 2 月 18 日,署名:高唐)

玉笑珠香一夜中

与敏莉盟为兄弟,今且四过其诞辰矣。其诞辰为年初八,年年此日,必邀愚同饭其家,以轰饮为乐。今年设二席,任问芝、顾美琳、叶萍、汪瑛、项墨瑛,及自香岛新归之狄敏女士。胡弟弟本亦参加,而以腹便然将育矣,故惧见多人,终吝玉趾,想望风仪,余殊不胜惘惘也。

天厂、曹禺诸兄,皆博赏敏莉风度之华,是夜皆尽生平未尽之量,故二兄之醉为尤甚。饭后同止于“百乐门”,愚与狄敏、叶萍、问芝、美琳尝同舞,问芝就愚为絮絮语,谓渠与蒋某之役,腾载报纸,其实未尝视其人为仰望终身之人也。迩且与蒋妇论交甚睦,尝语妇曰:“愿汝善视良人,我必不终掠汝爱,将以此身重显纷华,而别结新知,所以固蒋与其妇之好。”问芝为人,豪且直,其言自诚挚可听也。叶萍旧称含香老七,今亦二十六七矣,而风华弥盛,亦为愚曰:新正十八,将在会乐里情君家进场,情君之榜,为云兰芳老四之一脉相沿,自叶萍之至,将呈中兴之象,可预卜也。狄敏以擅饮称,百杯不醉,亦妙擅词令,而其人高俊。敏莉言:香港女侣中,以狄敏为最秀艳,亦以狄敏为最善良焉。

(《铁报》1948 年 2 月 20 日,署名:高唐)

翠红照眼亦倾城

古往今来之中国电影女明星,称得起美人胎子者,张翠红一人而已。愚识张时,稚齿清疏,婉媚不可方物。行歌于秦淮河畔,犹未投身于水银灯下也。为电影演员后匆久,即下嫁,而其人善育,若干年来,得子女六七众矣。音问久隔,正不知近状为何似也。一夜,观盖叫天戏,忽遘翠红于邻座,为家常闲服,随宜梳洗,依旧倾城,愚因语之方曰:“多育之人,而不败其色,真尤物也。”之方亦嗟赏无已。

中国电影人才,凋丧已极,其以演技称长者,无不啬于貌,其面孔可以看看者,动作又僵硬如死人。若夫兼两者而俱美,乃令人不能无念于翠红矣。安得徐亨先生贡其夫人,献身银幕,使中国银坛,重修辉煌之迹;又安得张翠红女士,造福生灵,使清才绝艺,为世界之光,心香一瓣,自此祈之。

(《铁报》1948 年 2 月 21 日,署名:高唐)

春宵绝句

年初六、初九两夕,所遇甚艳,记以小诗。

微潮眼角原无泪,薄怨眉尖竟是春。谁信书生多好遇,梦中新贮意中人。

楼前细雨入南窗,楼上灯同片月黄。有客临兹矜一语:更无气力作萧郎。

寂寂春愁漠漠寒,锦茵连夜阅余欢。余欢留得长相忆,算是清恩报不完。

(《铁报》1948 年 2 月 22 日,署名:高唐)

真想投一张门生帖子

近来时常同毛子佩兄吃饭,他总是吃醉了回去。他酒量并不太好,但同席的人,往往看见子佩降临,轮流着斟了一盏酒,到他面前,请他喝下,表示敬意。表示敬意的原因,为了子佩的办报精神,正如吴绍澍先生说的,有“能言”之目也。

自从郑毓秀与本报缠讼以后，声势汹汹，使本报受"冒矢犯石"之险，惟子佩持以镇定，理直气壮地与她周旋下去，因此受了万人爱戴。办报纸而挣钱，算不得光荣，办一张报而能使舆情欢洽，始为快意之作。子佩是应该得意的。

子佩有着最倔傲的个性，但他未尝不练达人情，尤其是笃于交谊。他向来待我最好，有时候我对他不满意了，会面红耳赤的同他冲撞，但他总是笑颜相承的说："老朋友了，好意思闹蹩扭下去吗？"他背后对人说："就是大郎没有理由，也应该让他一点。"假使不是和他深契的人，哪怕是权势滔天，他也不甘屈辱。在抗战时期，他的刚烈之状，曾经叫我们老友为之向往；胜利以后，他办报纸，不畏强御的精神，也使读者同情。尤其是郑毓秀的纠纷，《铁报》的无数读者，对子佩都生了崇敬之心。我曾经对子佩说："为了你的刚毅，我也应该对你致敬。自从樊良伯先生死后，我还没有拜过第二个先生，今日之下，我真想同你投一张门生帖子也。"

（《铁报》1948年2月23日，署名：高唐）

看 梅 花

王尘无先生生前，有"不道先生非税吏，病余来看早梅花"之诗，至今为朋友所传诵。去年腊残的时候，有个朋友对我说：她没有到过苏州、无锡，要我陪她去看梅花。我也有过诗的："已是娇慵扶不起，如何能看早春梅？"上三轮车还要人当心把她搀了上去，还能捧了她到苏州和无锡去，岂非说着笑话？

听说超山东梅花，已经盛放，桑弧、之方约我同去看梅。昨天我同龚太太吃饭，她对我说："一样要看梅花，为什么不到玄墓山去？"玄墓山这地方，又似耳熟，又似陌生，后来忽然想着，这是邓尉的别名。去年一年，我忽然偏嗜王仲瞿的诗，在他的《苏台留别》里，有"枫桥河柳桐桥月，玄墓梅花一夜雪"。又如鹤市诗中有"曾在冰天雪窖中，梅花玄墓与君同"诸句。原来玄墓一名邓尉，在吴城西南七十里，满山皆植梅,花时一望如雪,行数十里,香风不绝。

我于是想不去超山,到玄墓去一次。去年游过几次苏州,都没有到邓尉,记得我故世的舅父,他有过一首邓尉的诗:“折取繁枝数尺归,琼英添得玉肩肥。避风合用花为障,奔月初裁雪作衣。绣陌有人歌缓缓,青山送汝也依依。一双蝴蝶痴于我,故傍綦巾款款飞。”想像这境界,也是非常美丽的。

(《铁报》1948 年 2 月 25 日,署名:高唐)

荡妇风情

我曾经同桑弧兄说:“白光的美,在乎一种荡妇风情。”桑弧承认我的话,不过他说:“白光是侧重于西洋味道的荡妇,而不是中国型的。”她说话使着沙音,有时候阴阳怪气,有时候又是急急地乱冲出来的,多数是惊人之语。

我同白光相见的机会不多,新近又同她去“新雅”吃饭。她喜欢啃骨头,一只大鱼头上来,她用两只手,钳住了鱼头爿,啃了又啃。在她的披发如云下面,托着一张妖魅的脸,唇膏是玫瑰红的,指甲也是玫瑰红的,鱼骨头经过横啃竖啃之后,变得同她的牙齿一样的白,色泽的鲜明,动作的叫人看了舒服,而自然地流露出她天生的荡妇风情。

我于是又想起了白莲花,她的那一分妖魅之美,不输于白光的。她不像白光的以悍为嗲,她是以纾缓来滞人神意的。新近有人碰着过她,告诉我说:“她披了一件玄色的皮大衣,人没有坐定,从大衣袋里,掏出一罐头香烟,一盒火柴,点起来抽烟,走了把香烟罐头往大衣袋里一塞,像野鹤闲云似的扬长而去。”这人说到这里,我想象当时她的神情,岂不也是荡妇风情;是一个风华绝世的女人,她的动作粗野一点,便是世界上最美好的轮廓。我于是想告诉桑弧,一样的荡妇风情,白莲花应该是代表中国型的。

(《铁报》1948 年 2 月 27 日,署名:高唐)

清　爽　相

在酒筵上有人谈起审美问题之漫无标准，于是张汉元兄说得好，无论男人女人，无所谓美，看上去清爽相，就是美。但做到清爽相，又谈何容易？一个人的清爽相，一半靠人工，一半也是天生的。天生清爽相的人，虽然布衣粗服，也能够自标芳洁；天生不清爽相的人，任你下工夫修饰，也修饰不出清姿秀骨，来反映它的统体鲜明。

王文兰以放浪称，但她有一个原则，欢喜清爽相的男人，发现男人衬衫上有点不大干净，她当场会拒绝联欢。她对清爽的看法，是浮面的。其实她本身就是收拾得清爽而已，从她的容止上看来，冶而且腻，总使人起不洁之感。男人之相等于王文兰者，我们也时常有得看见。譬如跳舞场里有一个人称“重庆小白脸”的，毕挺的西装，亮晃晃的皮鞋，一丝不乱的头发，都似乎纤尘不染了，但从他的动作上看来，叫你的眼睛老觉得不舒服，看上去绝对不清爽相了。所以一个人的清爽相不清爽相，与他天生的气质，有莫大关连的。

（《铁报》1948 年 2 月 28 日，署名：高唐）

还望余年共太平

听说敏莉又要在上海做一时舞女了。衣食困人，谋生匪易，她是不懂得积聚的人，出来做，自然比在家坐吃好一点。我不大忧惶到自己的活不下去，常常关心我许多心里欢喜的朋友的生活情形，所谓“唯有唐生痴似旧，从来不为及身忧”。尤其关心敏莉，因为她负荷之重，不输于我。我同我的太太，一直希望她早点得到归宿。太太曾经屡次对她说：“敏莉，你早一点嫁个人吧，我看你吃力吃了。”她的回答总是：“嫁勿掉叫我哪能呢？”

在胜利的前一年，她歇夏在家里，到秋凉的时候，在“大都会”进场。当时我写过一首送她的诗，到现在也没有忘记：“江城十里播豪名,还望余年共太平。世难已惊升米贵,秋高快试一腰轻。求来片福消应尽,哪有伤心画得成?弟自疏慵兄更懒,但从微噫祝长生。”写这首诗,到目下已经三年有半,敏莉还是敏莉,我还是我,而世难愈殷,米价愈贵,今日之下,各人心绪的恶劣,千万倍于三年以前。尽有“余年”,然“共太平”的期望,渺茫已极,人就是这样的做得不开心!

(《铁报》1948 年 2 月 29 日,署名:高唐)

看《四杰村》

盖叫天登台以来,贴过两次《四杰村》,我去看的一次是第二次,真使我欢喜盖老先生以六一高年,身手的矫捷像少年人一样,他是中国剧坛上的瑰宝。凭我个人的爱赏,以盖叫天与梅兰芳、周信芳相比,就算梅兰芳是伶王,周信芳是霸主,而盖叫天则是此中之圣者也。

有人说:《四杰村》这出戏,让盖叫天与高盛麟、叶盛章、班世超他们,在台上各显神通,使人有一种残酷之感。因为其余三人,都是年高力强,跌跌翻翻,算不得一回事。盖叫天在这上面,是不能同他们竞胜的。其实以药为喻,盖叫天的一身绝艺,是老君八卦炉中的九转金丹,其余三人,都不是坏药,无奈其性霸烈,就谈不到醇且纯也。譬如叶盛章的二十五个翼子,班世超连竖几分钟的蜻蜓,使人叹服其惊险而已。讲身上线条的好看,那只有盖老先生的以少许胜人多许。

这一夜的《四杰村》更使我满意的,高盛麟头一场的趟马戴花罗帽,穿花褶子,飘逸稳练,兼而有之,他的不矜才、不使气的风度,谁也及不来他。

(《铁报》1948 年 3 月 3 日,署名:高唐)

皮　韵　诗

有一位幽居中的朋友写信给我,说他在无聊的时候,也学着作作诗,更欢喜作打油诗,不过不比我的大胆,还写不出“皮韵诗”耳。其实我的皮韵诗也老早不写了。有一时期，有人替我加上"皮韵诗人"的头衔，我觉得不大好。去年还写不出"狠哉台上三叉口，痴绝场中两只皮"的好诗来呢？那也使我啼笑皆非。

"狠哉台上三叉口"的那首诗，是写两个舞女，姘两个武生，他们合演三叉口，她们在台下看得出神。我这两句诗，的确把他们形容绝倒了的。在我记忆中，以"皮"字入诗的好句，除了上面一联外，还有一联。有一年在欢场中我用了许多钱，而绝无收获，于是我发牢骚了，我说："徒有今来群债紧，何尝能致一皮宽？"用的是吴敬恒先生的名典，把穷凶极好的心思，写得这么格律谨严，看来只有我这一块"乱才"了。

(《铁报》1948年3月4日，署名：高唐)

苏游杂诗

愚于三月三日，偕桑弧、之方及敏莉姊妹游于苏之邓尉山，看梅花。晨七时开车，晚十时返沪，帽檐巾角，悉染清芬，为态正复翛然也。归车，桑弧与敏莉为叶子戏，愚悄向车窗，默数兹游，颇有所念，得诗若干章，兹录其二。

丹心铁榦亦何奇，岂似刘郎一片痴？唯有佳人怜汝艳，同来还想借燕支。

袁司徒庙有古柏外，尚有铁骨朱梅一树，红艳项滴，敏莉徘徊俊赏，不忍遽去，拟折一枝，而见拒于寺僧，敏莉故惘惘不已。

看梅正好赶晴春，哪有垂条照眼匀？可惜轻腰人不至，故教柳色慢抽新。

自苏至广福途中，无柳，有之，柳丝犹不及抽芽也。

(《铁报》1948年3月7日，署名：高唐)

[编按：广福，应作光福；袁司徒庙，应作邓司徒庙。]

梅花玄墓与君同

从苏州到邓尉，经过木渎、灵岩、广福，到广福，便到了邓尉。我们先到袁司徒庙歇脚，那里有出名的四株古柏。亡舅钱悌丹先生，曾经有一首律诗，言司徒庙古柏的："郁郁应推髯绝伦，霜侵雷伐独全真。一湖芳草皆儿女，万树梅花迭主宾。偃蹇不曾憎病鹤，离披犹自荫闲人。当年丞相祠堂里，百劫灰飞话漏因。"出司徒庙到香雪海，正值梅花盛放，一望如雪，我们欢喜得歌舞起来。梅树大多种在桑田里，我们问一问那里的乡人，可许我们攀折几枝回去，他们说："你们从上海来的，不让你们攀折，你们不会满意的。"我们于是动手起来，那些怒放的花，轻轻震动，花瓣散落下来，一时须眉皆白。桑弧到了这里，不愿意走开，叫我们多流连一歇，在田岸上慢慢地走，消受一路的清芬幽馥，然后再上山去。望下面的香雪海，据桑弧的想象，超山的梅花比邓尉一定更是大观，但我们不希望吃得太饱，就这疏疏朗朗的几百枝，在山上望下去，已该足演为香海。在山顶上我同敏莉照了一个相，我又想起"梅花玄墓与君同"的那一句诗来，但不是冰天雪窖，而是风和日丽的好春天气。

（《铁报》1948 年 3 月 8 日，署名：高唐）

[编按：广福，应作光福；袁司徒庙，应作邓司徒庙。]

计划山阴之游

我们今年第二次的游程，计划到杭州而绍兴而宁波，为期七日，比较周折一点的是白相绍兴。老友如梯公、翼华都是山阴人。昨天我向翼华讨教，他告诉我游绍兴至少要有三天勾留，三江口一天，兰亭一天，禹岭、东湖、吼山一天，然后渡曹娥江赴宁波。翼华说：傍晚从绍兴坐了航船出发，黎明时分，恰到兰亭；舍舟登岸，这一段到兰亭的路上，山水的美丽，是无法形容。而夜航上一夜的生活，也非常有趣。睡眠虽不十分舒适，情调却甚幽旧。同游的人多几个，根本不会寂寞。本来魏绍昌兄愿意做我们的向导,但他是上虞人,山阴这地方不一定熟悉。据绍昌兄说:上虞他有故居,可以款客。我说:万一我们有女人同去,你们也肯留宿?他说:怎么不肯?替她们看家的那位远亲,就与一位师太谈着恋爱,每夜将她留宿在他们府上的。

(《铁报》1948 年 3 月 9 日,署名:高唐)

这一只金饭碗

我在十八岁那年,进中国银行学生意,点了七年的钞票,也没有偷过它们一张,只是欢喜女人,在外面荒唐。那时候的总裁就是现在中央银行的总裁张嘉璈先生,叫我写一封辞职信,这是给我一点面子的开除,我于是卷卷铺盖动身了。

当时的亲眷朋友,哪一个不在背后骂我,说:“这小子真没有出息,好好的一只金饭碗,把它砸了!”可是到现在想想,我没有吃亏,我应该感谢张先生,他放我逃出了这一块销磨志气的地方。有时我走在路上,碰着二十年前中国银行的同事,他们都还埋在那里,发星星的,一副嗟穷伤老的样子,令人酸鼻。再想想我自己,虽然像嵇康说的“潦倒粗疏,不切事情”,这是我天生的脱底棺材,不能怨天尤人。但毕竟因为我脱离了中国银行,我有的一分不可一世的英才豪气,在这数年间,让我恣情纵放。

前天有一位现任四行二局的小公务员来看我,告诉我他们已定八日那天,又要实行“坐工”,因为当局者太不体恤他们,使他们的生计限于极度恐慌之境。例如市政府公布的生活指数,四行二局并不履行,而它们履行的是国务会议通过的生活指数,小公务员吃亏甚大,但是还要无理的剥削,他们无法承受下去,不能不用行动来促使当局的开开恩典。……我听了他们难过了大半天,原来这一只金饭碗,到今日之下,真像叫花子手里的洋铁罐头了。

(《铁报》1948 年 3 月 10 日,署名:高唐)

意　　气

每天晚上回去，太太已经睡去，她枕头边放着两张小型报，我的心总是有点震动，拿过来翻开看一遍，有没有因为我写女人而使她反感的文字。

她从来没有向我唠叨过一句，她认识得我清楚，晓得我写到女人，志在自娱，倒是我写得肝火旺的稿子，她劝我了："作什么呢，去得罪一个不相识的人？"这真使我难过，因为她忽然心气宽和下来，我疑心是她抚育了两个孩子，把她折磨成功的结果。我对不起她，记得她初初嫁我的一年，为了房子的事，她同房东吃斗，脾气非常躁急，要我帮她相骂。那时我很和平，她气极了，骂她自己倒霉，嫁着我这一个巽懦的丈夫。其实丈夫何尝巽懦，文的武的，都拿得出来，不过看见太太光火了，我不要火上添油而已。可是她现在的意气呢？念之黯然！

(《铁报》1948 年 3 月 15 日，署名：高唐)

谢家骅的一只禁手

谢家骅从香港回来之后，没有看见过。我在小病初愈时，荣梅莘忽然请我在他家里吃饭，他的太太盛服招待，使宾客有如归之乐。

一向听说梅莘待谢小姐爱护备至，大有"放在外面怕冷，含在嘴里怕溶"之概。一个男人，太把妻子当作活宝看待，就无法避免自己的"寿者相"。我举一个例，自从家骅出嫁之后，梅莘就禁止家骅，与别的男人握手，因为怕家骅的皮肤教别人碰着了，使他心里难受。这事在我听来是旷古奇闻，而家骅的母太夫人，也以为梅莘的见解，未免闭塞，曾经对她的令坦说："我女儿在社交场中走走，与人握手，是应有的礼节，这一点似乎可以请你解禁了吧？"梅莘当时，并无回答，但从此以后，一看见他的丈姆娘，便趋前搀手，往往不停地搀，搀得谢老太太讨厌起来，只得向他声明，仍请维持原禁。

请大家留意，现在的谢家骅，她的手上，时刻戴上一双手套，免得碰着客气人的时候，有一种“欲伸还拒”的为难。然而我终是幸运儿，全世界所仅有的这一双“禁手”，实实在在被我握过的，是前年我三十九岁生日的那天，荣梅莘同谢家骅一淘来的时候，我以主人地位，与谢家骅搀手，其时我的感觉嫩是嫩得来，白是白得来，不觉多搀了一歇。这一夜我把我的印象，当众之前，讲给荣梅莘听，他好像很难过，不过说那时他们没有结婚，不好算数的。我于是哈哈大笑，有他这个寿头，有我这个“扰鬼”。

（《铁报》1948 年 3 月 17 日，署名：高唐）

失眠时候写的

近来时常失眠，这一篇稿子，又是在我中夜三点钟还没有合眼的时候，因为怀念一个朋友，从床上爬起来，写给他看的。

朋友：我想到你近来的烦躁，我也会忡忡然不能宁其心意。又为了自己心绪的恶劣，身体一天比一天坏。昨天晚上，同梅菁吃饭，她说我比前一时瘦得多了，我对她说：你会继续地看我瘦下去的，忧伤憔悴的原因，生活困人，不遑喘息，当然是的。而精神上的不安泰，乃至良心上所受的责备太多；我究竟是一个清楚的人，不能把一切都以佯狂玩世来遮盖过去的。

我想最适宜是多出几次门，但是我在等你，你说同我到北平去，到台湾去。可是香港我去不成了，用场太大，不瞒老朋友说：我有的一点港币，本来想到香港去用的，也叫我在过年的时候用光了。最近要到无锡去，再到山阴与宁波，你也许来不及作伴同行，但崇教寺的牡丹，一定会等着我们去看的。

我真的不白相了，跳舞场免不了要去，今年从来没有交易，女人写得我不大厌倦的，梅菁与梦云伟二人而已。梅菁你是认识的，而梦小姐也值得使人歆动，她身世比梅菁更凄凉，她们的格调有一点参差，然而都有一尘不染的洁癖。听说有人在笑我：像我荒淫无道的人,居然会敬重到一个爱惜羽毛的欢场女子,岂非笑话?他妈的,真是闲人的话。

你在看书吗?我又在翻陈履常的集子,真太好了,尤其是七律,你假使没有看过,应该读几遍的。我一年到头,固然不曾忘情于声色之事,然而不废读诗,不过读的时间太少而已。碰着过几次杰耐,她胖了一点,也很快乐,她说你在惦记着我。

(《铁报》1948年3月18日,署名:高唐)

咖啡座上

花气烟香互郁蒸,今来静坐对娉婷。三冬恒似中春暖,一饮能教百虑乘。枉以诗名称跌宕,已专殊色况飞腾。当时欲说心头事,而我心如录重刑。

从前不习惯吃咖啡,现在每天要吃一杯,有时候拣最冷僻的地方去吃。我们到过一家是林森中路一三二七号白俄开的咖啡座里,我于是想起林庚白的两句诗:"惯与白俄为主客,最怜青鸟有沉浮。"你能说这不是好诗吗?

其实那里的咖啡与膳食都不是上品,我欢喜的咖啡,倒是靠近我办事室的西青楼下,与陕西北路的吉士饭店。上面的一首诗是我新近在咖啡座上写的,我不怎么欢喜我的诗,但写出了我近来的一些心曲。

(《铁报》1948年3月19日,署名:高唐)

十九岁诗话

我从来没有关心过我儿子的学业,他们在高中初中几年级,我也茫然不解。有一天我去登坑,旁边是一只书橱,我要翻一本书出来看看,一翻翻着了我顶大一个孩子写给他远道同学的一封信,信里也有我看得懂的英文字,吃豆腐的笔法,而文理是不甚清通的。这个孩子今年十九岁了,我固然不希望他会克绍箕裘,将来像我一样的独扛健笔夸耀江南，但他读了这许多年数的书，写的信不应该似现在这样的看不下去。我不明白他单单不近于这一道呢？还是其他课程也同样拙劣的！

于是想到我十九岁那一年，已经开始写香奁诗，有一首到现在看看还是不错的：“踏青队里学牵衣，十日相思事渐非。旧箧翻开余涕泪，山茶憔悴美人肥。”我承认小时了了，大未必佳，但我的儿子，他小时候并不了了，大起来又怎么会佳呢？真教苦闷！

（《铁报》1948 年 3 月 20 日，署名：高唐）

说一个譬方

我有一位相识的小姐，曾经与一梨园子弟，制造过一时桃色新闻，这位唱戏的先生，我也认识他，气味非常不好，虚伪机诈，兼而有之，后来他们就不搭讪了。我偶然遇见这位小姐，问起她既然欢喜唱戏的，为什么单挑这个人？这个人实在没有什么好。她回答我甚为坦白，她说：“我本来无爱于这个人，所以同他白相相者，是白相他三个字而已，至少他总是个名角。”这话说得真聪明，我无法不同情她。我的男朋友如老魏、小马之流，当年死七八赖托小辫子（专门拉坤角皮条，而从中取利者，此人已死），绍介郑冰如、吴素秋她们推衾荐枕，难道就好禁止我的女朋友不弄个把男角儿来寻寻开心吗？

可是去年这个角儿，又来上海，外面又有谣言，说他与我认识的那位小姐，重续前欢了。我于是再去探问这位小姐，她说：“你不说他气味不好吗？你的感觉，正是我的感觉，你会相信我有这好的胃口？”我说：“我应该不相信的。”当时我给她说一个譬方：“现在红极一时那位女说书人，她假使同我寻一次二次开心，我还能敷衍，若使要我同她谈情说爱的缠下去，宰了我我也没有这一分雅量，正因为这个女说书人的品质，也卑劣得叫人作恶也。”

（《铁报》1948 年 3 月 22 日，署名：高唐）

放弃杭州

今岁的春游,我想把杭州放弃。听来听去,杭州不容易去。隆冬天气,旅馆有时也会客满,近来不用说了。昨天敏莉本来想到杭州去,因为旅馆定不着,所以临时作罢。明天跟我们到无锡去了。

我这个人就是不习惯钻营太苦,旅行是一桩舒服事体,假使太费安排,就要使我减少兴致。去年我同内人到杭州,托朋友打长途电话,定了大华饭店一个房间,那时已届暮春,湖上最拥挤的时期,已经过去,我们悠闲地住了三四天回来,可是今年再想享受一次,怕不这么容易了。近日的阴冷下雨,也在挂游览特车,一朝晴暖,我们还挤得上吗?我怕费事,还是放弃杭州。但内人她真想去,我告诉她这情形,她非常失望。她没有出过门,去年才去了一次杭州,快乐得她不想回来,我真想靠湖滨替她赁一所房子,让她住在杭州。她说:"这倒也愿意,可是你呢?"我说:"我末住在上海,我是离不开上海的。"她说:"那你上海的家呢?"我说:"你就不用问了。"她究竟年青,投暮英雄的一副情怀,她是不会设想到的。

(《铁报》1948 年 3 月 24 日,署名:高唐)

第五街的鞋子

在梅菁家里吃饭的那一天,回出来敏莉她们要到"第五街"去看皮鞋,我也跟着进去立了一歇。上海时髦女人的皮鞋,最早都涌到"康福"去,后来"韦鈚"出风头了,现在当令的是"第五街"。

梅菁定一双跑路皮鞋,灰色的纹皮,镶红线边缘,式样像从前的圆口鞋子,"第五街"的开价是八百五十万元一双。梅菁说:"这鞋样的发明人是朱佩贞。"我说:"那有什么好,一派土气。"但是女人欢喜,因为它时新。我时常看见梅菁着出来的那一双红皮鞋,实在不俏巧,然而她很得意。

我听见“第五街”里的人说：他们一双鞋子上，翻一个式样，就要加价一百万元。但买鞋子的女人，并不惊奇这一点，她们会还价，还价下来也许可以打一个折扣，她们反而会感觉到便宜的。上海的女人，就是这样的但求趋时，不计钞票。

（《铁报》1948 年 3 月 25 日，署名：高唐）

廿年前此我年轻

何海生先生从北京写信来，叫我去白相。前两天我写信约我的朋友到北平去，他回信叫我预备。过了半个月，我们就动身了。生长在中国，北平不去一趟，岂非白活一世？

我也爱好北平，但已离开了它二十余年，毕竟尘影模糊。那时我还是孩子，所以有一年，柯灵同佐临他们上北平去，我送他的诗有“明朝若到春明市，倘念刘郎尚少年”之句，后来我太太也去，我也有送行的诗，似“廿年前此我年轻”，又有“江南尔是诗人妇，快向天涯报姓名”的止句。

真的，小时候根本不懂得欣赏古迹以及一切文物之盛，我只是忘不了北平的街巷风光。正阳门外的几条路，曾经被我跑烂过的，所以这一次要去，我打定主意，白天去游览，晚上或是清早我会一个人溜到前门外去兜兜，试试门框胡同的乳酪，一条龙的元宵，都变了从前的风味没有？还想去穿打西河沿通廊房头条的那条小胡同，更想上大栅栏去，瞧瞧广德楼三庆园那些戏院里，还有听蹭戏的没有？记得那里面的伙计，哄听蹭戏的，嚷嚷说：“站不住啦！买票你啦！”这声音到现在还聒在我的耳朵里。这些情调，都不大坏，而我已记不起许许多多来。我会去找，一面找，一面自然地会泛起我儿时尘梦的。

（《铁报》1948 年 3 月 26 日，署名：高唐）

月光下的虎丘

游无锡的那天，虽然没有下雨，天气是阴冷的，直到回来时，在无锡车站的月台上,忽然拨开云霾,一丸明月,吐露寒光,我们的身体都觉得轻快,忘记了一日的疲劳。到了车上,我同桑弧并坐,我们在看着车前月色,这时候田野里的景物,一村一树,在丹青家的腕底,他们无法表演的。

车子将近苏州,望见了虎丘山,山上的那座塔,挺直地也没有倦容。我于是把一个虎丘全景在脑子里温了一遍,而想着了刚进山门后的一方大石,记得有一次白相虎丘,我是以"虎山环佩送红梅"的心境去的。一位小姐经过这块方石的时候,正有许多女人,拾起了地上的小砖,掷在方石的背上,她也效法她们捡了一块小砖,不轻不重地掷过去,刚刚停留在上面,别的人都对着她看,她很得意。我告她这方石是叫"期男石",现在给你掷中了,说不定明年今日,你已在辛勤哺乳,没有工夫同我们到苏州来了。她立刻怕羞起来,半晌没有说话。直等到下山时候,又经过这块方石,她再问我:真有这个迷信?我还笑着说非常灵验。

这是陈迹,但那位小姐的腼腆风情,到现在我还没有消失。人事无常,同于世变之亟,我对着虎丘山,真使我不尽低徊。

(《铁报》1948年3月27日,署名:高唐)

白桃花下

去年游过一次南湖,回来时候,弯了弯车站后面的苗圃,还没有到,已望见一片红霞,正是千树碧桃怒放的时期,它把天空也翳成了红色。后来我时常想像这境界,永远是美丽的。碧桃花大概是专门的名字,因为它不一其色,而又都是重瓣的,不比普通桃花的轻飘。

这一次在鼋头渚上,方始看见了白桃花,我们没有上岸,它已在迎接我们。我说:这里还有未谢的梅花。及至桑弧走近它时,才发现那是白桃花,花瓣固然如霜如雪,花托子却是朱红色的,而且还长出了细小的叶子。我欣赏了半天,认为它也同缟袂佳人,不禁勾起了许多惆怅。记得与袁简斋同时的诗人刘霞裳,有咏白桃两句诗:"刘郎去后情怀减,不肯红妆直到今。”写得多少嗲?但一个诗人,只要嗲得不大讨厌,就让他嗲吧。刘霞裳他姓得好,这一嗲嗲得何等巧俏。

我也是刘郎,立在白桃花旁边,仿佛也有一个心爱的人,为了我,她在受相思之苦,她已憔悴得不经梳洗。我揣摩她一种“刘郎去后”的情怀,我在白桃花下,也就无法遏制无限低徊的情绪了。

(《铁报》1948年3月29日,署名:高唐)

天真不下去了

SK是我的老友,这两年来,他遁迹在海外。其实“遁迹”两字,也许说得严重的。他是个荒唐人,在大节上却从没有出入的,但现在那里有是非,他为了避免麻烦,在“欲加人罪,何患无词”的恐惧下,他悄然地走开了。

当我心境萧瑟时候,他忽然写一封信给我,发了许多牢骚。我们真是同命,他的信里有几句话说:“看了小型报上的大作,知道你的日常生活,你的说话举动,真像一个天真的小孩子,使我羡慕不止。经过了三年的磨折,已经不是三年前的我了,不怪别人,只怪自己,平生太荒唐,太缺德,把钱看得太轻,今日的穷途末路,正是应得的处罚,更严重些,也是应当的。二十年荒唐时期过去,看看未来的二十年吧!好在大家还年轻,朋友还有几十年好交,希望你要一直天真活跃,老朋友心中永远兴奋的。”

我时常说的,我的荒唐,我的缺德,我的把钱看得太轻,正同我的朋友一样,不过他道行比我大,他有檠檠大才,经营过庞大的事业,我却没有。在性格上,行为上,我仅是他的“雏型”而已。他爱护故人,寄身数千里外,在期望我天真活跃下去,而哪里知道我近来的心境,我连这一点怕做不到了。想不到的打击,会降临到我身上,使我英气销沉,兴怀遂减。我毕竟不是无动天君的朽木,禁不住心中身上创巨痛深。我已立意,从今以后,节制我的荒唐,以期减少缺德。也不再把荒唐来做“培养天才”的遁词了。

朋友，我的天真活跃，以此为止，告诉你，你不将感到失望吧！

（《铁报》1948年3月30日，署名：高唐）

太太接火车

每一次出门白相，回来时候，太太总要讨照片看，尤其注意的是全体合影，可以审查审查有没有可疑的小姐，跟我一同去。我是每次把照片送回家里，给她审查，从来看不出毛病，原因是真的没有毛病。

有一天，朋友谈起，出门不带太太，而带的是爱人。太太查看照片，已是策之下者，最好晓得丈夫此去白相，算准他哪一班火车回来，到火车站去接驾。你若没有带人，那末太太正可示亲爱于丈夫。假使带了爱人，在双双步出月台的时候，就无法逃避太太的目光。

此计甚好，现在写出来，贡献给读吾报纸的太太，可以照计而行。我的太太，决不会采用的，因为她没有闲情逸兴，把丈夫肉麻当有趣的看管得太严。

（《铁报》1948年4月1日，署名：高唐）

看这一群小人

张善琨在胜利以前，赶到内地，在屯溪给人捉住，办他为附逆分子。经过许多文人的证明：他与中央一向取得联络，曾为抗战效力，方始无罪开释。胜利之后，他远居香岛，乱世余生，意志不免销沉。在香港碰着一个老友叫李祖永的，是当今中国商人中唯一富翁，看见善琨不得意，于是由李出面，办一家影片公司，让善琨经营。善琨不胜知己之感，自然想努力一番。不料刚刚发动，又有人在上海检举张善琨，是非曲直，到现在也不曾大白，而善琨即感到不安。惟有向李卸除影片公司的关系，免得因为他一个人，而影响了整个公司的进行。

但是笑话来了，这一家影片公司现在当权的人，除了王耀堂是李的知友之外，一个是陆元亮，一个是卜万苍，这两人都是张善琨把他们吸引过去的，现在都成了李祖永那里的红人。卜万苍这一个所谓中国大导演，没有学问，没有修养，有的只是一颗野心而已。看见了这一个庞大的公司，顿时立刻眼睛发红，张善琨的告退，他就想乘此机会取而代之，忘记了友情，忘记了道义。最近他们干了一桩叫人发指的事，由卜万苍、欧阳予倩、顾仲彝三人，上书李大老板之前，信里都是攻击张善琨的话，他们念念不忘的，怕李大老板还要重用张善琨，而失去了他们的地位，词卑言污，至此已极。卜万苍本来是标准小人，做这种事，并不出我意料之外；而欧、顾二人明明是学者，居然也受这一个鄙夫所利用，真不能不使我做老朋友的，为之痛心。

据说：李祖永真是老白相，他接到这封信，立刻送与善琨，张善琨的心境如何？不必说。而这群小人的用计不售，徒然暴露了他们的丑恶，则成了永远不能磨灭的话柄。其实凡是小人，都是不肯量力的，凭一个卜万苍，即使有能力把张善琨偃压得抬不出头了，凭他这一身能耐，就会把这大的公司办得好？还不是当李祖永一块肥肉，当李祖永是洋盘。但李祖永决不是洋盘，被你们啃到某一种程度时，他自然会叫你放口的。

有人从香港回来，告诉我这件事，我再也忍不住气，把它揭发了。我倒不一定替善琨舒气，我只是恨人心太险。我还要写信给李祖永、王耀堂他们，叫他们留神这些害虫，反正我没有意思吃他们的饭，挣他们的钱，这一群人没有法子装我笋头，说我有什么野心的。

（《铁报》1948 年 4 月 3 日，署名：高唐）

哄孩子的话

天衣兄说我近来的性情，有点反常，容易感伤，也容易欢喜。我自己知道，我在苦难中度着日子，平生喜欢的是声色之奉；而最近连这一点意兴也自然消退了，往往同朋友走到了跳舞场门口，我会一念到“谁与为欢”，便一个人悄然引去。于是乎在家的时候多了，我的太太虽然不同我说什么，我料想她一定在转念头，怎么忽然甘于落寞起来？

回去得早,孩子还没有睡,堕地七个月的唐勿,他会笑,会同我亲热,我一直要哄到他睡觉。我想到了人心的丑恶,便觉得这种无邪稚子的可爱。我对太太说:“我现在不交新朋友,已经有的朋友,他们真正爱我的,我也更加爱他们。”

世道太险,能够少认得一个人,还是少认得一个人的好。这一个世界,率兽食人的活剧,实在太多了,无论朋友间,男女间,乃至骨肉间造成的相残之局,看得我真害怕。所以我又对太太说:“我这个丈夫,当然不是你理想的丈夫,这样的疏狂,这样的放荡,永远不切事情,可是没有做过坏事,在良心可以质天地神明而无憾的。世界上能够有几个颠扑不破的人?我相信,我从来没有叫人家看穿过我,做我太太的,应该因此而心安意泰,穷一点怕什么?放荡一点又怎么样?”

(《铁报》1948 年 4 月 5 日,署名:高唐)

到南北湖去

因为我近来所写的,不是动肝火,便都是充满着肃瑟之气,于是接到许多朋友慰问的信,有的问我忧郁的原因,有的怕我因忧郁而妨碍健康,觉得友情真是可贵。桑弧、之方他们,劝我出门疏散疏散,他们为了我,计划到南北湖去。

最近好像是《申报》上,在指导游春的人,到南北湖去。经桑弧同广明分头打听的结果,这里的确是一块山水清娱之地,行程是从上海到澉浦,再走进去,不到十里路,就是南北湖了。最著名的山,叫鹰窠岭,逛南北湖的人,应该在山上住一夜,因为这里最好的欣赏,天一亮时候,从鹰窠岭上看日出。

我们在日内就决定走了,因为到了那里,要走许多路,还要徒步登山,所以不预备请女朋友去。譬如敏莉,看看外形,好似精壮得很,其实路是走不来的,要我“老奴与你把路带,一步一步往前挨”的唱起《南天门》来,我也吃不消的。所以同去的人是广明、佐临、桑弧、陆洁、之方、我,没有一个恶客。我们每一次的游伴,都是挑选得非常严格的。

我们还想到杭州去弯一弯，坐一趟船，上一趟玉皇山就回来了。在我旅行的时期中，我想他向我朋友请假，要停几天稿子，以我近来的心绪，实在不应该写什么稿子。但是有一位朋友要我天天写，让他看看，他在吃苦中，虽然我看不见他，他的话，我是永远记得的。

（《铁报》1948 年 4 月 6 日，署名：高唐）

祭 舅 父

“雨潇潇杂泪丝丝，细诉重泉舅父知。世吝先贤传绝业，情深吾母怆同枝。遥怜墓碣三年别，犹报烽烟四处滋。九野苍茫应有恨，不能再看阿常诗。”这是吾舅父死了三年后的清明节，我祭他的一首诗。今天又是清明节，算算舅父弃我而去，已经八年了。世乱至此，像吾舅父血性的人，他是看不惯这些，便是天要他活不下去的，他总是痛苦的。

舅父在世的时候，他是唯一个教训我的人，他的话，我大半没有做到。迄至现在，我还是潦倒粗疏，连他最心爱的阿姊，我也不能孝养周全。而舅父的身后诸事，我都不曾尽力安排。料想他在天之灵，一定是痛恨我的。

惟有一点，我可以安慰舅父的；记得我在二十岁开外以后，舅父一直消极地垂诫我说：“不希望你在德业事功上，弄得飞黄腾达，只望你勉为叔世好人。”他还要我永远记得白居易的两句诗：“不敢妄为些子事，只因曾读数行书。”到现在为止，我似乎没有愧对舅父，因为我清夜扪心，从来没有做过恶事，倒不一定我是叔季之世，最好的好人，但是张开眼睛看：太坏的坏人，实在太多！

有一桩事，想着了舅父，我就会哭的，那是我现在的诗，他看不见了。他对人说：“在小辈中，特别欢喜阿常，因为他有诗才。”当我十几岁时，他翻我的诗课，记得有两句“瘦影不自怜，怕被慈帏看”，舅父的批评是：“情至乃成好句。”他一直勉励我走温柔敦厚的一条路，有一时期，我自己暴弃，他又特别恨我，以为我把诗业，也从此毁了的，但从他成佛以后八年来，我没有荒废；我相信我的诗只在进步，舅父假定活到现在，一定欢喜。他这人并不迂旧，决不因为我多写香奁体而有所责难，他是能够了解他外甥的环境与情怀的。万一幽明真可以通问的话，我要写一点去年得意的诗给舅父看看，譬如：“才地固当惊俗世，腰支无奈异从前。”“互依霜树知予老，一对清秋审汝妍。”“十载未开平视眼，一贫易作负恩人。”怎么会不叫他老人家掀髯一笑呢？

（《铁报》1948 年 4 月 7 日，署名：高唐）

潘先生的赠联

前天，潘伯鹰先生忽然过我，他一进门，就伏在我的案上，要纸要笔，对我说：“要写一副对子与你看。”他写的是：“为虎为鲸为鸑鷟，亦狂亦侠亦温文。”写毕后问我：“这一副对子送给你，你说好不好？”我说：“你给我写？”他说：“我预备写给你的。”

后面一句是龚定庵的诗，我问潘先生：“上面一句是谁的？”他说：“大概是王仲瞿的，也记不清楚了。”那末我的记性也不好，去年我一直在读《烟霞万古楼诗集》，想不出有这样一句。今天早上，我把王昙的七古约略翻了一翻，也没有找到。也许潘先生也记错了的。潘先生本来有了下句配不着上句，最近看我在刮辣松脆的骂人，他突然想着了这七个字。潘先生名满时下的诗家，他曾经写过“欲辟新涂闵旧体，但论余事已无俦”的诗来捧过林庚白的作品。林庚白也亟赏其才，于《孑楼笔记》中提起他，而称之为“怀宁少年”，真是上海人打话有点“老迦迦”了。

（《铁报》1948 年 4 月 9 日，署名：高唐）

归　来　后

南北湖与西湖之游，至酣至畅，数我归来，亦五六日矣，忙且懒，犹不及为读报诸君，尽道兹游之乐也。旬日以来，得友好及读者惠书甚夥，有不可不报者，愿假本篇略约述之；如谭魏生先生寄诗，已转呈吾友，顷得其函，谓愿闻尊址，或有复件直陈。又隐先生赐书，谬奖过甚，枉驾尤不敢当，倘荷示我以高踪，将不惮三顾也。

昨得二绝句，即以“归来后”为题，并录于此，即寄故人。

酽茶容易损柔肠，一伴银铛世亦忘。终是美人清骨干，不因潦倒薄刘郎。（简中有每茗不忘之语）

春来时复思悄悄，万种辛酸罨一心。谁分吕佗投老日，还因亡主叹飘零！

（《铁报》1948年4月20日，署名：高唐）

念　焦　山

愚不久又将离沪，此行将止于白下。白下之美，玄武湖外，殆无可述者，故欲先赴京江，登焦山，啖鲜鲥鱼。愚游山水，恒不忘口腹之快，南北湖之僻野，自不可丰膳食，则于硖石镇上，携一名厨往，治烧鸡、鲥鱼、煨肉之类，皆绝鲜腴，愚故健饭逾常时。人过四十岁，可以享受，必穷尽气力以谋之，暮年潦倒，甚至流转沟壑矣。俯地仰天，自己不可叹一口气，亦不必路人说一声可惜，夫此然后为好汉一条耳。

一日，与木斋谈京江，俱甚念焦山，别此十余年矣，松影江涛，犹如昨日，因与木斋约，必同寻旧梦。吾友年来，渐消锐气，惟好清游，其夫人亦委婉大方，愚有时吐词甚亵，夫人不以恶客视我，非似一般“人家人”之故作凛不可犯之色焉。

（《铁报》1948年4月22日，署名：高唐）

《铁弓缘》上银幕

二十一日，同石挥、李丽华及内行的黄松龄，合演了一出《铁弓缘》，李的花旦，我的小生，石的小丑，黄的彩旦。这出戏原定是《鸿鸾禧》的，因为李丽华爱好“开茶馆”这一场，所以在上演前一星期，改了码子。

我的京戏，满不对工，比较不喜欢唱小生，而喜欢唱武生，这一次我非常懊悔，没有露一露《投军别窑》，因为文华公司的摄影部和录音部，都在场内，将《铁弓缘》的十分之六七，都拍为电影，假如《投军别窑》的全部“起霸”，都替我收入镜头，将来放映的时候，倒不一定供外行的笑乐，更可以给内行来“观摩”。譬如一个不会写字的人写的字，往往有非常美好的结构，我的“起霸”固然羊毛，但说不定可以寻出一两个优胜的动作来的。

我从来没有像这次上台的着急，因为一套对拳，从来没有同李丽华说过，她以为我是内行，一直到上台前两点钟才来，还是有气无力的不肯说一说，我心里想：只要你不怕我打翻你，咱们台上见。于是下后台化妆去了。

在上演前碰着盖叫天先生，他对我说：“今天我得等一等，看您露一下再走，您得冒上。”又碰着周信芳先生，他说：“你怎么又唱起来了？”又碰着梅兰芳先生，我们搀住了手，他直向我问好，对于我的上台，却没有意见，此京海两派之所以永远搭不来讪也。

（《铁报》1948 年 4 月 24 日，署名：高唐）

艺术家的气息

打前天起，白蕉先生在成都路中国画苑举行他的书画金石展，今天已是第三天了，还有四天。我于书画金石，全本外行，但平时凭了性之所喜，常在评论当世名家的作品，白蕉是我深嗜的一个。他于艺事下过苦功，而成就甚高，都不必我替他夸张。我却喜欢他作品的神韵清疏，像他的为人，也像他写的诗。他的为人，永远地神韵清疏，不乐世务，这一点已值得使人崇敬。而他的诗，真的不食人间烟火，我尤其喜欢他从前写的许多小诗，似：“渐有桃花泛绿潮，豆花眼大杏花娇。先生策杖来何许？两面垂杨认小桥。”这是白描，而描得这样的风致便娟，假使不是才人，哪能有此吐属？

所以我对于白蕉的作品，是有一种信心的，因为他有最高的天才，更有一分最佳的气息，用来冶合于他的各种艺事中，加以工力，所造自然是高贵的了。我又确认一个艺术家气息的好坏，对于成就，是绝对有关联的。上海有一位名画家，我不欢喜他这个人，我看了他的作品，也实在讨厌，然而我有一个朋友，对他往往逢人告誉，我常常根据我的见解，同我朋友争得面红耳赤，我决不相信世上有气质太糟、作品太好的道理。

（《铁报》1948年4月25日，署名：高唐）

丢了一张身份证

新近把我的身份证遗失了，还有一本小电话簿子，身份证是夹在这本小簿子里的。

是在"五层楼"唱戏的那天，上台之前，我已经穿上了靴，还赶到前台，找我的太太，我把身边的墨水笔、钥匙、钞票、表，都放在她的皮包里，她叫我把小电话簿子也留出，我没有，因为我抄的台词在这本簿子里面，在上台之前，我还想念一两遍的。

戏完了，我回到扮戏间里，阒无一人，我匆匆下妆，匆匆洗脸，匆匆着好衣裳、鞋子，去接我的太太，一直到了家，才想着这本小电话簿子不在袋里，而没有想一想身份证也跟丢了。直过三天以后，想起身份证来，于是派人到"五层楼"去查问，已然渺无踪影。

没有身份证，在上海还不十分困难，出门太不方便，记得到常熟去，苏州去，南北湖去，都派过它用场，没有了它，就无法出门。我不能不一面挂失，一面请求补给。但听说补领的手续非常麻烦，我又记不得身份证的号头。我叫唐云旌，今年四十一岁，江苏嘉定人，职业地点是黄河路廿一号，如有仁人君子，拾得此项身份证者，请送还上列地点，感恩匪浅。

局势不好，我谨慎一点，应该有这一个声明的。

（《铁报》1948年4月29日，署名：高唐）

西湖上寻房子

刚同桑弧、陆洁他们游了西湖回来，而前一天他们又到杭州去了，他们是匆促成行,事前没有告诉我。若使他们邀我同去,我一定拒绝的,因为杭州这地方,我嫌它太熟汤气了。

只有我的太太,爱好湖滨。去年,春游的晚上,我同她从旗下走到大华饭店,她说:“你假使在这地方给我租一所房子,我情愿终老是乡。”今年我同佐临经过涌金门湖滨的时候,佐临指着一所非常洁净的房子告诉我说:罢战的那年,他在杭州,曾经谈过这一所房子,房东只要他五担米一年,以五年为期。我问他后来为什么没有留下?他说:胜利了,就不想在杭州耽着。我跳起来说:五担米算什么?假使留到现在,让给我,我叫内人搬得来,也好使她稍息“嫁得黔娄”之恨,岂非好事。

天厂在孤山上有六个房间,他预备收拾收拾,装了卫生设备,永远招待我们这班朋友去住。房子近西泠印社,论地方是真好,其实以吾们的交情,分两间给我做“高唐杭寓”多好?招待我去,我不会住西泠饭店,住大华饭店。

杰耐在葛岭下面,也有点房子,她说:“你到杭州去,可以住在那边。”我说:“你招待我太太去,她感谢你了,她是欢喜西湖的,我却衷心地并不爱好这个地方。”我到过南北湖,认为南北湖固然单调一点,但西湖之坏,却坏在太“双调”了,也不是味儿。

(《铁报》1948年5月3日,署名:高唐)

身边事

去年我写过一首非常得意的绝诗,记得是:“身边事大任如山,一睨无言亦等闲。中岁粗狂犹少日,重扶腰脚闯情关。”桑弧兄欢喜这首诗的结句,他说:“写尽了苍凉之感。”我自己则欢喜第二句,因为写出了我的一身浑劲,但写是这样写,究竟气力衰退的人了,想混也混不下去,当我“如受桎梏”的时候,有几个熟朋友就要冷嘲热讽地说:看你去“一睨无言”吧!

唐匆吃了八个月的奶,他母亲的奶头吮碎了,她痛苦万状,于是硬硬心肠,替孩子断奶。断了四天,她更加辛苦,而孩子吃了代乳粉立刻形成消化不良，面孔上的肉，看他一天一天削下来，晚上直哭，白天也不大有笑容。三日的深夜，我赌到三点钟回去，她告诉我又在喂唐勿吃奶了，因为看他可怜，她落过眼泪。我非常感动，我们对于孩子，都是“最小偏怜”，大的几个，我几乎不屑以正眼视之。

时常有读者供给我许多不同问题，要我在文字里答覆，实际上我是不能这样做的，一天共总不过写几百个字，我不好意思借报纸来与读者通信。内中有一位隐先生，我一直疑心他是我极熟的一位故人，他寻我开心，寻得我肚肠真痒。

（《铁报》1948 年 5 月 6 日，署名：高唐）

我想救救孩子

我住的弄堂里，对门有只弄堂小学，教员大部分是女人。每天早上，听见先生打学生手心的声音，把学生打得直叫，有的喊着姆妈。我很奇怪，什么人这样性情暴戾？苦苦的逼着孩子读书？

有时我立在窗前，远远望过去，执着戒尺的先生总是女人。我又想：我的孩子在学堂里，也在遭受这种刑罚？我有点不忍起来。

我相信她们的管教学生，不是想存心教好一个孩子。她们的动手打人，是一种虐待狂，但看她们面黄肌瘦，不一定是营养不良，至少永远在犯着超前落后的毛病。因为多病的缘故，引起心理变态。我于是想救救孩子，把她们一个一个勾引出去，勾引成功，包管她们心平气和，至少孩子们好少吃一点苦头。

（《铁报》1948 年 5 月 8 日，署名：高唐）

石家饭店两家诗

书家邓粪翁先生，把他的近作《春游草》送给我看，这是同施叔范先生去逛了一次洞庭西山回来后写的。邓先生有一首绝诗、四首律诗、一首古风。施先生则有绝句五章、律诗一首，我在《申报》上先拜读过了。龚翁的那首七绝题为《饮石家饭店作,壁间多朝士题诗》。句云:“菰菜及时鲃肺早,灯前草草尚千卮。酒酣劝客留余沥,要为徐凝洗恶诗。”一到龚翁的笔下,总有一腔抑郁不平之气。叔范就两样了,他是永远温柔敦厚的,他的诗是:“问谁解得此萧疏?醉叱红灯草草书。今古销魂在衰乱,灵岩脂粉石家鱼。”均是在石家饭店写的。龚翁在生气,而叔范却能够一味的洒脱。

(《铁报》1948年5月9日,署名:高唐)

干女儿与诗弟子

我结拜过一位义妹,到现在还是维持着最好的情感,因为一个已经嗲勿清爽,所以不想再拜第二个。我没有收过徒弟,也没有收过过房女儿,有人提议,我总是推辞。昨天有位老太太把一位小姐要拜在我的膝下,以为螟蛉一女,当她宣布的时候,我面孔也红了,我说:“这怎么可以呢?我自己还要人来管束我,好意思做别人的干父?而且我一向没有尊严,自己的孩子,被我骄纵得都快成为废材,岂可以耽误别人的子女?至于我本身是个臭盘,向来以轻骨头出名的,收了一个干女儿,任凭我一本正经,闲人的想法,总不是那么回事,那末问题更加严重。要我倒是想要的,让我这只甲鱼再老一点,会挑两个面孔标标致致的小姐,一个做过房女儿,一个作诗弟子,但各以一个为度,多了,我不能似凤公那样的照顾周全。而且义妹、义女,乃至诗弟子之类,一个已经尽够的了,不比讨家主婆,只要现在的太太答应,自己精力充沛,经济宽裕,多讨几个,真是比什么都开心。”

(《铁报》1948年5月10日,署名:高唐)

开　口　饭

我们近来确定一个原则,吃开口饭的男人,于女人地界的销路特别好,别说是唱京戏的角儿。如说书先生、电台的故事先生,甚至于唱都唱不成腔的独脚戏先生,他们一年到头都是女人包围中。记得从前的三大鄙人,他们时常在电台上扯开了嗓门直嚷:“有几位听众,阿是要鄙人拍小照,过歇我还呒没拍好,等拍好仔,我一定送拨唔笃。”我们听听要打恶心,但他们的女听众,正有不少人听见了,她们的骨头在一根一根松开来的。

我就不欢喜专门调侃女人,男人何尝不是对吃开口饭的女人,有特别好感的?我打十七岁就迷恋刘昭容,一直到去年,看了台上的傅全香,还在神魂颠倒。这些毕竟还是“件头”,前两年,我听见电台上的女报告员,只要声腔好听一点,总是千方百计的邀她们出来吃一顿饭,甚至对于机关里听电话的小姐,我也会假痴假呆的跑进去张法张法。转“开口饭”的念头,下到这一种工夫,可以说是“上穷碧落下黄泉”了。你干吗专门钳牢沧洲书场的几只老妖怪?是一个人,难免有变态心理的。

(《铁报》1948 年 5 月 14 日,署名:高唐)

同行恋爱

我不想落同行中一个栗子顶个壳的窠臼,所以对于女同文,从来不存勾引之心。譬如我同苏青、柳黛那几位小姐,算得熟了,我们见面时候,吃吃豆腐,寻寻开心是免不了的,但从来不曾削尖了脑袋,去追求过她们。因为我想到万一被我追求成功,岂不成了唱京戏的陈鹤峰与云艳霞,演话剧的汪漪与穆宏,拍影戏的袁美云与王引,做文明戏的林雍容与刘一飞,乃至唱申曲的石筱英与卫鸣岐,独脚戏里易方朔与易采桃,那种种的太未能免俗了。

昨天,我听见一个笑话,据说:追求苏青的人很多,但全是那些不学无术的人。有一个生意人追求她,说了一句话就倒了苏青的胃口,他说:“苏小姐,我听说你的‘作文’做得很好。”后来苏青告诉别人说:“这种人也配来跟我谈恋爱?”其实苏小姐的涵养没有我好,我的女朋友几乎没有一个不把“一个月”说作“一个号头”的,我从来没有讨厌她们。

(《铁报》1948 年 5 月 16 日,署名:高唐)

听小彩舞

有一天晚上，包小蝶先生请我去他府上吃饭，座上有小彩舞。我同她这是第二面，她倒是谈笑风生的，不大拘于形迹，饭后她还理起丝弦来吃了一只《长坂坡》。上一次听《大西厢》，我没有心思听，这一回却教我大大的过了瘾，我觉得她比白云鹏、白凤鸣他们，却来得神气充沛。其实晚年的刘宝全，也何尝比上她这一股劲道？有人说：她是掺合着刘、白二家的神髓，但是我听不出来。因为我对于刘、白的分别，也都茫然无知。不能多写下去，否则良心上要受责备，我不应该学"假老鸾"的。

我写过一段《小彩舞的情夫》，据说那是往事，现在说不上了。这一天，有一个促狭朋友存心僵我，他对小彩舞说："你到上海来，应该请唐先生多关照的。"说完了直盯住我看。小彩舞更欠身地说："是呀！我得请唐先生多关照点我。"我在这个情形之下，只是笑，却没有窘。磨练了二十年，这些些小事，还难得了我吗？

（《铁报》1948 年 5 月 17 日，署名：高唐）

施先生捧我

施叔范先生前两天在他写的《艺楼醉墨》里，捧我作的诗，我真开心。在我辈中写旧诗的，施先生是最出色的一个，他捧我，我的骨头哪有不减少分量之理？当然也有不配捧我的人，而捧我了，我觉得比骂我还要难过。

我明白施先生捧我的话，大多是由衷而发的。不过他尽往好的一头说了，坏的一头，他说简略过去的。我的毛病当然是指不胜指，但施先生假使肯写一点给我看，那么更见得我们的交情，其实我是最有自知之明的。

施先生说："此其工夫，在禅家所谓无碍，由词人论之，即推为不隔也。诗之妙处，要看去异常平易；迨读后回想，能使人生惘惘之情，不尽之感，斯为极则。读大郎诗，每有此想。”这也许是我欢喜说老实话，而造成的境界。但他在文章里，说得我最舒服的几句是：“或谓大郎多脂粉语，其实抒儿女之情，最难得体，苟能驾天马行空，不拘常羁，正恐为之者不能多耳。”我自说，假使说我是写香奁体的专家，那末我不承认落了韩致尧、王彦泓他们任何一个人的窠臼。说我万不如他们，倒未始不可以的。

（《铁报》1948 年 5 月 18 日，署名：高唐）

鬟髻淫香

新近我有一首诗，其中一句是“鬟髻淫香落袖间”。这是写两个人在车子里一只手放在女人的肩膀上，女人的头发，停在男人的袖子上，非常习惯的一种形式。

不知是不是我的一种心理变态，近年来欣赏女人，最先注意的是她们的头发，能够引起我性感的，也是她们的发样，与夫一种所谓“鬟髻淫香”。说老实话，我最早的爱赏管敏莉，实在是从男女之私上出发的，我除了欢喜她的豪气凌云，也欢喜她的雾发风鬟，当时我送她的诗，对于她的头发，往往特别强调。就我记忆所及，有一次我去看她的病，回来写的诗有“枕边腻发梳还乱，卧后轻腰看更肥”之句。又有一次听说她要退隐，我又有“不尽惘然付薄醺，尊前怅望发如云”之句，又如“复因一醉乱云鬟，人自疏懒物自闲”以及近年的“人自含风天亦笑，空山放得翠鬟前”，都是以她的头发来写她这个人的。除却敏莉，我也有写她们头发的，如：“云髻鬟倾腰脚软，碧波璃耀眼波明。”又如：“眉痕淡于三春柳，鬟影青于九月云。”一时记不起许多来。记得从前有人写“发香微度醉初醒”。发香不是指一种香水的香，更不是经过电烙后来的“电香”，真的发香，可以加强男人的情欲，我称之为“淫香”。

（《铁报》1948 年 5 月 20 日，署名：高唐）

我的读者

蒋天流小姐在《太太万岁》放映后从福建到上海，我只见过她一面。后来又看过她演的《芳草天涯》，就一直疏远到现在。新近桑弧碰着过蒋小姐，蒋小姐非常关心我，她对桑弧说：目下她还看一张《铁报》，而单单看我一个人的稿子。《铁报》到了，她翻《高唐散记》，读完了我的稿子，把报纸搁置起来。像这样对你忠实的读者恐怕是不多了吧？真是不多的，我非常感谢蒋小姐的友情，她以一个现代艺人，居然能够接受我一天到晚的胡说八道。

类似蒋小姐的，还有一人，那就是梦云伟了。梦小姐每天也订阅有我稿子的报纸，她更特别，只欢喜看我最身边的文字，若使我写到海阔天空去了，她看了几行，也就不看下去。她们这一种"呜呼烈矣"的精神，都使我感奋。这二位小姐，我现在敢肯定地说，她们是我的读者。

（《铁报》1948 年 5 月 21 日，署名：高唐）

赖稿子的话

毛子佩先生在电话里对我说："你近来写的稿子，甚少精彩。"我很感谢他的直谅，因为朋友够得上交情，才肯说这样的老实话。

这两个月来的我，真不想写稿子，在不写也得写的情形下，于是写得出一点写一点，写不出，对不起只好曳白了。有一天，世昌、桑弧他们在笑我，说我赖稿子的本领真第一。其实我哪里存心要赖稿子？正因为我们要劲道写稿子。记得南北湖回来之后，我因为喜欢那地方，要写一篇游记，使我忘不了的，到南北湖那一天在暮霭中翻过两个山头，和鹰窠顶尼庵中投宿一宵的情调。乃至第二天一早看日出，尤其可记的，那里民风的醇厚。我一算没有五六千字，写不下来，因此一拖就拖到了今天，索兴烂在肚里，预备等明年桃李花开的时候再去一趟，然后再写一篇。

我高兴写的时候，规定上午一到写字间，立刻动笔，十点钟光景，都写好了。近来常常拖到下午，甚至有一天拖到了傍晚。最好是老朋友肯原谅我，让我歇脱一时，徐图报命。

（《铁报》1948 年 5 月 23 日，署名：高唐）

出过命案的房间

有一天同任问芝小姐吃饭，我们谈起上海的旅店里死过人的房间。我告诉她：有一年我同之方兄在国际饭店开了一个七一〇号的房间，已经住了几天。有一天下午，我一个人躺在床上，忽然记得是这一个房间里，在前此若干时，曾经出过命案，叫人把手枪打死在床上的。我越想越不安逸，这天晚上，碰着于静庵先生，我请他证实。他笑笑，叫我们调一个房间吧！我是无心把这往事告诉问芝。到第二天，别人来告诉我：问芝近来住在国际饭店七一〇号。我倒不安起来，好像我昨天讲的故事，是有心吓唬她的。

其实住旅店不能研究这一些的，这夜有一位朋友又谈起前几年金门饭店三〇四号一个男子被人"宫刑"的惨事。任问芝说："后来王秀华就在这一间里，开过一年半载的长房间，她是糊里糊涂，直到她嫁了人，也不知道她住过的地方，曾经演过一桩惊心动魄的惨案的。"

（《铁报》1948 年 5 月 25 日，署名：高唐）

行头与爱人

在孩子断奶的时期中，我的太太真太辛苦了，理发店里积着十来天没有工夫去，我这全没心肝的丈夫，从来不曾体恤过她。她也来不及管我的账。有一天早晨，我在刮胡子，她在背后对我说："近来你瘦得多了，你怎么自己不觉得呢？"言下有惋惜之意。我听了有点内疚，告诉她说："瘦是瘦一点，身体还好，纵使心境有异，也不是为了忧煎家计。"

她的心气比往日宽和，从前常有"一言不合，面红耳赤"的时候，现在她随便得多。最近我们有两次抢白，没有成功，原因是她不认真，我也懂得谦逊。譬如有一次，她劝我多置几件衣服，她说：既然欢喜在外头白相相，行头总要多翻几套。我同她打朋说：我就不靠行头，也有爱人。她讨厌我的夸大，而且有扎台型的嫌疑，下去的话难听起来了，我就指东话西，把它叉开，万一我再逼她一句，那后果就不好设想了。

（《铁报》1948 年 6 月 1 日，署名：高唐）

昨夜晚得一梦

昨夜晚，得一梦，梦里好像在半夜三更，走过跑马厅大自鸣钟前面，看见近来香火大盛的两个石老爷，忽然向我一揖，叫一声“唐先生”。我被它吓了一跳，定一定神问它们施礼为何？他们说：“我们想挑你发财，你意如何？”我说：“生平没有其他嗜好，只喜欢发财，但财从哪里发起？乞道其详。”他们说：“财打我们身上发起。唐先生你应该相信，现在上海的愚夫愚妇，都奉我们若神明，但是你想，他们都管我们站着的地方叫石神庙，这屁股般大的地方，哪里免得了风侵雨伐，所以我们想搬一个场……”说到这里，我在心跳，我想这两个家伙要砍我条斧了，但听下去倒还好。他们又说：“今夜你一个人路过此地，正是绝好机缘，我们来同你商量，我们想搬到旁边的大观园里，找一间朝南的房子，做我们的佛殿，这‘石神庙’三字，就代替了门口‘大观园’那一块匾额。不过这一只庙，我们要指定你来主持，你可以做石神庙的当家和尚，来带发修行；夜里要白相跳舞场，我们都可以原谅。每天收下来香金，以及乌龟贼强盗的许愿钱，乃至你在外面借名募劝下来的钞票，都归你花用，我们决不开一声口。倘若有人要剥削你一分一毫，我们会罚他永世不昌。所以希望你明天就去同你的老朋友张中原先生谈一谈房子问题，请他免费出让。假使他有条件，你只多答应他以后庙里的素斋，由大观园厨房承办，你在筵席费里抽几成回佣。你再仔细计划计划，这里面真的有大利可图，我们等着看你颜色，你还要放点肩胛出来。”

记得到这里，以后的事，我糊涂了。第二天醒来，想了再想，白相人打话血路倒真是一条血路,但是何从去向中原开口,怕他非但不答应,砍我招牌。到将来市参议会开会时,他哗啦哗啦要市政当局非把它们二位铲除不可,那时候我再走过它们的面前,它们一定恨我这一只黄牛,可能会连身体倒下来,把我当场压死了的。

(《铁报》1948 年 6 月 3 日,署名:高唐)

苗子夫妇

凤子与美国人沙博里结婚,黄苗子先生送她一副贺联:"佳人已属沙博里,凤子今称密昔司。"既风趣,也不轻薄。

苗子同郁风夫妇,在战前我并不认识他们,打去年起,他们从南京来,才得屡次聚晤,所谓:"海内十年谋识面,江干一见即论心。"他们贤伉俪一样的亢爽绝俗。苗子没有官腔(任职财部多年,为俞鸿钧氏秘书),也没有一般艺术家的艺术腔,一向随便得很。

因为郁达夫先生是郁风的叔父,所以苗子夫妇,一直想搜罗达夫的遗作为之付梓,但哪里搜得完全?目下有许多人正为达夫整理旧诗,他们如果能够联络起来,比较可以完整。

最近,苗子夫妇又来到上海,我在丰泽楼同他们吃饭,苗子要看看我的诗稿,他好像特别欣赏我写的打油诗似的。

(《铁报》1948 年 6 月 5 日,署名:高唐)

奉之若佛

我在本报写的一篇《宝儿迎客记》,那主人翁是我的朋友,宝儿也是我相熟的人,而朋友的夫人,几年来也曾经见过一面两面的。

这位夫人,看了这篇文字,她对我的朋友说:别的我倒不生气,气的是"奉之若佛"四个字,干吗白相相要把女人看得似天神一样。又说:唐先生写的一定错不了,因为你们常在一起,他冷眼旁观,看得真切。

我想不到这一句会出毛病,害嫂嫂生气,我于是想分析男人对女人

"奉之若佛"的心理。以我来说,我也常常当女人菩萨看待的。在欢场中,看着了一位贞静温良的小姐,我自然而然会敬而畏之。我尤其喜欢的,她的外形带点浪漫,而真正的性格却是非常端凝,这种女人而一旦矢爱于我,你叫我如何不感恩流涕?又如何不奉之若佛?

但"奉之若佛"这四个字,往往不利于"进攻"。因为男人对女人既存了敬畏之心,容易引起自卑心理,这种心理却是"示爱"障碍。我不知看见过多少朋友,因为这原因,追求一个女人到六年七年,毫无成就,终至不了了之的。本领俗骨凡胎,要想跨到菩萨身上去,哪里是一桩随便的事?

(《铁报》1948 年 6 月 6 日,署名:高唐)

重建白云庵

西湖上的白云庵,倾毁已久,年来时有重建的消息,但没有看见实现。昨天听得人说起,浙省民政厅长阮毅成先生预备重建白云庵,此事正由他在竭力促成,预计今年秋季,可以落成。

我三十岁那年到杭州,去过白云庵。在我记忆中,白云庵一派荒凉,但它的美,正因为它的幽旧萧条,异乎湖上的其他建筑。不知重建以后的白云庵,还存旧时的气氛否?

阮先生计划中,白云庵那一副对联,已特烦潘伯鹰先生作书,而九十九条签文,则拟请九十九位当代的诗人、词客,分别缮写,书为行楷,便于辨认,将来齐集之后,铸为锌版,用桃林纸精印,这一点,就比从前要考究得多了。

(《铁报》1948 年 6 月 7 日,署名:高唐)

病髯行

书家邓散木先生,比以书抵愚,传近作一首,题曰《病髯行为叔范作》,句虽出之俳谐,而霸气犹存,真佳构也。叔范病,愚读散木诗,始知之,会当偕桑弧存故人清恙。散木将于本月十八日举行书刻个展于中国画苑,此诗盖成于百忙中者,弥足珍贵也。诗曰:“一日不见施髯来,恍忽便隔三秋长。两日不见施髯来,把酒独饮成彷徨。三日不见施髯来,不觉喜气盈衷肠。人来告我施髯病,我闻髯病锵锵锵(敲锣鼓矣)。或者谓我心肝黑,心黑争如舌黑强(髯病中舌苔如漆)。往当施髯未病时,排日相过劳壶觞。即今物价胜兔走,斤酒斗米何足偿。我每饮罢更洗盏,长提钓酒声浪浪。声浪浪,心茫茫,吁嗟乎,此酒浆。施髯尔岂赵酒鬼,骗酒来充吕纯阳。愿尔一病三千六百年,垂涎百丈惊我三斤四斤力能抗,舌黑眼白空四笔(朋辈谓吹牛皮四笔头,以‘牛’字正四笔也),看人鲸饮徒心伤。”

(《铁报》1948 年 6 月 9 日,署名:高唐)

怀十里红女士

与天厂居士同饮,谈起女人,天厂所举,在台上以魅力胁人者,惟大鼓中之小黑姑娘。若私底下擅仪度清华之胜者,坤旦中之章遏云,若夫花间则不能忘情于真棠影老九,凡此胥为不世出之人物,愚于是乎怀念十里红女士。

二十年来,愚所见女人,无论为“抒情”清品,或为“排泄”妙具,十里红一人而已。其面貌线条,无不臻上乘之选。而浓妆淡抹,何所勿宜。当时之舞国名姬,输其华丽,北里娇虫,逊此清妍。眉目间无丝毫恶俗,全身体无一点疤痕,坐起来娴雅端凝,横下来又腻态万千;斯为尤物,亦不世出之才,虽置身俎上,供为“小吃”,然其好处,亦只能同上海之老白相谈谈。若近年来,在投机囤积中,刚刚多两钿的朋友,犹不足语此,语之,必当我瞎三话四。盖当时八里桥头之十里红,夜渡与短局之资,俱加一倍。今日暴发户诸公,其时犹未必肯破彼悭囊也。虽然,吾友姚绍华、马勤伯诸兄,读了此文,必颔首曰:大郎之言真至言哉!

(《铁报》1948 年 6 月 11 日,署名:高唐)

写稿子的瘾

朋友中，梯维擅长英文，天厂擅长德文，笠诗擅长法文，而他们都是中文的能手，尤是梯维的小品，不但情致佳胜，即言笔调轻灵，二十年来的小型报坛上，还没有人同他抗衡的。

我认得梯维十五年了，在我认得以前，他在小型报上经常撰述，也写过好几篇小说，等我认得他时，已不大写作。那一年，信芳从北边到上海，他酷嗜麒艺，于是在我编辑的那一张报上，天天狂捧信芳，天厂、翼华也都高兴地为信芳执笔。

十五年来，梯维在事业上的地位日隆，当然不大有功夫再写，但只要他空闲一点，而有人去请他写，他也不会拒绝，写起来才情如锦。前两天本报上，我又看见他写过几篇芊丽的小品文字，那是子佩去登门请他来的。

写稿子的人说："别的事业成就，或是生活安定了，谁也不愿意写什么稿子。"我现在不相信这一句话，因为欢喜写稿子的人，他们自有写稿子的瘾，万一有一天，我成了上海的豪富，而难得写着一篇得意的稿子，或者是一首自己所爱赏的诗，给我登在报上，我想我中心的愉快，一定比赚一票还要高兴。为了生活，天天压榨出来的，那才觉得是人间的至苦。

（《铁报》1948年6月13日，署名：高唐）

生灵之福

叔红为了邓散木先生的举行书画金石个展，写过一篇文章。我同叔红其实都是门外汉，论鉴赏力，也许叔红还比我高一点，我则是茫无所知的。但我往往凭一己的爱好，来欣赏当世艺人的作品。三五年前，我爱赏老铁的金石，认为南北印人，再没有比他可爱的了。到近年，我渐渐喜欢他的字，正如叔红说：好就好在他的锋芒内敛。奇怪的是我自己一向猖狂,但是看人,看一切物事,都喜欢以“温柔敦厚”四个字作标准的。施叔范先生的所以不朽,他的人和他的诗,都是深得风人之旨。近年的老铁,人也改了一点,艺事也跟着有了转变,实际上他是精进了许多。

那一天,我同老铁吃饭,看见他还是神旺气壮,我非常快慰。他是我的好朋友,是不世出的艺术家,所以我特别关心他的健康,因为他的文章,他的书刻,都是生灵之福。

(《铁报》1948 年 6 月 15 日,署名:高唐)

乔 迁 以 后

江阴路九十六号的房子,自从做了天蟾舞台的宿舍,叫张云溪先生、云燕铭女士,他们在这里分别制造了许多风流佳话,连这地方也红了起来。等天厂退出了“天蟾”的合股,将房子收回,经过装修,打本月十日起,是文华影片公司的总办事处。我虽然不是“文华”的人,但他们一搬也连我搬进去了。

新地方住得非常适意,旧日同人,还在一起,我的情绪是愉快的。这里还有一分优美的庖厨,以前是庆成钱庄的厨房,一年以来,我们的屡次请客,都吃庆成的,美声不绝,现在归“文华”了。我写字间的旁边,是一间精致的餐室,于是之方兄说:“我们应该请客。”我说:“我们搬场,没有人送过礼,干吗要请他们吃饭?”之方说:“拣平时混在一起的几个,男的女的,先试一次。”他于是开名单了,胡桂庚先生、荣广明先生这一群又酒又肉,又道又义的朋友。

(《铁报》1948 年 6 月 18 日,署名:高唐)

经过普式庚的铜像

我近来时常经过普式庚铜像的地方,那一条叫什么汾阳路的,我喜欢那里的浓荫夹道,虽然是盛暑的下午,走到这地方,总有凉意如秋之感。

我不是骚人墨客,所以也没有骚人墨客那一种陋见,走过普式庚的铜像,根本没有徘徊凭吊的意思。在那铜像下面,我看见过好几次中国保姆带个洋小孩在石阶上闲坐。只有一次,看见一个着洋装的青年,披散了头发,对普式庚先生在仰望,或者是致敬。我当时立刻想到,数月前碰着过一个杭州诗人,他高兴地对我说:今年苏东坡生日的那天,他在湖上同诗友们作了不少的诗,以资悼念先贤。治诗的人讲究风雅到"形迹"上来,分明是已经钻到牛角尖里了,不好好多读他们的遗著,记得他的生辰,仰望他的铜像,难道普式庚、苏东坡的超然绝诣,会传到你身上来的?

我倒是真喜欢那一条路,记得我有过一首诗是说:"十年此是想思路,今日真留刻骨恩。更是十年霜露后,也同莱菔有儿孙。"我时念着这一首诗,而默默地为他祈祷。

(《铁报》1948 年 6 月 19 日,署名:高唐)

王家母女

小王玉蓉,我看见过几次,最看得亲切的一天,在明华老九的家里吃饭,好像二年前了,小王玉蓉玉貌绮年,风神绝世。半月前,她唱过三天戏,我没有去看。因为我同玉蓉,真是老朋友了,小王玉蓉是她的掌上明珠,她娇女登台,一定希望我去捧场的,但是我到底把这事疏忽了,在人情上,我是说不过去的,所以一直内疚于心。

昨天我在"新雅"吃饭,碰着她母女俩也在请客,玉蓉发现了我,虔诚地带了她的小姐,来向我问候,我更加局踖不安。我说:"我真荒唐,贞观登台,我没有看戏,也没有替你们出过一点力。好在你是知道老朋友的,我是依旧疏顽,请你格外原谅我,将来贞观正式下海,你通知我,我一定尽我的力量,为她润饰。"玉蓉还是客气,说了许多谦逊的话,这个人一向对朋友以至诚相待,所以人缘永远好的。我再看看贞观,她比从前长得丰满了一点,也比从前增加了许多光艳。假使我要倚老卖老,自以为我是老前辈,见了她,正好在她肩胛上拍拍,头发上摸摸,但是我没有,同她说话,我一直肃恭而立,以示尊重。

(《铁报》1948 年 6 月 20 日,署名:高唐)

海中春满茁奇花

从前《晶报》上写起花稿来,必然用一句诗作题目的,我现在也仿它的样,但是我不工词藻,这一点,无法与前辈先生竞胜了。闲话表过,言归正传。

我又是常常远远没有在生意浪吃饭了,这一夜到小老虫那里,是吾朋友替她排的进场花头。席上只有老虫是女人,未免单调,老虫随便写了一张局票,请来了一位满春妹妹,秀骨明眸,一副聪明的相貌。今年只有十七岁,离开学堂,不到两个礼拜,到生意浪来才第七天,然而看她应肆之术,虽然不十分老练,也还不亢不卑。老虫对我说:“俚是妙凤笃姆妈格亲生媛倍,我从前是登勒俚笃姆妈格措做格,个歇妹妹出来,姆妈托我介绍介绍客人,所以我喊拨倷看看。”老虫真是好小囡,她居然还念旧情殷。

据妹妹说:她是北方人,所以她能够弯了舌头说北方话。天衣兄向我感慨系之的说:这女孩为什么要沦落在这里?以她面部棱角的显著,还不是当年依依于袁树德烟榻旁边的袁美云?假使将她造就,又宁知不能成功后来的袁美云?天衣因为吃了这一口饭,到处在当心发掘人才,我倒没有这个感觉。

(《铁报》1948 年 6 月 23 日,署名:高唐)

报复的故事

任问芝自杀后,报上的论调,我最欢喜白雪说的:一个男人在女人身上吃了亏,应该采取报复手段。他这一段话说得非常痛快,我已经不能完全记得出了。

于是我想起最大的一桩“报复”故事来。在十几年以前,生意浪有个叫什么老六的,艳名噪一时,后来嫁与谢某为妾。谢是海上名商,为了深沉而工心计,既娶老六以后,老六忽然钟情于一个少年,谢老头子窥破私情,当时不动声色,力劝老六嫁与少年,且为之居间撮合,她同少年结婚的那天,更由谢做证婚人,一时传为佳话。过了几时,少年的境况不佳,老六于是到谢那里,为将伯之呼,谢非但慷慨解囊,还另有厚赠,叫少年作经商资本,不过有一条件,要老六同他叙一叙旧情,老六在感恩流涕之下,果然意志薄弱了一次。谁知谢老头子立刻将此事传扬出去,传到少年的耳朵里,那少年血气方刚,哪里忍受得住,当时拿了手枪表演与卿同命,结果男女都死了,而谢老头儿,却至今还在。

(《铁报》1948 年 6 月 24 日,署名:高唐)

淴浴,听傅全香越剧

去年忽爱傅全香,本是栈房老板娘(注一)。镜子曾磨同性许(注二),膀儿被吊老奴杨(注三)。当初面见傍衣柜(注四),今夜歌声入澡缸。揩过上身揩到下,难排档子太凄凉!

傅全香歌腔之美,听之,真能诱人以划梦搏魂也。一夜,愚在家沐浴,太太于房中开收音机,则傅全香在“明星”唱《锦绣天》戏词也。愚一边汰浴,一边闻歌,一边又在作诗,诗成,而浴亦竟矣。

(注一:传傅旧为神州旅行主人之妇,后赋仳离。

注二:往时报纸恒记傅有密友,其人姓许,而其人女也。

注三:有一时期,闻傅与闻人杨某,往返殊密。

注四:去年,余曾去“明星”后台访傅,傅方下装,傍衣柜而立。)

(《铁报》1948 年 6 月 25 日,署名:高唐)

《工党提名录》

上海欢场中,有“工党”的名词,我闲着想想,假使这一群人,真结起一个社来，那末“党员”中有各式各样的身份。譬如某省政府主席，那是达官巨显；譬如最近闹着妻妾争风的姬先生，那是海上名商；又譬如那位面孔上擦胭脂的厉先生，他也是“党员”前辈，现在是地产业的巨擘。而白相人、唱戏的、说书的，乃至洋场恶少，多至不胜枚举。

有一天，同朋友闲谈，谈起这一件事，朋友他替我举了许多“工党”人物的名字，他认为这是一种有趣的统计。叫我写一篇游戏文章，题为《工党提名录》，倒是长篇连载，可惜有一种困难，许多“党员”中，有几个我是相熟的人，他们平时一看见我，总是大郎兄长，大郎兄短的，使我不好意思，将他们名字在报上提出。我这人最重情面，一认得便不肯再寻开心，假使抹去了不写，实在有遗珠之憾，谁叫我交游日广，而使言路日窄的呢。

(《铁报》1948 年 6 月 26 日，署名：高唐)

为月老祠签乞书

西湖白云庵重建之讯，愚已报告与读者诸君，主其事者，为阮毅成先生。阮自沪返杭，辄以月老祠签全分寄与潘伯鹰先生，伯鹰复以一书抵愚曰：“顷阮毅成兄寄来西湖月老祠签，嘱为转上，敬希清览，毅成欲请名家百人分书之，此乃弘愿，然安得交游若是之广？似宜请足下登高一呼耳。”伯鹰之书，来亦多日，愚方事集，不暇报其书，今当告阮、潘二兄，愿取二十签，分遣各友之幽雅能文者，为之次第缮写，第愿二兄示我以范式，俾资遵循。我之所取，则三十六签至五十六签也。

愚复当告读吾报者，诸君多文采风流之士，若欲为兹湖上名祠，结翰墨缘者，乞示我，愚将寄笺与诸君，烦椽笔焉。

(《铁报》1948 年 6 月 27 日，署名：高唐)

九寸与一尺

姬觉弥有一个绰号叫“姬九寸”，它的由来，大概相等于张宗昌将军之号称"八十三袁头",与夫吴俊升将军之人称"九五之尊"也。

姬先生垂垂老矣,但到现在他的弃妇同他的如夫人还在缠讼不休,一半当然为的姬觉弥是豪富多金,一半也在乎姬九寸的真有魔力。想起当初罗迦陵把他拴住不放,使他成为数十年来上海"工党"中收获最丰的一人,亦未始非收效于他这三个字儿的绰号上头也。

有一天我在《申报》上看见同姬先生睏过觉的两位女士的照片,一个老了,戕伐余生,显得有些疲惫;一个则似方张之寇,我越看越呆,想想何物老儿?生就这一分好福气,他只能赚犹太哈同的工钿,而别人竟不能赚姬府上的工钿,因为谁都不能放"一尺"本钿,九寸先生自然可以高枕无忧矣。

(《铁报》1948年6月28日,署名:高唐)

敏莉被我害了

任小姐在自杀以后,听说颇不慊于项小姐同文友白雪是熟人,而白雪的报上登过她同他们的事,因此疑心供给材料的是项小姐。

在我自己身上,也有这样一个例子,那是管敏莉同我。因为敏莉与我接近,便有许多男的女的都不敢同她接近,怕他们的事被敏莉晓得,告诉了我,登在报上。我是真正糊涂,从来也不明白还有这一个撬开,到最近方始由毛子佩先生告诉我,而敏莉从来不曾同我提过。

我这个人,一生一世只要有一两个朋友,真正了解我已经够了。那些我根本看不入眼的家伙,它们纵使怀疑到我死了,我也了无遗憾,不过我应该了解敏莉,在敏莉是一种苦闷,她多少为我受了委屈,因为她到底还没有归宿。不比我,欢喜看的人亲近亲近,不欢喜看的人当它们是垃圾。

其实我从来没有把敏莉嘴里讲的,当过我笔底下的材料,何况她也不同我讲外面的事。我生平最讲究"落槛",只要稍为有点牵连的事,我就不写,报上的所谓横条新闻,一年到头在我肚子里烂掉的,不知有多多少少。我这种顾虑,不是说怕人,无非为了人情,然而没有人晓得我，所以佩兄告诉我敏莉为了我而遭人歧视，我是相当冲动的。

（《铁报》1948 年 6 月 29 日，署名：高唐）

我其鱼乎！

半个月以来，上海的老百姓在说：这是有生以来，未曾遭过的大劫。物价波动之巨，使人民不遑喘息，这可怕的现状，不知伊于胡底？像我这样一只脱底棺材，到近来也微微有“偕亡不远，我其鱼乎”之感！

我想到了死，应该注定先死劳心劳力的一群，他们的生活，怎样也跟不上物价的指数。近来我真难过，每次叫三轮车，车夫开了价钱之后，立刻告诉我米跳到什么价钱一升了。他的意思要我相信他不是敲竹杠，实在不够吃的！半个月前，坐车子六万块的，现在才加到十万，他们实在并不黑心，他们要开到二十万元，他们方始同操纵市场的那班奸商一副心肝。所以我同他们真愿表示相怜之雅，他们讲的车价，我再也不打折扣。我以为再打折扣，不是维持他们，简直同他们寻开心了。

（《铁报》1948 年 6 月 30 日，署名：高唐）

这一回真操了老子的心

我从来没有顾问过儿子的学业问题，但最近我有点耽心，因为最大的那一个，本学期已经在大同的高中毕业，到了他一生的紧要关头。照我的私意，趁我有几个朋友的时候，把他送到吴性栽先生的颜料店里，或者陆菊森、吴中一先生的纱厂里去学生意，未始非安于一业之道。但这样做，自己有点对不住良心，也真要叫朋友骂我，已经耽误了自己的一生，不能再把后一代耽误了。于是决定把他再求深造，我问他考什么大学，他说了几家，我都不大中意，我说的他又不敢去考。

现在考学校之难，每一个家长都为之忧虑，我又打不出主意，只得去请教冯亦代先生，我问他考沪江如何？因为冯先生同沪江有深切的关系，他当时说：大可不必，那学校太贵族化，你我的弟子，犯不着混在里面。他的意思叫我儿子想法去考交通大学，或者浙江大学，冯先生以为我的儿子在大同高中是读的理科，那末浙大与交大都很相宜，但我后来一问读的是普通科，因此目标又要转换。这事情烦到此地为止，未来的操心，也许会把我这老子，立刻老了十年年纪的。因为选择了好学堂，考得取否？大成问题。我又在想东吴如何？过一天也要写信给范烟桥先生打听打听看。还有第二个儿子，在一只野鸡中学，明明野鸡，而让他读下去，我之过也。昨天我也问他要不要去考好点的学堂，他坚持再读一年，等初中毕业，再循正轨，他喜欢拖，我也拖下去了。冯亦代先生也说：到高中赶一赶，也还来得及，目下只好灰脱几钿耳。

（《铁报》1948 年 7 月 1 日，署名：高唐）

“润例”女人升沉录

是“八一三”淞沪战火平息的后一年，我同翼华在舞场里发现一个姓周的舞女，生得亭亭秀发，我更加欣赏她的仪态温清。我们都报效过台子，十五元二十元在那时候已经不算少了。忽然有人告诉我们，说：她其实订有“润例”。我已经记不得什么价钱，翼华比我大胆，曾经委婉地同她谈判过，她果然也委婉地承认了。他怂恿我抄一次近路。不知如何，我忽然打了一打算盘，觉得有些不合算，这交易终于没有成就。事隔多时，这些往事，也同烟云之愈吹愈淡。前天我碰着翼华，告诉我这一个遥违十载的舞女，在几天前来找过他一次，鸠形鹄面，百结鹑衣，他一看情形，立刻周济了她一点钱，将她遣去，也没有工夫问她这两年来的遭遇，乃至如何会落得这般光景。

昨天敏莉打电话给我，她已经能够起坐，所以她答应胡弟弟、王玲她们，同去看一位地方戏女演员的杰作。这女演员，现在在风头上，弟弟同王玲为她倾倒备至，她在和平的前一年，还不是响牌，那时有一个做惯蝶使蜂媒的老太婆，跑来寻我，她要我去打一打她的样。我赶到戏馆里，先看她的照片，化装的，着了一身夷服，亦不真切。老太婆要我去看戏,我因为不耐久坐,这好事便蹉跎过去。我记得非常清楚,老太婆标她的“润例”是储币三十万元。

两天以内,听见这两桩事,一笔写下来,并不存心把她们做对照,不过可以见得现代女人的升沉无定,往往如此而已。

(《铁报》1948 年 7 月 2 日,署名:高唐)

“牛衣对泣”之类

老凤先生新近又在扳错头了,他先说人家用“向平愿了”的失当,又往往不是夫妻,也用“牛衣对泣”。我则以为纵使不是夫妻,用“牛衣对泣”来表现穷愁相向,也可以马马虎虎过去的。文字浅显一点,让大众能够意会,就可以了。一定要寻根索源,博大雅君子的叹赏,那末目下在报纸上写写的那班仁兄,十分之八九,都可以搁下笔来,连我这个海派文豪,也在其内。

“向平愿了”的容易叫人用错,因为不懂了出处,把它曲解为向来的心愿,与平生的心愿。谁叫向平这个赤佬,姓得这么促狭,名字又题得这么促狭,害得后世的人,为了他闹了许多笑话。其实话说回来,也可以不算为笑话,即使用了“向平愿了”,一定当它为平生的心愿解释,当那个现成的典故呒介事,何尝不可以呢?我这样的分辨,有点无私不发公论,不瞒老凤先生说:我就是用错过的一个。从前要面子,叫人家捉出来,往往骇汗如雨。现在面皮老,也明白自己的东西,决不是名山事业,错就让它错了,错了又该怎么样呢?

(《铁报》1948 年 7 月 4 日,署名:高唐)

誊 诗 记

近来我受着了一口无法透得转的冤气,心中烦郁,趁着空闲,整理我的诗,现在唯有这一件工作,可以疏散我的情怀,原因我对于自己的作品有着“敝帚自珍”之癖。

一年以来，我送给一位朋友的诗，积了三四十首，我现在将它删去一半，存留一半，存留的一半，我又用好笔和整齐的笺纸，用端楷誊写下来，随手写，我的情感随时在冲动，有时是欢快，有时在感伤。譬如写到最近的一首，有两句："我在东南谁惜我，东南汝有大郎怜！"立刻勾起我许多惘惘之感。

前二天为了敏莉，我发过牢骚，我说：我这个人一生一世只要有一二个朋友能够了解我已经够了，其他的人，他们纵使怀疑到我死去，我也了无遗憾。我自有知我的人，我赠诗的那一位就是衷心爱赏我这个朋友的，他从来没有怀疑过我的人格，他同情我的平时的行为。我之所以说受尽深恩者，在乎此，一定要"悦彼风情"，那我这人也未免太浅薄了。

（《铁报》1948 年 7 月 5 日，署名：高唐）

半 夜 乘 凉

豪雨的前一夜，天气也是闷热，到深夜两点钟还没有睡，坐了一辆三轮车兜圈子。路上也没有风，看看天上，似乎在酝着大雨，毕竟不是大伏，檐下还看不见露宿的人，因为夜实在深了，连走路人也难得看见一个两个。我有一首旧时的律诗，有"仿佛萧娘胜昔腴，六街夜静渺无车。乍舒狂眼窥云鬓，时觉轻香出绣襦"几句，那是乘凉记事之作。这一夜车上因为只有我一个人，便没有这样绮丽的情调，但是孤寂也有孤寂的趣味。我叫车子走过绿荫深处，使它同沉沉夜气，混合起来，悠然神远。接着有点倦意，在车子上假寐，可惜那里的一带绿荫，路程并不遥远，立刻又到了明灯以下。

第二夜，我又想去坐一小时，因为风吹得很劲，不必再去。幸亏没有冒险，后来的一场豪雨，和几个惊雷，我想假定也像昨夜那样的在路上，一定要失魂落魄了回去的。

（《铁报》1948 年 7 月 6 日，署名：高唐）

蜜　　枣

杰南从北平回来，我打电话给她，她说："没有什么带给你，带了一点蜜枣给你吃吃。"我当时正同张爱玲小姐说的，有一种"暖老温贫"之感。

小时候我时常吃得着北方的金丝蜜枣，那是因为我母亲娘家面上，有许多小辈，在故都经商，他们每一个人南归，总带着蜜枣杏脯之类的东西，给我母亲，表示他们的尊长之意。北方的蜜枣，看形状就是那么华润的，不比南边老式酒席上和大派喜果封里所用的，都显得干枯贫乏，于是北方的蜜枣就著名了。

有一年太太上北平去，回来时，带了许多吃食的东西。这里面也有蜜枣，她特地剩了一点给我吃的。在女人中，像我太太的性情耿介，难得有的，她连夫妇至情，从来不肯表现得非常明白，这一次，我些微感觉着一点心上温馨。

（《铁报》1948 年 7 月 7 日，署名：高唐）

小山东到上海

上海风雨最暴的那一夜，天厂请我吃饭，在那里第一次碰着吴温如女士，盛名鼎鼎吴素秋的母夫人，北平的四大名妈之一，绰号"小山东"的便是。

这样一个人物，我是相见恨晚的，老听人说：小山东长得好相貌。我不大在意，从来也不曾想见一见，以为四十来岁的妇人，再好相貌，无奈青春消逝，不料这一回叫我看到以后，她的神采清华，我竟目为之缬。问年已经四十四了，然而肌肤仪状，还像三十不到的人，她欢喜说笑，说笑得非常蕴藉。有时候她在默默地坐着，从娴静中，显得她气度的高贵。在女人美的条件上，只有"纤腰妍趾"四字她是不够格的，到底是四十四岁的老太太了，再等五年，她的身浪快要不来了，你叫她样样好，怎么可以呢？

她住一品香，同她来的一个女孩子，还不曾到亭亭秀发的地步。我问小山东："她是你的小姐？"她说："是素秋的妹妹。"我说："真有点像她姊姊，将来也是了不得的。"她说："你得多关照她呀。"我又问她："素秋嫁人啦，住什么地方？"她说："住在青岛，这许多年不来，上海人还记得她吗？"我说："忘不了，别说旁人，就是我，为她朝思暮想的。这两年她要在上海，童芷苓红不了这么许多，言慧珠本来不是她的对手。"她同我客气，我想我不能再"见面亲家公"下去，不然老凤先生要与我发跳了。

（《铁报》1948 年 7 月 8 日，署名：高唐）

因人决不是英雄

在不知哪一位前人的诗话里，写过有一个将要受刑的士子，临死了他还作诗，诗里有两句警句是："杀我安知非赏鉴？因人决不是英雄。"直直爽爽的写下来，那副临死匆匆、来不及修辞的样子，从字里行间可以看得出来。小时候我就向往这一类铮铮铁汉，到现在还觉得因人的可耻。

不愿因人，就要自己能干，我则自己并不能干，又不愿因人，于是二十年来，弄成潦倒粗疏的地步。一向夸耀我自己，从来不曾因人，只有知遇情殷的朋友。前两天我曾经对一位朋友说，近来有点俯仰惘然之感，原因一种为了垂垂老矣，一种为了茫茫来日。让我跟你做点生意，即使是我因人了，因的人是我的知己，不要使我去依傍别人。他听我的话非常感动，其实这几句话，在十年前，宰了我我也说不出口来，岁月催人，人催不死，往往先把意气催死了的！

（《铁报》1948 年 7 月 9 日，署名：高唐）

送李元龙先生

在一张报纸的戏剧版上，看见登载李元龙先生被招商局调派到汉口去办事的消息，我这里来不及替他祖饯，写一篇短文，以代送行。

我同元龙是老友,但说不到有深交。二十年来,我交朋友交遍了上海的九流三教,票友群里人头尤熟。要我说一句良心话,上海所有的“名票”,实在找不出几个可喜的人物,惟有李元龙,从来没有叫我讨厌过他。因为在这一个人堆里,只有他冲淡谦和,谦和也谦和得不着痕迹,不比有许多人,他尽管同我客气,客气得也会使我汗毛凛凛的。

一年到头,难得到一趟二趟天天饭店,去则总会看见元龙,在同几个朋友把茗清谈。我因为尊重这位朋友,望见他总要热忱地去招呼他一声。他同我通过信,他也替我说过戏。我每次唱武戏,总希望元龙肯替我说一说,他是票友,但造就已经不让内行。

我是说:“上海人一为票友,便无足观。”难得有一个气度可亲的人,我应该对他特别表示好感。我同桑弧,看人恒以气息为第一,气息坏的人,就不屑一谈。之方与我们两样一点,明明晓得某一个人的气息不好,他会同他敷衍上一两个钟头,这一下,我就来不了的。

(《铁报》1948 年 7 月 11 日,署名:高唐)

戴钻戒的男人

丁熙指上御一钻,余皱眉曰:“身为美术家,御此奚为者?御此则为状大伧。”丁熙曰:“夫人所有也,我特戏御之耳。”往昔夷场,所谓“法兰西大亨”者,罔勿御一钻,以炫其豪丽。D 先生过四十岁,始摒此勿御,以为御此将不足跻于士大夫之林。W 先生则棺材盖作丁丁响矣,而其指上,犹有巨钻灿然。二人之修养各异,所造故自有厚薄也。

钻石而御之于男子指上,彼男子为荒伧,是为铁律。然而相识友人中,御钻戒者多至不胜缕记,愚皆不屑报以正视,以若辈胥不足与言风雅耳。

其实风雅何难?第须贷其钻与我,我则质为钱,使我得恣情征逐,即此已是雅人深致。惟俗子凡夫乃不知人间有胸襟气度之美,此所以他们永远不肯贷与我,我亦永远不会看得起他们也。一笑。

(《铁报》1948 年 7 月 12 日,署名:高唐)

苦命的孩子

太太带了唐密到“凯歌归”的花园里吃饭,唐密在那里东奔西跑,片刻不肯坐定。篱根下,树荫底,他穿来穿去,看他神气,真有点像野鹤行云。太太很讨厌他的顽皮,我倒只替孩子可怜,他投胎投得不好,家里地方太小,无法使他回旋,弄堂里我们又禁止他去,难得到这么一个有花有草的地方,使他纵纵跳跳的,在他是一种优美的享受。

我觉得我小时候比他们福气,生长在一个半村半郭的小城里,虽然是寒素人家,但至少也有白香山所谓“负郭田园八九顷,向阳茅屋两三间”的天然野趣。从来不像我的孩子,往往成天的窒息在房子里,就是读书,也是在广大的校舍里、广大的旷场上,而当时并不以为乐事。看了我现在的孩子们,才悟到都市是地狱,即使做老子的在上海造了花园洋房,供给他们居住,也领受不到我在故乡时候那一种清疏幽泊的风光,他们真是苦命。

(《铁报》1948 年 7 月 14 日,署名:高唐)

送敏莉出山

民国三十三年的秋天,敏莉在“大都会”进场,我当时有一首送她出山的诗,是这样说的:“江城百里播豪名,还望余年共太平。世难早惊升米贵,秋高快试一腰轻。求来片福消应尽,哪有伤心画得成!弟自疏慵兄更懒,每从微噫祝长生。”整整四年了,我依旧我,敏莉依旧敏莉,我依然我,不怎么紧要,她依旧她,那就使我一直在替她焦急,她没有寻到归宿,还在凤泊鸾飘中。本月的二十二日,又要在“大都会”进场,依旧是四年前的地方。

天衣对我说:“敏莉进场,你应该写一点替她壮壮声势。”事体我理无推托,不过心境却不同于从前,上面的一首诗,已经是满纸萧骚,到了今日,叫我还有什么好说?那一夜,我同她渡江,在船梢上坐着,她在向我问长问短，我只是默默地在温习我们四年前消夏的一番景象，四年前，也相等于今日的兵火飞扬，但我们的心境是愉快的，现在的日子，越过在不是那么回事，而她还在为生活挣扎，别说我，我看她就看不下去。

（《铁报》1948年7月15日，署名：高唐）

有人害了张先生

张公权先生，在中央银行总裁任上，乃至卸任以后，他招到了许多物议。张先生在任上的时候，报纸偶然有对他不慊的论调，张先生以及他周围的人，都众口一辞的说："这又是唐某人的'故技'。"（因为在十年前我寻过张先生的开心）其实我在胜利以后，对张先生一向保守缄默。及至我晓得他对我发生误会，我曾写过一封信，给张先生的老友金侯城先生，请他转言，唐某人没有施过"故技"，因为今日之下，唐某人已经心气宽和，既无求于张先生，亦无怨于张先生。

报纸上时常登载张先生拥有大量的产业，但许多接近张先生的人都在替他辟谣，说张先生高风亮节，一介勿取。我的看法，两者都过分一点，不过以我平时的观察，我觉得张先生的所以招谤，有一个最大的理由，恐怕还在他令亲身上，倒不一定为了他兄弟张禹九如何如何，最坏还是他的令妹和妹倩朱文熊。这一双贤伉俪，打所谓敌伪时代起，他们就穷奢极侈；胜利以后，更加气焰飞扬。据说他们在沦陷时期是地下工作者，像这种人，最叫人不能服气，一面做地下工作，一面在恣情享乐，从来不曾过艰危困苦的境界；而胜利以后，居然一面孔效忠国家过的，除非王八旦才看得惯他们。

张先生的这两位令亲，他们既以此种矛盾的身份，出现于胜利后的上海，又因为张先生官高爵显，更加使他们忘了年纪月生，可是所作所为，使人感受不良的印象，都集中在张先生身上。朝野人士对张先生的不满，甚至抨击，他这一份好亲眷的跋扈，不能不说是各种因素中的一种。

（《铁报》1948年7月16日，署名：高唐）

瞿群自杀!

十六日早晨看报,有一节牯岭的电报说:丁贵堂的儿媳瞿女士,忧虑乃夫肺病日深,复以细故口角,瞿愤不欲生,因在旅店中跳楼自杀,幸告获救,卒庆更生云云。

我一想丁贵堂的媳妇姓瞿的,莫非是瞿群?一看年纪二十七岁,更加想像。我便打一个电话给瞿群最要好的朋友陈梅兰,她一听电话,立刻问我:“你阿是打听瞿群自杀的?”我说:“是不是她?”她说:“是的,我现在心理还难过,已经托人打听,几时有飞机票,想去望望她。”

瞿群也是上海名雌,她嫁给丁贵堂的儿子,晓得的人很多。从前在外面我碰着她,叫她丁太太,她往往对我笑出声来,可见她对于这一段因缘的非常得意。

(《铁报》1948 年 7 月 17 日,署名:高唐)

哼一段儿

有一天我们在燕云楼吃饭,座上有项墨瑛,项小姐对我说,她这两天吃药,要早点回去睡觉,休息休息。一个朋友接嘴说:“睡觉不一定是休息。”项小姐听懂了她的意思,对他说:“我是真正休息。”

后来项小姐又对我说,有一家什么同乡会要募款,邀她去播音。我说:“那末你就去唱一段吧。”她说:“因为病,唱也唱不动。”那个朋友又接下去说了:“那末项小姐既然唱不动,就哼一段儿也成,让我们好睡在床上听听。”墨瑛说:“哼怎么可以呢?”我明白项小姐没有听懂他这句话的俏皮,我现在把它记录出来,使项小姐再把它捉摸捉摸。(蝶衣按:也许应该写作“琢磨琢磨”吧?别又让老凤先生挑了眼。)

(《铁报》1948 年 7 月 18 日,署名:高唐)

一 念 之 淫

我写了“捉摸捉摸”，蝶衣替我加注，说也许这两个字是“琢磨”之误，因为这是北方的土话。报纸登出的那天中午，适巧我同曹禺吃饭，便把这两个字叫曹禺判断。他说他平常写起来，也用“琢磨”二字，不过他赞成我写成“捉摸”，是那个意思，而字面是通俗的。

其实我又要说老实话了，我当时写“捉摸”的时候，未尝不晓得也许是“琢磨”之误，不过想到我这话是对一个女人而发的，这女人又是海上名雌，于是“捉摸捉摸”，我的出发点是在一念之淫。

唱戏的内行，林树森老说研究研究，盖叫天老说合计合计，这些都是从“琢磨琢磨”上变化出来的。

（《铁报》1948 年 7 月 21 日，署名：高唐）

怀 柳 絮

不晓得有多少日子，碰不着柳絮了，我一直在怀念这一位厚道的朋友。我知道他写得很多，但我平时只看两张报，而本报上许久没有他的稿子。为什么子佩兄天天要钳牢我写一段，而轻轻的放柳絮休息呢？

近年来看朋友的文字，我是偏好柳絮的，不论他文笔的灵空芊丽，最大的优点，都是有真实性。文章的最高条件是一个“真”字，尽管你把文字写得大气磅薄，但内容都是胡说八道，始终没有一个字是从心坎中流露出来的，那又算什么呢？亦有人说柳絮的一枝笔，多脂粉气，有时候过分的情致缠绵，其实这也是刘半农说的：“未能忘情，天所赋也。”反正他没有说假话。一个人与他的文字，乃至一切艺术作品，都应该有他自己的一种面目的。

希望柳絮兄能早日登场，以慰朋友的渴念。（蝶衣按：若干日前晤柳絮兄，曾以恢复执笔为请，兄但摇首微笑。我了解柳絮兄的那一层意思，遽尔缄口。文坛诸友中，舍二三盟友外，惟有柳絮兄最能和我惺惺相惜，他的厚道时常使我怀念，这一点我是和大郎兄有同感的。文字劳役，颇欲重渎吾兄，会当续与毛社长商谈之。)

(《铁报》1948 年 7 月 23 日，署名：高唐)

看敏莉进场

敏莉进场，我在九时三刻到“大都会”，天衣十时到，佩兄十时一刻到，三个人同坐一桌。我不禁凄然有感，对他们道：“就这么三块算了吗？”再一看，对过一只桌子上，是一个男人，同了八个女人，这八位名雌，我大半相识，有任问芝、赵雪莉、言慧珠等。我看雪莉还是好看，她老是那末一副本地风光的打扮，甜润的声音，活像一个在台上的申曲名家。

敏莉所值得骄傲的，有这么多女人来捧她的场。向来看不见的胡弟弟，这一夜也发现了，她同王珍跳舞，夏丹维也来了，林美琪也来了。这也来了，那也来了，我一时记不胜记，反正来的都不是我的爱人，这一笔账开下去，我也没有什么劲了。坐了半天，一只舞也没有跳，回得家来真觉跳舞场之乏味，想不出前两年为什么要迷恋这地方？为了敏莉，去这么一次，下次再也不去。既然孵豆芽了，也应该孵得透点。

(《铁报》1948 年 7 月 24 日，署名：高唐)

潘　与　邓

王婆对西门庆说的：搭壳子要修五种道行，那就是世俗所传的潘驴邓小闲是也。在上海地方，我倒想着了一潘一邓，潘真的貌比潘安，邓真是富敌邓通。一位是人称小潘的潘传辉，一位是以过房爷而与干女儿搅七搅八的邓仲和。所巧的他们一恃其潘，一靠其邓，而都能称雄于风月场中也。

小潘是我的熟人，他今年五十不到，四十有余，他的闺女也已经生了儿子，可是他还依旧修饰得翩翩风度，看上去至多三十许人。据说他同女人着意温存起来，那一副嗲劲，二十来岁的小伙子，没有他嗲得足。新近我还看见他一次，在马路上我他浑身打量，实在寻不出一点“甲鱼”的迹象，而他在女人身上的那一份辉煌业绩，还在制造不休，你能说他不是尤物吗？

邓仲和我是素昧平生的，只晓得他工于赌，工于嫖，同李蔷华的一段风流胜迹，闹得甚嚣尘上。当然不全是空穴来风，上海人虽说邓仲和的“富程”，他在这两年里买进“仙乐”的地皮，又买进外滩汇中饭店的房地产。可是我所听着的是比较两样的新闻，则是汇中饭店的地产，买主其实不是邓仲和，是当代第一位显要，不过是由邓仲和出的面。他要没有只把牌头戤戤，行总的舞弊案里，牵涉了他，就能轻轻的放他过去吗？

（《铁报》1948年7月26日，署名：高唐）

秃发不胜梳！

早晨起来，第一件工作，篦自己头皮。近几月来，忽然发现我的头发，掉得真多。黄山谷说的：“故国青山长极目，今年白发不胜梳。”不到时候，你体会不到前贤诗境之美。虽然留在我梳子上的是秃发，不是白发，但不能不从投老情怀里发出一种惘惘之感。

我除了不工修饰之外，其余都看不出有什么暮气，而最显得我犹童心者，还能热情如沸、意兴豪迈。可是近时来，遇见每一个不大见面的朋友，他们总会警告我，你怎么消极得多了？我立刻感觉到我是真的销沉。意气销沉，便是暮气的表现，大凡一向豪迈惯的人，一下子打不起兴致，他就容易嗟老伤贫。徐凌霄说的易顺鼎到晚年，老是忧伤憔悴，其实他在晚年以前的任性和狂放，在樊增祥的生命史上，从来不曾有过。

（《铁报》1948年7月27日，署名：高唐）

跟旅行团旅行

桑弧、之方跟了旅行团上莫干山，回来之后，懊丧万状，因为吃的住的，都不舒服，故而代我庆幸，不曾同去，否则我一光火，可能半路折回来的。

他们尤其讨厌的，一同去的二十个人，简直没有一个可以谈谈的。中间有一位混堂老板，满口金牙齿，着了一身西服，在爬山时候，也舍不得将上装脱下，每到一个地方，老是打起了苏北话："花几个钱来见识见识，倒蛮有意思格。"当他们回到杭州，在白堤上走的时候，这位老板，指着白堤说："这是钱江大桥。"他们真是又气又好笑，其实他们不会利用，要我就把他当个豆腐靶子，扰个一天世界，也未尝不可用娱客中岑寂。

他们因此深深慨叹，之方说：要寻二三十个好旅伴，也不是一件容易的事。去年秋天，那一次虞山之游，胜侣如云，现在想想，真是不易多逢的盛事。

跟旅行团去旅行，处处觉得寒伧，其实凡是做一件赏心快意之事，手笔应该落得大一点的。譬如濮上桑间之行，总要找个华贵一点的地方，不能局促在小栈房里。明明是赏心乐事，便该顾到环境情绪之美，旅行亦复如此。

（《铁报》1948年7月29日，署名：高唐）

奇　　妒

穿云生的夫人，向来以善妒闻名的。最近，有一个退隐了多年的舞女，忽然重披舞衫。她是穿云生的旧识，他的夫人，也晓得他们的历史。因此在她登场的一夜，夫人悄悄地到现场里观光，看见了那个舞女，回来对她丈夫说："你的老朋友我已经看见过了，你尽管找她坐台子，我不会来禁止你的。"穿云生自然非常奇怪，不免追诘理由，她便说："我同她比过,我较她年轻。她的身材,高而阔大,我则显得苗条之致,论相貌,我比她长得不会难看。所以别说你去作成她的生意,便是你去爱上了她,我也不必同她竞胜的。"穿云生听到这里,不禁哈哈大笑,说她夫人说的理由,竟是前人未发之奇。夫人则说:"只要你外面有个爱人,而别人的批评是不及自己的太太,那末我虽然分却一点夫妻之爱,我还是觉得光荣的。"

(《铁报》1948 年 7 月 31 日,署名:高唐)

寄给何海生的信

海生兄:

你写给我第一封信,我没有作覆;第二封信,我又稽迟未报;你的第三封信,闲话难听了,说什么"不屑交你这个朋友"! 这么大个儿,发什么嗲呢? 难道你还不原谅你的老朋友是一向疏狂的吗?

你在北平做商人,同时又在干戏剧,你写给我的信,满纸前进闲话,我真吃不消,我疑心你在讽刺我。因为我还是从前的我,荒淫无道,这世界上我是老早没落的人,所以你统篇的前进词儿,没有收过丝毫的"发聋振聩"之效,岂非罪过?

今年的春天,我满拟到北平去的,看崇效寺的牡丹,因为约我的人,分不开身,终于辜负芳辰。新近我们又在商量,八月里一定来一趟,住上一个月,那时候,北方的天气也好了,水果也好了,我会来找你。你不是同梨园界混得很熟吗? 我想请你给我介绍几个坤角儿,可是你不能提我是上海著名的海派文人,你只说我是上海富商,让我向她们上上生意,上得着是我的幸事,上不着不怪你没有肩胛,你只要负介绍之责。海生兄,我们是老朋友,我不是小开,你也不是无赖,谈不到谁替谁拉皮条,要好朋友撬撬边,我以为是无伤大雅的。这个世界上做人,最十三点是讲究严肃,你何妨学着点我,尤其对于我上面的要求,你千万不可认为"上渎清听"。

性栽、之方、桑弧,又在干电影事业,我同他们没有事业上的关系。

举世嚣嚣，以我看来，做生意除非巧取豪夺，做官除非贪赃枉法，简直无法生存。是一个率兽食人的世界，而我没有本领，只好等死。我想你是十分困苦，嫂嫂好吗？几个孩子了？嫂嫂当年，也是红氍毹上的一表人才，可是她嫁给了你，她肯甘于贫薄。请你告诉她，大郎我向她致敬。

（《铁报》1948 年 8 月 1 日，署名：高唐）

过梵王渡路有感

昨天，我到长宁路一个朋友家里去吃中饭，坐了三轮车经过梵王渡路。这一条路，近年来不大走过，就是走过，也往往在夜深时分。在十五年前，我是住过这条路上的梅村和元善里的，想不到今天在白昼经过，看看这条路，已经景物全非，满眼的破坏，才知今日的上海，实在贫穷得厉害。十五年前所盖的房子，现在都破破烂烂了，当时院落深沉、长门镇闭的陈调元住宅，做过七十六号魔窟以后，也成了一派荒凉。九十四号的张嘉璈住宅，也变得影迹全无。开元路以西，没有走到，不知中行别业，依然无恙否？

梵王渡路旧名极司非而路，它之值得我纪念，是我从佳子弟而成为荒唐鬼，都在这条路上。住在梅村时候的我，还是浑然一璞；搬到元善里，我变了，有一次，同我死了十一年的沈氏夫人打架，后来我逃走，她来追我，我们在地丰路上兜圈子，这一回她几乎弃家出走。这是我磨折她的开始，一直磨折到她死，我一生就是待错过这一个人。她死以后，我每次经过梵王渡路地丰路口的时候，总有一番椎心之痛。

（《铁报》1948 年 8 月 3 日，署名：高唐）

三　结　义

小山东挈其女素萍来沪，自一品香而迁至扬子饭店，其女尝演唱于本市之律师公会，顷且竣事，将买归冀矣。昨日午时，又见之于其寓楼，告曰：俞振飞夫妇，尝招其饮，座上有王玉蓉。俞夫人饮甚多，吴与王亦醺然，三人以年岁相若，性气相投，故结为金兰之谊。论行次，俞夫人姊也，玉蓉则为幼妹。顾三人之环境各殊，振飞夫妇笃爱关雎，小山东则为离鸾别鹄，至若玉蓉，居孀已久，心头一块肉，惟视其亭亭娇女耳。

小山东女公子在律师公会出演之役，所耗繁多，而场面之索取尤苛。小山东乃曰："内行而不以我为内行者，这一碗饭真不是咱们吃的矣。"因顾其女公子曰："咱们还是票票吧，别下海啦。"小雅怨诽，出之于家常闲话，知其人亦善人也。

（《铁报》1948 年 8 月 5 日，署名：高唐）

何尝禁得意中人？

金融业巨擘钱氏，娶妇名意中人。意中人出处平康，初为钱之妾媵，钱妻既谢世，月没星替，意中人遂为钱氏妇矣。愚尝记意中人近事于他报，其事甚腻，盖有丁冬先生者，以母礼事意中人，辄为好事者播作中冓之言，钱则知之而不敢怒也。近顷，钱之友，争讽于钱，曰："阃以内事，汝且不治，乌足以勘金融市场汹汹之乱哉？"钱闻言滋愧，顿足曰："我当锢我顽妻。"次日，果闻意中人受钱氏幽囚矣。顾又次日，有人见意中人驾轻车过市，欢愉乃一似恒时。钱之相知闻讯，哗然曰："宿货哉老奴也，威令即不及于妇人，遑论对国家之经济闳筹，有所贡献矣。"

（《铁报》1948 年 8 月 6 日，署名：高唐）

荣家嫂嫂，你为什么也要自杀？

谢家骅小姐，不，荣家嫂嫂，我们好久没有见面了。在报上重见你自杀的消息，我非常惊骇，恭喜你得庆更生，我是说老天不绝美人，所以任问芝小姐同您，都欢喜白相性命，而结果都没有白相成功。

看《申报》上说你的自杀，为了不满意婚姻，又叫我非常奇怪，果然的清官难断家务事。嫂嫂，我记得在你的府上吃过饭的，看见梅莘兄同你当众表演的一分闺房之乐，在我做朋友的看来，可说极尽肉麻当有趣之能事了，而你，却能相处甚得。所以你说不满意婚姻，我再也想不出你不满意的其他理由了。

梅莘兄对你的嗲，我都是亲耳所闻、亲目所见。譬如你去年出走的一天，我同他吃饭，他拿起酒杯，眼泪同白兰地交流，口口声声说："我是真正爱煞家骅的。"又譬如你不戴手套，他不忍你同别人握手，怕你的肉，同别人的肉碰着了，他要受到什么损失似的。又譬如你睡得正好，他醒了，只好直僵僵的僵在床上，一动也不敢动一动，动了，怕惊醒了你。又譬如有一次梅莘兄来看我，在我写字间里，打一个电话给你，就当了我们，在电话里对你咻寒问暖，末了他叫你"心肝乖一点"。我们都哈哈大笑了，而梅莘兄却一本正经的表示对你爱护之诚。

一个男人而嗲到这般地步，有的女人，也许吃不消的，我看嫂嫂倒能接受下来，能够接受，便不应该不满意这段婚姻。上海地方，像梅莘兄这样年少多金的人，车载斗量，要像梅莘兄那样的嗲法，有也许还有，寻起来恐怕费事一点。

（《铁报》1948 年 8 月 7 日，署名：高唐）

阿　　嫂

周鍊霞不喜欢人家叫她为徐太太，她时常要纠正叫她为周小姐。我于是又想起一桩荣梅莘的嗲事来了，他同谢家骅结婚以后，关于朋友对谢家骅的称呼，非常注意。假使有人称家骅为谢小姐，他便显得不高兴；或者称她为荣太太，他还觉得不过瘾；非要称她为荣家嫂嫂，或是阿嫂，或者梅莘阿嫂，他方始乐意。

有一天我真老鸾，叫了她一声家骅，梅莘立刻对我皱着眉头说："你叫她阿嫂。"我当时就体会他的心境，一个男人，娶着了一位艳妻，便希望在别人的称呼上，将他们的名分，弄得更明显些，更确定些，也是可以轻轻骨头的。

所以我前天写的那篇稿子，写了谢家骅，到底又称她为荣家嫂嫂，这里面原来还有一层原因的。

(《铁报》1948 年 8 月 8 日,署名:高唐)

戒　香　烟

朋友中毅然决然把香烟戒除的,先后只见过二人,先是之方,后是天厂,他们的烟瘾都大。去年我同天厂看戏,他比我忍不住,偷偷抽了几枝香烟,但后来听他戒除了。之方是说戒就戒,天厂还装得恋恋不舍,装满一盒烟,另外放几包留兰香糖,我们只看见他吃糖,而不吃香烟,将近一年,他的烟盒还在身边,但绝对不吃。他说专门敬别人吃的。

之方戒烟后身体发胖,天厂也重了二十磅,可知戒香烟对于健康是绝对关连的。他们明明晓得我戒不掉香烟,也劝过我戒香烟,因为希望我能够比现在健硕一点。

我再也说不出立志戒烟了,昨天我抽到烟已经到了九百万元一罐,我还在想闭闭眼睛买下去。我近来的情形,米涨,饭量亦涨,烟涨,烟瘾更大。看起来真要被我啃光了完事。

(《铁报》1948 年 8 月 9 日,署名:高唐)

颜料业的一员末将

有一位朋友打电话给我,告诉我报纸上寻他开心,说吴市长问过他,要他捐十五万美金为救济特捐,他于是害怕了,深怕谣传变为事实。这朋友就是上海小姐的丈夫,做颜料生意的荣梅莘。

我说:这是他平常欢喜招摇的报应,坐的大汽车,讨的名女人,摆起架子来好像上海的钞票都是他一个人有的。其实荣梅莘在颜料帮里,哪里有他这把交椅?他要同周宗良比,无论历史、名望,乃至财产,这中间的距离,不是“霄壤之别”“云泥之别”可以形容的。

一个人哪里想得到“魁”也会“魁”出麻烦的。我本来讨厌嘴大喉咙小的人,我一向想劝劝荣梅莘,但是他正得意,我又怎好去扫他的兴?

周宗良到今日之下，还穿的老布袜，新近有人亲眼看见他的少爷，在电车上轧电车；假使上海真正有钱的人，都摆起天大的架子来，穷人更不好做人了。

今天这篇稿子，假使写在《谣传吴市长访问》以前，他一定会恨我入骨；写在现在，也许他没有火气，只不过怨我暴露得太清楚一点罢了。

(《铁报》1948 年 8 月 11 日，署名：高唐)

吴市长你累了吗？

关于救济特捐，周宗良对吴市长说：只要从上海的每一辆汽车上，各捐一亿元，上海共有五万辆汽车，立时立刻可以收足五亿亿。救济特捐的总数，不过八万五千亿，其余的三万五千亿，再从富豪身上劝募，比较轻易多了。我认为周宗良这一个建议，未始为不是公平之道。坐得起汽车的人，哪里会在乎一亿这一个小数目的。可是到底没有叫吴市长采纳，这又是什么缘故呢？

而吴市长呢？胃口也真好，他会冒了溽暑，去向富人们造访，这是何等吃力的事？上海待治方殷，我替吴市长着想，不必在这一方面多费心力，而希望吴市长对这笔救济特捐，负最大的责任，全款收到以后快快派正当用途，不要尽放在市银行里，因为市银行里的黄副理他们，每日花天酒地。不瞒市长说：我对这个人的操守问题，一向是很怀疑的。

(蝶衣按：大郎兄此论是也！救济特捐已捐得的一部分，便该早一些用之于建设则用之于建设，用之于贮粮则用之于贮粮，奈何放在银行中搁煞？不虞这一笔款子被人私自运用，影响市场乎？)

(《铁报》1948 年 8 月 12 日，署名：高唐)

打听一个女相士

听说有一位深研麻衣术的小姐，今年才二十四岁，她并不设立什么

"问津处",只是她从小学得这一点本领,所以不同于以往上海那些女相家之卖野人头也。有一次潘公展先生请她论相,她将潘先生看了一看,她说:"我不高兴同你看。"潘先生说:"你看也看了,为什么不说给我听? 如果不说,我要着恼了。"这位小姐说:"不说你要着恼,说了你可也不能着恼。"潘先生说:"老夫不恼就是。"这位小姐说:"我看潘先生是庶母所出,而且庶母不是第二位,是第三位庶母所出。"潘先生听了这几句话,大大的钦服高明,说这位小姐是神眼。

说的人记不得这位女相家姓甚名谁,家住哪里。老凤先生,同潘先生时常晤面,何不问他一声,让我们也好去领教领教。

(《铁报》1948 年 8 月 13 日,署名:高唐)

唐哲十六岁

> 将儿养到弱冠年,从小顽皮我自怜。入学书攻鸡是野,成龙父望子能贤。阿爷平素许多好,愿汝他时一脉传。谁识老来心里痛,休提一十六年前。

唐哲今年十六岁,太太想买一样东西送给他作纪念,我则送他一首诗。唐哲向来是个轻狂的孩子,到现在还叫人讨厌,读书也不怎么好,现在在一只野鸡中学求读,当然没有什么长进,但是他有好处,生性慷慨,不大斤斤于财货,这是我的特长,唐哲则颇有父风也。我却很爱惜我的孩子们,我虽然说望子成龙,其实升平何望? 我岂肯巴望他们在德业事功上有所建树? 我只望他们能够做一个乱世的佳子弟而已。

唐哲入世的那一年,正是我最不像人样的时候,这首诗写到后来,悼念亡妻,不禁凄然有泪。

(昨日《大郎近诗》第一首题目《唐密周岁》,为《唐勿周岁》之误,特此勘正。)

(《铁报》1948 年 8 月 16 日,署名:高唐)

小　电　影

十四日夜间,聚了男男女女两桌人吃饭,饭后费二小时看了七本片子,二本无声,二本卡通,三本有声。无声的是宿货,从前看得多了。卡通的真有趣,从开头笑到完结,笑它的许多想入非非。观众批评画笔不大细巧,我则喜欢它的简单,清清爽爽几笔,像丰子恺的写画,粗枝大叶,别有风姿。三本有声的非常满意,三个女主角,都长得风神俊美,座上某导演深许她们就是做这种戏,也是表情自然,一点不觉得临事仓皇。我说:外国人糟蹋物资,同时亦糟蹋人,像这种女人,放在上海做电影明星,怕她们挣不了二千块钱的底薪呢。我从前讨厌看这种电影,原因是往往女主角不美,老太婆谈不上线条和面孔,看了徒然起一种不洁之感;如今进步得多,听说彩色的立刻到上海,我还有一次欣赏的胃口。

(《铁报》1948 年 8 月 17 日,署名:高唐)

痛人之子·还念吾儿

之方兄的一子一女,都死在结核性的脑膜炎上,他的小姐死了好几年,昨天他一个刚要周岁的男孩子又死了,一样的毛病,都是叫爷娘痛彻心肝的绝症。

从生病到死,大约有一个月的时期,医生断定了病象,之方晓得无法挽救,已经有二十几天,没有进孩子的卧房,孩子在昨夜三点钟死了,家里一片哭声,之方便在哭声中走出来。半夜,没有地方去,在马路上走,走了一小时,遇见头班电车出厂,坐到外滩公园,去等天亮,这一天他没有回去。

我似乎比之方经得起凄酸,记得我的女儿唐律,生下来后,我疼爱她同掌上明珠,但不久她就死了。她得病以后,我时时将她抱在手里,等到绝望了,也是我将她从床上抱到地下。那时候美英年纪轻,胆小,叫我不要离开孩子,我送她气绝时,还写了一首非常沉痛的诗:“阿爷垂泪痛沉珠，肠断亲娘泣一隅。岂汝怜余贫薄甚，不来重剥唐家厨！”

这是我尝着“哀乐中年”味道的开始，我到现在还想念女儿，她活到现在，已经七岁，正是撒痴撒娇的时候。似我这副投老情怀，现在这一群男孩子，他们都无法安慰我的。

（《铁报》1948 年 8 月 21 日，署名：高唐）

为郎静山不平

郎静山先生，是一位忠厚长者，是与世无争的艺术家，清贫自守，凡是与他相识的，没有不景仰他的为人。新近他遭受一桩焦头烂额的事体，却因为中央信托局的不择手段，要勒逼他迁让现在所住的房屋，他老先生奔走呼吁，备事忧煎。而中央信托局所以勒逼他的原因，是奉了江苏监察使严庄之命，原来严庄指定要住郎先生现在原住的永嘉路正蕃小筑八号这幢房子。

这幢房子的是否逆产，身份至今并未确定，而郎先生在战时迁入，取得合法的租赁权，都是事实。关于这些，报纸上都曾见过。我这里只是替一个穷艺术家叹息，郎先生老年冷落，还使他操虑到处身无屋，难道这真是个率兽食人的世界？

郎先生因为搬了之后，只有露天可住，所以还在希望幸免，他托了许多人去对严庄说情，请他放弃这个“非要此屋不可”的成见。而严庄的回答是：“我同郎静山是朋友，我又没有要郎静山的房子，我只是向中央信托局要房子。”好一派风凉官话，其实严监察使你又何必苦苦逼人，仗势欺人，而欺到一个清苦艺术家身上，也未免太起码了。你现在是与郎静山为难，没有什么抵抗，万一你碰着一个“定头货”，拆散了头发，将这件事告到你总统府，告到你司法行政院，万一你是垮了，你难道不会懊悔你当时的不智吗？我劝劝你还是修心补相一点的好。

（《铁报》1948 年 8 月 22 日，署名：高唐）

“相面小姐”王俊凯

在“新雅”座上，识王俊凯女士，毕业于复旦大学，攻政治经济，尝为新闻从业员，至今犹未与文化新闻事业解除关系也。年仅二十有五，能为人推命理，谙相术，亡不谈言微中。渠自谦曰：“学习无多，惟太夫人精研哲理，所造真超然绝诣矣。”王固不恃此为业，顾好与人谈，人或称之为“相面小姐”，往往有愠色，席上人丐其言，所言十之七八俱无失，故惊为神技。愚以一掌示渠，滔滔曰：“夫人而为父母所择者，必死，苟为自由恋爱，则得永谐，然气恼弥多，而矢爱弥坚。”言已，问愚曰：“言非罔邪?”愚唯唯谢其术之巧。王囊橐中，贮一册，皆记生辰姓字，皆友人所恳请者，王以此为功课，忙且罢，太夫人深喜之，其尊人极勿悦曰：“小女儿又与人胡说八道矣。”（编者按：关于王小姐精谙相术事，三月十五日本报即早有记载，题为《妇女协会中的女星相家》。）

（《铁报》1948年8月23日，署名：高唐）

我只有热情

我老早说：我是没有正义感的。而朋友写信给我却说我是“正义感者”，我非常难过。上海的正义感，全叫电台上筱快乐领导下的诸位先生“感”光了，哪里还有其他的正义感呢?

为郎静山鸣不平，我决不承认是我的正义感，像郎先生所受的委屈，多得无法计算，我没有替它们一一鸣之。郎先生是我朋友，是我一向敬重的一位穷艺术家，我替他呼吁，是我的感情用事，身体坏到这般地步，而至于不死，也许热情在支撑着我。郎先生的事件发生之后，我碰着过他一次，他正在循真理力争，他的刚毅，他的仁蔼，叫我看出火来，我觉得世界上的凶人太多，中央信托局当事者的颟顸，助长了这位江苏监察使的气焰。我于是替郎先生鸣不平，也许郎先生不喜欢我这样做的。

我奇怪的是郎先生同于右任先生是老友，明明有人把郎先生的事告诉过于右任先生,而于老先生表示对于严庄的事,他没有办法。他没有办法,叫受屈的人再去向谁申诉?一向我对于于老先生的拜倒,并不因为他做官做得好,我以为他的学术高明,难得写几首诗也是热情如沸,为什么今日之下,他下属的所作所为,有人去向他申述了,他会不肯运用热情,来管一管这件事呢?难道我到了于老先生的年纪,我的热情也会变成冷酷的,岂不是太可悲哀了吗?

(《铁报》1948 年 8 月 24 日,署名:高唐)

链　霉　素

我真难过,写了一篇关于之方兄幼子夭折的稿子,跟着有许多朋友,告诉我各种治效的针药,虽然不一定可以起死回生,但多少叫之方多一点试验的机会。徐卓呆先生的信,最为诚恳,他说:"结核性脑膜炎,在今年已有新发现,即以'链霉素'活之,有极大希望也。端节前弟游苏州,过烟桥之五弟剑威医所,告弟谓苏州医学界试之,有相当可喜成绩也。最近友人王冠英君之小孩,在上月患此病甚剧,亦以此药治之,虽所费不赀,然小性命已救活矣。死者已矣,若能以对症之药,竭力宣传,亦足以纪念死者也。先生以为然否?"

徐先生又寄给我一本二二七期的《机联》,在新品介绍一栏里,介绍"链霉素"的,其言云:最近一期著名英国医药杂志《刺络针》中载称:以"链霉素"医治结核性脑膜炎,已显示极有希望之结果,曾有一百零五起病人,施以此项药物,大多数均能因此延缓病势,有多人获得显著进步,少数人可能治愈。此项新试验,最重要特点之一,为"在早期诊断者有利反应之期望最大"。

(《铁报》1948 年 8 月 25 日,署名:高唐)

严庄只惧怕一个人

因为我近来时常提起严庄,就有人来告诉我严监察使的生平行谊,有一位先生说严庄的生性倔强,可是他一生只惧怕一个人,那个人是于右任的太太。于老先生毕竟是书生本色,平时没有什么威严,欢喜打打麻将,严庄常常是于府上的麻将搭子。于太太生性直爽,欢喜直言谈相,有时候说得严庄非常难堪,因此使严庄对她起了恐惧之心。一个做官的人,拼命奉承上司的眷属,已经谈不到"骨气"两字,假使看见了上司的太太,竟然忌惮起来,那末他的品格也可想而知。

又有人说:程中行辞了江苏监察使之后,于院长派严庄继任,这一点实在是于院长的失策,因为不管严庄的操守如何,他是于院长的同乡,亦是于院长的亲信,总是事实。于院长似乎应该要避一避滥用私人的嫌疑。偏偏严庄真不争气,到临走还闹了一桩迫迁民屋的笑话,再不走,比他所监察的江苏人民还有噍类吗?

(《铁报》1948 年 8 月 26 日,署名:高唐)

汗　衫

我把所有的几件汗衫穿破了,背上都是洞,太太劝我去买几件新的,我没有理会,只管穿下去,等到无法披上身去,再把它扔掉。于是太太埋怨我了:"吃着嫖赌里,你所不好的,就是一个'着'字,大郎的穿着真马虎。"

去年夏天,看见吴性栽先生着一件麻纱的汗衫,背上补了一大块,可是洗得挺白的,我当时很把他嘲笑一场。不过后来想想,一个人为什么要把汗衫穿得那末讲究?战前讲究到非三八二号的不穿,除了脱开来叫一同到床上去的女人欣赏之外,还有其他什么作用?你说舒适吧,那末舒服不过杜做的麻纱汗衫,假如说作用不过叫女人欣赏,那末这种男人看这件事未免太职业化了。

有一天我同之方谈起这一点,他说我的理论非常准确。

(《铁报》1948 年 8 月 27 日,署名:高唐)

要富人拿出钱来

因为救济特捐的到现在,也凑不齐这一笔数目。我想起了一桩往事:大约是去年冬天,黄日骧医师和我的老师凌君平先生先后来看我,谈起我故乡的那只普通小学,毁于兵火之后,一直没有复校。去年下半年起,方始组织复校筹备委员会,向各方劝募,修理校舍。他们知道我最广交游,要我替母校出一点力,担任一部分捐款。凌先生还指出了某某诸人,都是上海富翁,都是我的朋友,但他们肯不肯拿出钱来,我也有点数目的。果然,第一炮就不响,而我也立刻灰了心。到现在还无法缴卷,《诗经》上所谓"维桑与梓,必恭敬止",我不能做到这一点,我非常难过。

有钱的人,要他们拿出笔不关痛痒的钱来,他们宁愿你去剐他一块肉,拿出来了,数目也是微小得叫人光火。我的主张是对付这种人,不能锉,只能砍,譬如徐翔荪是嘉定人中资产最多的一个,叫他一个人拿出点造孽钱出来,整理一只学堂,有什么罪过?但此人锉他固然不易,砍他也未必有效,你说要命不要命呢?

(《铁报》1948 年 8 月 28 日,署名:高唐)

断命高唐

我写了篇《相面小姐王俊凯》之后,有一天,胡桂庚碰着她。王小姐说:自从高唐先生替她一宣传之后,求件者更加踵接于门,害得她无法应付。现在她决定将高唐的八字批成命书之后,不再批写命书,至多与人家谈谈相而已。我对桂庚说:"这不成了'断命高唐'了吗!"

听说王小姐不久准备到南洋去一趟,那里的人,最迷信命相之说,叫那里的人晓得了王小姐的寓所,恐怕又要造成臣门如市之盛了。

(《铁报》1948 年 8 月 31 日,署名:高唐)

随 宜 梳 洗

“当时不嫁惜娉婷，映白施朱学后生。说与旁人须早计，随宜梳洗莫倾城。”我一向欢喜陈履常这首诗，尤其欢喜“随宜梳洗”的这一个境界。

往往眼见有些男人侈言某一个女人的懂得装饰自己，在我是并不向往的。我最讨厌男人女人的刻意求工于修饰方面，浪费心力、浪费物力的结果，有几个人真把它赶上了美的水准！弄得不好，反而形成不自然，甚至于使看的人起不洁之感。

相识的女侣中，有几位自然地欢喜“随宜梳洗”的，她们从来没想到把自己整理得必婀必娜，然而看上去总是舒服，总见得是风致便娟的。譬如有一次看见一位着一身家常闲服的小姐，出来应酬，她的衬衫，并不曾烫得一痕不皱，然而干干净净的，非但没有损害了她的美，叫人更加赏爱她仪度的高洁清华。所以“随宜梳洗”的好处，能够在落拓中有着潇洒之致。一个绝世风神的女人，带几分落拓，带几分潇洒，这才是尤物中的尤物。

(《铁报》1948 年 9 月 4 日，署名：高唐)

小 人 有 子

从陈元盛的越狱，以至他的终于成擒，我对他起了一种莫名其妙的同情心。尤其使我感觉到凄酸的，陈在被捕之后，从他身边搜出他孩子的两张照片。在他再进监牢以后，他的太太带了两个孩子去看他。有一张报上，登他看了六岁的那个孩子，对他说：“宝宝，你妈妈同你外婆都待你好吗？她们都打过你吗？……”那个孩子没有回答，只用眼睛呆呆地望着他。这样伤心的场面，谁忍得住听？谁忍得住看？小人有母，同小人有子，不都是人世的奇哀？

一个哀乐中年的人，对小孩子是特别有好感的，我就看不起时代女人的对于孩子不加爱惜。梁鸿志在被囚的时期中，有一首怀念他最小孩子的诗："略知病起未深详，闲向西窗弄夕阳。双颊定如红木槿，小拳真拟白牙姜。休因骑竹伤同伴，记取添衣敌晚凉。谁信而翁淡生活，两盂脱粟一壶浆。"我什么时候看到这首诗，什么时候都会凄然落泪的。

（《铁报》1948 年 9 月 5 日，署名：高唐）

盛赞周曼华

周曼华从前是银幕上的熠熠红星，后来是吴太太，她的丈夫吴国璋，是个商人，认识他的，都说此人是蠢然一物，然而周曼华同他，谈得来情，说得来爱。吴国璋入狱以后，听说周曼华时常去探监，非但没有贰心，而且矢志相守，对她丈夫的一分深情，这两年来表演得教人拍案惊奇。

两年来，公众场所从来看不见周曼华这个人，而她更不曾有过重为冯妇的念头。上海的电影事业，曾经蓬勃过一个时期，电影公司都感到人才荒，多少人转过周曼华的念头，千方百计的请她重行出山，然而都叫她拒绝了。甚至有人到监牢里去看吴国璋，恳求他同夫人商量。吴国璋的回答很哆："她不见得肯，我更不好意思予以同意。"我于是觉得周曼华的可爱了，她是这样的倔强，放着名，放着利，都不屑一顾，而甘于寂寞，这在桓桓男子，有几个人能够做得到的？你说吴国璋这人伧俗吧，他偏偏有这一个红颜知己。

（《铁报》1948 年 9 月 9 日，署名：高唐）

早知富贵有危机

读完了柳汝祥的儿子挥刀杀人的一段新闻，引起我许多感慨。柳汝祥久絷狱中，这一生会不会恢复自由，尚在难料之中，而家庭间又出了这大的一桩凶案，他心境的难堪，真是可以想见的。

当我在中国银行学生意的时候,柳汝祥还在落魄之时,他也是个小职员,我同他的宿舍,毗邻而居,我们时常聊天,他有满腹牢骚,则为了他怀才不遇。后来不知如何一来,他成了风云人物,在招商局做起要员来了。再后来"中储"成立,他又是一员重将。从他的腾达乃至倾覆,我都看在眼里。在这个混乱时代,一个人的祸福无常,原无足异,不过柳汝祥的遭遇尤惨,又因为我与他在二十年前做过同事,更不禁寄以无限同情。

我本来在意气销沉中,近来的情形,更加看得我提不起振发之心,时常想起苏东坡的"晚觉文章真小技,早知富贵有危机"和黄山谷的"功名可致犹回首,何况功名不可求"的诗来。一个人的胸襟,似乎应该放得淡泊一点的好。

(《铁报》1948 年 9 月 11 日,署名:高唐)

心　绪

昨天去看我母亲,她说:"将近一个月不见你,你更瘦了。"有一天之方兄突然警告我:"你近来瘦得可以。"少年时候,壮壮瘦瘦,根本没有介意,到了中年,容易伤贫嗟老,所以听见说我瘦,终不无惘惘之感。

就是今年还没有进过补剂,到新近才在吃一点鱼肝油。藏着的"盖世维雄",也不曾打过,其实摧残我身体的,还是心绪的不佳。我是一个受恩深重的人,真有人给我深恩,当我清夜扪心,而无以报答的时候,我就往往失眠,白天又无法多睡,从精神上我的不安宁影响我的健康,正是我消瘦的唯一原因。温庭筠说的:"王孙莫作多情客,自古多情损少年。"少年都可以毁坏了,又何况一个经不起损伤的中年人呢?

(《铁报》1948 年 9 月 15 日,署名:高唐)

道路传言

道路传言:被囚之二巨商,甲商与书其子曰:"我一生克勤克俭,只落得这般地步，愿汝等毋效我，速货我物，物尽，货吾店，得钱则恣情浪费；我所不为者，汝等一一为之，我不特无怒，且以汝等之善用为可嘉焉。”

乙商受缚之日，有犹太人为原告，导官中人往，乙见犹太人至；知无幸，然以犹太人好财货，因乘机为耳语曰：“汝当纵我，我囊中有美钞三万元，畀汝，汝将立富。”犹太人曰：“我为原告，汝罪果坐实者，我亦得奖金十之四，我所需第十之四耳！仇汝已久，今且见系身于缧绁为快也。”乙商遂受缚。乙商为人，善经营，而铢锱悉较，犹太人故衔之，乃至贿以钱亦不获脱其罪也。

（《铁报》1948 年 9 月 16 日，署名：高唐）

老虫的生日

郑爱贞的生日，是旧历八月十二日，去年二十岁，她特地回到苏州去度生日，今年则在上海。我们本想给她暖寿，她没有空，正日那天，该是最有资格的人同她吃饭的，自轮不到我们。我们暖寿不成，只好补寿，而这一日的白天，她到浦东去白相，赶回来赴宴，已是下午的钟鸣八下了。她近来更加丰腴一点，因为是她生日，打扮得珠光宝气的。我问她报上说你要嫁人，是事实吗？她立刻羞红着脸，说：没有的事，登了之后，我固然到处受人家的盘问，而被登的对方，更闹得家宅不宁。

这天席上会饮酒的人很多，却因为都有喝不得的毛病，所以才尽了一瓶威士忌。被邀的客人中，梦云伟因为有饭局，来不及赶来，她能够饮酒，饮得多一点，她会有说有笑的非常兴奋，她不来，连我也会弄得没精打彩的。

（《铁报》1948 年 9 月 17 日，署名：高唐）

诛心之论

中秋的晚上，有位朋友对我说：“大郎，你太苦恼了，你是喜欢闹热的人，从前时常在跳舞场里打滚，现在连足迹都踏不到那里，今天是良宵佳节，我们去玩它一回。”我说：“几个月不去，非但不想去，连想着了这样的场面，也会烦腻。”朋友说：“去看看，让你晓得一点舞场的近况，也是好的。”

于是我去了，“大都会”人山人海，中秋节真像圣诞节一样闹猛，听说“百乐门”“新仙林”的盛况亦复如此。我又不想跳舞，坐了半小时，实在耽不住，所以发起走了。走出了“大都会”的门，我心里说：“现在的我，假使对这地方，发生一点兴趣，我是王八旦。”这句话我如其说出口来，好像我是做作，实在是诛心之论。

（《铁报》1948 年 9 月 19 日，署名：高唐）

禁售洋烟

“九一八”的晚上，在丰泽楼吃饭，朋友告诉我，这天的晚报上，登载从十月一日起，市上将无洋烟发售，因为洋烟是奢侈品，现在奉行节约，所以要禁售。我本来在恐惧，抽惯了洋烟，感觉开支太大，有不胜负担之苦。现在禁售了，倒是釜底抽薪的办法，不戒也要我戒了。

我很不好，既然欢喜抽香烟，就拣次货的抽抽，其实也可以过瘾，为什么一定要挑上等的英国烟吃？把喉咙吃嗲了，叫我再吃什么“银行牌”“黑牌”“百万金”这一类的烟，好像吃烟囱管里的烟，一样难吃。所以洋烟不禁则已，有朝一日，我除了从此不吃，没有其他办法。平生欢喜享受的东西，它不叫我享受了，应该壮烈一点的放弃一切，退而求其次，那是懦夫的行为。果真洋烟禁售，那末下一个月起，我在这情形之下戒烟了。

（《铁报》1948 年 9 月 20 日，署名：高唐）

卢文英死矣！

卢老七死于苏州，生前爽快，死得亦爽快，盖其所遘病，为脑溢血也。卢称上海女白相人，上海自有女白相人以来，“卢老七”三字为最著；其人矮而肥，顾勿臃肿，尝见其着罗宋灰背大氅，平跟红绣花鞋，虽勿美，为态亦正复潇然也。樊良伯先生生时，卢事以兄礼，而事之良谨。及先生谢宾客，殓既成，将合棺矣，卢匆匆自素帷中出，叱其从者曰：“速驱吾车，载大阿姊来（即丁老大，亦所谓女闻人，资格老于卢老七，而名则不如卢之彰耳），使其见阿哥最后一面也。”兄弟恩深，见乎词表。愚亲闻其言，尝为之感动泪下，七固性情中人也。

（《铁报》1948年9月22日，署名：高唐）

自杀的骗局

二三月前，本市的大饭店里不是有过一个女客人开了房间，服毒自杀吗？报上说这是个艳装妇人，是目下上海“自由职业”的女人，而通于学问。但她为了什么要自杀？却从没有说出原因，到最近我辗转听来消息，方知她的自杀，是一个骗局。

原来她有丈夫，丈夫别有爱人，爱人也是自由职业妇女（还是上海某名商的掌珠），但是她本人却也受一个人在拼命追求，不过是个老丑而多金者。在她假以词色之后，便向那老者要索金条二十根，为贴补她丈夫损失之用，然后再与她丈夫离异，嫁与老者。老者自然一口答应，将金条如数献上。过了几天，她忽然对老者说：金条被人侵占去了，还要廿条。老者还是一口答应，再送廿条。第二天她便在国际饭店，开了一个房间，表演自杀。此事在报上轰传之后，吓得那老头子到现在也不敢去寻这女人，四十根金条却白白的被她骗去，她的策略总算成功了。

（《铁报》1948年9月25日，署名：高唐）

望女儿

“相面小姐”给我写了一份命书，别开生面的是这命书用白话文写的，末了一句：“子女五人送终。”

我现在是一共有四个男孩子，却没有女儿，也许会养一个女儿的。我近年很盼望有一个女儿，从前养过一个，下地三十多天就死了，我常常在伤心。太太对我说："养下来像你，长大了也不会好看。"其实像我有什么难看？眉清目秀的，假使她更像我聪明，像我的慈爱，这女人便不差什么了。

昨天傍晚时回家，在大通路上，看见周翼华的两位小姐，坐在一辆三轮车上，她们都长成了，更加秀美，看见我，都热诚地叫我。我一直羡慕着翼华的家庭，尤其是两位小姐，假如她们是我的女儿，我这没有尊严的老太爷，现在正是她们对我撒痴撒娇的时候了。"相面小姐"说我要六十六岁后才死，假定我明后年得一女，那末及我之死，还看得见她长成秀发之年。

（《铁报》1948 年 9 月 26 日，署名：高唐）

詹沛霖起家之始

詹沛霖以寒素起家，到老还是克勤克俭。若干年前，已为富商，犹有人见其穿套鞋，支雨伞，踯躅于泥涂中，几不知声色车马之奉为何事也。有人谈其发创之始，经营正复辛苦。偶过街头，见有苦力曳榻车行，车上载白报纸，詹乃问曳车者曰："纸自何处来，将售往何处？"曳车者具告之。詹乃默记其地，辄雇街车，驰赴买纸人家，问曰："汝家不要买白报纸耶？我所有，价贱于彼，而质更佳也，幸拒其货，购我所有。"买纸者果与评价，往往得成交易，詹乃渐此广聚矣。

（《铁报》1948 年 9 月 27 日，署名：高唐）

高唐散记(1948.10—1949.6)

读戚再玉讣告

接着亡友戚再玉的讣告,使我缅怀往谊,不尽凄酸。几年来我听人家告诉我,他真有热肠好义的游侠精神。上海的白相人,宿的宿了,变的变了,再玉是以读过几本书而崇尚任侠的人,他后来的广收门徒,除了对他的职务抵触之外,我倒非常同情他这一种行径,因为以他的性格,走这一条路,多少比现在这般所谓“老头子”者“有谱”。

我同他没有太深的交谊,在上海沦陷时期,我还不认识这个人。抗战末年,他叫敌兵逮捕去了,这一案牵连甚广,那时张善琨还在上海,他告诉我有这样一个地下英雄。胜利以后,我注意这个人,我们是在无意中相识的,连着他忽沉湎于声色之奉,在游乐场中他看见了我,总是殷勤地向我问长道短。想不到声色之奉,毕竟害了他,害得他入于万劫不复之地,看完了他的行述,更展览遗容,真是“我复可言”了!

(《铁报》1948年10月5日,署名:高唐)

记　翾　风

听潮兄记袁雪芬、范瑞娟合作之《珊瑚引》,谓石季伦有婢名翔凤,而秋翁则言:翔凤殆翾风之误?按石崇侍人中,固有翾风,王嘉《拾遗记》云:“石季伦所爱婢,名翾风,魏末,于吴中买得之,石氏侍人美艳者数千人,翾风最以文辞擅爱,石崇尝语之曰:‘我百年之后,当指白日以汝为殉。’答曰:‘生爱死离,不如无爱,妾得为殉,身其何朽?’于是弥觉宠爱。翾风年三十,妙年者争嫉之,竞相排毁,崇即退翾风为房老,使主群少。”愚读听潮之记,则所衍事迹,又不似翾风,或石氏侍人中,别有翾风其人耳。

王昙鹤市诗,以及苏台留别诗,皆及翾风,似“便是翾风三十后,也应魂魄绕钱塘。”又似“且约翾风五百年”,无不可诵。

(《铁报》1948 年 10 月 6 日,署名:高唐)

姓潘的故事

我记得很清楚,是二十年前的事,那时亡舅钱梯丹先生住家在上海福煦路上有一条弄堂,叫安仁里的。有一天,我去同他聊天,年纪轻,欢喜卖弄,我对舅父说:“这条弄堂的业主,一定姓潘。”他问我什么意思,我说:“晋代做过河阳令的那个潘岳,他不有个号叫安仁吗?”舅父听了,立刻严肃起来,说:“你的读书,真是一知半解,难道《孟子》上有一句‘仁者居之安’,你没有读过吗? 这一条弄堂的名字,当然根据这一句题的,怎么好意思扯到潘岳头上去呢?”

自从受了这一回教训,再也不敢“假老鸾”了。以后有人问起我经典来,我就急得要命。最近有人问我生灵涂炭的“涂炭”两个字怎么讲? 我心想那就是路上的灰一样,可是讷讷不敢出口,生怕八成还有典故可据,不这么简单的。其实类似的成语,我们知其然,而不知其出处的,指不胜屈,原非宿学,读不了许多,也记不了许多,像我而以“作文”来换饭吃,真是北方人打话“朦事”了。

(《铁报》1948 年 10 月 13 日,署名:高唐)

这也算“佳话”?

昨天看见某大报有一段新闻说:“前掮民主同盟招牌搞政治的罗隆基氏前妻王女士,乃有名之人物,因罗前已与南京《新民报》记者浦女士结合,事实上即已离婚,近闻已与阮玲玉之前夫唐季珊结为夫妇,亦一佳话。”

罗隆基的前妻是王右家,前一时在上海,大家都当她交际花看待,当然她的学问修养,不是现在的所谓交际花能够比得上的。可是她离了罗隆基而嫁与唐季珊,那末使人不能无疑这位王小姐的气息,也许也不十分高明的了。

唐季珊在上海是一个茶商,欢喜白相女人,到现在一把年纪,棺材板也已经打打响了,而还有一分顾影自怜的“雅度”,你说这人的讨厌到如何程度?他是巨商,所以很有钱,然而他吝鄙,上海自有许多瞎了眼的女人,希罕他是巨商,是老白脸,尤其当过阮玲玉的丈夫。因此之故,唐先生的搭壳子,二十年来,此地做生意更来得一帆风顺,到今日之下,还能与罗隆基的艳妻,举行结婚典礼。然而写这段新闻的新闻记者太浅薄一点,居然谀之为“佳话”,把唐季珊看作了什么东西?

(《铁报》1948年10月18日,署名:高唐)

《第一块招牌》

摊头上有一种单行本叫《第一块招牌》,作者的署名叫“桥上客”,听说此人署名之来由,为了他向来欢喜作“桥上游”。

这“桥上客”倒不是低三下四之人,他的真姓名叫周宗琦,是美国留学生,习医学,得过博士学位。回国以后,并不挂牌,他眼看上海的医德沦亡,好在他不急急乎以行医来换饭吃,于是变得玩世不恭起来,忽然写了这本《第一块招牌》。内容所叙述的,都是上海的医林笑话,其中影射了许多医生同医院,而写到产科医生接生时,婴孩明明堕地,医生硬把他的头颅塞进去当难产收费,这分明是在写克美医院了。

桥上客的笔政是灵活的,涉语也很风趣,《第一块招牌》纵不是传世之作,翻开看看,倒也可以解颜一笑。

(《铁报》1948年10月23日,署名:高唐)

为王右家哀

客谈:王右家少年时,风姿甚美,抹白施朱,俨然绝色。其人固弗甘寂寞,嫔罗隆基,恒悒悒自以为屈辱;及其仳离,拟再嫁,则选婿之悬的綦严,曰:“拥多金而能尽享受之美也,夫必为当世知名人物也,又必行婚配之仪,而不欲默默为一人专房之宠也。”一日者,有人开夜舞会于“七重天”楼上之粤商俱乐部,王右家与蓝妮皆至。唐季珊亦作座上客,王陡遇季珊,窃慕其人,语蓝曰:“唐季珊甚俊。”蓝曰:“卿悦季珊邪?季珊年逾五十,犹未尝有室也。”于是蓝搴季珊袖,重与右家为相见礼。唐知蓝妮旨,明日,遂求爱右家矣。更数日,二人忽买翼赴故京;更数日,海上报上,有煌煌告白,谓唐季珊与王右家为夫妇矣。

谈者故曰:王右家诚佳人,唐则为吝鄙之夫,一生无足称,特“搭壳子”以圣手称。乃右家之目若翳,俪彼荒伧,徒使唐季珊猎艳史迹中,添辉煌一页。女人惟勿嫁男人,方足当英雌之号;一嫁男人,终是悲剧中之角色,吾人于王右家,今亦惟重伸其矜怜之雅耳!

(《铁报》1948年10月24日,署名:高唐)

一　饼

行行浑不辨东西,樊素秋深发秀齐。欲试藜肠量苋口,麦芽一饼定夫妻。

梦里,坐了一辆车子,在一条好像长堤的路上,绝尘而逝。是立秋天气,日暖风柔,车子经过一个小镇,再过去离上海更远了,车上有人饥饿,一眼望得完的几家店铺,却看不见一个饼摊。我到一家南货店里,买了两包麻糕,因为甜燥不适于牙齿,一座布棚里有人在卖麦饼,司机替我买了一块其形式相等于市上的羌饼,好在饥饿,慢慢的塞进肠子里,滋味也是甘润的。梦境到这里为止,醒来时的心底温馨,同梦时吃的麦饼一样甘润。

我有多少时候没有写诗了,这一次梦回以后,记了前面的二十八个字,我相信人生的欢爱,非要从艰苦中提炼出来的,才是至味。

(《铁报》1948年10月26日,署名:高唐)

要　　书

前两天,我买了一部《鲁迅全集》,现在还没有出书。书来了,我怕没有地方放,所以叫木匠做了一只挺大挺大的书箱。

我一向没有藏书,最大的原因,舍间并不是高堂大厦,人都住得不舒服,怎么能够再搁这些累赘的东西?十几年来,有一箱子书,寄在母亲那里,现在住的地方,除了一具书橱,放不满一橱的书之外,更没有什么了。现在这只木箱放《鲁迅全集》之外,还有很多的地方,于是要想个法子塞满它,便要去寻王景槃先生要书了。

二月前我去看过王先生,他有一客堂的书,都装在书箱里。他对我说:现在买来的书,再也放不下去,都堆在桌子上,他愿意将旧书送给我,叫我几时有空,几时去车书。我当时回答他:"我也没有地方放书。"现在有了这只箱子,倒真想向他要几种来,当然也不致于把它的旧书都车空了的。

(《铁报》1948年10月27日,署名:高唐)

横　　塘

这是接着"一饼"诗后的梦境,是江南的高秋天气,不能忘情于郊野的清旷之美,而被我寻着了这一个不知名的地方。

那里是四望无际的旷野,在公路旁边的一条支道上,经过一家邨舍,就是纵横的阡陌,沿着一带横塘,不管方向的走过去。横塘的两岸是芦苇,塘里种的菱芰,绿薄都封满在水面上,岸上长着杂草,难得看见几穗红蓼,和孤单单一朵的蒲公英。我们就在岸上坐下来,太阳曝在背上,有些暖意,到吃饭时候都忘记了回去。

下面,是两首记梦的诗:

壁花红穗照横塘,露后香泥漠漠黄。塘下无航人不到,偶来岸上曝鸳鸯。

秋阳一路尘云鬟,惹得郇氓妒眼环。为道玉皇香案侧,暂逃二吏到人间。

(《铁报》1948 年 10 月 31 日,署名:高唐)

杨振雄的小道具

沧洲书场在人人都道好的张鉴廷唱顾鼎臣的时候,去过两三次,后来就没有去了。现在在那里叫座的是杨振雄,听过的人对我说:此人除了卖力之外,其书一无可取。而杨振雄这个人,尤其是讨厌的俗物。

面孔上搽雪花膏,衬里短衫着绯色的格子纺绸,打扮得就是个说书先生。而他一上台,“场面上”的道具,也要换过一副,用的弦子上,有着彩绸的装饰之外,仿佛杨先生的屁股比别人特别经不起压力,人家都不用垫子,单单他一个人的交椅上,要按上一只锦垫,还有一把喷金的折扇,他一上来就要利用它,用夸张的动作,将扇子在台上摇两摇,炫耀他的堂皇富丽。可是当他真正说书了,在使劲的时候,却又用那一把“官中”的黑纸扇,在桌子上拼命的乱拍,又舍不得牺牲那一把喷金扇了。你说这位杨先生讨厌不讨厌呢?

(《铁报》1948 年 11 月 1 日,署名:高唐)

苏 州 孙 家

老朋友真有多少时候看不见的,譬如我同孙兰亭先生,总有半年没有碰着他了。他一向住在苏州,生活得非常悠闲,不像有事业在身上的人。听说他苏州的住宅,非常宏丽,天赐庄孙家,是苏州人艳称的一所住宅。上海人到苏州,兰亭往往竭诚招待,他倒变成了吴梅村说的“不好诣人贪客过”了。

新近我在“九如”碰着他同夫人在吃饭，他们“殷殷劝驾”地要我到苏州去在他家里耽上一两天。我同培林、之方、天厂商量结果，就决定到苏州去吃一次蟹。我们想从苏州到常熟，再到嘉兴。兰亭说苏嘉道上的风景，实在是可流连的。

我们计划在本星期内出发，到苏州我们要去问问黄宗江的病。金山说他现在养得很好，我一直牵记着这位朋友，《蜕变》里的况西堂，演得曾经叫我五体投地来的。

（《铁报》1948年11月2日，署名：高唐）

王右家你嗲些什么？

十一月一日的《申报》上，有一个花边新闻，说新近与唐季珊结婚的王右家，向记者发表谈话，谈话谈得很嗲，开头是魁魁她当年的学历，以及做过的一番业绩，然后再谈到同唐季珊的结合，甚至以后还要同她的季珊，努力于文化事业。

王右家说她留学在美国，得过什么硕士、博士之类的学位，这种人才，在中国多于恒河沙，反正在中国的学术界，我们没有听见过王右家有过地位。至于她在北方为报人，那末中国的新闻文化事业上，我们也没有听见过王右家这个人。上海人之晓得王右家，还是她跟罗隆基离婚以后，打公馆在国际饭店，做交际花时代，而后来就嫁给唐季珊了。

唐季珊固然是上海出名的人物，他是所谓女性所欢的老白脸，一生没有建树。一提起唐季珊，上海人就会立刻想得起这是一个最会体贴女人的一个男人。你说他有钱，但非常吝啬，你说他是商人，他也是商人中的驵侩。王右家一定要洋洋得意的看唐季珊似乘龙快婿，你不怕叫我们这一班老上海听见了，连去年的年夜饭都呕给你看吗？

王小姐，你嗲些什么？

（《铁报》1948年11月4日，署名：高唐）

眼中竖子不如秦

在我朋友中会作诗的，只有施叔范先生，叫我衷心拜倒。近年来他的新作，发表在《申报》上最多，有时《新闻报》上，也见到一篇两篇，我总要连读几遍，遇到音节清亮的，多读几次；有时他用字生涩一点，我少读几次，到目前为止，我读旧诗，还是不欢喜造语过分倔强的东西。

假如有十个人，每人写十首诗，混在一堆里，而里面有叔范的作品叫我认，我至少可以认出七八首来。散木先生对我说：叔范的诗，我们都不可及他。因为他已经开了一种面目，就是这个意思。

叔范是热情如沸的人，他的热情，所寄托在诗里的，对国家的忠爱，对父母的孝敬，往往用凄婉之笔，写至情之作。今年使我不能忘记他的好诗，有四首《谒文天祥祠》，二首《谒岳墓》诗，文天祥祠的第一首说："江流到海故回折，山势浮空欲动摇。双塔长旋星日月，孤臣独看寺云潮。生排万劫天仍坠，死近千年虏尚骄。屠郭洗街新梦过，伏碑无泪哭前朝。"这样的温柔敦厚，一句一句读下来，自然会热泪盈腮。最近岳墓的第二首，我读了有点奇怪，这位先生怎么也在发脾气了？写得有点须髯戟张，而懊怨之气，溢于言表。他是这样说的："高墙晚桂发清芬，鼻观收来肺腑辛。为客俄惊秋已老，对公长叹国无人！愿偿东海悠悠愿，转想南都草草春。顽铁轩眉应作语：眼中竖子不如秦。"在他前面一首的"当年大节真无比，我辈孤忠亦近痴"上已经表现了他的心境，这是相等于前人的"大哭数声黄帝墓，儿孙这样怎安排?"国家一天不像样一天，你叫谁不要灰心呢！

（《铁报》1948 年 11 月 8 日，署名：高唐）

题 名 记

不记得是去年是今年，有个从香港回来的舞女，在上海进场，要我替她题个名字。我替她题了，但她没有用，因为她们疑心我在名字里寻她的开心。其实我哪里有这样好功夫？新近任问芝的侄女冬宝小姐，要下海伴舞，问芝决定要我题个名字。她姓李，我以为冬宝这两个字非常好，就叫李冬宝，无论如何，要比李筱宝雅致得多。但冬宝不欢喜她的乳名被人家乱叫，问芝也认为直叫冬宝，不大合适，于是有人替她题过一个名字，叫静子，我以为文艺气息太重。天衣说：何不叫静芝？以"芝"字来借她姑姑的一点"余荫"。可是她们还不满意，她们希望名字题得有点"西洋味道"，我说：那末何不叫"李都"？在中国字上以"都"字作女人的名字不多，但"都"是解释美丽的，为什么不好？说"西洋味道"，那末丽都舞厅和丽都戏院，它们都有个现成的译名。冬宝对于这名字是否满意，我不得而知，假使她也不满意而不用，我决不动气，因为我没有在这上面用过心血。

（《铁报》1948 年 11 月 14 日，署名：高唐）

赎不回来的内疚

九月十四日，是我亡妇的生辰，她死了十一年，假如活到现在，今年是正四十岁。我丈母的意思，要我替她在庙里诵经一日，以资追念。我没有遵奉丈母的命令，一则我不想在形式上来表示追思，二来我没有心情，到庙里去跑上一天，而惊动亲戚。我只在家里像忌辰一样的祭了她一祭。

我回去吃中饭，看见她生的两个儿子在给她燃烧锡箔，我觉得难过。我生平没有伤害过人，只有她是叫我折磨死的，我没有辜负过朋友，也没有辜负过女人，有的只有她一个。她嫁给我七年，给我一直凌铄到她死去。平时不想起她，我可以俯仰无愧的过过去，一想起她来，我自然地会栗然自惧，好像我曾经杀过人的罪犯一样。我对她的负罪，是没有方法赎得回来的！她死了，我更不想饰貌矜情的用某一种方式来表现我的哀恸，或者掩盖我的罪恶。

读者诸君，在少年时候的任性，我一向以为不一定是坏现象，但因为任性而伤害了一个人，伤害到这一个人至于死去，那无论如何，总是抱恨终身的事。假使懊悔到老,懊悔到死,又有什么用呢?

(《铁报》1948 年 11 月 16 日,署名:高唐)

没有辙

时常在北方朋友嘴里,吐出"有辙"或"没有辙"的一句土话,起初我听不懂是什么意思,后来同天厂研究过,他告诉我"辙"是"车辙"的"辙",所以"有辙"就是上海打话"吃得开","没有辙"就是"走不开路"的意思。

那一天白光也说出有辙没有辙的话来,我就故意问她"辙"是什么意思。她说:"譬如我们晓得唐先生在上海是最有办法的人,在北方人说起来就是最有辙的人。"

白光是好意,她在捧我这个朋友,但她却捧错了,我姓唐的实在是最没有辙的人。在上海做人要有辙,第一要面皮厚,第二要胆子大,我两样都做不到,还能有辙吗?有辙的人,还能穷得像我现在这么样吗?别的不去说它,说到交朋友,难得有一个我真心欢喜她,多亲近亲近,就有许多王八入的男人同女人,在她面上触壁脚了。对她说:"你为什么同唐某人亲近,你这不是自找苦吃吗?"她来对我直言相告了,我听得真沉不住气,想想我哪里有这么多的冤家?我到底哪一样儿不好?出身是书香门第,有的是光明心地、纵横才气,欢喜仗气疏财、欺强扶弱。这样的人,你们不配欣赏是可能的,反正不能说我不好。

假如说我最大的毛病是行为放浪、耽于逸乐,不错,我喜欢白相,但白相我自己的钱。在白相地方,一不拆白,二不强占人家,卖掉了祖传下来的道契白相,除了祖宗可以痛哭我不肖之外,你们这群王八入的管得着吗?我的钱不一定比别人多,但我有勇气花,你们的钱比我多是不是?但装孙子不花出来,还能同我比吗?

话尽管这么说,我在这上头,毕竟受到了打击,一时说不尽许多来,连这一点我都快没有辙了。白光,你道我悲哀不悲哀呢?

(《铁报》1948 年 11 月 18 日,署名:高唐)

近 来 的 吃

限价开放以后，我觉得最最贵的是吃，到我们平时常常去的馆子如“新雅”“雪园”等处，四个人吃五百元，七个人吃一千元，还不是丰盛的菜肴，因此一班平常酒肉征逐的人，都感到不堪负担。有一天我在一个侍者的口中，吐出菜馆售价特高的原因，当前一时米价、菜价疯狂上涨，菜馆几乎一天要调整两三次售价，等到米从近二千元一担泄到三百元，其余的也一齐倾跌，惟有菜馆的售价，却站在峰巅，没有跟着下来，这叫吃的人，如何不喊贵呢？

可是上海人真有说白相的心理。昨天桂庚、之方他们在“新雅”吃饭，听见一个吃客关照侍者，挑最丰美的菜替他点，侍者替他点一只拼盆，是二百五十九元。之方说：你道他们嫌贵吗？自有人越贵越想吃的，大概吃过就等着死了。有一天我想吃点心，吃得普罗一点，于是上“又一邨”去，叫一碗馄饨，咬一口，就吐了出来，因为肉是腥气的，我付账就走。上等馆子，贵得吃不起，下等馆子，以坏作料来欺瞒顾客，算来算去，只好在家里尝尝阿金阿宝她们的手笔了。

（《铁报》1948 年 11 月 21 日，署名：高唐）

读陈布雷遗书

能忠所主即奇贤，读罢潸然复惘然。今日民间诸疾苦，嗟君临死一无言！

昨天，我把《前线日报》上两天连续刊载的陈布雷遗书，一口气都读完了，在临死时候那样好整以暇的写出来，这种精神，应该佩服的。但看来看去，陈先生只在发牢骚，活不下去，故而死了！其他就是说明自己的忠于国、忠于家而已。他始终没有替人民呼喊过一声，这是缺陷。

今日的中国人民，在水深火热中，彼居高位者，茫无所知。陈先生是高官当中的好官,活着也许不便说,快死了,为什么不吐几句出来。纵然无裨实际,叫我们做老百姓的看了,多少好舒一口气,晓得政府里还有人在悯念民间。

(《铁报》1948 年 11 月 22 日,署名:高唐)

我会死吗?

二十三日起身,觉得嗓子有点哑,但不十分厉害。到昨天早晨,哑得几乎一字不出,走出门来,叫三轮车也喊不出地方,我害怕极了,往严重地方想,可能是喉管瘤,或者是结核性到了音带上面。假使是犯了这两种毛病之一,那末我这条命有了日子啦。我今天要去赌,明天不好转,就要找个大夫去看一看,万一不幸而言中了,那末凡是我的朋友,应该帮我一个忙,大家凑一点安眠药片给我,要同陈布雷先生踏上一条路了。

但我还要从不严重的一方面想:也许受了热,受了冷,太疲倦了,或者发了急,肝火旺,都可以影响气管,损伤音带。那末这一回的嗓音失润,是暂时的现象。说句良心话,今日之下,我倒随便得很,严重也好,不严重也好,就是说生无可喜,死不必哀。这二十年来,我"百筋"也"对"过,舒服日子也有过,下去,难道这世界还有什么新鲜滋味给我尝吗?

(《铁报》1948 年 11 月 25 日,署名:高唐)

喝采的人

有一位远道的朋友写信来,说我近来的稿子,写得不好,正真泄气。他是我的好朋友,客中寂寞,看到上海报纸上我的稿子,便有恍对故人之感,所以对我的希望,比较苛求一点。事实上我近来真的写不出好稿子来,譬如今天,我就没有什么好写的,连夜失眠,早晨伏在写字台上,精神萎顿,百虑交萦,叫我写得出什么来呢?

但我好像觉得近一时难得有过得去的东西写出来，因为有时候接着朋友的电话，他们看见我的稿子，在电话里对我喝采。前天还接着一位读者的信，也是颂扬我写得好，有一句话说："唐先生真好。"世界上没有人不欢喜听好话的，我于是兴奋了，对这一行到现在还没有干厌，就为了旁边有对我喝采的人。我不知这些喝采的人是要我死还是要我活，喝到我老了，他们的采喝不出，而我呢，终于成了一个悲哀的乏角。

（《铁报》1948 年 11 月 26 日，署名：高唐）

粪门弟子尽贤才

散木先生的书弟子，我服膺单孝天兄，上次他在"大新"同瓢庵举行展览会，我虽然来不及去参观，之方倒去买了一件小屏，用楷书写孟浩然的诗，犹挂在我们的写字间里，每天对着它，胸头眼底，便有一种舒适之感。还有一位王植波先生，我没有见过，是桂庚兄的熟人，因为桂庚是方家，时常听他对于王先生的书法金石，逢人苦誉，因此知道王先生也同孝天兄一样年青，是圣约翰的毕业生，中西文学，两俱蜚然。桂庚昨日来书，论王先生的书法说："草书初师孙过庭《书谱》，既就怀素，近则专致力于阁帖，寖寖入晋人之室，分书取法两汉碑板，而于《衡方》、《史晨》、《曹全》诸石，尤有心得。篆书能以纯羊毫作书，无趁笔涂抹借墨堆砌之弊。行书尝临右军《兰亭》至百数十通，故能心摹手追，融合入古。真书初法欧虞，既宗鲁公，故所作古朴而不野。"桂庚所以要告诉我的意思，因为王先生同凌虚先生从今日起，在湖社开展览会七天，他要我一同去参观。

（《铁报》1948 年 11 月 28 日，署名：高唐）

且把杯浆寿故人

二十六日下午，本已约定与天厂、翼华去"沙"脱一场，但有人来告诉我，这天晚上，是子佩兄的生日，他的朋友摆下了一席酒，要几个知友参加，指定我非到不可。我于是兴奋地去参加老友的寿宴，而失了天厂之约。

梦云伟因为毛先生一向关心她，她闻听消息，也辞去了别人的约会，赶去贺寿。寿筵是设在一处高楼上，花香酒气，尽室流芬。座上因为友情的投契，故而都谈笑风生。子佩是我将近二十年的老友，他一向待我特别好，于是我对他也生了知己之感。二十年来浪迹春江，关心我的朋友很多，特别是子佩兄，对我咻寒噢暖，我穷的时候，他是我经济支持最最着力的一个人。我有的是有钱朋友，但我从来不曾向他们通过缓急，而子佩的境况，不一定好，却往往尽其所能，来解除我的艰难，我的诗所谓"衣单肯与故人谋"者，就是说明从来不曾向财虏低头过的。

我晓得近来子佩的心境不大好，我则劝他还是强颜欢笑一点，都是苦命人，谁都没有舒服日子好过，眼前有酒，喝下了再说。这一夜，大家都喝得醉醺醺的。

（《铁报》1948 年 11 月 29 日，署名：高唐）

镜 里 颜

柳絮兄在《不祥的镜子》一文中说：好像是袁中郎的诗："心犹未死杯中物，春不能朱镜里颜。"这是绝对记错的，这是多好的诗，袁中郎哪里写得出？

我那一年是十九岁，在商务印书馆买了一部《十八家诗钞》，我把各家的律诗，凡是我欢喜的断句，都摘录起来，写满厚厚的一本。我记得非常清爽，这两句也曾经叫我摘下来过，可是到现在记不起是谁的诗来。我起初认定它是苏黄的作品，但再看看，却又不敢遽下断言，因为又好像杜甫有这两句。近年来记忆力衰退了，最心爱的苏、黄近体诗，印象也模糊起来。

（《铁报》1948 年 12 月 4 日，署名：高唐）

看过袁雪芬了

新近我看过袁雪芬了，这样一个盛名之下的人物，我应该看她一趟的，那出戏叫《新梁祝哀史》，是范瑞娟的小生。人家说："这是越剧里的骨子戏。"其实时至今日，一切的面目，都已经进化了，所剩的"骨子"，只是一副粗鄙的唱词而已。

袁雪芬的一张脸，是不是永远这样幽苦的，唱这一类戏，自然很相宜。她的唱，的确动听，一开口，就使听的人，心头上有沉重之感。因为《新梁祝哀史》的开场，是打"楼台会"起的，杭州同学，乃至"十八相送"的几场都删去了，所以空气一直没有轻松过，一张幕，就要台底下的女人，陪她们眼泪。

范瑞娟已是第三次看她，小台上看过她，觉得她身材硕大，这一回在"大上海"，又不觉得她显得太高，应该做戏的地方，她真会做戏。在换布景的时候，也看过那份说明书，读过她们二人的文章，当时有一种感觉，外行看了不感兴趣，内行读了只有发笑。我说她们纵然不把"思想"弄得这么新，这一点进步，自然也会有的。

(《铁报》1948 年 12 月 5 日，署名：高唐)

怀念傅全香

听过袁雪芬，不禁怀念傅全香；袁雪芬唱是沉着的，而傅全香则一清如水。我于一切艺术，不欢喜凝重，而欢喜轻快，以诗来说：明明晓得杜甫的作品，百炼千锤，但我因为欣赏力的薄弱，吞吃不进，倒是杜樊川的轻纤，才合了我的口味。对于傅全香的偏爱，类乎这个原因。

快一年不看傅全香，在收音机里，一开她的唱片，我立刻辨出是我欢喜的声腔。新近听冯肇梁兄说：傅全香患严重的肺结核。记得去年我去看她，她临时回戏，原因她隔夜晕倒在台上，最近又晕过一次，医生警告她不能再唱了，再唱下去，过了三个月，声音也完了，生命也完了。

但她并不考虑,因为观众爱护她,她也欢喜观众,拼了命不让观众看不到她的戏。做人应该有一分赤诚的,而傅全香的赤诚,就表现得这么可爱。

我倒以为傅全香更有可爱的地方,她永远保持着一个普普通通唱绍兴戏的女人,从来不曾想到要硬把她这个人变过质的。

(《铁报》1948 年 12 月 7 日,署名:高唐)

江南的冬暖

今年入冬以来,简直不曾冷过,过得去的人,都在嚷着:是冷天了,应该结结实实的冷一冷,人好舒服一点。话没有说错,不过丁兹离乱,饥寒载道,就觉得说话的人有些残忍。

有人从北平来,对我说,上飞机的时候,深寒砭骨,可是同一天陆小洛从台湾写信来说:那里的天气,还不是春天,直似仲夏,他同张正宇吃饭,正宇穿的汗衫马甲。把这两个地方匀和起来,正是现在的江南天气。江南在隆冬时候往往有几天晴暖,去年我写一首《咖啡座上》的诗里有两句:"三冬恒似中春暖,一饮能教百虑乘。"前面一句就是赞美江南冬暖的。又记得我太太到北平去的那一年,上海大冷,而忽然大太阳,回暖起来,我想念远人,写过下面的一首诗:"江南晴暖遂似春,日结清愁付远人。漫向风沙多寄语,便随寒雁早抽身。儿工跳荡颐加广,夫习疏顽迹更沦。诗思羸孱文势薄,俟渠归后一时新。"那一阵写了许多想我太太的诗,朋友都称为性灵之作,我自己尤其欣赏这一首,因为我不大写得到这样漂亮。今年的冬暖,人皆感到特别反常的原因,那是上面说的,还没有结结实实冷过。

(《铁报》1948 年 12 月 12 日,署名:高唐)

寒夜清樽

黄绍芬兄在他寓所里宴客,在座的都是我的一群道义之交,说得肉麻些，是我学术上和艺术上的朋友，如陆洁、桑弧、佐临、曹禺。这中间之方与天厂二人，微微有一点酒肉味道。其实真正的酒肉朋友，我也另有一群，酒肉虽然酒肉，他们都是好人。

我们都说着笑话，我发觉之方近来真寻刺戟，从前他与人闹酒，以女人为对象，这一夜他到处挑战，白干吃了好几杯。座上只有王熙春一个女人，熙春以四分之一杯的白兰地，同他交换一满盏的白干，他也干了。

这夜我遍问座上的人，也没有一个想出码头的。离乱之年，好朋团聚在一起，更有亲切之感。我于是叫天厂常常请我吃吃饭，耍耍钱。他说：我常请你吃饭，你老不肯来。我说：那是我为了爱人。我是很坦白的承认：人生在世，爱人第一，朋友第二。

（《铁报》1948 年 12 月 13 日，署名：高唐）

有一天我到香港去住

昨天我写信给香港的王耀堂先生，对他说："从前你叫我到香港来，我没有来。这一回我要来，但我须带一家老小八名之多，怕你吃不消招待我们，所以连我也不来了。"人既不去，倒要托他给我买一本香港新年大香槟票。上一期的头奖，有七十余万港纸，这一回，料想有一百万，希望自然是渺茫的，但毕竟有十个中奖的机会。万一着了，那我也只好对上海抱歉，不同它共存亡了。现在嘴里拼命说不走不走的人，不走是为了没有钱，真有钱的，几个人肯不走？

假定说是一百万港纸，就有三百多根条子，你说我这一辈子吃喝得完吗？既发横财，欲望就应该大一点，不过我买是买了，有点后悔，真的着了，我到香港去住，应该有一种顾虑，目下在香港孵豆芽的朋友实在太多，他们豆芽一辈子孵不出，我就有照应他们一辈子的危险。我只有企求，真到那时候，我的性格，变得特别势利，非常吝啬。

（《铁报》1948 年 12 月 14 日，署名：高唐）

却携妻子茫茫住

尽夜不眠，时常想起许多朋友，尤其是施叔范先生。我记得章孤桐先生有一句怀李印泉将军的诗："形迹疏时情转密"，在我也有这样的朋友，如叔范、散木、空我、白蕉，我和他们的交情投契，决不因为不大见面而变得间阔。

这些都是"奉世真知百不宜"的人物，我时常在关心他们的动静。有一天，碰着桑弧，他告诉我叔范已回他的故乡去了，把上海的职务已经辞去，但他的故乡坎墩，不大安靖，他不敢回去，只得住在余姚。前一时他的《东归记事》诗，念到"却携妻子茫茫住"一句，自然会教我眼泪盈眶。叔范是一个热情如沸的人，然而往往逼着他走上孤寂幽闲的一条路上，真是无可奈何的事。

我仿佛记得，叔范的作品，无论是诗或者文章，关于指述他乡居的情景，特别来得趣味浓郁。这一次东归，我只望在"却携妻子茫茫住"的时期内，产生更多的传世之作。假使随时有得寄来，我更盼望散木先生快快的转给我读一读，以息平日相思之渴。

（《铁报》1948 年 12 月 15 日，署名：高唐）

家　丑

十四日上午，有一位海上名雌打电话给我，她告诉我有个小型报作者，天天对她恶意中伤的骂、无中生有的骂。她打听出这一张报，我同他们相熟的，要我拿个主意。我说："你预备怎么样呢？"她说："我想同他们进行法律程序。"我说："你既然要我拿主意，那末最好的主意是不理他们。"后来我再问她究竟为了什么事，才结下天大冤仇，他要盯牢了骂你呢？她说："因为有一天，这人来找我，我家里在修理房屋，没有好好招待他，他就怀恨在心，后来……"后来的事，她可以说，我可不能在这里写，因为他做的都是不宜外扬的"家丑"。

我非常同情这位小姐的受屈，但我很抱歉，我无法替她出力，因为我不愿意管这一桩闲事。我以为一个人在上海地方溷，哪怕溷得不大循行正轨，但总不作兴在女人身上打算盘。这样做了，这是人类的渣滓，你叫我怎么去同一个“人渣”去讲道理？

（《铁报》1948 年 12 月 16 日，署名：高唐）

讨厌与悲悯

许多人其看过了丁是娥的申曲，都说真好，但所有的高兴，却同时叫解洪元一个人给扫光了。有一位朋友看得生气的时候，简直说解洪元应该拉下来枪毙。解洪元讨厌到什么程度，我没有亲眼得见，这里无法形容。既然大家都说他讨厌，大概讨厌是讨厌定了。

上海讨厌的人，要有多少有多少。有一天我听收音机里，一个报告员在喊卖香港哔叽，他说明卖到三点钟就要涨价，到将近三点的时候，他的紧张，好像有一口血要从收音机里吐出来。那时候我们不是讨厌他，实在有些害怕他。明明晓得讨厌，索性欣赏他的讨厌，久而久之，自然变为悲悯之怀的，这是我近年来“悟道”之一端。譬如高甜心怎么不讨厌？但再想想实在可怜。卖香港哔叽的人实在讨厌，但听多了，你总会把他的声音，当作在啼饥号寒了。

（《铁报》1948 年 12 月 17 日，署名：高唐）

袁佩英重披舞衫

袁佩英真是称得前辈舞人的了，可是她到今日之下，还要凤飘鸾泊，别人都替她焦急着不得归宿，她自己当然也有万分怅惘，而披上旧日的舞衫。

原来她这一回嫁人，又是凶终细末，由夏间从天津回到上海，看看风头，再寻出路，到现在也有半年光景。有人劝她走交际路线，但一个做过舞女的人，专门做交际花，她们总觉得不习惯的，于是她决定再做舞女，与舞女大班数度接洽之后,她将在本月二十日晚上,在“百乐门”登场。

她在跳舞场里是红底子,虽然春秋已高,但毕竟是一表人材,看上去还是艳光四照的,一点没有见得她老,更没有看出她“宿”,真是尤物。不过据她说:停了许多年数,旧日的客人,大多星散,实在没有把握。

她现在住的地方,还没有弄好,可是她也没有开旅馆,借住在北京西路嘉庐。那是顾嘉棠的住宅,巨厦隆隆,而袁佩英就在这里做栖身之所,也想见她还是兜得转了。

(《铁报》1948 年 12 月 18 日,署名:高唐)

宵禁与欢场

在没有宵禁之前,我已经隔绝欢场,宵禁之后,更没有心思跑到这种地方。从前我在报上,差不多成了为读者供应欢场消息的专家。近一年来,绝少有这一类的稿子,前天《高唐散记》里的《袁佩英重披舞衫》,我没有写过这一篇文字,因为那一天我没有写《高唐散记》,这是报道新闻的稿子,不知以何原因,用了《高唐散记》的篇名。袁佩英固然是我熟人,但她这一次回上海,我始终没有见过,她的近况,也根本不详细,最近只是小型报的广告栏里,看见她有出山的告白。

我发现在宵禁时期,不能太晏回去,因为马路上太不太平。记得有一次我回家去,离开宵禁只有半小时,路上任何一种车辆都横冲直撞,它们都要赶戒严时间,我坐的三轮车,在那里拼命乱奔,随时与别的车辆有互触的危险,我害怕极了。打这一次起,我每天回去,都赶在十点钟以前。人是穷人,性命却还是宝贵一点的好。

(《铁报》1948 年 12 月 20 日,署名:高唐)

《鲁迅全集》

《鲁迅全集》第一次预约价金圆百元,第二次涨到一千元,我在涨价之后，收到第一次预约的一至八卷，看看纸张，看看装订，方始觉得当时的一百元，现在的一千元，卖得不算便宜。不过在我生平不知囤积为何的人，买了一样东西，从一百元变了一千元，颇有一番“书中自有黄金屋”之感了。

有一天师陀先生到上海来，我同他吃饭，席上都是文化界的友人，有一位先生说起这一次《鲁迅全集》的定价，他也慨叹着不应该卖得这么贵的。而有人就说出所以贵的原因，那是许广平先生向印书的人家，要索的条件太凶。许先生把纸版交与书店印行，譬如每次印三千部，许先生就要拿去一千五百部的售价，所以在书店本身，实际上只拿一半的价钱。于是，我们不能再嚷《鲁迅全集》卖得贵了。既然诚心要观摩这位文坛上一代宗匠的遗著，今日之下，也就应该尽一份抚恤他遗属的义务。

（《铁报》1948 年 12 月 21 日，署名：高唐）

花　　市

相识的一位小姐，她的一间小小的卧室里，目前放着四五种花，其中有水仙、腊梅，和一树小松，这些都是所谓岁寒清供。其他还有两种颜色的康乃馨、一盆象牙红，在现在，都是点缀时令的花朵。

这位小姐，容易忧伤憔悴，但是她爱花成癖，王仲瞿说的：“扶邛尚爱花能好，强笑明知病已深。”我对她时有这一番凄凉的感想。

自己是俗物，从来没有花草之好。上海市上，看得见的两处花市，一处在常熟路，一处在陕西路，真是五色缤纷的。早晨经过那里，总看见爱花的女人在花摊上徘徊俊赏，记得我也在这两处花市买过花，也有过记事的诗：“当时花市归来早，散尽衣香一路黏。”

（《铁报》1948 年 12 月 22 日，署名：高唐）

罪在朕躬

有人来告诉我，为了我的《家丑》一文，引起几位仗笔之士的反感，他们大概因为我臂膀朝外弯,在"行交行地界"来讲,我不大"落槛",于是想向我反攻,目标不仅我一人,要连我平时所爱护的女人一齐骂在里头,这真把我吓退了。我想找一位仁人君子出来,向列位求和。

假使说:列位要骂我一个人,我非但不害怕,再骂得凶一点,我也乐于承受。一定连累到我爱赏的女人,她们纵然也未必害怕,我却有"藐躬不德,祸及爱人"之痛,这是万万使不得的,所以要请鲁仲连出来,我情愿向列位敬酒,大家红红面孔。如其还是不能消列位的气,那末敢请不要牵扯到别人身上,来骂我一个人。如其高兴,打现在起骂到明年这时候,我若在中途路上,有半句招架的话,我姓唐的不是汉子。我老早说过,一年到头,叫我骂过多少人,自己叫别人骂骂,也是天理循环,本来是这么一个又无聊又缺德的人,挨骂也是天公地道的事。在上海混了这许多年数,混不出什么名堂,所可以自慰者,就这一点涵养功夫而已。

(《铁报》1948 年 12 月 23 日,署名:高唐)

老 虎 口

这一次中航机在香港失事,报上说是触着九龙机场的山头,因为飞机降落九龙机场,是从两山对峙,一条极狭的间隙里飞下来的。

我于是想起去年到香港,记得飞机到了香港上空,有好一回盘旋,才降落九龙机场的。后来回上海时,我们在九龙机场上,等候了一二小时。那天有许多飞机降落下来,它们都是从这两山对峙中间下来的,在下面看上去,好像飞机的翼子,同两面山头,扣得非常严密,差一点就同山头对碰。我当时大吃一惊,问一个住在香港的朋友,每一只飞机,除了这地方就没有其他路线好降落了吗?他说:这是必由之路。我说:这多危险,随时要触山头的!当时建筑机场,为什么拣定这个地方?

昨日报上,都称这条降落的路为"老虎口",甚言其形势的危险,可是"老虎口"称到现在,吃人倒也不过吃了这一次而已。

(《铁报》1948 年 12 月 25 日,署名:高唐)

朱三小姐出风头

在“霸王号”中罹难者，正如蝶衣兄所说，是朱四与朱九小姐，不是朱五小姐。朱四、朱五、朱九，都是朱霁青的女儿。柳絮兄扯到的朱三小姐，那又是一人，她是朱启钤的女儿，当年蜚声于北平的社交界，真正出足风头的人物。有一位濮一乘先生，写过一首旧京竹枝词，其中最好的一首，旧诗家弦户诵的所谓：“一辆汽车灯市口，朱三小姐出风头。”我还记得一首：“乔木森森拥内厨，倾城士女醉屠苏。轩名依旧来今雨，不见如花密司朱。”也在夸耀朱三。是不是濮先生所写，我却忘了。

关于这些史迹，最熟习的是徐凌霄先生，他笔底下老早搬出过一大套来。时迁世易，朱三小姐，不知尚在人间否？我想即使还活着，也快成鸡皮鹤发的黄脸婆了。

（《铁报》1948 年 12 月 26 日，署名：高唐）

谭鑫培这死鬼害人

从报纸上看见，杨宝森在北平吸毒，叫警察局捉进去，看案情相当严重，现在不知交保没有。天寒地冻，宝森又是那末弱不禁风，虽然同他不是知交，但他总是近代生行中的美材，不免很关心他的平安。

近年他到上海，总来看我一趟两趟。二三月前，他为了安排在沪的金钞，也来沪一次，我们在吴仕森兄府上相见。我只听人代他宣称，已经戒除嗜好，但从我看他的神气、情形，分明还在瘾头上，交浅不愿言深，从来也没有着着实实问过他到底戒了无有。可是，结果我疑心没有疑错，他终于出了乱子。

想起来真正可恨，为什么这些老板们都要干上这一个呢？有人说：他们为了保养嗓子。这是放他妈的狗屁，比较说得通一点的说法，已经抽上的，一旦戒除，怕会影响他的嗓音，但谁叫他们从小就学着抽的？看将起来，还是谭鑫培那个死鬼害人，谁叫他戏唱得那末好，而又是鸦片烟抽到死的瘾君子呢?

(《铁报》1948 年 12 月 28 日,署名:高唐)

文字因缘

读者沈凝华先生,把我去年刊在本报的一部分作品,剪贴起来,订为一册。沈先生为了我浪费过许多时间,也耗费过不少心血,我对沈先生的垂爱,自有一番深厚的知己之感。

沈先生在装订舒齐之后,特地送给我看,同时还叫我替他在书前写一节序文,我非常高兴,但我还没有搦笔,这本书却叫一位朋友借去看了,一看就看到现在,没有还我。三个月了,沈先生写信来催问,他说:"世变日亟,益增珍惜之意。"话是那末诚恳,我无论如何,不敢辜负他的雅意,我要催朋友把这本书还我,一到我手,马上动笔,我十分情愿与沈先生结这一段文字因缘的。

还有一位钱檪先生,托我探询施叔范先生的余姚住址,他是崇景施先生诗文的一位,但我却不知施先生行踪所至,因此无法报命。那一天听桑弧兄说:叔范有信来的,在一个月内,他要到上海来一趟。那时我碰着他,一定将钱先生的拳拳之意,告诉叔范,我来作东,请钱先生联一回文酒之会。

(《铁报》1948 年 12 月 29 日,署名:高唐)

躯壳问题

报上说:冯有真的头都没有了,四肢也残缺不全。江亚轮上,到现在捞起来的尸首,不是人尸,只像一只芋艿头。于是有人在议论:罹难者的家属,为什么一定要"乞归骸骨",方始安心?譬如说:死在飞机上的,那末只当它的灵魂已经升了天,躯壳不妨任它腐化在山野之间。比之寻着了躯壳,再把它火葬,有什么两样?若是死在海里的,那更加干脆,索性当它已经举行海葬。话是没有说错,但中国人毕竟着重这一点安心之道，别说尸体要把它打捞或是寻找回来，我还记得江亚轮上，沉走了一口棺材，这份人家的活人，还登了广告，托仁人君子留心它，漂流在什么地方。

海里的尸体假使到现在还有捞得起来，我想他的家属也无法辨认，知道是阿猫阿狗？是谁家的老太爷老太太？去认了也等于不认，这多蹩扭的事，我倒以为捞起来了，还是把它放了下去的好，它怎样死的，还是叫它怎样葬吧。

（《铁报》1948 年 12 月 30 日，署名：高唐）

何必粉墨？

朋友为了安排方沛霖兄的身后事，想用各种方式，替他募款。有人发起在"天蟾"唱一台京戏，文宗山兄叫我参加登台，虽然方兄是我老友，但这桩义务，我想让电影圈同人去尽吧，让我另外出一点力。事实上我是没有兴致登台，倒不一定为了电影圈和文化圈的间隔问题。

可是昨天苇窗兄来看我，再过半个月，是朱凤蔚先生的六旬大寿，有一台堂会，也要我登台。苇窗是戏提调，第一个来邀我，他派我与童芷苓合唱《别窑》，或者来一出《拜山》，因为这两出戏不大，而都是我唱过的。被他这一说，我倒没有方法再推托了。但我没有意兴是事实，我想起了排戏，心里就会乱起来的。所以我希望苇窗如其排一出群戏，让我来充一个零碎，省得一排就是几天，那末更加合适。万一必须罩我一出牌头的，为了凤老的事，我也不敢抗命。

（《铁报》1948 年 12 月 31 日，署名：高唐）

《海派作风》的作风

张善琨倒了好几年的霉，到现在也没有脱运交运，局踏在香港，负贷度日。上月里我还接着过他一封信，满纸肃骚。我们是老朋友，若干地方的性格是相同的，倘然觏逢逆境，不会形之词色。现在他肯对故人发这样大的牢骚,他受到的煎熬就可想而知了。

前两天,李大深先生告诉我亡友方沛霖的身后事,从寻尸始至出殡至,包括衣衾棺木的费用,没有一个钱,叫别人用过,都是从善琨口袋里掏出来的。至于抚恤方兄家属十年八年的用场,善琨实在没有力量,一面在香港募款外,再请大深向沪友方面呼吁。大深因为善琨的热诚爱友,自然也不容坐视,经过各方面的奔走,大概方兄家属的生计问题,不致再有什么顾虑的了。

我现在要说的是张善琨的风义,殆不可及。照例方兄的身后事,为之道地者应该是永华公司,因为方沛霖是永华公司的导演。假使善琨的境况好,由他一个人来用也还罢了,现在的善琨,已经在债台上团团转的人,而他还是不声不响的拿了出来,也不管自己过的是什么日子。叔季之世,我们对于一个朋友有肝胆讲风义的人,似乎不能再缄默无言了。

从前善琨在上海的时候,大家都说他的作风"海派",但像上面所举的作风,却又不是"海派"的人,所能做得出的。"海派"真有其难能可贵的地方。

(《铁报》1949 年 1 月 5 日,署名:高唐)

新路的海派作风

我写过一篇关于"海派作风"的稿子,有人来指点我说:你举的张善琨那一种疏财仗义的"海派作风",那是"老路"。老路的海派作风,大都可爱,不过这样的作风,也跟着时代而变了质。新路的海派作风,这几年来,在投机市场里蔚为大观,那就变得恶劣而受人憎厌。他们张口闭口,就是头寸银根,乃至一千九百四十几年的汽车。其实这些人在一千九百四十年的时候,说不定都寄寓在亭子间里吃碎米,啃羌饼呢?

有一位先生,第一次带着他的爱人赴宴,就有人同他寻开心,说有一天看见他带了两个女人,在永安公司买东西。这位先生矢口否认,而那人意在挑拨,使他的爱人难过,则斩钉截铁的说:明明有的,两个女人,都着中国的灰背大衣。此人便说:我的女人,都穿罗宋灰背,你一定看错了。自此争论下去,问题不在有女人没有女人,而在灰背的中国与外国之争了。这是新路海派作风的一例。

(《铁报》1949 年 1 月 9 日,署名:高唐)

吊文字知己

冯亦代兄的尊人,因患肺炎症卧病甚久,不幸于前日谢世,今天下午在上海殡仪馆大殓。时常听亦代兄对我说:他父亲是本报的读者,尤其爱好我的稿子。从前我的稿子,常要间断,老人家就要问亦代了:“怎么这两天没有唐某人的稿子?”有时他看我的稿子,认为我写得得意,他老人家便叫亦代再读一遍。所以亦代说他父亲是我的文字知己。

可是我从来没有见过冯老先生,当他进入医院之后,亦代兄有时来告诉我老人的病况,我也没有去探问过,一直到今天才到他灵前去吊奠。亦代是我的好朋友,我应该去慰唁他,同时也应该去瞻仰我文字知己的遗容。人生失落了一个知己,自抚情怀,总不免有点悽怆的。

(《铁报》1949 年 1 月 10 日,署名:高唐)

香岛菊讯

客自香港来,谈香港菊讯,所谓菊讯者,皆笑话也。兹并述之。

香港人说吃中饭为饮茶。一日,马崇仁觅餐肆不得,则唤街车,语车人曰:“汝为我拉至茶馆。”马以为吃饭称饮茶,饭馆当然为茶馆矣。顾车人曳车行,至巡捕房而止,语马曰:“此即差馆矣。”盖香港称捕房为差馆,而马则不及知也。

香港随地唾痰,罚锾甚巨,随地便溺,获罪尤重。为马连良打鼓之张世恩,一夕者,张忽便急,于赴院途中,觅一小弄而溺焉,卒为巡逻者所缚,禁于“差馆”。马登台,不得打鼓者;剧半,始闻张已被拘,挽人保释,及其归来,而马戏且已终场矣。

马连良于“娱乐”一局后，屡易阵地，皆卖座便惨，然惨状不过李丽。李卖座最少之日，台下仅十八看戏人。李老香港，且兜不转，其他梨园子弟，想赚港币而不辞跋涉者，其亦可以知难而退欤？

（《铁报》1949 年 1 月 11 日，署名：高唐）

携带小弟

凤老生日，我陪白雪唱《拜山》，在十四日下午三时，方始到雪楼去，想同他对一对台词。可是一到楼上，列位同文把我拉去，打了三小时扑克，一直到六点钟，方始完事。我同白雪因亟于要赴桂庚兄为凤老暖寿之宴，便合坐一辆三轮车，坐定车上，白雪就开口：“镖客上山来了。”就这样我们对了下去。对到马霍路口，碰着王莉珍，我同她招呼了几句，看她车子进了“仙乐”，我们再对，对到我唱完“两下里比武论论刚强”，车子刚到王家沙。

这出戏，我十年没有唱了，前天我念了几遍台词，白雪嘉许我的记性很强，他以为我台词已经烂熟，只消再替我排一排身段。他是老资格，几乎同内行一样，这一回，我真要请他“携带小弟”一下了（这也是《拜山》的词儿）。

（《铁报》1949 年 1 月 16 日，署名：高唐）

天宫听曲记

十六日晚上，吃过夜饭，大伙儿十个人，都赶到天宫剧场去，看了三档节目。头一档山药旦的潮流大鼓，他倒没有老，依旧十年前的一副贫劲。第二档是高元钧，真难为情，他到上海以来，这一夜我还是头一次去欣赏他，没有说的，真有功夫，身上脸上，都好看，光浪头下面衬着一只乌黑的脸，望上去就觉得妩媚。最后一档是章翠凤的京韵大鼓，一个大娘们儿，唱得挺冲，没有韵味，自然不能跟筱彩舞比。我打听了一打听筱彩舞的下落，据说已经嫁给一位许先生。我有一位朋友说：真是

"损人不利己"。因为许先生霸在手上,不见办得了,而观众却因为筱彩舞嫁许先生,失去了一个欣赏的对象。

(《铁报》1949 年 1 月 18 日,署名:高唐)

冷霜与胖袄

前晚在湖社演《拜山》,完戏后带了两样东西回去,一瓶密丝佛陀冷霜,一件胖袄。我因为上一次唱戏,洗脸后没有冷霜可擦,脸上皮肤干痛了好多天,这一次又忘了带冷霜去,只得在前台商量,请他关照夫人,把冷霜留与我用。戏完了,我照翼华兄教我的方法,将冷霜抹一点在手巾上,把面上的脂粉擦去,然后再用水洗,洗后再把冷霜涂在面上,这一来我把文涓的冷霜,足足用去了四分之一瓶。后来我无法还她,只得带了回去,今天又带了出来,要同胖袄都交与苇窗兄,烦他一一物归原主。

扮戏之前,衣箱上先把胖袄替我穿在短衫外面,我因为感冒没有好,怕再受冷,在胖袄外面加一件丝棉背心。戏完了,"行头"统统脱下来,而忘了里面的一件胖袄,直到回家后换衬衫时候才发现,叫我的儿子和我家的娘姨他们都看了好笑。

(《铁报》1949 年 1 月 19 日,署名:高唐)

送灶之夜

写这段稿子的时候在送灶的晚上,将近十一时,太太倦得要睡,她叫我去送一送,我也不高兴送,叫娘姨为我代送。我在人间,不欢喜做好事,也没有本领做恶事,随便灶家菩萨,到玉皇大帝面前,包庇我几声也好,触触我壁脚也好,恕我不能拍灶君的马屁了。

这一夜倒勾起了我许多儿时影事。小时候在乡下居住,到将近年终,把东厨司命之神,送上天去,是一个大节目,睡眠也比平常迟一些,一直要等到灶君坐的那一肩轿子烧光了,还在替它计算行程。这一点迷信,我倒是从小养成的。

(《铁报》1949 年 1 月 23 日,署名:高唐)

序　言

二十年来,在报纸上东涂西抹,自己知道绝对没有余存的价值,所以随手写出来,也就随手把它委弃了。有许多朋友都代我可惜,他们说:一个著作等身的人,而结果是一无所留,难道这些心血,就让它白费不成?但我呢,有时候可能胆大妄为,有时候却又老不起面皮,看来看去,都不足以藏之名山。

可是人世茫茫,真有许多人对我表示相怜之雅的。譬如说沈先生,我同他素昧平生,而他是特别痂嗜我写作的一人,他在去年把我三六与三七两年在《铁报》上登过的稿子选了一部分出来,裁贴成为一册,粘制得非常精致。在他所选的稿子里,我明白沈先生真是我的读者,因为那几篇都是比较的为我快意之作。他选给我看,好像告诉我我的文稿,“真赏”有人,使我劳生半世,凭这一点得到了许多安慰。

我感谢沈先生的盛爱,这本册子的前页,写了上面几百个字,不敢说是答谢高情,多少表示我一些知己之感而已。

(《铁报》1949 年 1 月 24 日,署名:高唐)

戊子岁除

今朝阴历又年终,谁信穷爷依旧穷。看过看伤胜利后,算来算去和谈空。几家还在嗟饥冻,此地真将闹火烽?差喜梦回余乐事,有人告我可财通。

家里吃好年夜饭,因为疲倦,老早就睡觉。朦胧中,忽然电话铃声大作,我起来听电话,是魏绍昌打给我的,他说:“你今年还要钱用吗?”我说:“我已经安排好,不必再麻烦你了。”

今年过年,我又是借了一笔债。因为银根滥,借钱并不费事,在年夜岁边,还有朋友送钱上来借给我用。我是脱底棺材,所以只要借得着钱,就会兴奋。这一夜,便兴奋到两三点钟,一直想到借来的钱,还是要还给人家的,神经才松弛下来。轧朋友轧来轧去,就是轧不着不要我还债的朋友,终是憾事。

(《铁报》1949 年 1 月 28 日,署名:高唐)

读 书 记

小时读《汉书》,最喜欢皇帝的几封诏书。做了皇帝,还能说出蔼然仁者之言,不用说在当时可以使民心翕服,便是叫后世看的人,也恨不能做那时候的平民百姓。

我们从文章上可以看得出那些诏书,都是从心坎里说出来的真话。说真话才是好文章,文章的好恶,决不能在词藻上铺张出来的。近代的人类得成为一例机诈,在报纸上,看到执政诸公的文牍,不是客气用事,便是意气用事,再不然,一味的饰貌矫情,欺骗全世界,欺骗老百姓,自以为大才大智,其实呢,除非是天生的混蛋,才能一辈子相信他们。

但想不到我们还看得着李宗仁先生的一封信,倒是"饶有古风"之作,因为它有许多地方很像孝文给南越王的那封信。孝文说:"前闻王发兵于边,为寇突不止,当其时,长沙苦之,南郡尤甚,虽王之国,庸独利乎?必多杀士卒,伤良将吏。寡人之妻,孤人之子,独人之父母,得一亡十,朕不忍为也。"李先生的信,也奉了这一分悲悯之怀,老百姓到现在所希望的,不过是偃息兵革,握手言和,而从头至尾,都是平字祸乱,启圣人与天下更始之意。我们只希望接信的人,从此倾出心肝,予老百姓莫大的哀怜才是。

(《铁报》1949 年 2 月 2 日,署名:高唐)

悲 悯 之 怀

当李宗仁先生代理总统职务后,曾经颁布过释放各地政治犯的命令,因此有一位新闻记者,特地去访问司法行政当局,征询他关于所谓政治犯是怎样一个范围,是否汉奸罪也包括在内的。司法行政当局的解释是:“凡是以手腕来夺取政权的是政治犯。”那末汉奸罪当然也在政治犯之列,在李代总统命令之下,汉奸是可以同沾恩惠的了。

自从日寇乞降以后,国内的汉奸案件,最近似乎才结束清楚,最先逮捕而判刑不重的,现在已纷纷出狱;没有刑满的,也羁押过一个遥长的时期了,他们反省养晦到现在,情形也很好。我总觉得国家何妨给他们一点更大的宽大,予他们以一条自新之路,因为这里面实在真有人才,就这样湮没他们一辈子,多少是可惜的。既然有李代总统的命令,何妨将汉奸也宽赦在内?我不知怎样,近年以来,对于人类,都有点不胜其悲悯之怀的。

(《铁报》1949 年 2 月 5 日,署名:高唐)

飞 机 头

在一家吃食馆子里,看见两个飞机头少年进来,坐定之后,其中一人,在身边摸出一只梳子,梳了一阵,再递给另外一人,那个人把“云鬟”整理之后,那人才把梳子收到袋里。坐了一会,又有两个人进来,也是飞机头,还来不及坐定,已先向那人讨那只梳子,两个人轮流地横梳竖梳。不料再过一歇,又进来两个,其中一个戴了一顶罗宋帽,把帽子摘下之后,他发现它的飞机,损伤甚巨,于是也向那管理木梳的人讨过来,梳理了半天。

我在旁边看得真好笑,当时的感想:这大队飞机除了用高射炮轰击以外,还有一个办法,就是把这几颗脑袋,砍下来叫它像蔡钧徒、丁锡山一样。

(《铁报》1949 年 2 月 10 日,署名:高唐)

狐狸与绵羊

狐皮要学狐狸腔,量理衡情举欠当。为畜为人原莫定,哀哀谁不是绵羊?

九日的大报上,刊北平新闻一则,说:“有个女学生披了狐皮在路上走,叫几个学生看见了,要她学狐狸的行动。”我读了这段新闻,感觉非常难过,一个人最好中和一点,太矫枉了,总是不成话的。北平的事,是驱人作畜,驱人作狐狸,固然说不过去,何况驱的又是一头绵羊呢?

(《铁报》1949 年 2 月 11 日,署名:高唐)

要 我 评 理

坐三轮车,在转弯的时候,同一辆脚踏车对撞了,脚踏车无恙,三轮车却折了前轮,无法行动。踏三轮车的便同骑脚踏车者僵持起来,僵了半天,才来一个交通警察。警察说:你们不要争,叫坐车的人(指我)说一声谁不是,这纠纷不就完了吗?我说:“我没有看见,我在打瞌眈。”存心教他们再僵下去。

其实我这是昧心之论,错是那骑自行车的人错的,他是应该大转湾而小转弯了。但现在哪里还有什么交通规则?好几次看见开吉普车的人,他穿衣裳两样一点,便可以穿过红灯,路人侧目,警察也莫奈之何!我现在又何必深责一个偶然违反交通的自行车呢?我尤其恨的是自行车轻、三轮车重,自行车没有坏,而三轮车撞瘪了。还有一个原因,那骑车的人是个学生,他的形貌,太像张爱玲笔下描绘的那个聂传庆其人了,一个可能在犯着自渎的青年,怪可怜的样子。

我就是这样没有是非,叫我评得出什么理来?

(《铁报》1949 年 2 月 14 日,署名:高唐)

怀素名帖尚无恙

本报曾载太平轮沉没了,徐小圃的太太,死在里面,随身带的徐氏所藏古董书画、法帖,也因此漂流漫没了。其实这消息是不确实的。徐氏的逃难,正因为他收藏宏富,所以老早由他亲自押到台湾。这一次死在太平轮里的太太,是他第三个太太。他的大太太,现在还在上海。三太太携去箱子十余件,四箱子都是衣裳;还有几箱,都装的日用品,甚至热水瓶、钢精镬子,都放在里面;既没有一书一画,更没有古董法帖。据他太太语人,小圃先生不会把名贵物件交给三太太带了走的:因为三太太目不识丁,怕她中途路上受愚于人。

如此看来,那末外传怀素和尚的《千字文》名帖,这一件世界瑰宝,尚在徐氏身边,倘亦足以为关心者慰也。

(《铁报》1949 年 2 月 15 日,署名:高唐)

劝君深读涪翁诗

有人在高呼清算旧诗的时候,偏有我这个没出息的人,近来在拼命读旧诗。那一天,我写信给媿静先生,向他借一部《黄山谷全集》、一部《苏东坡全集》,另一部是《后山诗注补笺》。媿静先生二十余年来,最勉励我写旧诗的一个,他不跟我写信则已,写信总是谈诗,他把上面几部书送来的时候,还写了几行字给我说:"书遵检奉,足下天才横溢,如再加之学力,当未可量。《黄集内集》是涪翁自选,为必传之作,尤可熟读,且正可以为足下他山之助也。后山是涪翁一派,冒注失之太细,下走不甚赞同。读书不求甚解,过于推敲,是时文家,非诗翁矣。东坡之才,亦不过与足下相上下,以其生于宋,故有成就如彼,足下未必后之。以鄙见而言,似可少读为妙。足下并不须乎东坡,正须乎西江一派也。涪翁诗非深读非久读不能得其美处,同光诗人不过一鳞一爪,即可名家,慎勿以其沉闷而罢,经近人冒广生先生笺注过的,我也嫌它注得太啰嗦,且不利于读。"

(《铁报》1949 年 2 月 25 日,署名:高唐)

离　烟　吟

朝起来抽末卷烟,美英劝我节些钱。离烟绝似离妍妇,老去情怀百惘然。

今天早晨醒来，开了烟罐摸香烟，摸着一根，抽完了，问美英："家里还有烟否?"她说："没有了。"我说："那我买不起了，昨天已经涨到二千五百元一罐了。"她说："你应该省一点，何必一定要抽那末好的香烟?"我说："我是不买了。"她太省俭，我是不应该太浪费的。

(《铁报》1949 年 2 月 26 日，署名：高唐)

稿　德

凤三兄说得妙，他说：唱戏讲戏德，写稿子应该讲"稿德"。于兹人人在嗟柴忧米之秋，哪一个能够写得出好稿子？所以他(指凤三)也不肯写好稿子，以避扎同文台型之嫌。

假定凤三的理论正确的话，那末我是老早讲究"稿德"的了。在从前我写起来，还卖一记：叫台底下喝喝采。近来可绝对没有，倒听见过嘘嘘声。有一天荣广明先生跑来看我，进门就说："大郎，你近来稿子写得一塌糊涂。"我没有凤三的口才，不然正可以上面一节，回答广明。

唱戏的人里，马连良的戏德不大好。有一年小翠花告诉我，他同马连良多少年的老伙伴了，但马老板到现在与他同台，还要扎他台型。他还替我讲过一段事实，我可忘了，我现在看看写稿子的人里，只有柳絮兄在卖力，论"稿德"之坏，无逾此兄。

(《铁报》1949 年 2 月 27 日，署名：高唐)

重游南北湖

去年有过许多旅行计划，而没有实行，新近听见白云兄他们，又在发江南"一带等处"的游屐，使我又想起清明时节，我们应该践行重游南北湖的夙约。

第一次到南北湖，回来没有写过一个字，因为写不胜写，简短一点，也得几千字，方能尽三日游程。小型报上的稿子，我就不欢喜分段登载,故而索性不写。还有个原因,秃笔不足极湖山之美,不写也是藏拙之道。

向导我们游南北湖的马先生,他在催促我们预备行装,这一次定要赶上花时,满山都是桃花与李花,田里是菜花与豆花,若逢丽和春日,置身其间,便有统体融然之快。可惜去年的游伴,今年未必能够都去,因为桑弧在拍戏,可能那时已经完工,而佐临便要接上去,所以他们二人之中总有一人不克成行。陆洁爱洁癖,他吃不消乡下人家的狗粪鸡矢,怕他也要闻风裹足了。我想改约世昌与梯维,怕他们都要带太太同去,那里女人实在不相宜去,登山攀岭,没有轿子可坐,要像《南天门》里的"老奴与你把路带,一步一步往前挨",那就难乎其为两只甲鱼了。

(《铁报》1949 年 2 月 28 日,署名:高唐)

蒋经国时代

"新雅"的一只挂炉鸭,卖七千元,在去年限价时期,只卖四块金圆,他们却说并没有涨足,因为鸭子的来价实在太贵。想起了吃,真应该对蒋经国先生歌功颂德的。"锦江"的香酥鸭,记得才卖几块钱一只,我们常常到那里去,拎了鸭头颈啃半天,而所花无几。虽然到后来,要排队吃了,要抢位子吃,但毕竟还是有钱去吃,差胜于今日的要吃而想到售价奇昂,废然而返。

我时常在怀想蒋经国时代,短短的七十天,过得怪有趣的,钞票用不着带得在长衫外面看得出,已是够你在外面混上一天。一元两角的糖炒栗子,吃得孩子们连夜饭都挨不下了,想起这些,就令人有隔世之感。若使当初政府的人,多一点支持蒋先生的,蒋先生不致于垮得这么快。而最伤害蒋先生的还是豪门,孔令侃叫蒋经国捉一捉牢,那末戏就唱得更如火如荼了。单说老百姓对蒋经国的爱戴,就是无敌的力量,可惜他没有斗得过豪门,还让豪门把中国蛀蚀下去,弄成今日这样一个局面!

(《铁报》1949 年 3 月 1 日,署名:高唐)

刘毓桂的故事

司法界的老前辈刘毓桂，在去年的圣诞节前，曾作香港之游。有人说：刘老先生有一次在“巴喇沙”下面的上海饭店吃饭，吃到一半，突然看见前面一只桌子上，坐着两个与他年岁相若的人，一个是王一亭的儿子王叔贤，还有一个是康元制罐厂的老板项康元，这两个人都因为吃特种官司而在刘手里经过过的。刘毓桂一见之下，还不知是愤慨，是羞愧，还是恐惧，他的神经顿时紧张得不得了，而那一桌上项、王二人，也看见了他们当年的“堂上”。项康元酒吃得有点醉意，几次三番想立起身来，而几次三番都叫王叔贤拉住。王叔贤是老滑头，只听他在轻描淡写的安慰项康元说：“康元你何必呢？咱们譬如连输了几场沙蟹。”这话也听在刘毓桂的耳朵里，他更加的觉得如同芒刺在背，结果他是不终席而走了。

（《铁报》1949年3月3日，署名：高唐）

新闻人物一晤记

在友人座上，遇蓝妮女士，她是近来的新闻人物，我认识她不少年了。这天她看见我就说：“我正想找你，倒不是想你为我伸张公道，我只想向老朋友谈谈我受的委屈，近一时来，报纸上对我的造谣与诬蔑。”于是她一桩桩一件件的举出事实来，纠正报上记载她的错误，她可以说上海话而不说，偏偏弯转了舌头说“国语闲话”，她又讲得快，我无法都听得清楚。

她是七日从南京坐十一时班火车回上海的，因为要避开熟人，所以她坐最后的一节车子里。没有几个旅客，车上有宪兵，有路警，有稽查的，闲着无事，他们看见她一个人，就笑来聊天。但有一个宪兵请教她尊姓，她说姓沈，谈到后来，有一个稽查问她：“沈小姐你可晓得孙科有个女朋友叫蓝妮的？”她说：“我也听人说过，我不认识她，你见过她吗？”那稽查说：“没有见过，现在人在南京，长得非常漂亮。”由此观之，蓝妮不但是新闻人物,简直是近来的风云人物了。

(《铁报》1949 年 3 月 11 日,署名:高唐)

收拾狂名须趁早

前天,我写了一篇《朋友你听我的话》,昨天的别报上,凤三兄坦白地承认去了。我非常感奋,老朋友没有把我的话当作了放屁。凤三兄认为朋友间的传说都渲染得过分一点,他到现在还是善视其妻的。果真如此,但愿如此,我应该至至诚诚,为贤伉俪祝福。

我没有见过凤三的夫人,但听许多人对我说:凤三夫人实在太好了,一个太好的女人不应该折磨她。凤三兄果然没有横下心来,那比我好得多了。我是不堪的人,提起当年,我现在就不应该做人下去。

少年任性的时期里,荒唐没有什么关系,在"尽管风流莫下流"的原则之下,我还以为荒唐是应该有的。我虽经过被头铺盖都快卖光了的日子,到现在想想,没有什么羞愧,而难过的只是在当时叫我活活地气死了一个人。凤三兄现在的偃蹇无聊,也没有到我当初的地步,良心上负疚之重,也不会似现在的我。那末我就请他收拾狂名。年富力强的,又不比我的低能,什么事不好干呢?

(《铁报》1949 年 3 月 12 日,署名:高唐)

筹备小烟纸店缘起

我说:未来的局面之下,只有开一爿烟纸店,混一辈子的。子佩兄看了非常赞成,认为这是一个办法。"士不逢时勇退耕",种田我吃不消,若夫遁迹幽场,毕竟是凡夫俗子,摆脱不了这些尘念。所以隐于摆摊头,比较相宜一点。

我现在要筹备开烟纸店了,顶门面,置生财,乃至进货物,在在需钱,但我没有钱,现在想请朋友帮我的忙,大家来替我凑成功这爿小店。生平没有办过事业,也不曾要办事业而叫朋友帮过我忙,也没有借过他们的钱,这是第一次。

二十年来,穷朋友固然多,阔朋友也着实不少,脚碰脚的我不想去麻烦他们。我要请阔朋友帮忙,这一次是试金石,看看阔朋友中,到底有几个是“纯酒肉”的。我要请托上去,他们哪一个装胡羊,我就是同他绝交。

(《铁报》1949 年 3 月 14 日,署名:高唐)

艾世菊吃不饱

艾世菊这一个小花脸,文是文,武是武,戏也规矩,可是不红,非但不红,我看他来一次黑一次了。昨天看见有一张大报的副刊上,有一篇文章是替他鸣不平的,可知公道还在人间。

他这一次来,没有看过他的戏,却有一个朋友,遇见过他这人,问起他在李万春班子里,挣多少钱一个月?他说:二万二千元,那是一个不够吃饱肚皮的数目。朋友就问他:为什么不同李万春多争几个钱儿呢?他说:争是想争,可是争了,怕他立刻叫我回北平去,我回得去吗?

当李万春拜川岛芳子做过房娘而吃官司的时候,我倒有些难过,以为他虽然依附敌人膝下,却没有什么危害祖国的罪行,以国法来制裁他似乎太看得起他。但现在看来,这个人刻薄待人,官司吃得并不冤枉。我是最恨刻薄的人,李万春再刻薄下去,我还有得同他啰嗦哩。

(《铁报》1949 年 3 月 16 日,署名:高唐)

辛夷犹勒一分寒

记得有一年,我们为了辛夷同玉兰的分别,写过几篇稿子的。现在是辛夷盛放的时候,我忘不了“辛夷犹勒一分寒,及我来时尚耐看”。这是十几年前的佳作,登在《青鹤》杂志上,这首诗是白相兆丰花园看见了辛夷而写的,那时的爰居,所谓“谁怜白下骑驴叟,志业难伸直到今”。又哪里想得到,这位惊才绝艺的人物,到后来为了志业,肇了杀身之祸！

辛夷在蓓蕾的时期，它们有一个萚，其上有茸茸的细毛。近来一位朋友家里，在花瓶里供了一大枝，买来时都没有开，却也没有风姿，等到那些萚渐渐地堕在地上，堕在坐客的襟上，花就从此盛放，真如素洁妇人，艳光四耀。它的朵子，不及荷花大，但荷花的朵子太规律化，辛夷则有参差之美。

（《铁报》1949 年 3 月 18 日，署名：高唐）

答雷红兄书

许久不见雷红先生了，他写来一封信，信上说：看见我屡次引爰居阁诗，私好弥殷。又问我案头有没有手本，他想借去一读。我告诉雷红兄，他的手本我现在没有，前年，我把他《入狱》《待死》两集都看过了；谭泽闿的儿子谭仲将给他抄的。但我可能再去借来。去年有许多爰居的朋友，都在计划替他出集子。的确是传世之作，活着的人应该要替他谋一个不朽之道的。

雷红兄不是说我时常引爰居的诗，您还不晓得我引出过岔子来的，有许多读者，写信来臭骂，其实我正似雷红兄说的，对于他的诗"私好弥殷"而已，在政治我又没有辩饰过一个字，难道因为他的人，而就好非其一生绝业的吗？人我又不认识，他的著作，谁宰了我我也要说他好的。

（《铁报》1949 年 3 月 21 日，署名：高唐）

穷　　欢

在小型报上写稿子的人，一面在力陈其穷愁羞涩之状，一面又在力陈其游宴啜餔之乐，成了两个极端；使局外人看来，总觉得我们这些人，一年到头在穷欢中过着日子。

黄仲则是一个最出名会叹穷的诗人，新近我看见有人举"金钩初放钗初堕，此是销魂第一声"两句，说是仲则的诗，我好像看过《两当轩全集》，倒未曾留心有没有这两句。假使真是仲则的诗，那末我们把他“寒甚应无修竹倚，愁多思买白杨栽”的名句来参照了读，觉得这位穷诗人，实在是善于穷欢的了。

(《铁报》1949 年 3 月 28 日，署名：高唐)

为罗玉苹不平

有一夜收听中国大戏院的《三娘教子》，那位新角儿罗玉苹，叫琴师砸在台上，因为调门太高，她因此声嘶力竭，观众是照例残酷的，给了她一个满堂倒采。这不必说，与她同台唱戏的到了这般地步，应该要表示互相怜惜，可是唱老薛宝的朱兰春偏偏在这时候接上去就要了一个高腔，台底下果然盲目地给了她一个满堂正采。我于是把收音机关了，躺在床上，气愤了半晌。

第二天，在本报读着一篇定山先生的文章，就是谈罗玉苹的，特别强调她的为人，想不到一个讲究风义之人，而别人给她的，却都是些凉薄，甚至残酷。

我不欢喜听一群“京烈”们的旧剧理论，但在他们的嘴里，常常提起老辈伶工的风义，而一致感慨到今日的世风日下，在梨园行中，拣不出高谊之士，这一点倒是他们的阅历之言。像朱兰春，才冒了一冒，她就要把人家的嫩苗，偃住了活不过来。

(《铁报》1949 年 4 月 8 日，署名：高唐)

家主婆的天真

家主婆不一定要讨得太高雅，不高雅也有不高雅的趣味。譬如有一年我同家主婆去看了一次盖叫天，过了几时，她把盖先生身上的绝诣，印象都消失了。我同她谈起，她问我是不是那一个“武头劈拍”的老头子？在台上老是不大安分的样子。诸位想想，她丈夫平时尊仰的一代宗匠，而为太太者，以“武头劈拍”四字了之，我也只能说我家主婆太天真可爱了。

最近昆仑公司的《希望在人间》试片,我把试片券送与家主婆去看,她看了片名,嘴里咕啰道:"这片子里的人物,都是怕死的,他们都希望活在人间。"如此曲解,我又只好说她太天真了。

(《铁报》1949 年 4 月 9 日,署名:高唐)

吾家若青

我有一箱书放在母亲那里,昨天孩子去把它翻了一翻,翻出许许多多女人的照片,拿来给我看。那都是十年以外,她们送给我纪念的,她们的品类非常复杂,说也奇怪,我将她们数到现在为止,简直没有一二个人是安定的、快乐的。

最使我感慨不尽的该是唐若青了,她的照片还是席与群替她拍的,中旅正在全盛时代。她刚来上海,年纪还轻,照片上她穿了件单薄的长衣,不用脱光,也看得出她的肌肉是坚实,皮肤是细嫩的。随后她一样一样的不良嗜好,都染在身上,渐渐地看她萎缩起来。记得三四年前在兰心演出的一次《日出》,在台上还发了她一次往日的雄风,但一到台下,什么英才豪气都没有了。

不久前,有个朋友从香港回来告诉我若青在那里不大得意,有一次为了嗜好没有戒除,受了很严重的侮辱,我不忍听下去。时至今日,再没有人会怜念她了,只有我有时还想起她舞台上的造诣,乃至她在盛时的一种跌宕风华,不容易再寻第二份的,因为放任而堕落,那又当别论。

(《铁报》1949 年 4 月 11 日,署名:高唐)

青浦无美食

出门白相的副目的,在享受口腹之快。去年旅行的次数比较多,有过不能忘情的两顿吃,一顿是无锡苹香画舫上的船菜,一顿在杭州开泰钱庄里的锅面。因为天厂是开泰的股东,开泰特地请了一个名厨来,奉承他这一餐美点。

杭州的楼外楼，常熟的王四酒家，木渎的石家饭店，都是好吃的地方，其实都没有特殊的风俗。可也不怎样难吃，最不堪的是白相佘山而成青浦的饭馆了！我们新近到一家叫了聚兴的馆子里去，它们的鱼虾，都是新鲜的，可是烹调方法的庸劣，简直不堪下咽。但它们懂得啃人，而且比杭州苏州啃得更凶，这一个世界什么地方的风气都是嚣薄的！我写这篇的目的，想劝读者诸君不要白相佘山，因为佘山实在没有什么可逛，即使去了，万不可到青浦去吃饭，带一点面包，举行野餐，包你吃得比饭店里舒服。

（《铁报》1949 年 4 月 14 日，署名：高唐）

漫游的心绪

我想到香港去闲散几天，但有一位朋友劝阻我，他说：你不是到过佘山去吗？近郊多垒的情形，你是看见过的，局面如此，能够不离开家，还是不离开的好。我倒也深讳其意，于是香港之行有些犹豫了。

但也有许多朋友，他们对于局面问题，都不置急，他们以为几个月内，又会有什么变化，所以木斋先生劝吾，香港不去，至少杭州亦去住上几天。对于杭州，我们不一定看作天堂，我以为这地方所可流连的，只有玉皇山一处，要逛逛一个没有去过的地方。譬如天童育王，往年桑弧游罢归来，传述那里的风景，为之神往。

可惜我近来，并没有漫游的心绪，所以想到香港去，以闲散为目的，寻几个住在那里的老朋友互倾积郁，也是目的。

（《铁报》1949 年 4 月 21 日，署名：高唐）

不要浪费了桑弧的心血

桑弧兄的新作《哀乐中年》，我看过了，我来不及赞美这张片子，我也不想在文字上恭维老友，因为我同桑弧的关系，即使把这张片子，掬诚介绍与读者,有许多读者,一定还会疑心我是盛情作用。

截止我写这一篇稿子的时候,《哀乐中年》的预售情形,还没有晓得。在此电影院生意一概衰落的时候,《哀乐中年》是否能够可以轰动,实在没有把握。一张片子的好坏,不一定以观众多寡为荣辱的,但真正的好片子因为环境关系,而使它湮没了,剧作者心血的浪费,固然可惜,而电影观众因此错落了可贵的机缘,未尝不是损失。

我看见《哀乐中年》,在它开映的前一天,假如早十天,或者半个月,我一定向文华公司建议,请他们藏一藏起来再说,不要把好片子牺牲在这一个混乱局面之下。这一个顾虑,实在太可能了。

(《铁报》1949 年 4 月 22 日,署名:高唐)

周信芳不幸

昨天是信芳在中国大戏院登台的第一天,真不巧,也是上海进入战事状态的第一天,别说夜禁提早时间,在这样的混乱局面之下,人们没有闲情看戏总是事实。我是他的朋友,朋友的事业蒙受挫折,我是应该关心而加以扼腕的。我同桑弧谈起,记得那一年,天厂刚刚将卡尔登大戏院接受下来,请信芳登台,开锣的那一天,正是国军撤守上海的当天,夜里我同桑弧去看戏,在“卡尔登”的大前门,从黄河路北望,只见闸北那里一片大火,火光烛天,好像要烧到浜南来的样子。走进戏院,刚两三排后,已是后顾无人,其时的信芳是最偃蹇的时期,从这以后,他好起来了,安居乐业,一直到现在,总算过得很好。却想不到他当迟暮之年,又踏进了昔日的命途,好久没有露演,而拣来拣去,拣着了这一个当口,我同桑弧,只有为老友摇首焦急而已。

(《铁报》1949 年 4 月 24 日,署名:高唐)

紫　藤　棚

数年前,顾飞替我写过一页扇面,一面写字,一面写画。字是写她自己的绝诗,都是描绘故国风物之作,颇多好句,记得中间有一言是“好花开遍紫藤棚”。我不大解释得清,顾先生是说别种春花开遍在紫藤棚上呢,还是说紫藤花开在紫藤棚上?

今年的春天没有出过门,天天在马路上兜,忽然对紫藤花生了好感。在茂名南路上,有一份人家,当门植一架紫藤,他们把它的藤,都挂在几颗长青树上,结串的花,望去好似都从树上开出来的,那树叶是深青色的,花受叶子的掩映,更加光艳,这两天在盛放,我经过此地,一定会嗟赏多时。古人描写盛放的花曰“花如烂”,这“烂”字用得真美,上面说的满架紫藤,近日正在极烂时期中。

(《铁报》1949 年 4 月 25 日,署名:高唐)

谈 鲥 鱼

老饕都慨叹着交通断绝,上海人将吃不到鲥鱼。假使有得吃,将不是长江上来的,而求之于富春江里,供应既少,售价一定惊人。

有一年是暮春三月,我同唐世昌先生及亡友冯梦云、陈康吾二兄,留连在焦山上面,认为京沪道边的风景,此推第一。我们在焦山上吃过素斋,后来回上海,在车站上碰着叶如音,他在焦山养过病,据他说:就在焦山上头,可以吃刚从江里钓起来的鲥鱼。我们因为不懂得享此口福,十多年了,到现在同世昌谈起来,还是认为憾事。

笠诗喜欢大西洋的铁排鲥鱼,往年同他去吃过几次,我倒并不以为怎样好,好的是笠诗吃鱼的手法,比别人高明,等到吃完,只看见盆子里薄薄的几丝鱼骨。

(《铁报》1949 年 4 月 26 日,署名:高唐)

没 有 心 思

听书,这两天写稿子的人,他们都写不出来了,为的没有心思。勤孟从来不肯以穷态向人,他不写稿子的理由是“忙于应变”,然而我想其他同文的没有心思是为了“无法应变”。什么叫定力？什么叫镇静？到这关头，家里什么也没有，看一家人忧饥之色，难道还有心思搦这一支笔吗？

有人告诉我，这两天在收音机里听说书，那些说书先生，他们也都在向收音机听众，诉说穷愁，往往说到半路上，他们的心事来了，表示没有心思再说下去。其实他们也可怜，一年到头跑码头，丁丁冬冬挣下来的钱，省吃俭用，总算在苏州都盖了几间房子，这两天因为苏州的情况不明，他们心里都慌乱起来，所以动不动就要弦子搁起来，对听众说：“奴故歇是弄得一点心思也无末拉里哉。”话未尝不是实情，不过从说书先生的嘴里吐出来，总觉得有一股浓重的脂粉气，令人好笑。

（《铁报》1949年4月29日，署名：高唐）

知堂的墨迹

知堂老人文章之美，足垂千古，是不成问题的了。他不以书法鸣，可是他的书法，也是从恬静中见工力。友人姚笠诗先生，二十年来临池不辍，成就自高，他对于知堂的书法，最最倾倒。有一次我们闲谈，笠诗说他自己生平没有收藏之好，但近年来他渴想得到两位近人的墨迹，一位是已经作古的弘一法师，一位就是知堂老人。

知堂老人的真迹，我只在原稿纸上看见过，但从来没有见过他替人家写作补壁之用的书件，所以他肯写不肯写是一个问题。我也明白笠诗要收藏他的真迹，不一定要正式的书件，一张原稿纸，他也可以过欣赏之瘾，但知堂出狱以后的近况如何，无人晓得；他是否仍在写作，也无从打听。现在就是要得到他一张原稿纸上的墨迹，也颇非容易了。

（《铁报》1949年4月30日，署名：高唐）

关于知堂

我写了一篇《知堂老人墨迹》后，沈凝华先生写一封信给我，都是关于知堂的事,兹照录于下,函中可以略窥周氏近况也。

“苦雨斋自老虎桥释出后,即来海上,现住其弟子尤炳圻家中(此人大概在剧校执教,住北四川路)。写作方面,除已译竣《希腊神话》外,关于“北大”等掌故的文章,也写了不少,大都刊于黄萍荪编的《子曰》上,署名为王寿遐,已发表者有《呐喊索隐》《红楼内外》等。先生如有兴欣赏,我可以检出奉阅。诚如先生所言:‘知堂文章,足垂千古!’可惜几年来的闭户读书,越读越糊涂,而测黑观的循环论使他落到如此下场。此与‘牡丹多刺’‘清泉濯足’,同为书生恨事,知堂前后期著作,寒斋已得十之八九,距完璧为数虽少,而为期遥遥,已得中有《玉虫缘》、《红星佚史》、《点滴》、《陀螺》、《永日集》、《玛加尔的梦》、《狂言十番》等,或刊行既久,传本遂希如星凤,时至今日,已不容易经常见到的了。我亦久想往访知翁,惟乏熟人介绍,冒昧前去,恐遭见拒。知翁系狱时,曾为人写了不少书件,我的一位朋友,也得到了一帧,是陶渊明的几首五律,精裱后,现在就挂在他的书房中。顷读先生大作,悉先生关心其人,爰记所知,奉告如上。”

(《铁报》1949 年 5 月 3 日,署名:高唐)

[编按:沈凝华,即沈鹏年。]

以文会友中的胜友

昨天给我写关于知堂老人那封信的沈凝华兄,我见过一面,年纪甚轻,而博览群籍气息非常好,所谓今之俊士是也。我近年来以文会友中,沈先生当是胜友之一,他告诉我他的家世,现在在一家工厂里服务,生平所好,读书而已。他的故乡在洞庭西山,我对他说一向向往洞庭山风景,沈先生与我约定,等时局安谧之后他带我到他故乡去小住数天。

前一时,我还看书,最近因为世变日亟,无心再看。昨天,我把借来的书,一一奉还原主。沈先生说要送点书来给我看看,我想还是留着将来再说罢。将来也许报上不会再有我的文字,使我的朋友无法对我以慰想望之殷,这一点沈先生也会感到惆怅,但我们只要同客一隅,我们的友情是不会散佚的。我要写一个住址给沈先生,我是算过了,在任何局面之下,我不会搬家,搬家是要升了梢的人,才能赶东赶西,去找他的广美新居。

(《铁报》1949 年 5 月 4 日,署名:高唐)

安排瓦盎种春蔬

先舅梯丹先生,在壮岁时,曾经卜居苏州,在他的诗稿里,有几首写住在苏州时候的诗,我挺欢喜其中的一首:"赁庑不到伯通家,记得阛街小巷斜。矮屋三间楼一角,安排瓦盎种秋花。"描绘小城市里那种小户人家的风光,真是写得风致便娟。

昨日看见报上说,市府当局劝令市民就隙地种蔬,假使楼居的人家,那末在晒台上以及瓦片上,都得要有植蔬的准备,前者是"安排瓦盎种秋花",后者则要"安排瓦盎种春蔬",看起来好像同样是闲雅之事,但其中却有离乱与升平之判。

舍间似乎有先见之明,在开谢的花盆里,种了一盆青葱,等到蔬菜真正买不到时,摘下青葱,泡在酱油汤里,也可对付一二餐。我记得前人有一首诗:"葱汤麦饭两相宜,葱补丹田麦疗饥。莫道此时难下咽,前村还有未炊时。"你道这种葱怎么不是防荒之计?

(《铁报》1949 年 5 月 5 日,署名:高唐)

灵 犀 嫁 女

勤孟兄要我为灵犀兄的令嫒出阁,作几首贺新人的诗,由我作,由他写,以贱文渎墨宝,在我自然是光荣的事。但过了一夜,我没作成,第二天一早,就写封信告诉勤孟,我不预备作了,因为实在作不出。

我向来不善写应酬的文字,一味的油滑,那是不适宜用于替朋友的女儿写"催妆诗"的。假如写出来单是应酬应酬,那末以我同勤孟与灵犀的交情,大可不必,所以我就不作了。陈小姐的吉期是明天,我将虔虔诚诚去道喜。二十年来，灵犀兄是我的知交，在许多知交中，他是首先了向平心愿的一个，他非常艰苦，因为他在艰苦中办理儿女的婚嫁，纵使说不饰盛奁，总是耗却几番心力的，又值时势不宁，我也不能为老友分劳，使我深受到几分不安之感。

（《铁报》1949年5月9日，署名：高唐）

四月江南

二十年来读小型报，施叔范先生的《酒襟清泻录》，是不能忘情的散文杰作，尤其欢喜他写初夏江村的风物之美，那种引人入胜的地方，决不是杜工部的“长夏江村事事幽”一首律诗，包括得尽的。

我特别爱好四月江南，无论是山村、江村，以至于风景区，四月都比四月以前好，我欢喜看浓翠，不喜欢看新绿。陆放翁的“病起兼旬疏把酒，山深四月始闻莺”这是多美的意境。每年到了四月，想像这两句诗，不由你不对了富春桐庐的“一带等处”而心向往之。

在舅父的诗稿里，也有写四月江南的雨景：“万树绿围僧舍矮，一江白跳雨痕圆。如何借得襄阳笔？写出江南四月天。”记得他在生前对我说：他欢喜第二句。我那时候就感觉到他的第二句倒是有点雕凿之病的。

去年的四月，我虽然没有出门，但还有点旖旎风光可找，有“堂下当时留薄饮，江南四月布轻寒”的句子出自腕底；今年则惟有幽苦而已。

（《铁报》1949年5月10日，署名：高唐）

一张没有播成的戏单

在半个月以前，我们有十几个人，发起公祝友人胡桂庚先生创制“奇异锭”神药行世纪念，想举行一次平剧播音会，当时预定的日期为本月八日，现在期限已经过了，而此举于中途停顿，原因当然为了时局关系,“奇异锭”的正式发行,也将暂缓时日。

我们预定平剧播音节目的阵容,大可一记。开锣戏由周信芳同我的《天霸拜山》,如其信芳不肯反串,那末,我倒颇想过一过“净瘾”;第二出是童芷苓(莫稽)、石挥(金松)、孙兰亭(金玉奴)的《鸿鸾禧》;第三出俞振飞、朱传茗、郑传鉴的“跪池”;第四出郁钟馥(桂英)、沈苇窗(萧恩)的《庆顶珠》;第五出金素琴(公主)、张文娟(四郎)的“坐宫”,王贞观的“盗令”,由王玉蓉陪她小姐为太后,朱兰春(四郎)、张淑娴(宗保)、陆锦荣(六郎)、稚青(太君)、孙老甲孙老乙(国舅)的“出关见娘”,梅葆玖(公主)、徐琴芳(四郎)、言慧珠(太后)的“回令”。大轴是由阳春社杨畹侬(宋玉姣)、孙钧卿(赵廉)、王玉田(刘瑾)、包式先(贾桂)的《法门寺》。我们拟定孙兰亭、陆锦荣、汪其俊三兄为报告,沈苇窗、郁钟馥同我任邀角,我们自信上述名单,都有交情,不难罗致,后来信芳丁忧,我们还打算改范雪君唱宗保,使我与张淑娴唱《别窑》。不料电台上以义举为要务,庆祝的事凑在这当口,未免不大合时,所以只好俟之异日。只要这群人不散开,总有一天,叫我们做成功了。

(《铁报》1949 年 5 月 11 日,署名:高唐)

临刑以前

九日下午,惠明到南京路去买东西,在大新公司门口,看见一部卡车上,押了三个犯人,将去枪毙,犯人都是年纪很轻,面孔通红,因为上插斩条,所以晓得他们即将丧命。这一天惠明回来之后,脑子里一直萦回此事,因此饭都不曾吃好。

我同一样的软心肠,怕看见这些。记得有一年,我同中国银行几个朋友去游昆山,在回来的一条小路上,抬过一个强盗,将付枪决。这强盗左右望着路人,一路喊冤枉过去,就这样一看见,害我连夜做了许多恶梦。但自有人欢喜看杀头或者枪决的,大概这就所谓人心之不同了。

据说前两天枪毙一个叫小长根的,看的人人山人海,即使说小长根其人,为恶多端,一朝伏法,万人称快。但我又听说当他临刑之前,他有一个怀了几个月身孕的太太前去活祭，她到了刑场，两条腿已是无法搬动，所以连身躺在地上，一路滚到她丈夫面前。这一幕镜头，听人讲已足够心酸，何况用眼睛去看！

（《铁报》1949 年 5 月 12 日，署名：高唐）

女朋友的热诚

相识者避地而去的日众，他们在上月二十三日后走的，大多其行匆匆，对他的朋友或者女朋友，都不告别一声而走了。这几天来，我坐在写字间，时常接到女人的电话，她们是我朋友的朋友，或是爱人，问起我行人的消息。在她们的语气中，我听得出她们在怅惘，甚至还有在“空气里”唏嘘的声音。其实行人的消息，她们不知道，我哪里会知道？我往往胡说八道的去安慰她们。我每次放掉电话，便发为叹息，女人是这样地情深一往，而男子便轻于离别，彼男子真忍人也。

有一个曾经受过磨难的朋友，亲口告诉我说，在他受难时期，男朋友十九都是冷漠的，惟有女朋友所表现的，却是有肝胆，有热诚。做个男人，能够得着一个风尘侠骨的红颜知己，未尝不是幸福。但我从前却有过这样两句诗：“始信心肠有异数，丈夫总比女儿柔。”可是自从听了朋友上面的话，我的观念已经开始动摇了。

（《铁报》1949 年 5 月 13 日，署名：高唐）

求　　字

那天碰着秋翁，他说求苦雨翁的法书，其实不难，而且此老目下局居上海，写写文章，也写写字，托他写的书件，非常之多，这位老人，也乐于奋笔。秋翁那里，有一位朋友，与苦雨翁相熟，曾经代秋翁求过一点墨宝，秋翁答允我可以替我代求，也可以替笠诗代求，我当时便重托秋翁，请他务必办到，因为秋翁说的那位朋友，也同我相识，也许这位朋友，他肯为我奔走一场的。

既然笠诗这么倾倒苦雨翁书法,我倒衷心想替他办到。十年前,我爱好赵之谦的字,跟笠诗提起,有一天他送给我一本册页,里面精制的,都是赵氏的家书,有六七通之多,连签条也有。下走别无收藏,惟有这本册页,与李祖夔先生送与我的一副梅调鼎的对子,一同珍贮在箱箧里,一年中,常常把它们拿出来欣赏一二次。我现在想,假如求到了苦雨翁的字,就可以报答笠诗当年的厚意。

(《铁报》1949 年 5 月 14 日,署名:高唐)

我坏在“爱才如命”

昨天我的《求字》篇中,夹刊一读者先生的《何必誉苦茶》一段小文,这是读者触我霉头,也是编者触我霉头。我向来晓得蝶衣兄嫉恶如仇,对于一个沾污过的文人,无论他有超然绝诣,不愿再置一词。以前我谈爰居阁的诗,他曾经婉劝过我,而近来之写知堂,当然又是他不赞成的。至于那位一读者先生的赐教,他说到了文人的气节,这一点,我可以不用多心,因为凡是认得高唐的人,他们都了解高唐,到现在为止,没有损伤过他的气节。高唐惟一的毛病,只会爱才如命,这点也许同别人两样,有些人是永远不服别人的高超,以为自己的好;惟有我,只要是比我好,我无不衷心佩服的。我写爰居,我写苦茶,都是关于他们的造就,又不曾在他们的行谊上,加以曲护,难道这也会有伤大雅?一读者先生为了鄙恶苦茶,说他的书法“并不怎样高明”,甚至连他的著作也忍心说他“并不足观”,我惟有承认那是欣赏能力有高下之别的,叫我还说什么呢?

(《铁报》1949 年 5 月 15 日,署名:高唐)

妻　病　记

这样的不太平,我但希望家里的人口太平,可是偏偏在这当口,家里的人,犹多毛多病。惠明从来不大生病,而近来忽然恹恹无力,好几天了,并没有寒热,而饮食锐减,又不能久坐。我非常惶急,昨天催她去治病,她答允我去看医生。可是到傍晚时分,我打电话回去,问她医生怎样说法?她告诉我,因为觉得爽健一点,所以又没有去,而且外面的风太大。

我回去以后,责备她不应该忽视自己的病,想省一点小钱终不免要破费大钱。自从时局紧张之后,她更加节省了,于是节省到看一次医生都舍不得去。其实她这样做,徒然使我内疚神明,她有我这样一个丈夫,为什么要节省?省了又积不起钱来,她应该想穿开点,有得吃一淘吃,有得用一淘用,穷了一淘孵豆芽。

(《铁报》1949 年 5 月 16 日,署名:高唐)

兼擅命相的文人

文人而兼擅鉴人术者甚多,以言近世,林庚白是一个,而在吾党中,顾卧佛亦是一个。庚白生时,潜研命相,非但以精博自矜,还作了不少关于这一类的著述。不过他的素志,欢喜自溷仕途,所以未尝将其术问世。顾卧佛则是一个纯粹的文人,因为研究命理,终至潦倒文坛,最后一条路,不得不揭起相面算命的牌子,为人指点迷津了。

近年以来,我们晓得他对这方面的造就,更加高超,盖所阅既多,经验也自然丰足。最近有人来告诉我,卧佛住在远东饭店,生涯不恶。乱世荒芜,居然能够赖此维持生计,老朋友都替他安心。其实顾卧佛毕竟是文人,他还不懂得用什么生意经,他要会招徕一点,那末成名之早,应该在袁树珊他们的前头的。

(《铁报》1949 年 5 月 17 日,署名:高唐)

姚鹓雏在沪近况

近一年来,散木、叔范、白蕉诸先生,与松江姚鹓雏先生,诗酒往还。我平时观察,似散木他们,一向不轻许人,独于姚先生往往服礼甚恭。

那是因为姚先生于诗古文辞,无不卓然成家,所以能使后辈景从。秋翁与姚先生也相交甚契,他告诉我姚先生是南社前辈,与陈去病、柳亚子齐名,诗文书法,并世无敌。其实南社的一群人,好过姚先生的确是没有,而蹩脚的倒是不可胜数。

姚先生因为服官甚久,他的著述不大有得流传,好像打去年起,报纸上有时看见他的近诗,而他的行踪也时常在流动了。听说,最近他常耽在上海,他不想再居官了,因为宦囊并不充裕,所以拟鬻书鬻文,维持生计,甚至连家庭教师,他也愿担任,预备以这样的清苦生涯,来结束余年,亦可见文人之终不可为也。

(《铁报》1949 年 5 月 18 日,署名:高唐)

枫　　叶

我记得枫叶是要到了秋天,才能作色引人的,近年方始晓得春天也有红枫。茂名南路有一家庭院里,前两天从疏篱短槿间,透出一丛枫叶,猩红照眼,它同春花一样地招展多姿。我回到九福里,同友人马景源兄谈起,他说曾经买过一盆,放在虹口,这两天正是透红时候;过了一星期,他到虹口去搬出来,那末颜色已由红换紫,老成得像一株古树。据说这种枫叶,都是洋种,国产的非经霜之后,颜色是不会殷然的。

前人的诗,有"琪花瑶草不知名"之句,一个人在百无聊赖的时候,对于一花一草,都会发生情感。可惜的是我见识太少,连枫的名字都叫不出来。因此常常羡慕到周瘦鹃在垂暮之年,寝馈华城。这一种人生清福,正不知周先生几世修来?

(《铁报》1949 年 5 月 19 日,署名:高唐)

忍　　病

脑痛已经有一个多星期了,在从前我老早大惊小怪,去找医生治病，这一次却因循下来，连有的“散利痛”也没吃一片，有人还劝我吃吃“配尼西灵”的药片，我也不曾试过。有一天佐临告诉我说，他也犯过半边头痛的病（我是痛在右边），他是经医生诊治的，注射了许多针的维他命B。

乱世自会把性命看得淡一点，现在我决不会看作自己是千金之子。除非睡着，醒在枕上，头就有点作痛，惠明劝我去看看医生，我告诉她，可能是神经痛，不把它放在心上，过几天就忘了。我在家里，不忍向她诉说我的疾苦，怕她要为我耽虑。我自己明白病的原因，在于我近来的意乱心烦，病之来，自我肇之。我不应该妨害她的心绪，何况她也是慵慵病惫，更不应该去萦扰她的心曲，因为在主持家庭的重要上，说不定是她还是我呢。

（《铁报》1949年5月20日，署名：高唐）

《退职夫人》的外观

《退职夫人自传》，已经出版了，作者潘柳黛送一本给我。潘小姐的文章，我是一向喜欢的，她有涉笔成趣的本领。她写这本书，曾化了整整半年的时间，是她的“经心之作”，因此她也十分自负。同时，她的以“自传”为书名，大抵是意在媲美《邓肯自传》。现在，我还只看了几页，正接着看下去，过几天再向读者介绍其内容。现在要说的是封面由薛志英设计，庄严而不落沉闷，着色也非常秾腻。

扉页是作者的一张小照，全身的，一只手吊着树叶，姿势有点古派，她在笑，要不然我要疑心她想预备自经。这是一张铜版纸，照片的后面，印了王尔德两句话：“男女以误会而结婚，以了解而离婚。”印也印好了，作者忽然记起，王尔德说得没有那末肯定，连忙重印，把“结婚”改为“结合”，“离婚”改为“离开”。就这样使他损失了数十张铜版纸，自是硬伤，但可以看出她对这本书的出版，是如何郑重了。

（《铁报》1949年5月24日，署名：高唐）

旷　达

这两天捏笔杆的人,没有什么可写,便都在嗟穷愁苦,我呢也未能免俗。但有人看了我的文字,却起了反感,理由是纵然世乱如麻,我的一家老小,团聚一方,而平时知友,也都没有离散。说到生计,那末我也不致是最早饿死的人;平常是旷达的,现在更应该旷达,何必镇日牢愁,形诸楮墨?还有一位朋友说:早知你禁不起磨折,就应该觅得桃源为避地之计。这些话都把我形容得非常猥琐,使我为之不安起来。但仔细想想,这些话都没有错,所亲都在眼前,知己朋友并不曾走散一个;衣食能继,咻问有人,为什么要深自惴惴,而贻别人的不安?一向旷达,现在我还是应该旷达的。

(《铁报》1949 年 5 月 25 日,署名:高唐)

萧郎与萧娘

萧郎的典就在唐人诗里“侯门一入深如海,从此萧郎是路人”。以后就有“陌路萧郎”之语,专门来代表失恋的男人了。好像记得有人对我讲过,唐人称男子为萧郎,称女子为萧娘,萧不是个姓,写侯门一入深如海的那位先生,他根本没有姓萧。可是后来人沿袭下来,总把陌路的情夫,写作萧郎,在旧诗里尤其成为习惯,这好像北京成为建都之地,骚人墨客,硬装榫头地唤它作“长安道上”来指北平这一个地方。

萧娘的萧,不是姓,而诗人笔下的谢娘是往往指伎女的,那是姓,不知哪一个朝代,伎女姓谢的太多,就叫作诗人袭用下来,这里我记得张慧剑有两句诗是:“一自绿桥消息断,鸭娘又泪枉潸然。”他不用萧娘,也不用谢娘,而直称之为鸭娘,一定那个姑娘的名字叫大鸭子或者小鸭子之类,我真佩服慧剑肯写得那样着实。

(《铁报》1949 年 5 月 26 日,署名:高唐)

一 友 生 还

二十五日上午,一位朋友打电话寻我,几次没有寻着,到晚上打到我家里,我们才通话。我说一星期没有见你了,现在你可以透一口气。因为我晓得他一向在替人民政府做策应工作,因为我对政治的没有兴趣,所以我们见面,一向不提这些,可是这一天他回答我是:你晓得吗?就是这七天的分别,我已经是虎口余生。我吓了一跳,连忙请他讲述前情,他说同我分别的后一天,他叫特务带了去,一切非刑都受过了,预定是二十四日的晚上,将他处死,幸亏这一天下午,风声大紧。我的朋友是机警的,他就向一位看守的人,晓以大义,他要求看守跟他一同逃走,看守的果然为之感动,于是就放我朋友走了。其实这一夜里,还有九位良民,遭受屠杀,我那朋友假若不走,一定也是凑在里面。

我问他:那末你身体怎么样呢?他说:当然不堪,但因为没有死,所以打个电话给你,好使老朋友替我庆幸。我这位朋友,他受过国民党的毒害,这两年来他对我说过几句话:“念兹在兹,是报这个仇的,纵然力量微小,但也要拿了一根竿子跟在他们后,把命拼了也是甘心。”他倒是朝朝暮暮,在祈求解放全中国的。

(《铁报》1949 年 5 月 28 日,署名:高唐)

“铁门饭店”小坐记

有位朋友,月初被毛森以“政治犯”入罪,关在特务监视的牢狱里。解放以后,恶魔窜散,把这一群人都留在里面,静待释放。昨天的下午,我同之方去看我这位朋友,他叫狱卒把我们放进去,到他住的那个铁笼里面。数十个铁笼子,还关着七八个人,这里面我又碰着另外一位熟人,他依旧笑口常开,他说:“真是难得的机会,你们可以到‘铁门饭店’来坐坐。”

据说一个月来,这里面被毛森残杀的有近百个人,而以教授、学生居多,不过那个小长根也从这里面拖出去的,小长根住的一间,就同我朋友的对邻。里面本来一片幽黑,现在换上大灯泡,所以光明四放,除了不好出去,一切都可自由,墙壁上也有了打倒与致敬的标语。朋友说:“这两天此地清爽了,前两天哪一个笼子里没有白虱?”另外一位朋友说,他关了三个月,最近才换过短衫裤子。我听了他们的话,心理上立刻不安宁起来,浑身觉得发痒,一直痒到夜里,全身沐浴之后,方始舒服的。

(《铁报》1949 年 5 月 30 日,署名:高唐)

可以旅行了

京沪车通行了,这两天回乡的人太拥挤,我们想等车上空一点点时候,到南京去一次,再到无锡去一次。昨天同桑弧、桂庚、广明诸兄约定,广明本想回乡去看看他的事业。

我们的游兴是叫解放军的纪律严明而鼓起来的。时方中夏,玄武湖的樱桃,吃不到了,但是荷叶田田,我们想起了放棹中流之乐,一定可以涤荡胸襟的。

现在到无锡,固然不及暮春时为好,但我们向往那里的一餐船菜。在上海解放以前,我们粗茶淡饭,过了一个遥长的时期,嘴里都淡出鸟来,那一顿船菜,可以补偿过去的藜藿生涯。

我想现在转旅行念头的人,一定很多,什么地方不好去?绍兴、宁波,上海人想去的地方现在都解放了,等车子或者轮船上,回乡的人少了以后,接着拥塞的是旅行团体了。

(《铁报》1949 年 5 月 31 日,署名:高唐)

黄绍芬险遭毒手

在解放以前,特务分子等于疯狗一样,杀人如麻,这中间有不少良民,连累在内,友人中黄绍芬也险遭毒手,我在昨天方始知道,他负着遍体伤痕,来看我们。据他说:他是十八日被捉去,至二十三日释放出来,其间经过非刑拷打,幸亏他身体好,不然打也叫这群疯狗打死了。

绍芬是电影工作者,此外还做些生意,从不参加政治活动。他的叫疯狗带去,因为他有一位常在一起的朋友,是替解放军做策反工作者,他的太太被捉牢,问她平时往来的朋友,而牵连到绍芬。其实绍芬从来不晓得他朋友做这种工作,所以根本不知自己何以吃这一番苦头。在疯狗用刑的时候,绍芬对它们说:“不是不肯说,是不晓得,假使因为不晓得也应该死的,那末你们把我打死好了。”

乱世人命,比狗还贱。譬如说:疯狗把绍芬牺牲了,这番冤枉,向谁去诉呢?

(《铁报》1949 年 6 月 1 日,署名:高唐)

那孩子真的成仁了

在去年八、九月里,上海交通大学失踪了不少学生,曾经闹过一次所谓学潮。我有一位老友的儿子,当时也是被捕的一个,后来放出来了,我的老友就劝他的孩子不要再有所活动,而这孩子却对他父亲说:“不牺牲自己血肉,何以救国家?”凡此的话,几乎说了半夜吧,说得我的老友,也感动得掉下泪来。

这一次在解放前一个多月,这位学生,又叫魔鬼抓去了,等解放以后不见他回家,大概他是成仁了。我的老友,还在香港,我前天听见这消息,万分难过,想打个电话给我老友的太太,拎起话筒,手已发抖,怕她因我的慰问,引起她更大的伤心。

上海解放以后,没有什么遗憾,就是没有把杀害过二三千学生、杀害过无数良民的疯狗,尤其是毛森、方治、陈大庆这三头狼彘,活擒下来,叫人民来一寸一寸的宰了它们。

(《铁报》1949 年 6 月 2 日,署名:高唐)

关于禁戏

自从北平解放以后,有五十五出平剧禁演的消息传到上海。及至上海解放,有一天的《新民报》上,也登载五十五出平剧禁演的报道,但据我听来的消息,非但本市军管会没有考虑到禁剧问题,就连北平,其实也何尝禁过。

解放军到了上海,百姓对他们第一个好印象是军纪严明,继之则是措施合理。我则认为措施合理,还不足以尽赞扬,我还觉得他们简直合理而又祥和。到目前为止,我没有看出他们做过一件褊急的而有悖民情的事来。

平剧自有几出不必要演的戏,因为它们有不同的几种缺点,但这些缺点,等到人民政府的政策普行的时候,自然会克服的。譬如说,最不齿于进步人士的《劈》《纺》两出戏,到了人民欣赏水准提高之后,谁还欢喜看它们?而演戏的人,也自然而然不好意思贴这一类戏来号召了。所以在现在不必急于示禁,过了一个时期,不禁,它会自己淘汰,那是必然的结果。

(《铁报》1949年6月3日,署名:高唐)

关于张恨水

远在十五年前,我碰着过一次张恨水,言论风采,都不大好。后来我告诉别人,张恨水在文学上,谈不到成就,而从这个人的人样看来,他若做生意,一定精明,精明得成为市侩,这话到最近得到证明了,下面是事实。

日本投降后,《新民报》在北平出版,社方委张恨水为总经理。张恨水抗战之役,身居后方,表现过抗战文字,在文坛上,居然也有"前进作家"之目,又以他本来是北平的老土地,所以叫他总揆《新民报》北平版的业务,原是十分相宜的。不料纠纷来了,为了张恨水的生性吝啬,所以一向对于职工的待遇，不大宽厚，《新民报》的职工，对他很不满意，不过一时无从发作，直到北平解放以后，《新民报》的职工，对于张恨水不再容忍下去了，他们一面交涉待遇问题，一面对于张恨水的思想，也加以检讨，因为张恨水在解放以前，写过一篇文字，内容的反共色彩非常浓烈。这一来，张恨水是否受到惩戒，不得而知，不过张恨水遭此经过，为状的狼狈，却是有生以来第一次。

（《铁报》1949 年 6 月 9 日，署名：高唐）

排队坐火车

孙兰亭在苏州有个住宅，他常常招待上海朋友到苏州住上一两天，大似吴梅村“不好诣人贪客过”的意思。有一天对我说他所有的好友差不多都去过了，没有去的只有我同之方、培林这几个人。

这两天我们很想出门，为了天气真好，有时轻晴，有时嫩寒，正可以去爽爽身心。打听得兰亭恰巧在苏州，便决定先到苏州去，流连在苏嘉道上。我们是拟喊一辆出差车去，但价钱太贵，又想到一路上饱啖风沙，不大卫生，于是想想还是坐火车。但是坐火车一定要排队，我们不怕排队，怕的是排了半天队，依然买不着车票，那时候未免懊丧，因此先托人去视察车站排队的情形，再行决定。因是我们一行四人，之方、培林尚在妙年，我是中年人，还有一位却是儿孙绕膝的老太爷，他的腰脚，是否能胜任排队，应该为他顾虑的，他就是胡桂庚先生。

（《铁报》1949 年 6 月 10 日，署名：高唐）

无法投递的一封回信

我被读者写信来嘲骂，乃是常有之事。新近又有“一读者”先生，来信臭骂，骂我的原因，为了我近来把国民党特务的暴行，写得太多了一点。又说我向来不写这一类稿子，现在接二连三的写，这是我在“突然的蜕变”，所以便也看不顺眼。

"一读者"先生又声明他不是"国特",也不是厌恶共产党者,我相信是的。但从这封信上看来,他至少对国民党有好感,如果你真有爱于国民党,我无间言,现在我所写的是国民党中这些灭绝人性的暴徒,难道"一读者"先生对他们也会有所阿好?当初我替附逆者加以辩护,受过许多的人攻击,那是因为受我辩护者,他们在当时,实在没有做过祸国殃民的大逆;而国民党的特务,杀戮无辜,什么酷刑,他们都用得出来,例如剥指甲、灌沸水、炮烙、剁乳头,别说身受,或亲眼看见,就连听了,只要是一个人,就会一面发指,一面心酸。尤其是我,天性不乐残虐,再说一句私话,我平时好几个相交甚善的朋友,都尝过上面这种滋味,这些比野兽更凶的人,我想不出理由再可以替他们曲辩。

现在我把理由写在上面,算是答覆"一读者"的。至于枝节问题,那是写信人对我认识不清,既然说看了我这许多年的文字,怎么看不出我这个人的情感,最容易冲动,也最容易幻灭的呢?还有我很不喜欢接着无头信,大大方方留个姓名地址,又有什么关系?骂得我服帖,我要不来找你交个朋友,我才是不够气度。

(《铁报》1949 年 6 月 11 日,署名:高唐)

苏州来去

我们是坐十日上午七时二十五分车到苏州,第二天乘下午二时〇八分车回上海,原定弯到无锡再到白门的打算,都没有实行。在苏州,只在市区里兜来兜去,近一点的虎邱、西园都没有去,而狮子林与沧浪亭,又不想去。

十日清晨六时排队买票,六时三刻已经在火车上,进月台处,受一次检查。车子上因为没有人清洁,所以坐位和架子,都是尘垢,车厢里有立的人,起初以为不太拥挤,但到苏州下车后,发现车顶上也有人,方知单帮客依旧络绎于途也。从开车到苏州,计时三小时半,因为从上海到昆山,逢站有交车,所以耽误了时间。青阳港桥破坏得极其厉害,现在用枕木把它支拄,车子在上面走,像步行一样慢,也是浪费时间的原因。从昆山到苏州这一段,才畅行无阻,似从前一样快。

我们坐了马车进城的,在城门口,又有抄靶子的,连身上也摸索了。回来的时候,比较便利,沿途没有一次交车,所以只走了两小时,来去匆匆,我们总算也出过门了。

(《铁报》1949 年 6 月 13 日,署名:高唐)

一部连续几十年的私人观察史

（《唐大郎文集》代跋）

唐大郎的名字，现在可能也算得上轻量级网红了，知道的人并不少，甚至有学者翘首以盼，等着更为丰富的唐大郎作品的发布，以便撰写重量级的论文和论著。这是我们作为整理者最乐意听到的消息。现在，皇皇大观 12 卷本的《唐大郎文集》的最后一遍清样，就静静地摆放在我们的书桌上，不出意外的话，今年上海书展上，大家就能看到这部厚厚的文集了。

唐大郎是新闻从业者，俗称报人，但他又和史量才、狄平子、徐铸成等人有所不同，他是小报文人，由于文章出色，又被誉称为"小报状元""江南第一枝笔"。几年前，我曾在一篇小文中阐述过小报的地位和影响："上海是中国新闻界的重镇，尤其在晚清民国时期，几乎撑起了新闻界的半壁江山，而这座'江山'，其实是由大报和小报共同打造而成的。大报的庙堂气象、党派博弈与小报的江湖地气、民间纷争，两者合一才组成了完整的社会面貌。要洞察社会的大局，缺大报不可；欲了解民间的心声，少小报也不成。大报的'滔滔江水'和小报的'涓涓细流'，汇合起来才是完整的、有着丰富细节的'江天一景'。可以说，少了这一泓'涓涓流淌的鲜活泉水'，我们的新闻史就是残缺不全的。一些先行一步、重视小报、认真查阅的研究者，很多已经尝到甜头，写出了不少充满新意、富有特色的学术论文。小报里面有'富矿'，这已经成为越来越多的专家学者的共识。我始终认为，如果小报得到充分重视，借阅能够更加开放，很多学科的研究面貌一定会有很大的改观。"现在，我仍然这样认为。《唐大郎文集》的价值，就在于这是一个小报文人的文集,它的文字坦率真挚,非常接地气;它的书写涉及三教九流,各行各业;它更是作者连续几十年的私人观察史,因之而视角独特,内容则极为丰富多彩;而且,如果我记得不错的话,这是小报文人第一次享受这样高规格的待遇:12卷本,400万字的容量。有心的读者,几乎可以在里面找到他想要找的一切。

为了保持文集的原生态,除了明显的错字,我们不作任何改动,例如当年的一些习惯表述,有些人名的不同写法,等等。我们希望,不同专业的学者,以及喜欢文史的普通读者,都能在这部文集中感受来自那个时代的精神氛围,从中吸取营养,找到灵感,得到收获。

这样一部大容量文集的出版,当然不是我们两个整理者仅凭努力就可以做到的,期间受到来自方方面面的帮助是可以想象的,也是我们要衷心感谢的。这里尤其要感谢唐大郎家属的大力支持,感谢黄永玉先生、方汉奇先生、陈子善先生答应为文集作序,还要感谢黄晓彦先生在这个特殊的疫情期间为之付出的辛劳。他们的真情、热心和帮助,保证了这部文集的顺利出版。请允许我们向所有关心《唐大郎文集》的前辈和朋友们鞠躬致意。

张　伟

2020年6月5日晨于上海花园